山东师范大学中国现当代文学学科重大科研项目

20世纪中国文学主流·历史档案书系

魏建 / 主编

国语的文学与文学的国语

—— 五四时期白话文学文献史料辑

朱德发 赵佃强 / 编

人民出版社

文学史的另一种做法

——《二十世纪中国文学主流·历史档案书系》序

　　《二十世纪中国文学主流》是山东师范大学中国现当代文学学科申请的特色国家重点学科重大科研项目。《二十世纪中国文学主流》的学术参照首先是来自丹麦文学批评家、文学史家格奥尔格·勃兰兑斯所著《十九世纪文学主流》。

一

　　一百多年来,勃兰兑斯的《十九世纪文学主流》一直是中国文学研究界公认的文学史经典之作。中国学人为什么推崇这部著作? 为什么能推崇一个多世纪? 究竟是书中的什么东西构成为中国学人的集体性认同呢?

　　就中国现当代文学研究界来说,给大家留下深刻印象的是,1907年鲁迅先生写《摩罗诗力说》的时候就向中国人介绍这位"丹麦评骘家"①。此后鲁迅多次提及勃兰兑斯和他的《十九世纪文学主潮》②。鲁迅先生不仅是伟大的文学家、思想家,还是一位优秀的文学史家。他对文学史有很高的鉴赏水平,但很少向人推荐文学史著作。勃兰兑斯的这部书却是他向人推荐的为数极少的文学史著作之一。《十九世纪文学主流》的学术生命力主要来自它作为文学史的独标一格。直至今日,第一次阅读这套书的中国学人,依然大为惊叹:文学史原来也可以这些写! 这种惊叹包括很多内容:文学史原来也可以这样抒情! 文学史原来也可以写那么多的故事! 文学史的行文原来可以这样自由的表达! 文学史的结构原来可以这样的随意组合……当然,惊叹之余,读者大都少不了对这种文学史写法的将信将疑。

---

　　① 《鲁迅全集》,第一卷,人民文学出版社2005年版,第91页。

　　② 这是当时的译名。现在通译为《十九世纪文学主流》"。

"将信"是因为被书中的观点和引人入胜的文字打动,"将疑"是因为书中有太多名不副实的东西,如:名为"十九世纪文学主流",实为十九世纪初至二、三十年代的文学现象,最晚的才到1848年;书名没有地域范围(好似十九世纪世界文学主流),然则只是欧洲,又仅仅限于英、法、德三国;名为"主流",有些分册论述的像是"支流",如"流亡文学"、"青年德意志"等。

虽然中国学界不断有人对此书提出一些异议和保留,但《十九世纪文学主流》作为文学史著作的经典地位始终没有动摇。究其原因,很大程度上是因为但凡是经典著作都有可供不断阐释的丰富内涵。起初中国学者首先看重此书的,大约是认同其革命主题(如"把文学运动看作一场进步与反动的斗争"①)和适合中国人的文学价值观(为人生、为社会、为时代),还有对欧洲文学浪漫主义和现实主义(当时多称之为"自然主义")文学潮流的描述。1980年代是《十九世纪文学主流》在中国最走红的时期,书中"文学史,就其最深刻的意义来说,是一种心理学,研究人的灵魂,是灵魂的历史"②成为中国大陆文学史研究界引用最多的名言之一。书中"处处把文学归结为生活"③的"思想原则"成为当时中国文学研究者人所共知的文学理念。后来,书中标榜的精神追求("无拘无束、淋漓尽致的表现""独立而卓越的人类灵魂"④)和比较文学的研究视角和方法更为中国的学术新生代所接受。近年来,中国学界对《十九世纪文学主流》的关注热情虽然有所减弱,但对它的解读更为多元,少了一些盲目的崇拜,多了一些客观的认知。正是在这种相对客观的解读和对话中,《十九世纪文学主流》给我们的启示越来越多。

综上,《十九世纪文学主流》总是能够不断地进入不同时期中国学者的期待视野。其内涵的丰富完全是由阅读建构起来的,换句话说这是一部读出来的文学史巨著。我们的《二十世纪中国文学主流》的学术起点是以对《十九世纪文学主流》的全面认同为基础的。《二十世纪中国文学主流》的学术目标就是想撰写一部像《十九世纪文学主流》那样的文学史著作。

---

① 〔丹麦〕勃兰兑斯著:《十九世纪文学主流》,第一分册,张道真译,人民文学出版社1980年版,《出版前言》第1页。

② 〔丹麦〕勃兰兑斯著:《十九世纪文学主流》,第一分册,张道真译,人民文学出版社1980年版,《引言》第1页。

③ 〔丹麦〕勃兰兑斯著:《十九世纪文学主流》,第二分册,刘半九译,人民文学出版社1981年版,第1页。

④ 〔丹麦〕勃兰兑斯著:《十九世纪文学主流》,第五分册,李宗杰译,人民文学出版社1982年版,第36页。

二

当然,《十九世纪文学主流》也不是尽善尽美的。中国人对这部巨著的认识还有很多误读,所得观点有很多属于望文生义的想当然,还有很多重要的东西被忽略。例如,对其中独具特色的文学史研究方法就缺乏足够的重视,而我们《二十世纪中国文学主流》课题组在文学史研究方法上就从《十九世纪文学主流》中获得了诸多启示。

我们《二十世纪中国文学主流》课题组在文学史研究方法上所获得的第一个启示是思辨与实证的结合。《十九世纪文学主流》是将抽象思辨与具体实证结合在一起的一部著作,并且结合得比较成功。可是,迄今为止中国学人的谈论《十九世纪文学主流》,更多地看取了前者而忽视了后者:过于渲染《十九世纪文学主流》如何"哲学化"地"进行分馏"①,如何高屋建瓴般将文学"主流"提炼出来,却大都忽视了这是一部实证主义倾向非常显明的文学史著作。读过《十九世纪文学主流》的人一定不会忘记,在第二册的目录之前,整整一页只印着这样几个字:

敬　献

伊波利特·泰纳先生

作　者

除了对伊波利特·泰纳,没有第二个人在书中获此殊荣。而伊波利特·泰纳是主张用纯客观的观点和实证的方法解说文学艺术问题的最有影响的美学家、文艺理论家之一。勃兰兑斯在相当长的时间里师法伊波利特·泰纳"科学的实证"的批评方法。在《十九世纪文学主流》中,他将思辨与实证相结合,所以才能把高远的学术目标落实到脚踏实地的具体研究工作中,才能做到既有理,又有据。这是勃兰兑斯的做法,也是前人成功经验的总结,尤其在当下中国学术界依然充斥"假、大、空"学风的浮躁氛围里,思辨与实证的结合更应成为我们在研究方法上的首选。

在文学史的叙述方法上,《二十世纪中国文学主流》课题组所获得的

---

① ［丹麦］勃兰兑斯著:《十九世纪文学主流》,第二分册,刘半九译,人民文学出版社1981年版,扉页1。

启示是宏观概括渗透到微观描述中。作为文学史的叙述方法,《十九世纪文学主流》在宏观历史叙述与微观历史叙述结合方面做得相当成功。然而,多年来中国学者更多地看取其宏观历史叙述一面而忽视了它微观历史叙述的另一面。对此,勃兰兑斯在书中讲得很清楚,他"有许多作品需要评论,有许多人物需要描述,面面俱到是不可能的。只从一个方面来照明整体,使主要特征突现出来,引人注目,乃是我的原则。"① 在《十九世纪文学主流》中,勃兰兑斯的宏观历史叙述就是概括"主要特征",其微观历史叙述就是凸显历史细节、包括许许多多的逸闻趣事。这二者如何结合呢? 勃兰兑斯的做法是:"始终将原则体现在趣闻轶事之中"②。的确,《十九世纪文学主流》中的大多数章节都是从小处入手的,流露出对"趣闻轶事"的浓厚兴趣。然而,无论勃兰兑斯叙述的笔致怎样细致,但他叙述的眼光可不是就事论事,而是从时代、民族、宗教、政治、地理等大处着眼。让读者从这些琐细的事件中看到人物的心灵,再从人物的心灵中折射出一个社会、一个时代、一个种族、乃至整个人类的某些东西。这就是《十九世纪文学主流》中一个个小事件里所蕴含的大气度。

在文学史的结构方法上,《二十世纪中国文学主流》课题组所获得的启示是以个案透视整体。从著作结构上来看,《十九世纪文学主流》好像没有任何外在的叙述线索,全书呈现给读者的是把英、法、德三个国家的六个文学思潮划分为六个分册。每一分册之间没有任何明显的逻辑关系。对此,勃兰兑斯做过两个形象的比喻解说他的各分册与全书之间的关系。第一个比喻是:"我准备描绘的是一个带有戏剧的形式与特征的历史运动。我打算分作六个不同的文学集团来讲,可以把它们看作是构成一部大戏的六个场景。"③ 第二个比喻是:"在本世纪诞生之初,我们发现一种美学运动的萌芽,这种美学运动后来从一个国家蔓延到另一个国家,在长达五十年之久的一段时期内……如果以植物学家的方式来解剖这种萌芽,我们就能了解这种植物复合自然规律的全部发育史。"④ 第一个比喻是强调这六个分册之间独立、平等、连续的并联关系;第二个比喻揭示了这六个分册之间发

① [丹麦]勃兰兑斯著:《十九世纪文学主流》,第二分册,刘半九译,人民文学出版社1981年版,第1页。
② [丹麦]勃兰兑斯著:《十九世纪文学主流》,第二分册,刘半九译,人民文学出版社1981年版,第1页。
③ [丹麦]勃兰兑斯著:《十九世纪文学主流》,第一分册,张道真译,人民文学出版社1980年版,《引言》第3页。
④ [丹麦]勃兰兑斯著:《十九世纪文学主流》,第四分册,徐世谷等译,人民文学出版社1984年版,第71页。

育、蔓延、生成的串联关系。这两个形象的比喻从不同的侧面说明,《十九世纪文学主流》的各分册与全书存在着深层的有机关联,看似孤立的每一个个案都具有透视整体文学运动的效用。

三

我们编写的《二十世纪中国文学主流》显然受到了《十九世纪文学主流》的种种启发,但启发不能只是简单的模仿。如果《二十世纪中国文学主流》变成对《十九世纪文学主流》的照搬或套用,那就只能收获东施效颦式的尴尬。《二十世纪中国文学主流》之于《十九世纪文学主流》有继承,也有创造。

"创造"之一是通过"地标性建筑"展现二十世纪中国文学地图。

我们的《二十世纪中国文学主流》不仅追求像《十九世纪文学主流》那样在实证的基础上思辨、在微观叙述中显现宏观、通过个案透视发育的整体,我们还为以上所说的"实证基础"、"微观叙述"和"个案透视"找到了一些合适的"载体"。这些"载体"好比是二十世纪中国文学地图中的一个个"地标性建筑"。将这些"地标性建筑"作为历史叙述的基本单元,我们对二十世纪中国文学发展的重新阐释,才能落实到操作层面。这些构成《二十世纪中国文学主流》基本叙述单元的"地标性建筑",就是二十世纪中国文学发展史上那些重要的文学板块,如:言情文学、白话文学、青春文学、乡土文学、左翼文学、京派文学、海派文学、武侠小说、话剧文学、延安文学、红色经典、散文小品、台港文学、新诗潮、女性文学、少数民族文学、历史叙事、文学史著述、影视文学、网络小说等。我们的《二十世纪中国文学主流》作为丛书,各分册由以上具体的文学板块组成。各分册与整个丛书的关系是分中有合、似断实连。所谓"分"与"断",是要做好对每一个"地标性建筑"(文学板块)的研究。这样的个案透视既能使实证研究获得具体的依傍,又能把微观描述中落到实处;所谓"合"与"连",是要在对一个个"地标性建筑"(文学板块)聚焦中观测整个二十世纪中国文学的历史嬗变。

"创造"之二是通过"历史档案"和"学术新探"两套书系深化二十世纪中国文学史的研究。

勃兰兑斯的《十九世纪文学主流》的确给予我们许多有价值的东西,但这只能说明我们从中获得了西方学术的有效营养。然而,西方的学术资源无论具有多少普适性,对于解读中国的文学艺术、中国人的心灵,毕竟是有限度的。今天,在超越株守传统的保守主义、走向全面开放的今天,在超越盲目崇洋的虚无主义、畅想民族复兴的今天,中国本土的学术资源更要得到应有的重视并加以现代转化。

"我注六经"与"六经注我"一直是中国人文学术的两大传统。我们的《二十世纪中国文学主流》力求"我注六经"与"六经注我"的结合。这既是本课题学术目标和学术规范的要求,也是本课题的特色所在,更是本课题学术质量的保证。由于目前学界相对忽视"我注六经"的研究,因此本课题提倡在做好"我注六经"的基础上,做好"六经注我"。为此,本课题成果分为两套书系:《二十世纪中国文学主流·历史档案书系》和《二十世纪中国文学主流·学术新探书系》(以下分别简称《历史档案书系》、《学术新探书系》)。出版这两套书系将有助于深化二十世纪中国文学史的研究。

首先,出版《历史档案书系》无疑体现了对文学史文献史料的高度重视。这种重视既强化了文献史料对于文学史研究的基础作用,又传达出一种重要的文学史理念——文献史料是文学史"本体"的重要组成部分。通过对每一个文学板块的文献史料进行多方面、多形式的搜集和整理,展现这一文学"地标性建筑"的原始风貌,直接、形象、立体地保存了这一文学板块的历史记忆。这岂能不是文学史的"本体"呢?如傅斯年宣扬过"史学便是史料学"①。再如,勃兰兑斯《十九世纪文学主流》中的文献史料多不是以论据的形式出现,而常常构成叙述对象本身。当今天的读者同时看到《二十世纪中国文学主流》这两套书系平分秋色的时候,这种理念应是一望便知。

其次,《二十世纪中国文学主流》的每一个文学板块都有"历史档案"和"学术新探"两部著作。二者的学术生长关系将会推动这一板块的研究甚至整个二十世纪中国文学史研究的深化。两套书系中的所有文学板块完全相同,即每一个文学板块是同一个子课题,如朱德发教授负责"五四白话文学"子课题。他既要为《历史档案书系》编著"五四白话文学"卷的文献史料辑,还要在"五四白话文学文献史料辑"的基础上撰写《学术新探书系》中刷新"五四白话文学"问题的学术专著。显然,这样的两部著作之间具有学术生长关系。前者既重建了这一文学板块活生生的历史现场,又为后者的学术创新做好了独立的文献史料准备;后者的"学术新探"由于是建立在"历史档案"的基础上,不仅能避免轻率使用二手材料所造成的史

---

① [丹麦]勃兰兑斯著:《十九世纪文学主流》,第一分册,张道真译,人民文学出版社1980年版,《出版前言》第1页。

实错误和观点错误,而且以往不为所知的文献史料会帮助研究者不断走进未知世界,不断获得全新的学术发现。所以,"历史档案"会成为"学术新探"的不竭的推动力。

四

《二十世纪中国文学主流》还有几个需要说明的具体问题:

1. 关于"主流"

本课题组将《二十世纪中国文学主流》中的"主流"界定为:"以常态形式随着社会变化而变化的文学"。也就是说,所谓文学"主流",不是先锋文学,而是常态的文学。常态文学的发展,总是与和读者紧紧结合在一起的。例如,"五四"时期的启蒙文学是属于少数读者的文学,也就是"先锋"文学,所以不是当时的"主流"文学;而这一时期的白话文学适应了多数读者的要求,成为晚清以来不断转化成的常态文学。

2. 关于《历史档案书系》

如前所说,《历史档案书系》不仅是为重新勾勒20世纪中国文学主流的历史发展提供文献和史料基础,而且通过各个重要文学板块文献史料的整体复原,尽可能直观、立体地呈现二十世纪中国文学史"本体"的原生态风貌。因此,《历史档案书系》追求文献和史料的"原始"性。《历史档案书系》各卷的主要内容以"原始史料"和"经典文献"为主,以"回忆与自述"和"历史图片"为辅。所有文献和史料凡是能找到初版本的,我们均选初版本;个别实在找不到初版本的,我们选尽可能早的版本。

3. 总课题与子课题

《二十世纪中国文学主流》是山东师范大学中国现当代文学学科承担的集体项目。总课题的选题及其初步编写方案由主编设计,在课题组成员认真讨论的基础上形成实施方案。子课题作者均为山东师范大学中国现当代文学学科的团队成员。各个子课题的承担者大都是这一文学板块的研究专家。主编和课题组成员充分尊重各子课题作者的学术个性,以保证各卷作者学术优长的发挥和各子课题学术质量的提升。各卷作者拥有独立的著作权,文责自负。

读者目前看到的只是《历史档案书系》已经完成的大多数子课题书稿。根据本课题设计方案,还有少部分子课题没有完成,如言情文学、京派文学、海派文学、延安文学、台港文学、影视文学……等,尚未完成的子课题待日后推出。虽然"面面俱到是做不到的",但我们还是想尽可能地完成这一课题的学术目标。

1. 并非题外的话

本课题首先从历史档案做起。这也是继承了山东师范大学中国现当代文学学科一脉学术传统。1951年,田仲济教授来到山东师范学院国文系任教不久就开设了"中国新文学史"课程、很快就组建了独立的教研室。山东师范学院遂成为国内最早建立中国现代文学学科的少数几个高校之一。1955年又成为国内最早招收中国现代文学专业研究生的四所学校之一。田仲济先生作为中国现代文学学科奠基人之一,高度重视文献资料的建设。在他的直接领导和支持下,山东师范学院图书馆很快成为国内很有影响的中国现当代文学资料中心之一。我校的另一位前辈学者薛绥之先生尤其擅于研治文献和史料。以薛绥之先生为代表的一批学术前辈,早在1950年代后期就推出了国内第一批中国现代文学文献史料收集、整理和研究的资料成果。在"三年自然灾害"期间,以"山东师范学院中文系"名义编印的《中国现代作家研究资料丛书》(近20册)成为国内学界公认的中国现代文学文献史料学的奠基之作。其中有《中国现代文学史参考资料》、《中国现代作家研究资料索引》、《中国现代作家著作目录》、《中国现代作家小传》,以及十几位重要作家每人一册的研究资料汇编。1970年代薛绥之先生等人又完成了《鲁迅生平资料丛抄》11册。1980年代我学科冯光廉、查国华、韩之友等人又参与了《鲁迅全集》、《茅盾全集》的编注工作。他们与我校其他老师还完成了国家社科基金重大项目《中国现代文学史资料汇编》的6个子课题。此后,文献史料研究一直是山东师范大学的优势研究方向,在老舍生平资料、郭沫若文献辑佚等方面保持领先地位。回顾这一切,只是想说明本学科承担《历史档案书系》具有学术传统的积淀和文献史料的积累。

《二十世纪中国文学主流》这两套书系是一种全新的文学史实践,难免存在尝试之作的稚嫩和偏差。我们渴望得到专家们的批评和帮助。我们最忐忑的是,不知学界的同行们能否认同——文学史的这样一种做法。

魏　建

2013 年春

目 录

辑二 白话文学的论争

辑三 白话文学的史评

辑四　白话文学的史料索引

辑 一

白话文学的倡导

寄 陈 独 秀

胡 适

独秀先生足下：

　　二月三日，曾有一书奉寄，附所译《决斗》一稿，想已达览。久未见《青年》，不知尚继续出版否？今日偶翻阅旧寄之贵报，重读足下所论文学变迁之说，颇有鄙见，欲就大雅质正之。足下之言曰："吾国文艺犹在古典主义理想主义时代，今后当趋向写实主义。"此言是也。然贵报三号登某君长律一首，附有记者按语，推为"希世之音"。又曰："子云相如而后，仅见斯篇；虽工部亦只有此工力，无此佳丽。……吾国人伟大精神，犹未丧失也欤？于此征之。"细检某君此诗，至少凡用古典套语一百事，……中如"温嘱延犀烬，（此句若无误字，即为不通。）刘招杳桂英，""不堪追素孔，只是怯黔蠃，"（下句更不通。）"义皆攀尾桂，泣为下苏坑，""陈气豪湖海，邹谈必裨瀛，"在律诗中，皆为下下之句。又如"下催桑海变，西接杞天倾，"上句用典已不当，下句本言高与天接之意，而用杞人忧天坠一典，不但不切，在文法上亦不通也。至于"阮籍曾埋照，长沮亦耦耕，"则更不通矣。夫《论语》记长沮、桀溺同耕，故曰"耦耕"。今一人岂可谓之"耦"耶？此种诗在排律中，但可称下驷。稍读元、白、柳、刘（禹锡）之长律者，皆将谓贵报案语之为厚诬工部而过誉某君也。适所以不能已于言者，正以足下论文学已知古典主义之当废，而独啧啧称誉此古典主义之诗，窃谓足下难免自相矛盾之诮矣。

　　适尝谓凡人用典或用陈套语者，大抵皆因自己无才力，不能自铸新辞，故用古典套语，转一弯子，含糊过去，其避难趋易，最可鄙薄！在古大家集中，其最可传之作，皆其最不用典者也。老杜《北征》何等工力！然全篇不用一典。（其"未闻殷周衰，中自诛褒妲"二语乃比拟，非用典也）。其《石壕》、《羌村》诸诗亦然。韩退之诗亦不用典。白香山《琵琶

3

行》全篇不用一典。《长恨歌》更长矣，仅用"倾国"、"小玉"、"双成"三典而已。律诗之佳者，亦不用典。堂皇莫如"云移雉尾开宫扇，日映龙鳞识圣颜"。宛转莫如"岂谓尽烦回纥马，翻然远救朔方兵"。纤丽莫如"梦为远别啼难唤，书被催成墨未浓"。悲壮莫如"永夜角声悲自语，中天月色好谁看"。然其好处，岂在用典哉？（又如老杜《闻官军收河南河北》一首，更可玩味。）总之，以用典见长之诗，决无可传之价值。虽工亦不值钱，况其不工，但求押韵者乎？

尝谓今日文学之腐败极矣；其下焉者，能押韵而已矣。稍进，如南社诸人，夸而无实，滥而不精，浮夸淫琐，几无足称者。（南社中间亦有佳作，此所讥评，就其大概言之耳）。更进，如樊樊山、陈伯严、郑苏庵之流，视南社为高矣。然其诗皆规摹古人，以能神似某人某人为至高目的。极其所至，亦不过为文学界添几件赝鼎耳，文学云乎哉！

综观文学堕落之因，盖可以"文胜质"一语包之。文胜质者，有形式而无精神，貌似而神亏之谓也。欲救此文胜质之弊，当注重言中之意，文中之质，躯壳内之精神。古人曰："言之不文，行之不远。"应之曰，若言之无物，又何用文为乎？

年来思虑观察所得，以为今日欲言文学革命，须从八事入手。八事者何？

一曰，不用典。

二曰，不用陈套语。

三曰，不讲对仗。（文当废骈，诗当废律。）

四曰，不避俗字俗语。（不嫌以白话作诗词。）

五曰，须讲求文法之结构。

此皆形式上之革命也。

六曰，不作无病之呻吟。

七曰，不摹仿古人，语语须有个我在。

八曰，须言之有物。

此皆精神上之革命也。

此八事略具要领而已。其详细节目，非一书所能尽，当俟诸他日再为足下详言之。

以上所言，或有过激之处，然心所谓是，不敢不言。倘蒙揭之贵报，或可供当世人士之讨论。此一问题关系甚大，当有直言不讳之讨论，始可定是非。适以足下洞晓世界文学之趋势，又有文学改革之宏愿，故敢贡其一得之愚。伏乞恕其狂妄而赐以论断，则幸甚矣。匆匆不尽欲言。即祝撰安。

胡适白
民国五年十月
（载 1916 年 10 月 1 日《新青年》第 2 卷第 2 号）

文学改良刍议

胡 适

今之谈文学改良者众矣。记者末学不文,何足以言此?然年来颇于此事再四研思,辅以友朋辩论,其结果所得,颇不无讨论之价值。因综括所怀见解,列为八事,分别言之,以与当世之留意文学改良者一研究之。

吾以为今日而言文学改良,须从八事入手。八事者何?

一曰,须言之有物。
二曰,不摹仿古人。
三曰,须讲求文法。
四曰,不作无病之呻吟。
五曰,务去烂调套语。
六曰,不用典。
七曰,不讲对仗。
八曰,不避俗字俗语。

一曰须言之有物　吾国近世文学之大病,在于言之无物。今人徒知"言之无文,行之不远",而不知言之无物,又何用文为乎。吾所谓"物",非古人所谓"文以载道"之说也。吾所谓"物",约有二事:

(一)情感　《诗序》曰,"情动于中而形诸言。言之不足,故嗟叹之。嗟叹之不足,故咏歌之。咏歌之不足,不知手之舞之,足之蹈之也。"此吾所谓情感也。情感者,文学之灵魂。文学而无情感,如人之无魂,木偶而已,行尸走肉而已。(今人所谓"美感"者,亦情感之一也。)

(二)思想　吾所谓"思想",盖兼见地,识力,理想三者而言之。思想不必皆赖文学而传，而文学以有思想而益贵。思想亦以有文学的价值而益贵也。此庄周之文，渊明老杜之诗，稼轩之词，施耐庵之小说，所以穷绝千古也。思想之在文学，犹脑筋之在人身。人不能思想，则虽面目姣好，虽能笑啼感觉，亦何足取哉？文学亦犹是耳。

文学无此二物，便如无灵魂无脑筋之美人，虽有秾丽富厚之外观，抑亦末矣。近世文人沾沾于声调字句之间，既无高远之思想，又无真挚之情感，文学之衰微，此其大因矣。此文胜之害，所谓言之无物者是也。欲救此弊，宜以质救之。质者何？情与思二者而已。

二曰不摹仿古人　文学者，随时代而变迁者也。一时代有一时代之文学。周秦有周秦之文学，汉魏有汉魏之文学，唐宋元明有唐宋元明之文学。此非吾一人之私言，乃文明进化之公理也。即以文论，有《尚书》之文，有先秦诸子之文，有司马迁班固之文，有韩柳欧苏之文，有语录之文，有施耐庵曹雪芹之文。此文之进化也。试更以韵文言之。击壤之歌，五子之歌，一时期也。三百篇之诗，一时期也。屈原荀卿之骚赋，又一时期也。苏李以下，至于魏晋，又一时期也。江左之诗流为排比，至唐而律诗大成，此又一时期也。老杜香山之"写实"体诸诗（如杜之《石壕吏》、《羌村》，白之《新乐府》），又一时期也。诗至唐而极盛，自此以后，词曲代兴。唐五代及宋初之小令，此词之一时代也。苏柳（永）辛姜之词，又一时代也。至于元之杂剧传奇，则又一时代矣。凡此诸时代，各因时势风会而变，各有其特长。吾辈以历史进化之眼光观之，决不可谓古人之文学皆胜于今人也。左氏史公之文奇矣，然施耐庵之《水浒传》视《左传》《史记》，何多让焉？《三都》《两京》之赋富矣。然以视唐诗宋词，则糟粕耳。此可见文学因时进化，不能自止。唐人不当作商周之诗，宋人不当作相如子云之赋。即令作之，亦必不工。逆天背时，违进化之迹，故不能工也。

既明文学进化之理，然后可言吾所谓"不摹仿古人"之说。今日之中国，当造今日之文学。不必摹仿唐宋，亦不必摹仿周秦也。前见国会开幕词，有云，"於铄国会，遵晦时休。"此在今日而欲为三代以上之文之一证也。更观今之"文学大家"，文则下规姚曾，上师韩欧，更上则取法秦汉魏晋，以为六朝以下无文学可言，此皆百步与五十步之别而已，而皆为文学下乘。即令神似古人，亦不过为博物院中添几许"逼真赝鼎"而已，文学云乎哉！昨见陈伯严先生一诗云：

> 涛园钞杜句，半岁秃千毫。所得都成泪，相过问奏刀。
>
> 万灵噤不下，此老仰弥高。胸腹回滋味，徐看薄命骚。

此大足代表今日"第一流诗人"摹仿古人之心理也。其病根所在，在于以"半岁秃千毫"之工夫作古人的钞胥奴婢，故有"此老仰弥高"之叹。若能洒脱此种奴性，不作古人的诗，而惟作我自己的诗，则决不致如此失败矣。

吾每谓今日之文学，其足与世界"第一流"文学比较而无愧色者，独有白话小说（我佛山人，南亭亭长，洪都百炼生三人而已。）一项。此无他故，以此种小说皆不事摹仿古人，（三人皆得力于《儒林外史》，《水浒》，《石头记》，然非摹仿之作也。）而惟实写今日社会之情状，故能成真正文学。其他学这个，学那个之诗古文家，皆无文学之价值也。今之有志文学者，宜知所从事矣。

三曰须讲求文法 今之作文作诗者，每不讲求文法之结构。其例至繁，不便举之，尤以作骈文律诗者为尤甚。夫不讲文法，是谓"不通"。此理至明，无待详论。

四曰不作无病之呻吟 此殊未易言也。今之少年往往作悲观。其取别号则曰"寒灰"，"无生"，"死灰"。其作为诗文，则对落日而思暮年，对秋风而思零落，春来则惟恐其速去，花发又惟惧其早谢。此亡国之哀音也。老年人为之犹不可，况少年乎？其流弊所至，遂养成一种暮气，不思奋发有为，服劳报国，但知发牢骚之音，感喟之文。作者将以促其寿年，读者将亦短其志气。此吾所谓无病之呻吟也。国之多患，吾岂不知之。然病国危时，岂痛哭流涕所能收效乎。吾惟愿今之文学家作费舒特（Fichte），作玛志尼（Mazzini），而不愿其为贾生、王粲、屈原、谢皋羽也。其不能为贾生、王粲、屈原、谢皋羽，而徒为妇人醇酒丧气失意之诗文者，尤卑卑不足道矣！

五曰务去烂调套语 今之学者，胸中记得几个文学的套语，便称诗人。其所为诗文处处是陈言烂调，"蹉跎"，"身世"，"寥落"，"飘零"，"虫沙"，"寒窗"，"斜阳"，"芳草"，"春闺"，"愁魂"，"归梦"，"鹃啼"，"孤影"，"雁字"，"玉楼"，"锦字"，"残更"，……之类，累累不绝，最可憎厌。其流弊所至，遂令国中生出许多似是而非、貌似而实非之诗文。今试举一例以证之。

> "荧荧夜灯如豆，映幢幢孤影，凌乱无据。翡翠衾寒，鸳鸯瓦冷，禁得秋宵几度。幺弦漫语，早丁字帘前，繁霜飞舞。袅袅余音，片时犹绕柱。"

此词骤观之，觉字字句句皆词也，其实仅一大堆陈套语耳。"翡翠衾"，"鸳鸯瓦"，用之白香山《长恨歌》则可，以其所言乃帝王之衾之瓦也。"丁字帘"，"幺弦"，皆套语也。此词在美国所作，其夜灯决不"荧荧如豆"，其居室尤无"柱"可绕也。至于"繁霜飞舞"，则更不成话矣。谁曾见繁霜之"飞舞"耶。

吾所谓务去烂调套语者，别无他法，惟在人人以其耳目所亲见亲闻所亲身阅历之事物。——自己铸词以形容描写之。但求其不失真，但求能达其状物写意之目的，即是工夫。其用烂调套语者，皆懒惰不肯自己铸词状物者也。

六曰不用典　吾所主张八事之中，惟此一条最受朋友攻击，盖以此条最易误会也。吾友江亢虎君来书曰。

> "所谓典者，亦有广狭二义。饾饤獭祭，古人早悬为厉禁。若并成语故事而屏之，则非惟文字之品格全失，即文字之作用亦亡。……文字最妙之意味，在用字简而涵义多。此断非用典不为功。不用典不特不可作诗，并不可写信，且不可演说。来函满纸'旧雨'，'虚怀'，'治头治脚'，'舍本逐末'，'洪水猛兽'，'发聋振聩'，'负弩先驱'，'心悦诚服'，'词坛'，'退避三舍'，'无病呻吟'，'滔天'，'利器'，'铁证'，……皆典也。试尽抉而去之，代以俚语俚字，将成何说话。其用字之繁简，犹其细焉。恐一易他词，虽加倍蓰而涵义仍终不能如是恰到好处，奈何。……"

此论极中肯要。今依江君之言，分典为广狭二义，分论之如下。

（一）广义之典非吾所谓典也。广义之典约有五种。

（甲）古人所设譬喻，其取譬之事物，含有普通意义，不以时代而失其效用者，今人亦可用之。如古人言"以子之矛攻子之盾"。今人虽不读书者，亦知用"自相矛盾"之喻。然不可谓为用典也，上文所举例中之"治头治脚","洪水猛兽","发聋振聩",……皆此类也。盖设譬取喻,贵能切当,若能切当,固无古今之别也。若"负弩先驱","退避三舍"之类,在今日已非通行之事物,在文人相与之间,或可用之,然终以不用为上。如言"退避",千里亦可,百里亦可,不必定用"三舍"之典也。

(乙)成语 成语者,合字成辞,别为意义。其习见之句,通行已久,不妨用之。然今日若能另铸"成语",亦无不可也。"利器","虚怀","舍本逐末",……皆属此类。此非"典"也,乃日用之字耳。

(丙)引史事 引史事与今所论议之事相比较,不可谓为用典也。如老杜诗云,"未闻殷周衰,中自诛褒妲",此非用典也。近人诗云,"所以曹孟德,犹以汉相终",此亦非用典也。

(丁)引古人作比 此亦非用典也。杜诗云"清新庾开府,俊逸鲍参军",此乃以古人比今人,非用典也。又云,"伯仲之间见伊吕,指挥若定失萧曹",此亦非用典也。

(戊)引古人之语 此亦非用典也。吾尝有句云:"我闻古人言,艰难唯一死。"又云,"尝试成功自古无,放翁此语未必是。"此乃引语,非用典也。

以上五种为广义之典,其实非吾所谓典也。若此者可用可不用。

(二)狭义之典,吾所主张不用者也。吾所谓用"典"者,谓文人词客不能自己铸词造句以写眼前之景,胸中之意,故借用或不全切、或全不切之故事陈言以代之,以图含混过去。是谓"用典"。上所述广义之典,除戊条外,皆为取譬比方之辞。但以彼喻此,而非以彼代此也。狭义之用典,则全为以典代言,自己不能直言之,故用典以言之耳。此吾所谓用典与非用典之别也。狭义之典亦有工拙之别,其工者偶一用之,未为不可,其拙者则当痛绝之已。

(子)用典之工者 此江君所谓用字简而涵义多者也。客中无书不能多举其例,但杂举一二,以实吾言。

(1)东坡所藏仇池石,王晋卿以诗借观,意在于夺。东坡不敢不借,先以诗寄之,有句云:"欲留嗟赵弱,宁许负秦曲。传观慎勿许,间道归应速。"此用蔺相如返璧之典,何其工切也。

(2)东坡又有"章质夫送酒六壶,书至而酒不达"诗云,"岂意青州六从事,化为乌有一先生。"此虽工已近于纤巧矣。

(3)吾十年前尝有读《十字军英雄记》一诗云,"岂有鸠人羊叔子,焉知微服赵主父,十字军真儿戏耳,独此两人可千古。"以两典包尽全书,当时颇沾沾自喜,其实此种诗,尽可不作也。

（4）江亢虎代华侨诔陈英士文有"未悬太白,先坏长城。世无鉏霓,乃戕赵卿"四句,余极喜之。所用赵宣子一典,甚工切也。

（5）王国维咏史诗,有"狼虎在堂室,徙戎复何补。神州遂陆沉,百年委榛莽。寄语桓元子,莫罪王夷甫"。此亦可谓使事之工者矣。
上述诸例,皆以典代言,其妙处,终在不失设譬比方之原意。惟为文体所限,故譬喻变而为称代耳。用典之弊,在于使人失其所欲譬喻之原意。若反客为主,使读者迷于使事用典之繁,而转忘其所为设譬之事物,则为拙矣。古人虽作百韵长诗,其所用典不出一二事而已,（"北征"与白香山"悟真寺"诗皆不用一典。）今人作长律则非典不能下笔矣。尝见一诗八十四韵,而用典至百余事,宜其不能工也。

（丑）用典之拙者　用典之拙者,大抵皆衰惰之人,不知造词,故以此为躲懒藏拙之计。惟其不能造词,故亦不能用典也。总计拙典亦有数类。

（1）比例泛而不切,可作几种解释,无确定之根据。今取王渔洋秋柳一章证之。

娟娟凉露欲为霜,万缕千条拂玉塘。浦里青荷中妇镜,江干黄竹女儿箱。空怜板渚隋堤水,不见琅琊大道王。若过洛阳风景地,含情重问永丰坊。

此诗中所用诸典无不可作几样说法者。

（2）僻典使人不解。夫文学所以达意抒情也。若必求人人能读五车书,然后能通其文,则此种文可不作矣。

（3）刻削古典成语,不合文法。"指兄弟以孔怀,称在位以曾是",（章太炎语）是其例也。今人言"为人作嫁"亦不通。

（4）用典而失其原意。如某君写山高与天接之状,而曰"西接杞天倾"是也。

（5）古事之实有所指,不可移用者,今往往乱用作普通事实。如古人灞桥折柳,以送行者,本是一种特别土风。阳关渭城亦皆实有所指。今之懒人不能状别离之情,于是虽身在滇越,亦言灞桥;虽不解阳关渭城为何物,亦皆言"阳关三叠","渭城离歌"。又如张翰因秋风起而思故乡之莼羹鲈脍,今则虽非吴人,不知莼鲈为何味者,亦皆自称有"莼鲈之思"。此则不仅懒不可救,直是自欺欺人耳!

凡此种种,皆文人之不下功夫,一受其毒,便不可救。此吾所以有"不用典"之说也。

七曰不讲对仗　排偶乃人类言语之一种特性,故虽古代文字,如老子孔子之文,亦间有骈句。如"道可道,非常道;名可名,非常名。无名天地之始,有名万物之母。故常无,欲以观其妙;常有,欲以观其微。"此三排句也。"食无求饱,居无求安。""贫而无谄,富而无骄。""尔爱其羊,我爱其礼。"此皆排句也。然此皆近于语言之自然,而无牵强刻削之迹;尤未有定其字之多寡,声之平仄,词之虚实者也。至于后世文学末流,言之无物,乃以文胜;文胜之极,而骈文律诗兴焉,而长律兴焉。骈文律诗之中非无佳作,然佳作终鲜。所以然者何?岂不以其束缚人之自由过甚之故耶?(长律之中,上下古今,无一首佳作可言也。)今日而言文学改良,当"先立乎其大者",不当枉废有用之精力于微细纤巧之末。此吾所以有废骈废律之说也。即不能废此两者,亦但当视为文学末技而已,非讲求之急务也。

今人犹有鄙夷白话小说为文学小道者。不知施耐庵曹雪芹吴趼人皆文学正宗,而骈文律诗乃真小道耳。吾知必有闻此言而却走者矣。

八曰不避俗语俗字　吾惟以施耐庵曹雪芹吴趼人为文学正宗,故有"不避俗字俗语"之论也(参看上文第二条下)。盖吾国言文之背驰久矣。自佛书之输入,译者以文言不足以达意,故以浅近之文译之,其体已近白话。其后佛氏讲义语录尤多用白话为之者,是为语录体之原始。及宋人讲学以白话为语录,此体遂成讲学正体(明人因之)。当是时,白话已久入韵文,观唐宋人白话之诗词可见也。及至元时,中国北部已在异族之下,三百余年矣(辽、金、元)。此三百年中,中国乃发生一种通俗行远之文学。文则有《水浒》《西游》《三国》之类,戏曲则尤不可胜计(关汉卿诸人,人各著剧数十种之多。吾国文人著作之富,未有过于此时者也)。以今世眼光观之,则中国文学当以元代为最盛;可传世不朽之作,当以元代为最多。此可无疑也。当是时,中国之文学最近言文合一,白话几成文学的语言矣。使此趋势不受阻遏,则中国几有一"活文学出现",而但丁、路得之伟业,(欧洲中古时,各国皆有俚语,而以拉丁文为文言,凡著作书籍皆用之,如吾国之以文言著书也。其后意大利有但丁(Dante)诸文豪,始以其国俚语著作。诸国踵兴,国语亦代起。路得(Luther)创新教始以德文译旧约新约,遂开德文学之先。英法诸国亦复如是。今世通用之英文新旧约乃一六一一年译本,距今才三百年耳。故今日欧洲诸国之文学,在当日皆为俚语。迨诸文豪兴,始以"活文学"代拉丁之死文学。有活文学而后有言文合一之国语也。)几发生于神州。不意此趋势骤为明代所阻,政府既以八股取士,而当时文人如何李七子之徒,又争以复古为高,于是此千年难遇言文合一之机会,遂中道夭折矣。然以今世历史进化的眼光观之,则白话文学之为中国文学之正宗,又为将来文学必用之利器,可断言也。(此"断言"乃自作者言之,赞成此说者今日未必甚多也。)以此之故,吾主张今日作文作诗,宜采用俗语俗字。与其用三千年前之死字,(如"于铄国会,遵晦时休"之类)不如用二十世纪之活字。与其作不能行远不能普及之秦汉六朝文字,不如作家喻户晓之水浒西游文字也。

结　论

上述八事,乃吾年来研思此一大问题之结果。远在异国,既无读书之暇晷,又不得就国中先生长者质疑问难,其所主张容有矫枉过正之处。然此八事皆文学上根本问题,一一有研究之价值。故草成此论,以为海内外留心此问题者作一草案。谓之刍议,犹云未定草也,伏惟国人同志有以匡纠是正之。

（载 1917 年 1 月 1 日《新青年》第 2 卷第 5 号）

文学革命论

陈独秀

　　今日庄严灿烂之欧洲,何自而来乎。曰,革命之赐也。欧语所谓革命者,为革故更新之义,与中土所谓朝代鼎革,绝不相类。故自文艺复兴以来,政治界有革命,宗教界亦有革命,伦理道德亦有革命,文学艺术,亦莫不有革命,莫不因革命而新兴而进化。近代欧洲文明史,宜可谓之革命史。故曰,今日庄严灿烂之欧洲,乃革命之赐也。

　　吾苟偷庸懦之国民,畏革命如蛇蝎。故政治界虽经三次革命,而黑暗未尝稍减。其原因之小部分,则为三次革命皆虎头蛇尾,未能充分以鲜血洗净旧污;其大部分,则为盘踞吾人精神界根深底固之伦理道德、文学艺术诸端,莫不黑幕层张,垢污深积,并此虎头蛇尾之革命而未有焉。此单独政治革命所以于吾之社会,不生若何变化,不收若何效果也。推其总因,乃在吾人疾视革命,不知其为开发文明之利器故。

　　孔教问题,方喧呶于国中。此伦理道德革命之先声也。文学革命之气运,酝酿已非一日,其首举义旗之急先锋,则为吾友胡适。余甘冒全国学究之敌,高张"文学革命军"大旗,以为吾友之声援。旗上大书特书吾革命军三大主义:曰推倒雕琢的阿谀的贵族文学,建设平易的抒情的国民文学。曰推倒陈腐的铺张的古典文学,建设新鲜的立诚的写实文学。曰推倒迂晦的艰涩的山林文学,建设明了的通俗的社会文学。

　　《国风》多里巷猥辞,《楚辞》盛用土语方物,非不斐然可观。承其流者两汉赋家,颂声大作。雕琢阿谀,词多而意寡。此贵族之文古典之文之始作俑也。魏晋以下之五言,抒情写事,一变前代板滞堆砌之风。在当时可谓为文学一大革命,即文学一大进化,然希托高古,言简意晦,社会现象,非所取材,是犹贵族之风,未足以语通俗的国民文学也。齐梁以来,风尚对偶,演至有唐,遂成律体。无韵之文,亦尚对偶。《尚书》、

《周易》以来,即是如此。(古人行文,不但风尚对偶,且多韵语。故骈文家颇主张骈体为中国文章正宗之说。[亡友王无生即主张此说之一人。]不知古书传钞不易,韵与对偶,以利传诵而已。后之作者,乌可泥此。)

东晋而后,即细事陈启,亦尚骈丽。演至有唐,遂成骈体。诗之有律,文之有骈,皆发源于南北朝,大成于唐代。更进而为排律,为四六。此等雕琢的阿谀的铺张的空泛的贵族古典文学,极其长技,不过如涂脂抹粉之泥塑美人。以视八股试帖之价值,未必能高几何,可谓为文学之末运矣! 韩柳崛起,一洗前人纤巧堆朵之习,风会所趋,乃南北朝贵族古典文学,变而为宋元国民通俗文学之过渡时代。韩柳元白应运而出,为之中枢。俗论谓昌黎文章起八代之衰,虽非确论。然变八代之法,开宋元之先,自是文界豪杰之士。吾人今日所不满于昌黎者二事。一曰文犹师古。虽非典文,然不脱贵族气派。寻其内容,远不若唐代诸小说家之丰富,其结果乃造成一新贵族文学。二曰误于“文以载道”之谬见。文学本非为载道而设,而自昌黎以讫曾国藩所谓载道之文,不过钞袭孔孟以来极肤浅极空泛之门面语而已。余尝谓唐宋八家文之所谓“文以载道”,直与八股家之所谓“代圣贤立言”,同一鼻孔出气。以此二事推之,昌黎之变古,乃时代使然。于文学史上,其自身并无十分特色可观也。元明剧本,明清小说,乃近代文学之粲然可观者。惜为妖魔所厄,未及出胎,竟尔流产。以至今日中国之文学,委琐陈腐,远不能与欧洲比肩。此妖魔为何。即明之前后七子及八家文派之归方刘姚是也。此十八妖魔辈,尊古蔑今,咬文嚼字,称霸文坛。反使盖代文豪若马东篱,若施耐庵,若曹雪芹诸人之姓名,几不为国人所识。若夫七子之诗,刻意模古,直谓之抄袭可也。归方刘姚之文,或希荣慕誉,或无病而呻,满纸之乎者也矣焉哉。每有长篇大作,摇头摆尾,说来说去,不知道说些甚么。此等文学,作者既非创造才,胸中又无物,其伎俩惟在仿古欺人,直无一字有存在之价值。虽著作等身,与其时之社会文明进化无丝毫关系。

今日吾国文学,悉承前代之敝。所谓桐城派者,八家与八股之混合体也。所谓骈体文者,思绮堂与随园之四六也。所谓西江派者,山谷之偶像也。求夫目无古人,赤裸裸的抒情写世,所谓代表时代之文豪者,不独全国无其人,而且举世无此想。文学之文,既不足观。应用之文,益复怪诞。碑铭墓志,极量称扬,读者决不见信,作者必照例为之。寻常启事，首尾恒有种种谀词。居丧者即华居美食，而哀启必欺人曰，苫块昏迷。赠医生以匾额，不曰术迈歧黄，即曰著手成春。穷乡僻壤极小之豆腐店，其春联恒作"生意兴隆通四海、财源茂盛达三江"。此等国民应用之文学之丑陋，皆阿谀的虚伪的铺张的贵族古典文学阶之厉耳。

际兹文学革新之时代，凡属贵族文学古典文学山林文学，均在排斥之列。以何理由而排斥此三种文学耶。曰，贵族文学，藻饰依他，失独立自尊之气象也。古典文学，铺张堆砌，失抒情写实之旨也。山林文学，深晦艰涩，自以为名山著述，于其群之大多数无所裨益也。其形体则陈陈相因，有肉无骨，有形无神，乃装饰品而非实用品。其内容则目光不越帝王权贵，神仙鬼怪，及其个人之穷通利达。所谓宇宙，所谓人生，所谓社会，举非其构思所及。此三种文学公同之缺点也。此种文学，盖与吾阿谀夸张虚伪迂阔之国民性，互为因果。今欲革新政治，势不得不革新盘踞于运用此政治者精神界之文学，使吾人不张目以观世界社会文学之趋势及时代之精神，日夜埋头故纸堆中，所目注心营者，不越帝王权贵鬼怪神仙与夫个人之穷穷通利达，以此而求革新文学革新政治，是缚手足而敌孟贲也。

欧洲文化，受赐于政治科学者固多，受赐于文学者亦不少。予爱卢梭、巴士特之法兰西，予尤爱虞哥、左喇之法兰西；予爱康德、赫克尔之德意志，予尤爱桂特郝、卜特曼之德意志。予爱培根、达尔文之英吉利，予尤爱狄铿士、王尔德之英吉利。吾国文学界豪杰之士，有自负为中国之虞哥、左喇、桂特郝、卜特曼、狄铿士、王尔德者乎？有不顾迂儒之毁誉，明目张胆以与十八妖魔宣战者乎？予愿拖四十二生的大炮，为之前驱。

（载 1917 年 2 月 1 日《新青年》第 2 卷第 6 号）

寄陈独秀^①

钱玄同

独秀先生鉴:

胡适之君之《文学改良刍议》,其陈义之精美,前已为公言之矣。兹反复细读,窃有私见数端,愿与公商榷之。倘得借杂志余幅以就教于胡君,尤所私幸。

胡君"不用典"之论最精,实足祛千年来腐臭文学之积弊。尝谓齐梁以前之文学,如《诗经》《楚辞》及汉魏之歌诗,乐府等,从无用典者。(古代文学,白描体外,只有比兴。比兴之体,当与胡君所谓"广义之典"为同类;与后世以表象之语直代实事者迥异。)短如《箜篌引》:"公无渡何,公竟渡河,堕河而死,当奈公何",长如《焦仲卿妻诗》,皆纯为白描,不用一典,而作诗者之情感,诗中人之状况,皆如一一活现于纸上。《焦仲卿妻诗》尤与白话之体无殊,至今已越千七百年,读之,犹如作诗之人与我面谈。此等优美文学,岂后世用典者所能梦见!(后世如杜甫白居易之写实诗,亦皆具此优美。然而《长恨歌》中,杂用"小玉""双成"二典,便觉可厌。)自后世文人无铸造新词之材力,乃竟趋于用典,以欺世人;不学者从而震惊之,以渊博相称誉;于是习非成是,一若文不用典,即为俭学之征。此实文学窳败之一大原因。胡君辞而辟之,诚知本矣。惟于"狭义之典",胡君虽然主张不用,顾又谓"工者偶一用之,未为不可",则似犹未免依违于俗论。弟以为凡用典者,无论工拙,皆为行文之疵病。即如胡君所举五事,(1)(3)(5)虽曰工切,亦是无谓;胡君自评谓"其实此种诗尽可不作",最为直截痛快之论。若(2)所举之苏诗,胡君已有"近于纤巧"之论。弟以为苏轼此种词句,在不知文学之"斗方名士"读之,必赞为"词令妙品",其实索然无味,只觉可厌,直是用典之拙者耳。(4)所举江亢虎之诔文,胡君称其"用

① 原载通信栏,此标题为编者所加。

赵宣子一典甚工切",弟实不知其佳处。至如"未悬太白"一语,正犯胡君用典之拙者之第五条:胡君知"灞桥""阳关""渭城""莼鲈"为"古事之实有所指,不可移用",则宜知护国军本无所谓"太白旗",彼时纵然杀了袁世凯,当不能沿用"枭首示众"之旧例;如是,则"悬太白"三字,无一合于事实,非用典之拙者而何?故弟意胡君所谓典之工者,亦未为可用也。

文学之文,用典已为下乘。若普通应用之文,尤须老老实实讲话,务期老妪能解。如有妄用典故,以表象语代事实者,尤为恶劣。章太炎先生尝谓公牍中用"水落石出","剜肉补疮"诸词为不雅。亡友胡仰曾君谓曾见某处告诫军人之文,有曰,"此偶合之乌,难保无害群之马。果尔以有限之血蚨,养无数之飞蝗",此实不通已极。满清及洪宪时代司法不独立,州县长官遇婚姻讼事,往往喜用滥恶之四六为判词,既以自炫其淹博,又借以肆其轻薄之口吻;此虽官吏心术之罪恶,亦由此等滥恶之四六有以助之也。弟以为西汉以前之文学,最为朴实真挚。始坏于东汉,以其浮词多而真意少也。弊盛于齐梁,以其渐多用典也。唐宋四六,除用典外,别无他事,实为文学中之最下劣者。至于近世,《燕山外史》,《聊斋志异》,《淞隐漫录》诸书,直可谓全篇不通。戏曲,小说,为近代文学之正宗:小说因多用白话之故,用典之病少;(白话中罕有用典者。胡君主张采用白话,不特以今人操今语,于理为顺,即为驱除用典计,亦以用白话为宜。弟于胡君采用白话之论,固绝对的赞同也。)传奇诸作,即不能免用典之弊,元曲中喜用四书文句,亦为拉杂可厌。弟为此论,非荣古贱今;弟对于古今文体造句之变迁,决不以为古胜于今,亦与胡君所谓"有尚书之文,有先秦诸子之文,有司马迁、班固之文,有韩、柳、欧、苏之文,有语录之文,有施耐庵、曹雪芹之文,此文之进化"同意,惟对于用典一层,认为确是后人劣于前人之处,事实昭彰,不能为讳也。

用典以外尚有一事,其弊与用典相似,亦为行文所当戒绝者,则人之称谓是也。人之有名,不过一种记号。夏殷以前,人止一名,与今之西人相同。自周世尚文,于是有"幼名,冠字,五十以伯仲,死谥"种种繁称,已大可厌矣。六朝重门第,争标郡望。唐宋以后,"峰,泉,溪,桥,楼,亭,轩,馆",别号日繁。于是一人之记号多乃至数十,每有众所共知之人,一易其名称,竟茫然不识为谁氏者,弟每翻《宋元学案》目录,便觉头脑疼痛者,即以此故;而自昔文学之文,于此等称谓,尤喜避去习见,改用隐僻,甚或删削本名,或别创新称。近时流行,更可骇怪。如"湘乡","合肥","南海","新会","项城","黄陂","善化","河间"等等,专以地名名人,一若其地往古来今,即此一人可为代表者然;非特使不知者无从臆想,即揆诸情理,岂得谓平! 故弟意今后文学,凡称人,悉用其姓名,不可再以郡望别号地名等等相摄代。(又,官名地名须从当时名称,此前世文人所已言者,虽桐城派诸公,亦知此理。然昔人所论,但谓金石文学及历史传记之体宜然;鄙意文学之文,亦当守此格律。又文中所用事物名称,道古时事,自当从古称;若道现代事,必当从今称。故如古称"冠,履,袾,裳,箧,豆,尊,鼎",仅可用于道古;若道今事,必当改用"帽,鞋,领,袴,盌,盆,壶,锅"诸名,断不宜效法"不敢题糕"之迂谬见解。)

一文之中,有骈有散,悉由自然。凡作一文,欲其句句相对与欲其句句不相对者,皆妄也。桐城派人鄙夷六朝骈偶,谓韩愈作散文为古文之正宗。然观《原道》一篇,起首"仁"、"义"二句,与"道"、"德"二句相对;下文云,"仁与义为定名,道与德为虚位";又云"故道有君子小人,而德有凶有吉":皆骈偶之句也。阮元以孔子文言为骈文之祖,因谓文必骈俪。(近人仪征某君即笃信此说,行文必取骈俪。尝见其所撰经解,乃似墓志。又某君之文,专务改去常用之字,以同训诂之隐僻字代之,大有"夜梦不祥,开门大吉"改为"宵寐匪祯,阚札洪庥"之风,此又与用僻典同病。)则当诘之曰,然则《春秋》一万八千字之经文,亦孔子所作,何缘不作骈俪? 岂文才既竭,有所谢短乎? 弟以为今后之文学,律诗可废,以其中四句必须对偶,且须调平仄也。若骈散之事,当一任其自然;如胡君所谓"近于语言之自然而无牵强刻削之迹"者,此等骈句,自在当用之列。

胡君所云"须讲文法",此不但今人多不讲求,即古书中亦多此病。如《乐毅报燕惠王书》中"蓟丘之植植于汶篁"二语,意谓齐国汶上之篁,今植于燕之蓟丘也。江淹《恨赋》,"孤臣危涕,孽子坠心",实"危心坠涕"也。杜诗,"香稻啄余鹦鹉粒,碧梧栖老凤凰枝","香稻"与"鹦鹉","碧梧"与"凤凰",皆主宾倒置。此皆古人不通之句也。《史记·裴骃集解序》索隐有句曰,"正是冀望圣贤胜于'饱食终日无所用心',愈于论语'不有博弈者乎'之人耳。"凡见此句者,殆无不失笑。然如此生吞活剥之引用成语,在文学中亦殊不少;宋四六中,尤不胜枚举。

　　语录以白话说理，词曲以白话为美文，此为文章之进化，实今后言文一致的起点。此等白话文章，其价值远在所谓"桐城派之文""江西派之诗"之上，此蒙所深信而不疑者也。至于小说为近代文学之正宗，此亦至确不易之论，惟此皆就文体言之耳。若论词曲小说诸著在文学上之价值，窃谓当以胡君"情感""思想"两事为标准；无此两事之词曲小说，其无价值亦与"桐城之文""江西派之诗"相等。故如元人杂曲，及《西厢记》、《长生殿》、《牡丹亭》、《燕子笺》之类，词句虽或可观，然以无"高尚思想""真挚情感"之故，终觉无甚意味。至于小说，非海淫海盗之作（海淫之作，从略不举。海盗之作，如《七侠五义》之类是。《红楼梦》断非海淫，实足写骄侈家庭，浇漓薄俗，腐败官僚，纨绔公子耳。《水浒》尤非海盗之作，其全书主脑所在，不外"官逼民反"一义，施耐庵实有社会党人之思想也。）即神怪不经之谈；（如《西游记》《封神传》之类。）否则以迂谬之见解，造前代之野史；（如《三国演义》《说岳》之类。）最下者，所谓"小姐后花园赠衣物"，"落难公子中状元"之类，千篇一律，不胜缕指。故词曲小说，诚为文学正宗，而关于词曲小说之作，其有价值者乃殊鲜。（前此所谓文学家者，类皆喜描写男女情爱。然此等笔墨，若用写实派文学之眼光去做，自有最高之价值；若出于一己之傿薄思想，以秽亵之文笔，表示其肉麻之风流，则无丝毫价值之可言，（前世文人，属于前者殆绝无，属于后者则滔滔皆是。）以蒙寡陋，以为传奇之中，惟《桃花扇》最有价值。弟以为旧小说之有价值者不过施耐庵之《水浒》，曹雪芹之《红楼梦》，吴敬梓之《儒林外史》三书耳，今世小说，惟李伯元之《官场现形记》，吴趼人之《二十年目睹之怪现状》，曾孟朴之《孽海花》三书为有价值。曼殊上人思想高洁，所为小说，描写人生真处，足为新文学之始基乎。此外作者，皆所谓公等碌碌，无足置齿者矣。刘铁云之《老残游记》，胡君亦颇推许；吾则以为其书中惟写毓贤残民以逞一段为佳，其他所论，大抵皆老新党头脑不甚清晰之见解，黄龙子论"北拳南革"一段信口雌黄，尤足令人忍俊不禁。总之小说戏剧，皆文学之正宗。论其理固然：而返观中国之小说戏剧，与欧洲殆不可同年而语。小说略如上节所述。至于戏剧一道，南北曲及昆腔，虽鲜高尚之思想，词句尚斐然可观；若今之京调戏，理想既无，文章又极恶劣不通。固不可因其为戏剧之故，遂谓为有文学上之价值也。（假使当时编京调戏本者能全用白话，当不至滥恶若此。）又中国旧戏，专重唱工，所唱之文句，听者本不求甚解，而戏子打脸之离奇，舞台设备之幼稚，无一足以动人情感。夫戏中扮演，本期确肖实人实事，即观向来"优孟衣冠"一语，可知戏子扮演古人，当如优孟之象孙叔敖，苟其不肖，即与演剧之义不合；顾何以今之戏子绝不注意此点乎！戏剧本为高等文学，而中国之戏，编自市井无知之手，文人学士不屑过问焉，则拙劣恶滥，固宜。弟尝为滑稽之比喻，谓中国之旧戏如骈文，外国之新戏如白话小说。以骈文外貌虽极炳烺，而叩其实质，固空无所有；即其敷引故实，泛填词薄之处，苟逐字逐句为之解释，则事理文理不通者殊多。旧戏之仅以唱工见长，而扮相布景举不合于实人实事，正同此例。白话小说能曲折达意，某也贤，某也不肖，俱可描摹其口吻神情。故读白话小说，恍如与书中人面语。新剧讲究布景，人物登场，语言神气务求与真者酷肖，使观之者几忘其为舞台扮演，故曰与白话小说为同例也。

梁任公君实为创造新文学之一人。虽其政论诸作，因时变迁，不能得国人全体之赞同，即其文章，亦未能尽脱帖括蹊径，然输入日本新体文学，以新名词及俗语入文，视戏曲小说与论记之文平等，（梁君之作《新民说》，《新罗马传奇》，《新中国未来记》，皆用全力为之，未尝分轻重于其间也。）此皆其识力过人处。鄙意论现代文学之革新，必数梁君。

至于当世，所谓桐城巨子，能作散文。选学名家，能作骈文。做诗填词，必用陈套语。所造之句不外如胡君所旅美某君所填之词。此等文人，自命典瞻古雅，鄙夷戏曲小说，以为猥俗不登大雅之堂者，自仆观之，公等所撰，皆"高等八股"耳。（此尚是客气话；据实言之，直当云"变形之八股"。）文学云乎哉！（又如某氏与人对译欧西小说，专用《聊斋志异》文笔，一面又欲引韩柳以自重；此其价值，又在桐城派之下，然世固以"大文豪"目之矣！）

又弟对于应用文，以为非做到言文一致地步不可。此论甚长，异日当本吾臆见写成一文，以求正有道，兹则未遑详述也。

        钱玄同白　一九一七年二月二十五日

（载 1917 年 3 月 1 日《新青年》第 3 卷第 1 号）

我之文学改良观

刘半农

文学改良之议,既由胡君适之提倡之于前,复由陈君独秀钱君玄同赞成之于后。不佞学识谫陋,固亦为立志研究文学之一人。除于胡君所举八种改良,陈君所揭三大主义,及钱君所指旧文学种种弊端,绝端表示同意外,复举平时意中所欲言者,拉杂书之,草为此文。幸三君及世之留意文学改良者有以指正之。谓之"我之文学改良观"者,亦犹常君乃德所谓"见仁见智、各如其分。我之观念,未必他人亦同此观念"也。

文学之界说如何乎 此一问题,向来作者,持论每多不同。甲之说曰,"文以载道"。不知道是道、文是文。二者万难并作一谈。若必如八股家之奉四书五经为文学宝库,而生吞活剥孔孟之言,尽举一切"先王后世禹汤文武"种种可厌之名词,而堆砌之于纸上,始可称之为文,则"文"之一字,何妨付诸消灭。即若辈自奉为神圣无上之五经之一之诗经,恐三百首中,必无一首足当"文"字之名者。其立说之不通,实不攻自破。乙之说曰,"文章有饰美之意,当作彣彰"。(见近人某论文书中)近顷某高等师范学校所聘国文教习川人某,尤主此说,谓"作文必讲音韵。后人称韩愈文起八代之衰,其实韩愈连音韵尚未懂得,何能作文。"故校中学生,自此公莅事后,相率摇头抖膝,推敲于"平平仄仄"之间。其可笑较诸八股家为尤甚。夫文学为美术之一,固已为世界文人所公认。然欲判定一物之美丑,当求诸骨底,不当求诸皮相。譬如美人,必具有天然可以动人之处,始可当一美字而无愧。若丑妇浓汝,横施脂粉,适成其为怪物。故研究文学而不从性灵中意识中讲求好处,徒欲于字句上声韵上卖力,直如劣等优伶,自己无真实本事,乃以花腔滑调博人叫好。此等人尚未足与言文学也。二说之外,惟章实斋分别文史之说较为近是。然使尽以记事文归入史的范围,则在文学上占至重要之位置之小说,即不能视为文学是不可也。反之,使尽以非记事文归入文的范围,则信札文告之属,初只求辞达意适而止,一有此项规定,反须加上一种文学工夫,亦属无谓。故就不佞之意,欲定文学之界说,当取法于西文,分一切作物为文字 Language 与文学 Literature 二类。西文释 Language 一字曰,"Any means of conveying or communicating ideas",是只取其传达意思,不必于传达意思之外,更用何等工夫也。又 Language 一字,往往可与语言 Speech 口语 Tongue 通用。然明定其各个之训诂,则 "LANGUAGE is generic, denoting, in its most extended use, any mode of conveying ideas ; SPEECH is the language of sounds ; and TONGUE is the Angrlo-Saxon term for language, especially for spoken language." 是文字之用,本与语言无殊,仅取其人人都能了解、可以布诸远方、以补语言之不足,与吾国所谓 "言之无文,行而不远" 正柜符合。至如 Literature 则界说中既明明规定为 "The class of writings distinguished for beauty of style, as poetry, essays, history, fictions, or belles-lettres" 自与普通仅为语言之代表之文字有别。吾后文之所谓文学,即就此假定之界说立论。(此系一人私见,故称假定而不称已定。)

文学与文字　此两个名词之界说既明,则 "何处当用文字、何处当用文学",与夫 "必如何始可称文字、如何始可称文学",亦为吾人不得不研究之问题。今分别论之。

第一问题　前此独秀君撰论,每以 "文学之文" 与 "应用之文" 相对待。其说似是。然就论理学之理论言之,文学的既与应用的相对,则文学之文不能应用,应用之文不能视为文学,不佞以 "不贵苟同" 之义,不敢遽以此说为然也。西人之规定文学之用处者,恒谓 "Literature often embraces all compositions except these upon the positive sciences." 其说似较独秀君稍有着落。然欲举实质科学以外一切文字,悉数纳诸文学范围之中,亦万难视为定论。就不佞之意,凡科学上应用之文字,无论其为实质与否,皆当归入文字范围。即胡陈钱三君及不佞今兹所草论文之文,亦系文字而非文学。以文学本身亦为各种科学之一。吾侪处于客观之地位以讨论之,不宜误宾为主。此外,他种科学,更不宜破此定例以侵害文学之范围。吾国旧时科学书,大部并艺术为一谈。幼时初习算学,一部九数通考,不半月即已毕业。而开首一段河图洛书说,及周髀图说,直至三年之后始能了解。此外作医书者,虽立论极浅,亦必引证内经及内经之说,务使他人不能明白为快。蚕桑之书,本取其妇孺多解,而作者必用古文笔法。卜筮之书,本为瞽者留一噉饭地(星学家自言如此)而必参入似通非通之易理以自重。诸如此类,无非卖才使气,欺人自欺。吾国原有学术之所以不能发达与普及,实此等自命渊博之假名士有以致之。近自西洋物质文明,稍稍输入中国,凡迻译东西科学书籍者,都已不复有此恶习。而严复所撰英文汉活,虽全书取材,悉系彼邦至粗浅之文法,乃竟以文笔之古拙生涩,见称于世。若取此书以为教材,是非使学徒先习十数年国文,即不许其研究英文,试问天下有是理乎。

余决非盲从西洋学说之人。此节所引文学用处之规定,其 Positive 一字,实以 "Philosophical Literature" 已成为彼邦文学中之一种。而哲学又为诸种科学之一,故必于 "科学" 之上冠以 "实质",方不至于互相抵触。其实哲学本身,既包有高深玄妙之理想,行文当力求浅显,使读者一望即知其意旨所在。此余所以主张无论何种科学皆当归入文字范围,而不当羼入文学范围也。至于新闻纸之通信,(如普通纪事可用文字,描写人情风俗当用文学。)政教实业之评论,(如发表意见用文字,推测其安危祸福用文学。)官署之文牍告令,(文牍告令,什九宜用文字而不宜用文学。钱君所指清代州县喜用滥恶之四六、以判婚姻讼事,与某处诰诫军人文,有 "偶合之乌"、"害群之马"、"血蚨"、"飞蝗" 等字样,即是滥用文学之弊。然如普法之战,拿破仑三世致普鲁士维廉大帝之宣战书为 "Sire my Brother——Not having been able to die in the midst of my troops, it only remains for me to place my sword in the hands of Your Majesty. I am your Majesty's good brother, Napoleon." 未尝不可视为希世奇文。维廉复书中 "Regretting the circumstances under which we meet, I accept the sword of Your Majesty" 之句,便觉黯然无色,故于适当之外,文牍中亦未尝绝对不可用文学也。)私人之日记信札,(此二种均宜用文字。然如游历时之日记,即不得不于有关系之处,涉及文学。至于信札,则不特前清幕府中所用四六滥调当废。即自命文士者所作小简派文学,亦大可不做。惟在必要时,如美儒富兰克令 B.Franklin 之与英议员司屈拉亨 Strayan 绝交,英儒约翰生 S.Johnson 之不愿受极司菲尔伯爵 Lord Chesterfield 之推誉,则不得不酌用文学工夫。)虽不能明定其属于文字范围,或文学范围,要惟得已则已。不滥用文学,以侵害文字,斯为近理耳。其必须列入文学范围者,惟诗歌戏曲、小说杂文、历史传记,三种而已。(以历史传记列入文学,仅就吾国及各国之惯例而言,其实此二种均为具体的科学,仍以列入文字为是。)酬世之文,(如颂辞、寿序、祭文、挽联、墓志之属。)一时虽不能尽废,将来崇实主义发达后,此种文学废物,必在自然淘汰之列。故进一步言之,凡可视为文学上有永久存在之资格与价值者,只诗歌戏曲、小说杂文二种也。

第二问题 此问题之要旨,即在辨明文学与文字之作法之异同。兹就鄙见所及,分列三事如次:

(一)作文字当讲文法,在必要之处,当兼讲论理学。作文学当讲文法、且处处当讲论理学与修辞学。惟酌量情形,在适宜之处,论理学或较轻于修辞学。

(二)文字为无精神之物,非无精神也,精神在其所记之事物,而不在文字之本身也。故作文字如记账,只须应有尽有,将所记之事物,一一记完便了,不必矫揉造作、自为增损。文学为有精神之物,其精神即发生于作者脑海之中。故必须作者能运用其精神,使自己之意识、情感、怀抱,一一藏纳于文中。而后所为之文,始有真正之价值,始能稳立于文学界中而不摇。否则精神既失,措辞虽工,亦不过说上一大番空话,实未曾做得半句文章也。(以上两端为永久的。)

(三)钱君以输入东洋派之新名词,归功于梁任公,推之为创造新文学之一人。愚以为世界事物日繁,旧有之字与名词既不敷用,则自造新名词及输入外国名词,诚属势不可免。然新名词未必尽通,(如"手续""场合"之类。)亦未必吾国竟无适当代用之字。(如"目的""职工"之类。)若在文字范围中,取其行文便利,而又为人人所习见,固不妨酌量采用。若在文学范围,则用笔以漂亮雅洁为主,杂入累赘费解之新名词,其讨厌必与滥用古典相同。(西洋文学中,亦鲜有采用学术名词者。)然亦未必尽不可用,倘用其意义通顺者,而又无害于文笔之漂亮雅洁,固不必绝对禁止也。(此为暂时的。使将来文学界中,能自造适当之新字或新名词以代之,此条即可废除不用。)

散文之当改良者三 此后专论文学,不论文字。所谓散文,亦文学的散文,而非文字的散文。

第一曰破除迷信 尝谓吾辈做事,当处处不忘有一个我。作文亦然。如不顾自己只是学着古人,便是古人的子孙。如学今人,便是今人的奴隶。若欲不做他人之子孙与奴隶,非从破除迷信做起不可。此破除迷信四字,似与胡君第二项"不摹仿古人"之说相同。其实却较胡君更进一层。胡君仅谓古人之文不当摹仿,余则谓非将古人作文之死格式推翻,新文学决不能脱离老文学之窠臼。古人所作论文大都死守"起承转合"四字,与八股家"乌龟头""蝴蝶夹"等名词、同一牢不可破。故学究授人作文,偶见新翻花样之课卷,必大声呵之,斥为不合章法。不知言为心声,文为言之代表。吾辈心灵所至,尽可随意发挥。万不宜以至灵活之一物,受此至无谓之死格式之束缚。至于吾国旧有之小说文学,程度尤极幼稚,直处于"Once upon a time there was a……"之童话时代。试观其文言小说,无不以"某生、某处人,"开场。白话小说,无不从"某朝某府某村某员外"说起。而其结果,又不外"夫妇团圆"、"妻妾荣封"、"白日升天"、"不知所终"数种。《红楼》《水浒》,能稍稍破其谬见矣。而不学无术者,又嫌其不全而续之。是可知西人所崇尚之"Half-told Tales"之文学境界,固未尝为国人所梦见。吾辈欲建造新文学之基础,不得不首先打破此崇拜旧时文体之迷信,使文学的形式上速放一异彩也。(近见曾国藩《古文四象》一书,以太阳、太阴、少阳、少阴之说论文,尤属荒谬已极。此等迷信上古神话之怪物,胡不竟向埃及金字塔中作木乃伊去也。)

　　第二曰文言白话可暂处于对待的地位　何以故?曰,以二者各有所长、各有不相及处,未能偏废故。胡陈二君之重视"白话为文学之正宗",钱君之称"白话为文章之进化"。不佞固深信不疑,未尝稍怀异议。但就平日译述之经验言之,往往同一语句,用文言则一语即明,用白话则二三句犹不能了解。(此等处甚多,不必举例。)是白话不如文言也。然亦有同是一句,用文言竭力做之,终觉其呆板无趣,一改白话,即有神情流露,"呼之欲出"之妙。(如人人习知之"行不得也哥哥","好教我左右做人难"等句。)则又文言不如白话也。今既认定白话为文学之正宗与文章之进化,则将来之期望,非做到"言文合一",或"废文言而用白话"之地位不止。此种地位,既非一蹴可几,则吾辈目下应为之事,惟有列文言与白话于对待之地,而同时于两方面力求进行之策。进行之策如何?曰,于文言一方面,则力求其浅显使与白话相近。(如"此是何物"与"这是什么"相近,此王亮畴先生语。)于白话一方面,除竭力发达其固有之优点外,更当使其吸收文言所具之优点,至文言之优点尽为白话所具,则文言必归于淘汰,而文学之名词,遂为白话所独据,固不仅正宗而已也。或谓白话为一种俚俗粗鄙之文字,即充分进步,至于施曹之地,亦未必竟能取缜密高雅之文言而代之。吾谓白话自有其缜密高雅处,施曹之文,亦仅能称雄于施曹之世。吾人自此以往,但能破除轻视白话之谬见,即以前此研究文言之工夫研究白话,虽成效之迟速不可期,而吾辈意想中之白话新文学,恐尚非施曹所能梦见。

第三曰不用不通之文字　胡君既辟用典之不通,钱君复斥以僻字代常用之字为不妥,文学上之障碍物,已扫除大半矣。而不通之字,亦在必须扫除之列。夫虚字实用实字虚用之法,不特吾国文学中所习见,即西文中,亦往往以 noun, adjective, verb,三类字互相通用。今欲废除此种用法,固属绝对不可能。而用之合宜与否,与读者果能明白与否,亦不可不辨。曾国藩致李鸿裔书,论此甚详。所引"春风风人、夏雨雨人"、"解衣衣我,推食食我"诸句,意义甚明,新文学中仍可沿用。其"春朝朝日、秋夕夕月"句中,朝夕二字作"祭"字解,已稍稍晦矣。至如商颂"下国骏厖"周颂"骏发尔私"之骏字均作"大"字解,与武成"侯卫骏奔"、管子"弟子骏作"之骏字均作"速"字解,其拙劣不通,实无让于用典。近人某氏译西文小说,有"其女珠,其母下之"之句。以珠字代"胞珠",转作"孕"字解。以下字作"堕胎"解。吾恐无论何人,必不能不观上下文而能明白其意者。是此种不通之字,较诸"附骥"、"续貂"、"借箸"、"越俎"等通用之典,尤为费解。

韵文之当改良者三　韵文对于散文而言,一切诗赋歌词戏曲之属,均在其范围之内。其赋之一种,凡专讲对偶,滥用典故者,固在必废之列。其不以不自然之骈俪见长,而仍能从性灵中发挥,如曹子建之《慰子赋》与《金瓠哀辞》,以及其类似之作物,如韩愈之《祭田横墓文》,欧阳修之《祭石曼卿文》等,仍不得不以其声调气息之优美,而视为美文中应行保存之文体之一。

第一曰破坏旧韵重造新韵　梁代沈约所造四声谱,即今日吾辈通用之诗韵。顾炎武已斥之为"不能上据雅南,旁摅骚子,以成不刊之典,而仅按班张以下诸人之赋,曹刘以下诸人之诗所用之音,撰为定本,于是今音行而古音亡"。是此种声谱在旧文学上已失其存在之资格矣。夫韵之为义叶也,不叶,即不能押韵,此至浅至显之言,可无须举例证明也。而吾辈意想中之新文学，既标明其宗旨曰，"作自己的诗文，不作古人的诗文"。则古人所认为叶音之韵，尚未必可用，何况此古人之所不认，按诸今音又不能相合之四声谱，乃可视为文学中一种规律，举无数文人之心思脑血，而受制于沈约一人之武断耶。试观东冬二部所收之字，无论以何处方言读之，决不能异韵。而谱中乃分之为二。"规眉危悲"等字，无论以何处方言读之，决不能与"支之诗时"等字同韵，而谱中乃合之为一。又哿韵诸字，与有韵叶者多而与马韵叶者少，顾不通有而通马。真文元寒删先六韵虽间有叶者，而不叶者居其十之九，而谱中竟认为完全相通。虽造谱之时，读音决不与今音相同。造谱者亦决无能力预为吾辈二十世纪读音设想。吾辈苟无崇拜古人之迷信，即就其未为吾辈设想而破坏之，当亦为事理之所必然。故不佞之意，后此押韵但问其叶与不叶而不问旧谱之同韵与否，相通与否。如其叶，不同不通者亦可用。如其不叶，同而通者亦不可用。如有迷信古人宫商角征羽本音转音之说以相诘难者，吾仍得以"韵即是叶"之本义答之。且前人之言韵者，固谓"音声本为天籁，古人歌韵出于自然，虽不言韵而韵转确"矣。今但许古人自然，而不许今人自然，必欲以人籁代天籁，拘执于本音转音之间，而忘却一至重要之"叶"字。其理耶，其通论耶。（西人作诗，亦有通韵。然只闻"-il"与"ili"，"ic"与"-ick"，"-oke"与"-ook"等之相通。不闻强声音绝不相似之字如"规眉危悲"等与"支之诗时"等为一韵。更不闻强用希腊罗马之古音以押今韵也。）虽然，旧韵既废，又有一困难问题发生，即读音不能统一是。不佞对此问题，有解决之法三。

（一）作者各就土音押韵，而注明何处土音于作物之下。此实最不妥当之法。然今之土音，尚有一着落之处，较诸古音之全无把握固已善矣。

（二）以京音为标准，由长于京语者为造一新谱，使不解京语者有所遵依。此较前法稍妥，然而未尽善。

（三）希望于"国语研究会"诸君，以调查所得，撰一定谱，行之于世，则尽善尽美矣。

或谓第三法虽佳，而语音时有变迁。今日之定谱，将来必更有不能适用之一日。余谓沈约既无能力豫为吾辈设想，吾辈亦决无能力为将来设想。将来果属不能适用，何妨更废之而更造新谱。即吾辈主张之白话新文学,依进化之程序言之,亦决不能视为文学之止境,更不能断定将来之人不破坏此种文学而建造一更新之文学。吾辈生于斯世,惟有尽思想能力之所及,向"是"的一方面做去而已。且语言之变迁,乃数百年间事而非数十年间事。当此交通机关渐臻完备之时,吾辈尚以"将来读音永远不变,永远统一",为希望也。

第二曰增多诗体 吾国现有之诗体,除律诗排律当然废除外,其余绝诗古风乐府三种,(曲、吟、歌、行、篇、叹、骚等,均乐府之分支。名目虽异,体格互相类似。)已尽足供新文学上之诗之发挥之地乎,此不佞之所决不敢信也。尝谓诗律愈严,诗体愈少,则诗的精神所受之束缚愈甚,诗学决无发达之望。试以英法二国为比较。英国诗体极多,且有不限音节不限押韵之散文诗。故诗人辈出。长篇记事或咏物之诗,每章长至十数万字,刻为专书行世者,亦多至不可胜数。若法国之诗,则戒律极严。任取何人诗集观之,决无敢变化其一定之音节,或作一无韵诗者。因之法国文学史中,诗人之成绩,决不能与英国比。长篇之诗,亦尠乎不可多得。此非因法国诗人之本领魄力不及英人也,以戒律械其手足,虽有本领魄力,终无所发展也。故不佞于胡君白话诗中《朋友》、《他》二首,认为建设新文学的韵文之动机。倘将来更能自造、或输入他种诗体,并于有韵之诗外,别增无韵之诗,(无韵之诗,我国亦有先例。如诗经"终南何有,有条有梅。君子至止,锦衣狐裘。颜如渥丹,其君也哉"一章中,"梅、裘、哉"三字,并不叶韵,是明明一首无韵诗也。朱注,"梅"叶"莫悲反",音"迷","裘"叶"渠之反",音"奇","哉"叶"将梨反",音"赍",乃是穿凿附会,以后人必欲押韵之"不自然"眼光,武断古人。古人决不如此念别字也。)则在形式一方面,既可添出无数门径,不复如前此之不自由。其精神一方面之进步,自可有一日千里之大速率。彼汉人既有自造五言诗之本领,唐人既有自造七言诗之本领。吾辈岂无五言七言之外,更造他种诗体之本领耶。

第三曰提高戏曲对于文学上之位置 此为不佞生平主张最力之问题。前读近人吴梅所撰《顾曲麈谈》,谓北曲"不尚词藻,专重白描"。又谓"西厢'系春心情短柳丝长,隔花阴人远天涯近。'……在当时不以此等艳语为然。谓之'行家生活',即明人所谓'案头之曲',非'场中之曲'也。"又谓"实甫曲如'颠不剌的见了万千,似这般可喜娘罕曾见。'及'鹘伶渌老不寻常'等语,却是当行出色。"又谓"昔洪昉思与吴舒凫论填词之法。舒凫云，'须令人无从浓圈密点。'时眆思女（之则）在座，曰，'如此则天下能有几人，可造此诣。'"是吴君已知"白描"之难能可贵矣。然必谓"胡元方言，尤须熟悉"而后，始可语填北曲。则不佞不敢赞同。盖元人所填者为元人之曲，故就近取元人之方言以为资料。吾辈所填者为吾辈之曲，自宜取材于近，而不宜取材于远。元人既未尝弃元语而用唐宋语以为古，吾辈"食古不化"而死用元语，不将为元人所笑耶。故不佞对于此问题，有四种意见：

（一）无论南词北曲，皆须用当代方言之白描笔墨为之，使合于"场中之曲"之规定。

（二）近人推崇昆剧，鄙视皮黄，实为迷信古人之谬见。当知艺术与时代为推移。世人既以皮黄之通俗可取而酷嗜之，昆剧自应退居于历史的艺术之地位。

（三）昆剧既退居于历史的艺术之地位，则除保存此项艺术之一部分人外，其余从事现代文学之人，均宜移其心力于皮黄之改良，以应时势之所需。［第（一）条即为此项保存派说法。从前词曲家，不尚白描而尚纤丽，实未尝能保存词曲之精华也。］

（四）成套之曲，可以不作，改作皮黄剧本。零碎小词，可以不填，改填皮黄之一节或数节。（近人填词，大都不懂音律。仅照老词数了字数，对了平仄，堆砌无数艳语，加上一个"调寄某某"之各名而已。今所谓改填皮黄者，须于皮黄有过研究工夫，再用新文学的本领放进去，则虽标明"调寄西皮某板"，或"调寄二黄某剧之某段"，似乎欠雅，其实无损于文学上与技术上之真价值也。）

吾所谓改良皮黄者，不仅钱君所举"戏子打脸之离奇，舞台设备之幼稚，"与"理想既无，文章又极恶劣不通，"与王君梦远《梨园佳话》所举"戏之劣处"一节已也。凡"一人独唱、二人对唱，二人对打、多人乱打"，（中国文戏武戏之编制，不外此十六字。）与一切"报名"、"唱引"、"绕场上下"、"摆对相迎"、"兵卒绕场"、"大小起霸"等种种恶腔死套，均当一扫而空。另以合于情理，富于美感之事代之。（此事言之甚长，后当另撰专论。）然余亦决非认皮黄为正当的文学艺术之人。余居上海六年，除不可免之应酬外，未尝一入皮黄戏馆。而 Lyceum Theater 之 Amateur Dramatic Club，每有新编之戏开演，余必到馆观之，是余之喜白话之剧而不喜歌剧，固与钱君所谓"旧戏如骈文，新戏如白话小说"

同一见解。只以现今白话文学尚在幼稚时代,白话之戏曲,尤属完全未经发见,(上海之白话新戏,想钱君亦未必认为有文学价值之戏也。)故不得不借此易于着手之已成之局而改良之,以应目前之急。至将来白话文学昌明之后,现今之所改良之皮黄,固亦当与昆剧同处于历史的艺术之地位。

形式上的事项　此等事项,较精神上的事项为轻。然文学既为一种完全独立之科学,即无论何事,当有一定之标准,不可随随便便含混过去。其事有三:

(一)分段　中国旧书,往往全卷不分段落。致阅看之时,则眉目不清。阅看之后,欲检查某事,亦茫无头绪。今宜力矫其弊,无论长篇短章,一一于必要之处划分段落。惟西文二人谈话,每有一句,即另起一行。华文似可不必。

(二)句逗与符号　余前此颇反对句逗。谓西文有一种毛病,即去其句逗与大写之下,即令人不懂。汉文之不加句逗者,却仍可照常读去。若在此不必加句逗之文字上而强加之,恐用之日久,反妨害其原有之能事,而与西文同病。不知古书之不加句逗而费解者,已令吾人耗却无数心力于无用之地。吾人方力求文字之简明适用,固不宜沿有此种懒惰性质也。然西文,;:·四种句逗法,倘不将文字改为横行,亦未能借用。今本篇所用·、。三种,唯、之一种,尚觉不敷应用,日后研究有得,当更增一种以补助之。至于符号,则?一种,似可不用,以吾国文言中有"欤哉乎耶"等,白话中有"么呢"等问语助词,无须借助于记号也。然在必要之处,亦可用之。!一种,文言中可从省,白话中决不可少。""与' '之代表引证或谈话,——之代表语气未完,……之代表简略,( )之代表注解或标目,亦不可少。＊及字旁所注123等小字可以不用,以汉文可用双行小注,无须 foot-note 也。又人名地名,既无大写之字以别之,亦宜标以一定之记号。先业师刘步洲先生尝定单线在右指人名,在左指官名及特别物名,双线在右指地名,在左指国名朝名种族名,颇合实用。惜形式不甚美观,难于通用。

(三)圈点　此本为科场恶习,无采用之必要。然用之适当,可醒眉目,今暂定为三种,精彩用。,提要用·,两事相合则用⊙。惟滥圈滥点,当悬为厉禁。

结语　除于上述诸事,不敢自信为必当,敬请胡陈钱三君及海内外

关心本国文学者逐条指正外,尚有三事记之于次:

(一)余于用典问题,赞成钱君之说。主张无论广义狭义工者拙者一概不用。即用引证,除至普通者外,亦当注明出自何书,或何人所说。

(二)余于对偶问题,主张自然。亦如钱君所谓"凡作一文,欲其句句相对,与欲其句句不对者,皆妄也"。

(三)余赞成小说为文学之大主脑,而不认今日流行之红男绿女之小说为文学。(不佞亦此中之一人,小说家幸勿动气。)

刘君此文,最足唤起文学界注意者二事,一曰改造新韵,一曰以今语作曲。至于刘君所定文字与文学之界说,似与鄙见不甚相远。鄙意凡百文字之共名,皆谓之文。文之大别有二,一曰应用之文,一曰文学之文。刘君以诗歌戏曲小说等列入文学范围,是即余所谓文学之文也。以评论文告日记信札等列入文字范围,是即余所谓应用之文也。"文字"与"应用之文"名词虽不同,而实质似无差异。质之刘君及读者诸君以为如何。

独秀 识

(载 1917 年 5 月 1 日《新青年》第 3 卷第 3 号)

文言合一草议

傅斯年

　　文辞远违人情，语言切中事隐，月前著文，抒其梗概，今即不复赘言。废文词而用白话，余深信而不疑也。虽然，废文词者，非举文词之用一括而尽之谓也。用白话者，非即以当今市语为已足，不加修饰，率尔用之也。文言分离之后，文词经二千年之进化，虽深芜庞杂，已成陈死，要不可谓所容不富。白话经二千年之退化，虽行于当世，恰合人情，要不可谓所蓄非贫。以白话为本，而取文词所特有者，补苴罅漏，以成统一之器，乃吾所谓用白话也。正其名实，与其谓"废文词用白话"，毋宁谓"文言合一"，较为惬允。文言果由何道以合一乎？欲答此题，宜先辨文词与言语之特质，即其特质，别为优劣，取其优而弃其劣，夫然后归于合一也。切合今世，语言（下文或作语言，此作白话，或作俗语，同是一词。）之优点。其劣点，乃在用时有不足之感。富满充盈，文词之优点，其劣点，乃在已成过往。故取材于语言者，取其质，取其简，取其切合近世人情，取其活泼饶有生趣。取材于文词者，取其文，取其繁，取其名词剖析毫厘，取其静状充盈物量。本此原则，制为若干规条，将来制作文言合一之文，应用此规条而弗畔，庶几预于事前，不至陷咎于事后也。

　　难者曰，文言合一，自然之趋向，不需人为的指导，尤不待人为的拘束。故作为文言合一之词，但存心乎以白话为素质，而以文词上之名词等补其阙失，斯已足矣。制为规条，诚无所用之也。予告之曰，文言合一之业，前此所未有，是创作也。凡创作者，必慎之于事前。率尔操瓠，动辄得咎。苟先有成算，则取舍有方，斯不至于取文词所不当取，而舍其不当舍，舍白话所不当舍，而取其不当取。文言合一，亦不易言矣。何取何舍，未可一言断定。与其浑然不辨，孰若详制规条，俾取舍有所遵率。精于方者成于终，易于始者蹶于后。谓此类规条为无用，犹之斥世间不应有修词业也。

此类规条,说之良非易易。以蒙孤陋,于此安所容喙。虽然,一得之愚,容有一二可采,姑拉杂写成一时所见到者,求正于高明也。

(一)代名词全用白话。"吾""尔""汝""若"等字,今人口中不用为常言。行于文章,自不若"你""我""他"等之亲切,此不待烦言者也。

(二)介词位词全用白话。此类字在白话中无不足之感,(代词亦然。)自不当舍活字而用死字。

(三)感叹词宜全取白话,此类原用以宣达心情,与代表语气。一个感叹词,重量乃等于一句或数句。以古人之词,表今人之心情与语气,隔膜至多,必至不能充满其量,而感叹之效用,于以丧失。如曰"呜呼",不学者不解其何谓也,学者解之,要不亲切。不能直宣声气,犹待翻译,一经翻译,效用失矣。"哀呀"虽不可与道古,用于当今,差胜于"呜呼"。一切感词,皆如是观,不待一一举列。

(四)助词全取白话。盖助词所以宣声气,犹之感叹。以宣古人声气者宣今人,必不切合。"焉""哉""乎""也"等,全应废弃,宜以"拉""了""么""呀"等字代之。

(五)一切名静动状,以白话达之,质量未减,亦未增者,即用白话。曰"食"不如曰"吃",曰"饮"不如曰"喝",曰"嬉"不如曰"玩"也。俗语少小所习,入人者深。文辞后来所益,入人者浅。故吾人聆一俗语,较之聆一同义之文言,心象中较为清楚。谈书时不能得明确之意象,聆人言语即不然,亦此理也。此语言之特长,应保持勿失者也。

(六)文词所独具,白话所未有,文词能分别,白话所含混者,即不能曲徇白话,不采文言。"今言道义,其旨固殊也。农牧之言'道'(即白话。)则曰'道理',其言'义'亦曰'道理'。今言'仁人'、'善人',其旨亦有辨也。农牧之言'仁人'则曰'好人',其言'善人'亦曰'好人'。更文籍而从之,当何以为别。里闾恒言,大体不具也。"(章太炎先生訄书"正名杂义"。)

世有执"大体不具"之说,菲薄白话者。白话之不足应用,何能讳言。不思所以补苴,并其优点亦悍然斥废,因噎废食之方耳。文言合一,所以优于专用白话者,即在能以文词之长,补白话之缺。缺原可补。又焉能执其缺以为废弃之口实也。

(七)白话之不足用,在于名词,前条举其例矣。至于动静疏状,亦复有然。不足，斯以文词益之，无待踌躇也。例如状况物象之词，用文词较用俗语为有力者，便用文词。如"高明""博大""庄严"等，倘用俗语以待之，意蕴所存，必然锐减。盖中国今日之白话，朴素已极。此类状况之词，必含美或高之德性，非素质者所蓄有。一经俗语代替，便大减色也。

（八）在白话用一字，而文词用二字者，从文词。在文词用一字，而白话用二字者，从白话。但引用成语，不拘此例。

中国文字，一字一音，一音一义，而同音之字又多，同音多者，几达百数。因同音字多之故，口说出来，每不易于领会，更加一字以助之，听者易解矣。如唐曰"有唐"，夏曰"有夏"，邾曰"邾娄"，吴曰"句吴"，皆以虚字助之，使听者易解也。三代秦汉，多用双声叠韵之字，又有重词，骈词。尽可以一字表之，乃必析为二者，独音故也。然则复词之多，单词之少，出于自然，不因人之好恶。今糅合白话文词，以为一体，因求于口说手写两方，尽属便利。易词言之，手写出来而人能解。口说出来而人能会。如此，则单词必求其少，复词必求其多，方能于诵说之时，使人分晓。故白话用一字，文词用二字者，从文词。白话用二字，文词用一字者，从白话。如文词曰"今"，白话曰"现在"，舍"今"而用"现在"。文词曰"往"，白话曰"过去"，舍"往"而用"过去"。"今""往"一音之字，听者易混。"现在""过去"二音之词，听者难淆。此孙卿所谓"单不足以喻则兼"也。然引用成语，不拘此例。如曰"往事已非"，不必改"往"以就"过去"，既是成语，听者夙知，又有他字助之，更不易淆也。

（九）凡直肖物情之俗语，宜尽量收容。此种词最能肖物，故最有力量。《文心雕龙》云，"灼灼状桃花之鲜，依依尽杨柳之貌，杲杲为出日之容，瀌瀌拟雨雪之状，喈喈逐黄鸟之声，喓喓学草虫之韵，皎日嘒星，一言穷理，参差沃若，两字穷形"。此均直有物情之字。《诗经》之文所以独贵者，善用斯品即其一因。"灼灼"等在今日为文言，在彼时为白话，以古例今，凡俗语中具此性质者，宜不避俚倍，一概收容。例如"乒乓""叮当""飘飘""遥遥"之类，无论雅俗，皆不可捐。又如"软""硬""快""慢""粗""细"等，其声亦有物情。"软"字发声较柔，"硬"字发声较刚，"快"字发声疾，"慢"字发声迟，"粗"字发声粗，"细"字发声微，此种直效物情之字，最为精美。（此所举列数字，以言语文字学之眼光观其变迁之迹，各有其转化之历史。今俱存而不论，但就今人口中发音之情形论之,无庸执诂训以衡吾言也。)万不可以相当之文言代之。若"依依"等字,今世俗言虽已不用,而酷肖物情,蔑以复加,偶一采纳,固不患人之不解也。

(十)文繁话简,而量无殊者,即用白话。文词白话文法有殊者,即从白话。出词贵简,简则听者读者用力少,用力少故生效大。又贵次叙天然,次叙天然则听者或读者用力少,用力少故生效大。人心之力,用于聆读时,为量有限。先之以繁言纂叙,彼将用其心于解释文句,又焉能分费精神,会其概观。文简语繁之时,何所取舍,此条中姑不置论。若当文繁语简之际,自宜从语会文。又文词中之文法,在古人原为自然,在今人已成过去,反似人造,不如语言中之文法,切合今世人情。故舍彼就此。

以上所举,乃一时率尔想到。不尽不详,尤恐不当,更不合论理的排列。将来续有所悟,再补益之也。

凡各条例,原本于一,即取白话为素质,而以文词所特有者补其未有,是也。此语言之极易,行之甚难。本篇略举数端,以见百一。苟为条贯之研究,充盈其量,可成一部文言合一的修词学。

此外尚有八事,愿与谈文言合一与制定国语者一榷商之。

第一,文言合一,趋向由于天成,设施亦缘人力。故将来合一后之语文,与其称之曰天然,毋宁号之以人造也。有人造之迹,斯不妨以最近修辞学言语学上所发明要理加之使入,以成意匠之文。夫然后有尚之价值,视今之文辞白话二端,均有特出者。(此言其可加入。若有与中国文法不能相容之处,不可勉强以成文离之象。)

第二,文言合一者,归于同之谓也,同中而异寓焉。作为论学论理之文,不能与小说戏曲同其糅合文词白话之量。易词言之,论学论理,取资于白话者较多,小说戏曲较少。有其异,不害其为同,有其同,不应泯其异。然则合一后遣词之方,亦应随其文体以制宜。论者似未可执一道而强合之也。

第三,钱玄同先生认为,"选字皆取普通常用者,约以五千字为度"。所谓选字,愚意以为似不紧要。逐一选择,其道至难。纵使竟成,作者未必尽量率由,不或离畔,是用力多生效少也。但求行文之时,不从僻,不好奇,不徇古。悬之以为严规,万无违于通俗之理。陈其方而已,无待举数也。

第四，采用各地语言，制成标准之国语，宜取决于多数。如少者优于劣者，亦不妨稍加变通，要须以言语学修辞学上之原则为断，不容稍加感情于其间。

第五，将来制定标准国语，宜避殊方所用之习语成辞。今所通行之官话，无论北京杭州，优点均在逐字逐句之连成，全凭心意上自由结合，绝少固定之习语成词渗杂其间。返观方言，习语最多，其弊有四。学之甚难，一也。难则不能求其迅速普及，二也。各地有其成词习语，不能相下，三也。思想为成语所限，宣达不易自由，较之为古典故事与一切文学上之习用辞所限制者，厥弊惟均，四也。广东人到北京，学语三四个月，便可上口。北人至广东，虽三四年不能言也。此盖社会上通用之官话，（此与通行于北京土著之北京语有别。北京语仍是方言，多用习语，吾等自外省来北京，于此不刻意摹仿。另操一种南北可以互喻之语。此种互喻之语，不专取材于一城一市，乃杂合各地平易之语以成。虽有偏重北方之质，要其混合的性质可采。此吾所谓社会上通用之官话。（"其性质另有详论"。）原为各省人士混合以成。乃言语之粉地，绝少习语成词，故学之甚易。此为统一行远语言之特质，将来制为国语，此点不可忽也。

第六，制定国语之先，制定音读，尤为重要。音读一经统一，自有统一之国语发生，初不劳大费精神。今使荆蜀滇黔之士，操其普通用语与北人谈，有可喻者，有不可喻者，令其写出，无不解会。可知殊方言语之殊，殊在质料者极少，殊在音读者转多（闽粤等当别论）。又音读划一，稍事取舍，便成统一之国语。又制定统一音读，尚非至难。所应集思筹策者，将由何法使殊方之人，弃其旧贯，而遵此人为之统一音读也。

第七，统一音读，只论今世，不可与沿革上之时音读混为一谈。顾亭林云，"圣人复起，必举今日之音而反之淳古"。是岂可行之事。章太炎先生谓"统一语言，于'侵''谈'闭口音，宜取广东音补苴之"。此种闭口音，自广东外，无能发者。令廿一省人徇一省，无论理有未惬，即于势亦有所不能行。故在古人为正音，在今人为方音者，宜迳以为方音，不以入为国语。

第八，较易统一者，国语之质料耳。（即有形象辞之语。）若夫国语之意态，（即无形象之声气。）全随民俗心理为转移，樊然淆乱，差异尤甚于质料，一难也。质料制定，尚易遵循，至于语气，出之自无，虽加人为的制限，即不易得人为的齐一，二难也。就现在异地方言之意态论之，蓟北（北京永平以东。）语气锐利，其弊哀嘶。中原（直隶南部，及黄河沿岸。）语气凝重，其弊钝迟。吴会风气流丽，其弊靡弱。闽粤语气复繁，其弊结屈。此不过略举数端，悉言乃不可胜数。今强之趋于一统，理势恐有未能。即其未能而安之，则作为文词，所用虚字，随方而异，又与统一国语之原旨违矣。果由何道生其殊点，愿持制作标准语之论者加之意也。

以上所说，乃一时兴到之言，率尔草就于一夜。咎谬良多，更何待言。尚祈明达进而教之。

（载 1918 年 2 月 15 日《新青年》第 4 卷第 2 号）

《尝试集》序

钱玄同

一九一七年十月,胡适之君拿这本《尝试集》给我看。其中所录,都是一年以来适之所做的白话韵文。

适之是现在第一个提倡新文学的人。我以前看见他做的一篇《文学改良刍议》,主张用俗语俗字入文;现在又看见这本《尝试集》,居然就采用俗语俗字,并且有通篇用白话做的。"知"了就"行",以身作则,做社会的先导。我对于适之这番举动,非常佩服,非常赞成。

但是有人说:现在中华的国语,还未曾制定,白话没有一定的标准,各人做的白话诗文,用字造句,不能相同,或且采用方言土语,和离文言太远的句调;这种情形,却也不好。我以为这一层,可以不必过虑。因为做白话韵文,和制定国语,是两个问题。制定国语,自然应该折衷于白话文言之间,做成一种"言文一致"的合法语言。至于现在用白话做韵文,是有两层缘故:(1)用今语达今人的情感,最为自然;不比那用古语的,无论做得怎样好,终不免有雕琢硬砌的毛病。(2)为除旧布新计,非把旧文学的腔套全数删除不可。至于各人所用的白话不能相同,方言不能尽袪,这一层在文学上是没有什么妨碍的;并且有时候,非用方言不能传神;不但方言,就是外来语,也可采用。像集中《赠朱经农》一首,其中有"辟克匿克来江边"一句,我以前觉得以外来语入诗,似乎有所不可;现在仔细想想,知道前此所见甚谬。语言本是人类公有的东西,甲国不备的话,就该用乙国话来补缺:这"携食物出游,即于游处食之"的意义,若是在汉文里没有适当的名词,就可直用"辟克匿克"来补他,这是就国语方面说的。至于在文学方面,则适之那时在美国和朱经农讲话的时候,既然说了这"辟克匿克"的名词,那么这首赠诗里,自然该用"辟克匿克",才可显出当时说话的神情。所以我又和适之说:我们现在做白话文章,宁可失之于俗,不要失之于文。适之对于我这两句话,很说不错。

我现在想:古人造字的时候,语言和文字,必定完全一致。因为文字本来是语言的记号,嘴里说这个声音,手下写的就是表这个声音的记号,断没有手下写的记号,和嘴里说的声音不相同的。拿"六书"里的"转注"来一看,很可以证明这个道理:像那表年高的意义和话,这边叫做 lau,就造个"老"字;那边叫做 Khau,便又造个"考"字。同是一个意义,声音小小不同,便造了两个字,可见语言和文字必定一致。因为那边既叫做 Khau,假如仍写"老"字,便显不出他的音读和 lau 不同,所以必须别造"考"字。照这样看来,岂不是嘴里说的声音,和手下写的记号,不能有丝毫不同。若是嘴里声音变了,那就手下记号也必须跟着他变的。所以我说造字的时候,语言和文字必定完全一致。

再看《说文》里的"形声"字:正篆和或体所从的"声",尽有不在一个韵部里的;汉晋以后的楷书字,尽有将《说文》里所有的字改变他所从的"声"的;又有《说文》里虽有"本字",而后人因为音读变古,不得不借用别的同音字的。这都是今音与古不同而字形跟了改变的证据。

至于文言和白话的变迁,更有可以证明的:像那"父""母"两个字,音变为 pa、ma,就别造"爸"、"妈"两个字;"矣"字音变为 li,就别造"哩"字;夫(读为扶)字在句末——表商度——音变为 bo,就别造"啵"字,再变为 ba,就再借用"罢"字;(夫的古音本读 bu。)"无"字在句末——表问——音变为 mo,就借用"么"字,再变为 ma,就再别造"吗"字。(无的古音本读 mu。)这更可见字形一定跟着字音转变。

照这样看来,中华的字形,无论虚字实字,都跟着字音转变,便该永远是"言文一致"的了。为什么二千年来,语言和文字又相去到这样的远呢?

我想这是有两个缘故:

第一、给那些独夫民贼弄坏的。那独夫民贼,最喜欢摆架子。无论什么事情,总要和平民两样,才可以使他那野蛮的体制尊崇起来;像那吃的,穿的,住的,和妻妾的等级,仆役的数目,都要定得不近人情,并且决不许他人效法。对于文字方面,也用这个主义;所以嬴政看了那皋犯的"皋"字,和皇帝的"皇"字(皇字的古写),上半都从"自"字,便硬把皋犯改用"罪"字;"朕"字本来和"我"字一样,在周朝,无论什么人,自己都可以称"朕",像那屈平的《离骚》第二句云,"朕皇考曰伯庸",就是一个证据。到了赢政,又把这"朕"字独占了去,不许他人自称。此外像"宫"字,"玺"字,"钦"字,"御"字之类,都不许他人学他那样用。又因为中华国民很有"尊古"的麻醉性,于是又利用这一点,做起那什么"制""诏""上谕"来,一定要写上几个《尚书》里的字眼,像什么"诞膺天命","寅绍丕基"之类,好叫那富于奴性的人可以震惊赞叹。于是那些小民贼也从而效尤,定出许多野蛮的款式来;凡是做到文章,尊贵对于卑贱,必须要装出许多妄自尊大看不起人的口吻;卑贱对于尊贵,又必须要装出许多弯腰屈膝胁肩谄笑的口吻。其实这些所谓尊贵卑贱的人,当面讲白话,究竟彼此也没有什么大分别;只有做到文章,便可以实行那"骄""谄"两个字。若是没有那种"骄""谄"的文章,这些独夫民贼的架子便摆不起来了,所以他们是最反对那质朴的白话文章的。这种没有道理的办法,行得久了,习非成是,无论什么人,反以为文章不可不照这样做的,若是有人不照这样做,还要说他不对。这是言文分离的第一个缘故。

第二,给那些文妖弄坏的。周秦以前的文章,大都是用白话;像那"盘庚"、"大诰",后世读了,虽然觉得佶屈聱牙,异常古奥;然而这种文章,实在是当时的白话告示。又像那"尧典"里用"都""俞""吁""咈"等字,和现在的白话文里用"阿呀""嘎""唉""唉"等字有什么分别?《公羊》用齐言,《楚辞》用楚语,和现在的小说里搀入苏州、上海、广东、北京的方言有什么分别?还有一层,所用的白话,若是古今有异,那就一定用今语,决不硬嵌古字,强摹古调;像《孟子》里说的,"洚水者洪水也","泄泄犹沓沓也",这是因为古今语言不同,古人叫"洚水"和"泄泄",孟轲的时候叫"洪水"和"沓沓",所以孟轲自己行文,必用"洪水"和"沓沓",到了引用古书,虽未便直改原文,然而必须用当时的语言去说明古语。再看李耳、孔丘、墨翟、庄周、孟轲、荀况、韩非这些人的著作,文笔无一相同,都是各人做自己的文章,绝不摹拟别人。所以周秦以前的文章很有价值。到了西汉,言文已渐分离。然而司马迁做《史记》,采用《尚书》,一定要改去原来的古语,做汉人通用的文章:像"庶绩咸熙"改为"众功皆兴","嚚庸可乎"改为"顽凶勿用"之类,可知其时言文虽然分离,但是做到文言,仍旧不能和当时的白话相差太远;若是过于古奥的,还是不能直用。东汉王充做《论衡》,其《自纪》篇中有曰:"《论衡》者,论之平也。口则务在明言,笔则务在露文。"又曰:"言以明志;言恐灭遗,故著之文字;文字与言同趋,何为犹当隐闭指意?"又曰:"经传之文,贤圣之语,古今言殊,四方谈异也。言当事时,非务难知,使指隐闭也。"这是表明言文应该一致;什么时代的人,便用什么时代的话。不料西汉末年,出了一个杨雄,做了文妖的"原始家"。这个文妖的文章,专门摹拟古人:一部《法言》,看了真要叫人恶心;他的辞赋,又是异常雕琢。东汉一代,颇受他的影响。到了建安七子,连写封信都要装模做样,安上许多浮词。六朝的骈文,满纸堆垛词藻,毫无真实的情感;甚至用了典故来代实事,删割他人名号去就他的文章对偶;打开《文选》一看,这种拙劣恶滥的文章,触目皆是。直到现在,还有一种妄人说:"文章应该照这样做","《文选》文章为千古文章之正宗"。这是第一种弄坏白话文章的文妖。唐朝的韩愈、柳宗元,矫正"《文选》派"的弊害,所做的文章,却很有近于语言之自然的。假如继起的人能够认定韩、柳矫弊的宗旨,渐渐的回到白话路上来,岂不甚好。无如宋朝的欧阳修、苏洵这些人,名为学韩学柳,却不知道学韩柳的矫弊,但会学韩柳的句调间架,无论什么文章,那"起承转合",都有一定的部位。这种可笑的文章,和那"《文选》派"相比,真如二五和一十,半斤和八两的比例。明清以来,归有光、方苞、姚鼐、曾国藩这些人拼命做韩、柳、欧、苏那些人的死奴隶,立了什么"桐城派"的名目,还有什么"义法"的话,搅得昏天黑地。全不想想,做文章是为的什么?也不看看,秦汉以前的文章是个什么样子?分明是自己做的,偏要叫做"古文",但看这两个字的名目,便可知其人一窍不通,毫无常识。那曾国藩说得更妙,他道:"古文无施不宜,但不宜说理耳。"这真是自画供招,表明这种"古文"是最没有价值的文章了。这是第二种弄坏白话文章的文妖。这两种文妖,是最反对那老实的白话文章的。因为做了白话文章,则第一种文妖,便不能搬运他那些垃圾的典故,肉麻的词藻;第二种文妖,便不能卖弄他那些可笑的义法,无谓的格律。并且若用白话做文章,那么会做文章的人必定渐多,这些文妖,就失去了他那会做文章的名贵身份,这是他最不愿意的。

现在我们认定白话是文学的正宗:正是要用质朴的文章,去铲除阶级制度里的野蛮款式;正是要用老实的文章,去表明文章是人人会做的,做文章是直写自己脑筋里的思想,或直叙外面的事物,并没有什么一定的格式。对于那些腐臭的旧文学,应该极端驱除,淘汰净尽,才能使新基础稳固。

以前用白话做韵文的，却也不少，《诗经》、《楚辞》，固不消说。就是两汉以后，文章虽然被那些民贼文妖弄坏；但是明白的人究竟也有，所以白话韵文，也曾兴盛过来；像那汉魏的乐府歌谣，白居易的新乐府，宋人的词，元明人的曲，都是白话的韵文；——陶潜的诗，虽不是白话，却很合于语言之自然；——还有那宋明人的诗，也有用白话做的。可见用白话做韵文，是极平常的事。

现在做白话韵文，一定应该全用现在的句调，现在的白话。那"乐府""词""曲"的句调，可以不必效法；"乐府""词""曲"的白话，在今日看来，又成古语，和三代汉唐的文言一样。有人说："做曲子必用元语。"据我看来，曲子尚且不必做，——因为也是旧文学了——何况用元语？即使偶然做个曲子，也该用现在的白话，决不该用元朝的白话。

上面说的，都是很浅近的话，适之断没有不知道的；并且适之一定还有高深的话可以教我。不过我的浅见，只有这一点，便把他写了出来，以博适之一笑。

一九一八年，一月十日。钱玄同。
（载 1918 年 2 月 15 日《新青年》第 4 卷第 2 号）

建设的文学革命论

国语的文学——文学的国语

胡 适

一

我的《文学改良刍议》发表以来,已有一年多了。这十几个月之中,这个问题居然引起了许多很有价值的讨论,居然受了许多很可使人乐观的响应。我想我们提倡文学革命的人,固然不能不从破坏一方面下手。但是我们仔细看来,现在的旧派文学实在不值得一驳。什么"桐城"派的古文哪,"文选"派的文学哪,"江西"派的诗哪,梦窗派的词哪,聊斋志异派的小说哪,——都没有破坏的价值。他们所以还能存在国中,正因为现在还没有一种真有价值,真有生气,真可算作文学的新文学起来代他们的位置。有了这种"真文学"和"活文学",那些"假文学"和"死文学",自然会消灭了。所以我望我们提倡文学革命的人,对于那些腐败文学,个个都该存一个"彼可取而代也"的心理,个个都该从建设一方面用力,要在三五十年内替中国创造出一派新中国的活文学。

我现在做这篇文章的宗旨,在于贡献我对于建设新文学的意见。我且先把我从前所主张破坏的八事引来做参考的资料:

一,不做"言之无物"的文字。

二,不做"无病呻吟"的文字。

三,不用典。

四,不用套语烂调。

五,不重对偶:——文须废骈,诗须废律。

六,不做不合文法的文字。

七，不摹仿古人。

八，不避俗话俗字。

这是我的"八不主义"，是单从消极的，破坏的一方面着想的。

自从去年归国以后，我在各处演说文学革命，便把这"八不主义"都改作了肯定的口气，又总括作四条，如下：

一，要有话说，方才说话。这是"不做言之无物的文字"一条的变相。

二，有什么话，说什么话；话怎么说，就怎么说。这是（二）（三）（四）（五）（六）诸条的变相。

三，要说我自己的话，别说别人的话。这是"不摹仿古人"一条的变相。

四，是什么时代的人，说什么时代的话。这是"不避俗话俗字"的变相。

这是一半消极，一半积极的主张。一笔表过，且说正文。

二

我的"建设新文学论"的唯一宗旨只有十个大字："国语的文学，文学的国语。"我们所提倡的文学革命，只是要替中国创造一种国语的文学。有了国语的文学，方才可有文学的国语。有了文学的国语，我们的国语才可算得真正国语。国语没有文学，便没有生命，便没有价值，便不能成立，便不能发达。这是我这一篇文字的大旨。

我曾仔细研究：中国这二千年何以没有真有价值真有生命的"文言的文学？"我自己回答道："这都因为这二千年的文人所做的文学都是死的，都是用已经死了的语言文字做的。死文字决不能产出活文学。所以中国这二千年只有些死文学，只有些没有价值的死文学。"

我们为什么爱读《木兰辞》和《孔雀东南飞》呢？因为这两首诗是用白话做的。为什么爱读陶渊明的诗和李后主的词呢？因为他们的诗词是用白话做的。为什么爱杜甫的《石壕吏》、《兵车行》诸诗呢？因为他们都是用白话做的。为什么不爱韩愈的《南山》呢？因为他用的是死字死话。……简单说来，自从《三百篇》到于今，中国的文学凡是有一些价值有一些儿生命的，都是白话的，或是近于白话的。其余的都是没有生气的骨董,都是博物院中的陈列品!

再看近世的文学:何以《水浒传》《西游记》《儒林外史》《红楼梦》可以称为"活文学"呢?因为他们都是用一种活文字做的。若是施耐庵吴承恩吴敬梓曹雪芹都用了文言做书,他们的小说一定不会有这样生命,一定不会有这样价值。

读者不要误会:我并不曾说凡是用白话做的书都是有价值有生命的。我说的是:用死了的文言决不能做出有生命有价值的文学来。这一千多年的文学,凡是有真正文学价值的,没有一种不带有白话的性质,没有一种不靠这个"白话性质"的帮助。换言之:白话能产出有价值的文学,也能产出没有价值的文学;可以产出《儒林外史》,也可以产出《肉蒲团》。但是那已死的文言,只能产出没有价值没有生命的文学,决不能产出有价值有生命的文学;只能做几篇"拟韩退之《原道》"或"拟陆士衡《拟古》",决不能做出一部《儒林外史》。若有人不信这话,可先读明朝古文大家宋濂的《王冕传》,再读《儒林外史》第一回的《王冕传》,便可知道死文学和活文学的分别了。

为什么死文字不能产生活文学呢?这都由于文学的性质。一切语言文字的作用在于达意表情;达意达得妙,表情表得好,便是文学。那些用死文言的人,有了意思,却须把这意思翻成几千年前的典故;有了感情,却须把这感情译为几千年前的文言。明明是客子思家,他们须说"王粲登楼","仲宣作赋";明明是送别,他们却须说"阳关三叠","一曲渭城";明明是贺陈宝琛七十岁生日,他们却须说是贺伊尹、周公传说。更可笑的:明明是乡下老太婆说话,他们却要叫他打起唐宋八家的古文腔儿;明明是极下流的妓女说话,他们却要他打起胡天游洪亮吉的骈文调子!……请问这样做文章如何能达意表情呢?既不能达意,既不能表情,那里还有文学呢?即如那《儒林外史》里的王冕,是一个有感情,有血气,能生动,能谈笑的活人。这都因为做书的人能用活言语活文字来描写他的生活神情。那宋濂集子里的王冕,便成了一个没有生气,不能动人的死人。为什么呢?因为宋濂用了二千年前的死文字来写二千年后的活人;所以不能不把这个活人变作二千年前的木偶,才可合那古文家法。古文家法是合了,那王冕也真"作古"了!

因此我说,"死文言决不能产出活文学"。中国若想有活文学,必须用白话,必须用国语,必须做国语的文学。

三

上节所说，是从文学一方面着想，若要活文学，必须用国语。如今且说从国语一方面着想，国语的文学有何等重要。

有些人说："若要用国语做文学，总须先有国语。如今没有标准的国语，如何能有国语的文学呢？"我说这话似乎有理，其实不然。国语不是单靠几位言语学的专门家就能造得成的；也不是单靠几本国语教科书和几部国语字典就能造成的。若要造国语，先须造国语的文学。有了国语的文学，自然有国语。这话初听了似乎不通。但是列位仔细想想便可明白了。天下的人谁肯从国语教科书和国语字典里面学习国语？所以国语教科书和国语字典，虽是很要紧，决不是造国语的利器。真正有功效有势力的国语教科书，便是国语的文学；便是国语的小说，诗文，戏本。国语的小说，诗文，戏本通行之日，便是中国国语成立之时。试问我们今日居然能拿起笔来做几篇白话文章，居然能写得出好几百个白话的字，可是从什么白话教科书上学来的吗？可不是从《水浒传》《西游记》《红楼梦》《儒林外史》……等书学来的吗？这些白话文学的势力，比什么字典教科书都还大几百倍。《字典》说"这"字该读"鱼彦反"，我们偏读他做"者个"的者字。《字典》说"么"字是"细小"，我们偏把他用作"什么"，"那么"的么字。《字典》说"没"字是"沉也"，"尽也"，我们偏用他做"无有"的无字解。《字典》说"的"字有许多意义，我们偏把他用来代文言的"之"字，"者"字，"所"字和"徐徐尔，纵纵尔"的"尔"字。……总而言之，我们今日所用的"标准白话"，都是这几部白话的文学定下来的。我们今日要想重新规定一种"标准国语"，还须先造无数国语的《水浒传》《西游记》《儒林外史》《红楼梦》。

所以我以为我们提倡新文学的人，尽可不必问今日中国有无标准国语。我们尽可努力去做白话的文学。我们可尽量采用《水浒》《西游记》《儒林外史》《红楼梦》的白话；有不合今日的用的，便不用他；有不够用的，便用今日的白话来补助；有不得不用文言的，便用文言来补助。这样做去，决不愁语言文字不够用，也决不用愁没有标准白话。中国将来的新文学用的白话，就是将来中国的标准国语。造中国将来白话文学的人，就是制定标准国语的人。

我这种议论并不是"向壁虚造"的。我这几年来研究欧洲各国国语的历史,没有一种国语不是这样造成的。没有一种国语是教育部的老爷们造成的。没有一种是言语学家专门造成的。没有一种不是文学家造成的。我且举几条例为证:

一,意大利。五百年前,欧洲各国但有方言,没有"国语"。欧洲最早的国语是意大利文。那时欧洲各国的人多用拉丁文著书通信。到了十四世纪的初年意大利的大文学家但丁(Dante)极力主张用意大利话来代拉丁文。他说拉丁文是已死了的文字,不如他本国俗话的优美。所以他自己的杰作"喜剧",全用脱斯堪尼(Tuscany)(意大利北部的一邦)的俗话。这部"喜剧",风行一世,人都称他做"神圣喜剧"。那"神圣喜剧"的白话后来便成了意大利的标准国语。后来的文学家包卡嘉(Boccacio1313—1375)和洛伦查(Lorenzo de Medici)诸人也都用白话作文学。所以不到一百年,意大利的国语便完全成立了。

二,英国。英伦虽只是一个小岛国,却有无数方言。现在通行全世界的"英文"在五百年前还只是伦敦附近一带的方言,叫做"中部土话"。当十四世纪时,各处的方言都有些人用来做书。后来到了十四世纪的末年,出了两位大文学家,一个是赵叟(Chaucer,1340—1400),一个是威克列夫(Wycliff,1320—1384)。赵叟做了许多诗歌,散文,都用这"中部土话"。威克列夫把耶教的旧约新约也都译成"中部土话"。有了这两个人的文学,便把这"中部土话"变成英国的标准国语。后来到了十五世纪,印刷术输进英国,所印的书多用这"中部土话"。国语的标准更确定了。到十六十七两世纪,莎士比亚(Shakespeare)和"伊里沙白时代"的无数文学大家,都用国语创造文学。从此以后,这一部分的"中部土话",不但成了英国的标准国语,几乎竟成了全地球的世界语了!

此外,法国德国及其他各国的国语,大都是这样发生的,大都是靠着文学的力量才能变成标准的国语的。我也不去一一的细说了。

意大利国语成立的历史,最可供我们中国人的研究。为什么呢?因为欧洲西部北部的新国,如英吉利法兰西德意志,他们的方言和拉丁文相差太远了,所以他们渐渐的用国语著作文学,还不算希奇。只有意大利是当年罗马帝国的京畿近地,在拉丁文的故乡;各处的方言又和拉丁文最近。在意大利提倡用白话代拉丁文,真正和在中国提倡用白话代汉文，有同样的艰难。所以英法德各国语，一经文学发达以后，便不知不觉的成为国语了。在意大利却不然。当时反对的人很多，所以那时的新文学家，一方面努力创造国语的文学，一方面还要做文章鼓吹何以当废古文，何以不可不用白话。有了这种有意的主张，（最有力的是但丁［Dante］和阿儿白狄［Alberti］两个人。）又有了那些有价值的文学，才可造出意大利的"文学的国语"。

我常问我自己道："自从施耐庵以来，很有了些极风行的白话文学，何以中国至今还不曾有一种标准的国语呢？"我想来想去，只有一个答案。这一千年来，中国固然有了一些有价值的白话文学，但是没有一个人出来明目张胆的主张用白话为中国的"文学的国语"。有时陆放翁高兴了，便做一首白话诗；有时柳耆卿高兴了，便做一首白话词；有时朱晦庵高兴了，便写几封白话信，做几条白话札记；有时施耐庵吴敬梓高兴了，便做一两部白话的小说。这都是不知不觉的自然出产品，并非是有意的主张。因为没有"有意的主张"，所以做白话的只管做白话，做古文的只管做古文，做八股的只管做八股。因为没有"有意的主张"，所以白话文学从不曾和那些"死文学"争那"文学正宗"的位置。白话文学不成为文学正宗，故白话不曾成为标准国语。

我们今日提倡国语的文学，是有意的主张。要使国语成为"文学的国语"。有了文学的国语，方有标准的国语。

四

上文所说，"国语的文学．文学的国语"，乃是我们的根本主张。如今且说要实行做到这个根本主张，应该怎样进行。

我以为创造新文学的进行次序，约有三步：（一）工具，（二）方法，（三）创造。前两步是预备，第三步才是实行创造新文学。

（一）工具。古人说得好："工欲善其事，必先利其器"，写字的要笔好，杀猪的要刀快。我们要创造新文学，也须先预备下创造新文学的"工具"。我们的工具就是白话。我们有志造国语文学的人，应该赶紧筹备这个万不可少的工具。预备的方法，约有两种：

（甲）多读模范的白话文学。例如《水浒传》《西游记》《儒林外史》《红楼梦》；宋儒语录，白话信札；元人戏曲；明清传奇的说白。唐宋的白话诗词,也该选读。

(乙)用白话作各种文学。我们有志造新文学的人,都该发誓不用文言作文:无论通信,做诗,译书,做笔记,做报馆文章,编学堂讲义,替死人作墓志,替活人上条陈,……都该用白话来做。我们从小到如今,都是用文言作文,养成了一种文言的习惯,所以虽是活人,只会作死人的文字。若不下一些狠劲,若不用点苦工夫,决不能使用白话圆转如意。若单在《新青年》里面做白话文字,此外还依旧做文言的文字,那真是"一日暴之,十日寒之"的政策,决不能磨练成白话的文学家。不但我们提倡白话文学的人应该如此做去,就是那些反对白话文学的人,我也奉劝他们用白话来做文字。为什么呢?因为他们若不能做白话文字,便不配反对白话文学。譬如那些不认得中国字的中国人,若主张废汉字,我一定骂他们不配开口。若是我的朋友钱玄同要主张废汉文,我决不敢说他不配开口了。那些不会做白话文字的人来反对白话文学,便和那些不懂汉文的人要废汉文,是一样的荒谬。所以我劝他们多做些白话文字,多做些白话诗歌,试试白话是否有文学的价值。如果试了几年,还觉得白话不如文言,那时再来攻击我们,也还不迟。

还有一层。有些人说:"做白话很不容易,不如做文言的省力。"这是因为中毒太深之过。受病深了,更宜赶紧医治。否则真不可救了。其实做白话并不难。我有一个侄儿,今年才十五岁,一向在徽州不曾出过门,今年他用白话写信来,居然写得极好。我们徽州话和官话差得很远,我的侄儿不过看了一些白话小说,便会做白话文字了。这可见做白话并不是难事,不过人性懒惰的居多数,舍不得抛"高文典册"的死文字罢了。

(二)方法。我以为中国近来文学所以这样腐败,大半虽由于没有适用的"工具",但是单有"工具",没有方法,也还不能造新文学。做木匠的人,单有锯凿钻刨,没有规矩师法,决不能造成木器。文学也是如此。若单靠白话便可造新文学,难道把郑孝、陈三立的诗翻成了白话,就可算得新文学了吗?难道那些用白话做的《新华春梦记》《九尾龟》也可算作新文学吗?我以为现在国内新起的一班"文人",受病最深的所在,只在没有高明的文学方法。我且举小说一门为例。现在的小说(单指中国人自己著的。)看来看去,只有两派。一派最下流的,是那些学《聊斋志异》的札记小说。篇篇都是"某生,某处人,生有异禀,下笔千言……一日于某地遇一女郎……好事多磨……遂为情死"；或是"某地某生，游某地，眷某妓，情好綦笃，遂订白头之约……而大妇妒甚，不能相容，女抑郁以死……生抚尸一恸几绝"；……此类文字，只可抹桌子，固不值一驳。还有那第二派是那些学《儒林外史》或是学《官场现形记》的白话小说。上等的如《广陵潮》，下等的如《九尾龟》。这一派小说，只学了《儒林外史》的坏处，却不曾学得他的好处。《儒林外史》的坏处在于体裁结构太不紧严，全篇是杂凑起来的。例如娄府一群人，自成一段；杜府两公子自成一段；马二先生又成一段，虞博士又成一段；肖云仙郭孝子又各自成一段。分出来，可成无数札记小说；接下去，可长至无穷无极。《官场现形记》便是这样。如今的章回小说，大都是犯这个没有结构，没有布局的懒病。却不知道《儒林外史》所以能有文学价值者，全靠一副写人物的画工本领。我十年不曾读这书了，但是我闭了眼睛，还觉得书中的人物，如严贡生，如马二先生，如杜少卿，如权勿用，……个个都是活的人物。正如读《水浒》的人，过了二三十年，还不会忘记鲁智深、李逵、武松、石秀……一班人。请问列位读过《广陵潮》和《九尾龟》的人，过了两三个月，心目中除了一个"文武全才"的章秋谷之外，还记得几个活灵活现的书中人物？——所以我说，现在的"新小说"，全是不懂得文学方法的：既不知布局，又不知结构，又不知描写人物，只做成了许多又长又臭的文字；只配与报纸的第二张充篇幅，却不配在新文学上占一个位置。——小说在中国近年，比较的说来，要算文学中最发达的一门了。小说尚且如此，别种文学，如诗歌戏曲，更不用说了。

如今且说什么叫做"文学的方法"呢？这个问题不容易回答，况且又不是这篇文章的本题，我且约略说几句。

大凡文学的方法可分三类：

（1）集收材料的方法　中国的"文学"，大病在于缺少材料。那些古文家，除了墓志，寿序，家传之外，几乎没有一毫材料。因此，他们不得不做那些极无聊的"汉高帝斩丁公论"、"汉文帝唐太宗优劣论"。至于近人的诗词，更没有什么材料可说了。近人的小说材料，只有三种：一种是官场，一种是妓女，一种是不官而官，非妓而妓的中等社会，（留学生女学生之可作小说材料者，亦附此类。）除此之外，别无材料。最下流的，竟至登告白征求这种材料。做小说竟须登告白征求材料，便是宣告文学家破产的铁证。我以为将来的文学家收集材料的方法，约如下：

（甲）推广材料的区域 官场妓院与龌龊社会三个区域,决不够采用。即如今日的贫民社会,如工厂之男女工人,人力车夫,内地农家,各处小负贩及小店铺,一切痛苦情形,都不曾在文学上占一个位置。并且今日新旧文明相接触,一切家庭惨变,婚姻苦痛,女子之位置,教育之不适宜,……种种问题,都可供文学的材料。

（乙）注意实地的观察和个人的经验 现今文人的材料大都是关了门虚造出来的,或是间接又间接的得来的,因此我们读这种小说,总觉得浮泛敷衍,不痛不痒的,没有一毫精彩。真正文学家的材料大概都有"实地的观察和个人自己的经验"做个根底。不能作实地的观察,便不能做文学家;全没有个人的经验,也不能做文学家。

（丙）要用周密的理想作观察经验的补助 实地的观察和个人的经验,固是极重要,但是也不能全靠这两件。例如施耐庵若单靠观察和经验,决不能做出一部《水浒传》。个人所经验的,所观察的,究竟有限。所以必须有活泼精细的理想(Imagination),把观察经验的材料,一一的体会出来,一一的整理如式,一一的组织完全;从已知的推想到未知的,从经验过的推想到不曾经验过的,从可观察的推想到不可观察的。这才是文学家的本领。

（2）结构的方法 有了材料,第二步须要讲究结构。结构是个总名词,内中所包甚广,简单说来,可分剪裁和布局两步:

（甲）剪裁 有了材料,先要剪裁,譬如做衣服,先要看那块料可做袍子,那块料可做背心。估计定了,方可下剪。文学家的材料也要如此办理。先须看这些材料该用做小诗呢? 还是做长歌呢? 该用做章回小说呢? 还是做短篇小说呢? 该用做小说呢? 还是做戏本呢? 筹画定了,方才可以剪下那些可用的材料,去掉那些不中用的材料;方才可以决定做什么体裁的文学。

（乙）布局 体裁定了,再可讲布局。有剪裁,方可决定"做什么";有布局,方可决定"怎样做"。材料剪定了,须要筹算怎样做去始能把这材料用得最得当又最有效力。例如,唐朝天宝时代的兵祸,百姓的痛苦,都是材料。这些材料,到了杜甫的手里,便成了诗料。如今且举他的《石壕吏》一篇,作布局的例。这首诗只写一个过路的客人一晚上在一个人家内偷听得的事情;只用一百二十个字,却不但把那一家祖孙三代的历史都写出来,并且把那时代兵祸之惨,壮丁死亡之多,差役之横行,小民之苦痛,都写得逼真活现,使人读了生无限的感慨。这是上品的布局工夫。又如古诗"上山采蘼芜,下山逢故夫"一篇,写一家夫妇的惨剧,却不从"某人娶妻甚贤,后别有所欢,遂出妻再娶"说起,只挑出那前妻山上下来遇着故夫的时候下笔,却也能把那一家的家庭情形写得充分满意。这也是上品的布局工夫。——近来的文人全不讲求布局:只顾凑足多少字可卖几块钱;全不问材料用的得当不得当,动人不动人。他们今日做上回的文章,还不知道下一回的材料在何处! 这样的文人怎样造得出有价值的新文学呢?

（3）描写的方法　局已布定了,方才可讲描写的方法。描写的方法,千头万绪,大要不出四条:

（甲）写人

（乙）写境

（丙）写事

（丁）写情

写人要举动,口气,身分,才性,……都要有个性的区别;件件都是林黛玉,决不是薛宝钗;件件都是武松,决不是李逵。写境要一喧,一静,一石,一山,一云,一鸟,……也都要有个性的区别;《老残游记》的大明湖,决不是西湖,也决不是洞庭湖;《红楼梦》里的家庭,决不是《金瓶梅》里的家庭。写事要线索分明,头绪清楚,近情近理,亦正亦奇。写情要真,要精,要细腻婉转,要淋漓尽致。——有时须用境写人,用情写人,用事写人;有时须用人写境,用事写境,用情写境;……这里面的千变万化,一言难尽。

如今且回到本文。我上文说的:创造新文学的第一步是工具,第二步是方法。方法的大致,我刚才说了。如今且问,怎样预备方才可得着一些高明的文学方法?我仔细想来,只有一条法子;就是赶紧多多的翻译西洋的文学名著做我们的模范。我这个主张,有两层理由:

第一,中国文学的方法实在不完备,不够作我们的模范。即以体裁而论,散文只有短篇,没有布置周密,论理精严,首尾不懈的长篇;韵文只有抒情诗,绝少纪事诗,长篇诗更不曾有过;戏本更在幼稚时代,但略能纪事掉文,全不懂结构;小说好的,只不过三四部,这三四部之中,还有许多疵病;至于最精采的"短篇小说"、"独幕戏",更没有了。若从材料一方面看来,中国文学更没有做模范的价值。才子佳人,封王挂帅的小说;风花雪月,涂脂抹粉的诗;不能说理,不能言情的"古文";学这个,学那个的一切文学:这些文字,简直无一毫材料可说。至于布局一方面,除了几首实在好的诗之外,几乎没有一篇东西当得"布局"两个字!——所以我说,从文学方法一方面看去,中国的文学实在不够给我们作模范。

第二,西洋的文学方法,比我们的文学,实在完备得多,高明得多,不可不取例。即以散文而论,我们的古文家至多比得上英国的倍根(Bacon)和法国的孟太恩(Montaigne),至于像柏拉图(Plato)的"主客体",赫胥黎(Huxley)等的科学文字,包士威尔(Boswell)和莫烈(Morley)等的长篇传记,弥儿(Mill)弗林克令(Franklin)吉朋(Gibbon)等的"自传",太恩(Taine)和白克儿(Buckle)等的史论;……都是中国从不曾梦见过的体裁。更以戏剧而论,二千五百年前的希腊戏曲,一切结构的工夫,描写的工夫,高出元曲何止十倍。近代的萧士比亚(Shakespeare)和莫逆尔(Molière),更不用说了,最近六十年来,欧洲的散文戏本,千变万化。远胜古代,体裁也更发达了,最重要的,如"问题戏"专研究社会的种种重要问题;"寄托戏"(Symbolic Drama)专以美术的手段作的"意在言外"的戏本;"心理戏",专描写种种复杂的心境,作极精密的解剖;"讽刺戏",用嬉笑怒骂的文章,达愤世救世的苦心:——我写到这里,忽然想起今天梅兰芳正在唱新编的《天女散花》,上海的人还正在等着看新排的《多尔衮》呢!我也不往下数了。——更以小说而论,那材料之精确,体裁之完备,命意之高超,描写之工切,心理解剖之细密,社会问题讨论之透切,……真是美不胜收。至于近百年新创的"短篇小说",真如芥子里面藏着大千世界;真如百炼的精金,曲折委婉,无所不可;真可说是开千古未有的创局,掘百世不竭的宝藏。——以上所说,大旨只在约略表示西洋文学方法的完备,因为西洋文学真有许多可给我们作模范的好处,所以我说;我们如果真要研究文学的方法,不可不赶紧翻译西洋的文学名著,做我们的模范。

现在中国所译的西洋文学书,大概都不得其法,所以收效甚少。我且拟几条翻译西洋文学名著的办法如下:

(1)只译名家著作,不译第二流以下的著作　我以为国内真懂得西洋文学的学者应该开一会议,公共选定若干种不可不译的第一流文学名著:约数如一百种长篇小说,五百篇短篇小说,三百种戏剧,五十家散文,为第一部西洋文学丛书,期五年译完,再选第二部。译成之稿,由这几位学者审查,并一一为作长序及著者略传,然后付印;其第二流以下,如哈葛得之流,一概不选。诗歌一类,不易翻译,只可以缓。

（2）全用白话韵文之戏曲,也都译为白话散文　用古文译书,必失原文的好处。如林琴南的"其女珠,其母下之",早成笑柄,且不必论。前天看见一部侦探小说《圆室案》中,写一位侦探"勃然大怒,拂袖而起"。不知道这位侦探穿的是不是康桥大学的广袖制服! ——这样译书,不如不译。又如,林琴南把萧士比亚的戏曲,译成了记叙体的古文! 这真是萧士比亚的大罪人,罪在《圆室案》译者之上!

（三）创造　上面所说工具与方法两项,都只是创造新文学的预备。工具用得纯熟自然了,方法也懂了,方才可以创造中国的新文学。至于创造新文学是怎样一回事,我可不配开口了。我以为现在的中国,还没有做到实行预备创造新文学的地步,尽可不必空谈创造的方法和创造的手段,我们现在且先去努力做那第一第二两步预备的工夫罢!

（载 1918 年 4 月 15 日《新青年》第 4 卷第 4 号）

人 的 文 学

周作人

　　我们现在应该提倡的新文学，简单的说一句，是"人的文学"。应该排斥的，便是反对的非人的文学。

　　新旧这名称，本来很不妥当。其实"太阳底下，何尝有新的东西？"思想道理，只有是非，并无新旧。要说是新，也单是新发现的新，不是新发明的新。"新大陆"是在十五世纪中，被哥仑布发现的，但这地面是古来早已存在。电是在十八世纪中，被弗兰克林发现的，但这事物也是古来早已存在。无非以前的人不能知道，遇见哥仑布与弗兰克林才把他看出罢了。真理的发见，也是如此。真理永远存在，并无时间的限制，只因我们自己愚昧，闻道太迟，离发见的时候尚近，所以称他新。其实他原是极古的东西，正如新大陆同电一般，早在这宇宙之内，倘若将他当作新鲜果子，时式衣裳一样看待，那便大错了。譬如现在说"人的文学"，这一句话，岂不也像时髦。却不知世上生了人，便同时生了人道。无奈世人无知，偏不肯体人类的意志，走这正路，却迷入兽道鬼道里去，旁皇了多年，才得出来。正如人在白昼时候，闭着眼乱闯，末后睁开眼睛，才晓得世上有这样的好阳光。其实太阳照临，早已如此，已有了无量数年了。

　　欧洲关于这"人"的真理的发见，第一次是在十五世纪，于是出了宗教改革与文艺复兴两个结果。第二次成了法国大革命，第三次大约便是欧战以后将来的未知事件了。女人与小儿的发见，却迟至十九世纪，才有萌芽。古来女人的位置，不过是男子的器具与奴隶。中古时代，教会里还曾讨论女子有无灵魂，算不算得一个人呢。小儿也只是父母的所有品，又不认他是一个未长成的人，却当他作具体而微的成人，因此，又不知演了多少家庭的与教育的悲剧。自从莍罗培尔（Flanbert）与戈特文（Godwin）夫人以后，才有光明出现。到了现在，造成儿童与女子问题这两大研究，可望长出极好的结果来。中国讲到这类问题，却须从头做起，人的问题，从来未经解决，女人小儿更不必说了。如今第一步先从人说起，生了四千余年，现在却还讲人的意义。从新要发见"人"，去"辟人荒"，也是可笑的事。但老了再学，总比不学该胜一筹罢。我们希望从文学上起首，提倡一点人道主义思想，便是这个意思。

我们要说人的文学，须得先将这个人字，略加说明。我们所说的人，不是世间所谓"天地之性最贵"，或"圆颅方趾"的人。乃是说，"从动物进化的人类"。其中有两个要点，（一）是"从动物"进化的，（二）是从动物"进化"的。

我们承认人是一种生物。他的生活现象，与别的动物并无不同。所以我们相信，人的一切生活本能都是美的善的，应得完全满足。凡是违反人性不自然的习惯制度，都应该排斥改正。

但我们又承认人是一种从动物进化的生物。他的内面生活，比他动物更为复杂高深，而且逐渐向上，有能够改造生活的力量。所以我们相信，人类以动物的生活为生存的基础，而其内面生活，却渐与动物相远，终能达到高上和平的境地。凡兽性的余留，与古代礼法可以阻碍人性向上的发展者，也都应该排斥改正。

这两个要点，换一句话说，便是人的灵肉二重的生活。古人的思想，以为人性有灵肉二元，同时并存，永相冲突。肉的一面，是兽性遗传。灵的一面，是神性的发端。人生的目的，便偏重在发展这神性。其手段，便在灭了体质以救灵魂。所以古来宗教，大都厉行禁欲主义，有种种苦行，抵制人类的本能。一方面却别有不顾灵魂的快乐派，只愿"死便埋我"。其实两者都是趋于极端，不能说是人的正当生活。到了近世，才有人看出这灵肉本是一物的两面，并非对抗的二元。兽性与神性，合起来便只是人性。英国十八世纪诗人勃莱克（Blake）在《天国与地狱的结婚》一篇中，说得最好。

（一）人并无与灵魂分离的身体。因这所谓身体者，原止是五官所能见的一部分的灵魂。

（二）力是唯一的生命，是从身体发生的。理就是力的外面的界。

（三）力是永久的悦乐。

他这话虽然略含神秘的气味，但很能说出灵肉一致的要义。我们所信的人类正当生活,便是这灵肉一致的生活。所谓从动物进化的人,便是指这灵肉一致的人,无非用别一说法罢了。

这样"人"的理想生活,应该怎样呢? 首先便是改良人类的关系。彼此都是人类,却又各是人类的一个。所以须营一种利己而又利他,利他即是利己的生活。第一,关于物质的生活,应该各尽人力所及,取人事所需。换一句话,便是各人以心力的劳作,换得适当的衣食住与医药,能保持健康的生存。第二,关于道德的生活,应该以爱智信勇四事为基本道德,革除一切人道以下或人力以上的因袭的礼法,使人人能享自由真实的幸福生活。这种"人的"理想生活,实行起来,实于世上的人无一不利。富贵的人虽然觉得不免失去了他的所谓尊严,但他们因此得从非人的生活里救出,成为完全的人,岂不是绝大的幸福么? 这真可说是二十世纪的新福音了。只可惜知道的人还少,不能立地实行。所以我们的在文学上略略提倡,也稍尽我们爱人类的意思。

但现在还须说明,我所说的人道主义,并非世间所谓"悲天悯人"或"博施济众"的慈善主义,乃是一种个人主义的人间本位主义。这理由是,第一,人在人类中,正如森林中的一株树木。森林盛了,各树也都茂盛。但要森林盛,去仍非靠各树各自茂盛不可。第二,人爱人类,就只为人类中有了我,与我相关的缘故。墨子说"兼爱"的理由,因为"己亦在人中",便是最透彻的话。上文所谓利己而又利他,利他即是利己,正是这个意思。所以我说的人道主义,是从个人做起。要讲人道,爱人类,便须先使自己有人的资格,占得人的位置。耶稣说,"爱邻如己"。如不先知自爱,怎能"如己"的爱别人呢? 至于无我的爱,纯粹的利他,我以为是不可能的。人为了所爱的人,或所信的主义,能够有献身的行为。若是割肉饲鹰,投身给饿虎吃,那是超人间的道德,不是人所能为的了。

用这人道主义为本,对于人生诸问题,加以记录研究的文字,便谓之人的文学。其中又可以分作两项,(一)是正面的,写这理想生活,或人间上达的可能性。(二)是侧面的,写人的平常生活,或非人的生活,都很可以供研究之用。这类著作,分量最多,也最重要。因为我们可以因此明白人生实在的情状,与理想生活比较出差异与改善的方法。这一类中写非人的生活的文学,世间每每误会,与非人的文学相混,其实却大有分别。譬如法国莫泊桑(Maupassant)的小说《人生》(Une Vie)

是写人间兽欲的人的文学;中国的《肉蒲团》却是非人的文学。俄国库普林(Kuprin)的小说《坑》(Jama),是写娼妓生活的人的文学;中国的《九尾龟》却是非人的文学。这区别就只在著作的态度不同。一个严肃,一个游戏。一个希望人的生活,所以对于非人的生活,怀着悲哀或愤怒;一个安于非人的生活,所以对于非人的生活,感着满足,又多带些玩弄与挑拨的形迹。简明说一句,人的文学与非人的文学的区别,便在著作的态度,是以人的生活为是呢? 非人的生活为是呢? 这一点上。材料方法,别无关系。即如提倡女人殉葬——即殉节的文章,表面上岂不说是“维持风教”;但强迫人自杀,正是非人的道德,所以也是非人的文学。中国文学中,人的文学,本来极少。从儒教道教出来的文章,几乎都不合格。现在我们单从纯文学上举例如:

(一)色情狂的淫书类

(二)迷信的鬼神书类(《封神传》《西游记》等)

(三)神仙书类(《绿野仙踪》等)

(四)妖怪书类(《聊斋志异》《子不语》等)

(五)奴隶书类(甲种主题是皇帝状元宰相,乙种主题是神圣的父与夫)

(六)强盗书类(《水浒》《七侠五义》《施公案》等)

(七)才子佳人书类(《三笑姻缘》等)

(八)下等谐谑书类(《笑林广记》等)

(九)“黑幕”类

(十)以上各种思想和合结晶的旧戏

这几类全是妨碍人性的生长,破坏人类的平和的东西,统应该排斥。这宗著作,在民族心理研究上,原都极有价值。在文艺批评上,也有几种可以容许。但在主义上,一切都该排斥。倘若懂得道理,识力已定的人,自然不妨去看。如能研究批评,便于世间更为有益,我们也极欢迎。

人的文学,当以人的道德为本,这道德问题方面很广,一时不能细说。现在只就文学关系上,略举几项。譬如两性的爱,我们对于这事,有两个主张:(一)是男女两本位的平等,(二)是恋爱的结婚。世间著作,有发挥这意思的,便是绝好的人的文学。如诺威伊孛然(Ibsen)的戏剧《娜拉》(Et Dukkehjem)《海女》(Fruen fra Havet),俄国托尔斯泰

(Tolstoj)的小说 Anna Karenina,英国哈兑(Hardy)的小说《台斯》(Tess)
等就是。恋爱起源,据芬兰学者威思德马克(Westermarck)说,由于"人
的对于我快乐者的爱好"。却又如奥国卢闿(Lucan)说,因多年心的进
化,渐变了高上的感情。所以真实的爱与两性的生活,也须有灵肉二重
的一致。但因为现世社会境势所迫,以致偏于一面的,不免极多。这便
须根据人道主义的思想,加以记录研究。却又不可将这样生活,当作
幸福或神圣,赞美提倡。中国的色情狂的淫书,不必说了。旧基督教
的禁欲主义的思想,我也不能承认他为是。又如俄国陀思妥也夫斯奇
(Dostojevskij)是伟大的人道主义作家。但他在一部小说中,说一男人
爱一女子,后来女子爱了别人,他却竭力斡旋,使他们能够配合。陀思
妥也夫斯奇自己,虽然言行竟是一致,但我们总不能承认这种种行为,
是在人情以内,人力以内,所以不愿提倡。又如印度诗人泰戈尔(Tagore)
做的小说,时时颂扬东方思想。有一篇记一寡妇的生活,描写他的"心
的撒提",(Suttee)(撒提是印度古语。指寡妇与他丈夫的尸体一同焚化
的习俗。)又一篇说一男人弃了他的妻子,在英国别娶,他的妻子,还典
卖了金珠宝玉,永远的接济他。一个人如有身心的自由,以自由选择,
与人结了爱,遇着生死的别离,发生自己牺牲的行为,这原是可以称道
的事。但须全然出于自由意志,与被专制的因袭礼法逼成的动作,不能
并为一谈。印度人身的撒提,世间都知道是一种非人道的习俗,近来已
被英国禁止。至于人心的撒提,便只是一种变相。一是死刑,一是终身
监禁。照中国说,一是殉节,一是守节,原来撒提这字,据说在梵文,便
正是节妇的意思。印度女子被"撒提"了几千年,便养成了这一种畸形
的贞顺之德。讲东方文化的,以为是国粹,其实只是不自然的制度习惯
的恶果。譬如中国人磕头惯了,见了人便无端的要请安拱手作揖,大有
非跪不可之意,这能说是他的谦和美德么? 我们见了这种畸形的所谓
道德,正如见了塞在坛子里养大的、身子像萝卜形状的人,只感着恐怖
嫌恶悲哀愤怒种种感情,快不该将他提倡,拿他赏赞。

　　其次如亲子的爱。古人说,父母子女的爱情,是"本于天性",这话
说得最好。因他本来是天性的爱,所以用不着那些人为的束缚,妨害他
的生长。假如有人说,父母生子,全由私欲,世间或要说他不道。今将
他改作由于天性,便极适当。照生物现象看来,父母生子,正是自然的
意志。有了性的生活,自然有生命的延续,与哺乳的努力,这是动物无

不如此。到了人类,对于恋爱的融合,自我的延长,更有意识,所以亲子的关系,尤为深厚。近时识者所说儿童的权利,与父母的义务,便即据这天然的道理推演而出,并非时新的东西。至于世间无知的父母,将子女当作所有品,牛马一般养育,以为养大以后,可以随便吃他骑他,那便是退化的谬误思想。英国教育家戈思德(Gorst)称他们为"猿类之不肖子",正不为过。日本津田左右吉著《文学上国民思想的研究》卷一说,"不以亲子的爱情为本的孝行观念,又与祖先为子孙而生存的生物学的普遍事实,人为将来而努力的人间社会的实际状态,俱相违反,却认作子孙为祖先而生存,如此道德中,显然含有不自然的分子"。祖先为子孙而生存,所以父母理应爱重子女,子女也就应该爱敬父母。这是自然的事实,也便是天性。文学上说这亲子的爱的,希腊河美罗斯(Homeros)史诗《伊理亚斯》(Ilias)与欧里毕兑斯(Euripides)悲剧《德罗夜兑斯》(Troiades)中,说赫克多尔(Hektor)夫妇与儿子的死别的两节,在古文学中,最为美妙。近来诺威伊孛然 (Ibsen) 的《群鬼》(Gengangere),德国士兑曼(Sudemann)的戏剧《故乡》(Heimat),俄国都介涅夫(Turgenjev)的小说《父子》(Ottsy i djeti)等,都很可以供我们的研究。至于郭巨埋儿、丁兰刻木那一类残忍迷信的行为,当然不应再行赞扬提倡。割股一事,尚是魔术与食人风俗的遗留,自然算不得道德,不必再叫他混入文学里,更不消说了。

照上文所说,我们应该提倡与排斥的文学,大致可以明白了。但关于古今中外这一件事上,还须追加一句说明,才可免了误会。我们对于主义相反的文学,并非如胡致堂或乾隆做史论,单依自己的成见,将古今人物排头骂倒。我们立论,应抱定"时代"这一个观念,又将批评与主张,分作两事。批评古人的著作,便认定他们的时代,给他一个正直的评价,相应的位置。至于宣传我们的主张,也认定我们的时代,不能与相反的意见通融让步,唯有排斥的一条方法。譬如原始时代,本来只有原始思想,行魔术食人肉,原是分所当然。所以关于这宗风俗的歌谣故事,我们还要拿来研究,增点见识。但如近代社会中,竟还有想实行魔术食人的人,那便只得将他捉住,送进精神病院去了。其次,对于中外这个问题,我们也只须抱定时代这一个观念,不必再划出什么别的界限。地理上历史上,原有种种不同,但世界交通便了,空气流通也快了,人类可望逐渐接近,同一时代的人,便可相并存在。单位是个我,总数是个人。不必自以为与众不同,道德第一,划出许多畛域。因为人总与人类相关,彼此一样,所以张三李四受苦,与彼得约翰受苦,要说与我无关,便一样无关,说与我相关,也一样相关。仔细说,便只为我与张三李四或彼得约翰虽姓名不同,籍贯不同,但同是人类之一,同具感觉性情。他以为苦的,在我也必以为苦。这苦会降在他身上,也未必不能降在我的身上。因为人类的运命是同一的,所以我要顾虑我的运命,便同时须顾虑人类共同的运命。所以我们只能说时代,不能分中外。我们偶有创作,自然偏于见闻较确的中国一方面,其余大多数都还须绍介译述外国的著作,扩大读者的精神,眼里看见了世界的人类,养成人的道德,实现人的生活。

（载 1918 年 12 月 15 日《新青年》第 5 卷第 6 号）

平 民 文 学

仲 密

平民文学这四个字,字面上极易误会,所以我们先得解说一回,然后再行介绍。

平民的文学正与贵族的文学相反。但这两样名词,也不可十分拘泥。我们说贵族的平民的,并非说这种文学是专做给贵族或平民看,专讲贵族或平民的生活,或是贵族或平民自己做的。不过说文学的精神的区别,指他普遍与否,真挚与否的区别。

中国现在成了民国,大家都是公民。从前头上顶了一个皇帝,那时"率土之滨,莫非王臣",大家便同是奴隶,向来没有贵族平民这名称阶级。虽然大奴隶对于小奴隶,上等社会对于下等社会,大有高下,但根本上原是一样的东西。除却当时的境遇不同以外,思想趣味,毫无不同,所以在人物一方面上,分不出什么区别。

就形式上说,古文多是贵族的文学,白话多是平民的文学。但这也不尽如此。古文的著作,大抵偏于部分的、修饰的、享乐的、或游戏的,所以确有贵族文学的性质。至于白话,这几种现象,似乎可以没有了。但文学上原有两种分类,白话固然适宜于"人生艺术派"的文学,也未尝不可做"纯艺术派"的文学。纯艺术派以造成纯粹艺术品为艺术唯一之目的,古文的雕章琢句,自然是最相近;但白话也未尝不可雕琢,造成一种部分的修饰的享乐的游戏的文学,那便是虽用白话,也仍然是贵族的文学。譬如古铜铸的钟鼎,现在久已不适实用,只能尊重他是古物,收藏起来;我们日用的器具,要用磁的盘碗了。但铜器现在固不适用,磁的也只是作成盘碗的适用。倘如将可以做碗的磁,烧成了二三尺高的五彩花瓶,或做了一座纯白的观世音,那时,我们也只能将他同钟鼎一样珍重收藏,却不能同盘碗一样适用。因为他虽然是一个艺术品,但是纯艺术品,不是我们所要求的人生的艺术品。

照此看来,文字的形式上,是不能定出区别,现在再从内容上说。内容的区别,又是如何?上文说过贵族文学形式上的缺点,是偏于部分的、修饰的、享乐的、或游戏的;这内容上的缺点,也正是如此。所以平民文学应该著重与贵族文学相反的地方,是内容充实,就是普遍与真挚两件事。第一,平民文学应以普通的文体,写普遍的思想与事实。我们不必记英雄豪杰的事业,才子佳人的幸福,只应记载世间普通男女的悲欢成败。因为英雄豪杰才子佳人,是世上不常见的人;普通的男女是大多数,我们也便是其中的一人,所以其事更为普遍。也更为切己,我们不必讲偏重一面的畸形道德,只应讲说人间交互的实行道德。因为真的道德,一定普遍,决不偏枯。天下决无只有在甲应守,在乙不必守的奇怪道德。所以愚忠愚孝,自不消说,即使世间男人多数最喜欢说的殉节守贞,也是全不合理,不应提倡。世上既然只有一律平等的人类,自然也有一种一律平等的人的道德。第二,平民文学应以真挚的文体,记真挚的思想与事实。既不坐在上面,自命为才子佳人,又不立在下风,颂扬英雄豪杰,只自认是人类中的一个单体,混在人类中间,人类的事,便也是我的事。我们说及切己的事,那时心急口忙,只想表出我的真意实感,自然不暇顾及那些雕章琢句了。譬如对众表白意见,虽可略加努力,说得美妙动人,却总不至于冶成一支小曲,唱的十分好听,或编成一个笑话,说得哄堂大笑,却把演说的本意没却了。但既是文学作品,自然应有艺术的美。只须以真为主,美既在其中,这便是人生的艺术派的主张,与以美为主的纯艺术派,所以有别。

平民文学的意义,照上文所说,大略已可明白。还有我所最怕被人误会的两件事,非加说明不可:——

第一,平民文学决不单是通俗文学。白话的平民文学比古文原是更为通俗,但并非单以通俗为唯一之目的。因为平民文学不是专做给平民看的,乃是研究平民生活——人的生活——的文学。他的目的,并非要想将人类的思想趣味,竭力按下,同平民一样,乃是想将平民的生活提高,得到适当的一个地位。凡是先知或引路的人的话,本非全数的人尽能懂得,所以平民的文学,现在也不必个个"田夫野老"都可领会。近来有许多人反对白话,说这总非田夫野老所能了解,不如仍用古文。现在请问,田夫野老大半不懂植物学的,倘说因为他们不能懂,便不如抛了高宾球三氏的植物学,去看《本草纲目》,能说是正当办法么?正因为他们不懂,所以要费心力,去启发他。正同植物学应用在农业药物上一样,文学也须应用在人生上。倘若怕与他们现状不合,一味想迁就,那时植物学者只好照《本草纲目》讲点玉蜀黍性寒,何首乌性温,给他们听,文人也只好编几部《封鬼传》《八侠十义》《杀孙报》给他们看,还讲什么我的科学观文学观呢?

第二,平民文学决不是慈善主义的文学。在现在平民时代,所有的人都只应守着自立与互助两种道德,没有什么叫慈善。慈善这句话,乃是富贵人对贫贱人所说,正同皇帝的行仁政一样,是一种极侮辱人类的话。平民文学所说,是在研究全体的人的生活,如何能够改进到正当的方向,决不是说施粥施棉衣的事。平民的文学者,见了一个乞丐,决不是单给他一个铜子,便安心走过;捉住了一个贼,也决不是单给他一元钞票放了,便安心睡下。他照常未必给一个铜子或一元钞票,但他有他心里的苦闷,来酬付他受苦或为非的同类的人。他所注意的,不单是这一人缺一个铜子或一元钞票的事,乃是对于他自己的与共同的人类的运命。他们用一个铜子或用一元钞票,赎得心的苦闷的人,已经错了。他们用一个铜子或一元钞票,买得心的快乐的人,更是不足道了。伪善的慈善主义,根本里全藏着傲慢与私利,与平民文学的精神,绝对不能相容,所以也非排除不可。

在中国文学中,想得上文所说理想的平民文学,原极为难。因为中国所谓文学的东西,无一不是古文。被挤在文学外的章回小说几十种,虽是白话,却都含着游戏的夸张的分子,也够不上这资格。只有《红楼梦》要算最好,这书虽然被一班无聊文人文学坏成了《玉梨魂》派的范本,但本来仍然是好。因为他能写出中国家庭中的喜剧悲剧,到了现在,情形依旧不改,所以耐人研究。在近时著作中,举不出什么东西,还只是希望将来的努力,能翻译或造作出几种有价值有生命的文学作品。

一九一八年十二月二十日

(载 1919 年 1 月 19 日《每周评论》第 5 号)

怎样做白话文？

白话散文的凭籍——一，留心说话，
二，直用西洋词法

傅斯年

一年以来，中国总算有新文艺的萌芽了。这一年"八表同昏"的景象，独这件事差强人意。大家从此勉力的做去，几年以内，就要有个雏形的新文学；——真是应当高兴的事。新文学就是白话文学；只有白话能做进取的事业；已死的文言，是不中用的。胡适之先生在他的《建设的文学革命论》中，把"国语的文学，文学的国语"，一个大主义，讲得明白透彻；我们对于白话文学主义，应当没有丝毫疑惑的。照这样看，新文学建设的第一步，就是应用白话做材料。最可喜这几个月之间，白话文出产不少了；许多的人，用白话做文章。但是这些白话文章里面，固然有许多很可看的，很有文学组织的，可也不免有许多很不可看的，很没文学组织的。我也做了一半篇勉强可用的白话文，也竟有好几篇，弄得非驴非马，不成模样了。我心里常向自己问道，"我究竟用什么方法做白话文？我劝朋友做白话文，那朋友便半真半假的向我道，"你告诉我做白话文的法儿！"我又见过几位做白话文的人，每每说道，"白话文好难做，不是可以乱做的！"有这样现象，可以觉察大家对于白话文的做法，有个要去研究的趋向了。还有一层，那一般不让我们适意的白话文，只可说是乱做的白话文。把这"国语的文学"一条初步的道理，还有点把不牢；"你""我""尔""汝"随便写去，又犯了曹雪芹的告戒，拿那"最可厌的'之''乎''者''也'，一齐用来，成就了半文半白，不文不白，不清不白的一片。这乱做的现象，只为着不晓得白话文的做法；"虽说自然，也要有几分研究。"由前一说，讨论白话文的做法，是现在已有的趋势；由后一说，更是不可不急速讲究的。从此可知白话文做法一个问题，应当正重提出，大家讨论了。

然而我那里配讨论这问题？我自己先不会做文学的白话文，还那里配讨论这问题？况且这问题竟有一部分不许讨论的。做白话文学，专靠讲究规律，已经落了第二乘了。文学原仗着才气，兴致，感情，冲动。循规蹈距，便没有好文章；谈规论矩，便是村学究教书匠的事业。凡称得起文学家的，那一个不是兴到就说，说上半句，并不曾料到下半句，还要凭上帝救他出来。但是分析想来，这说话乃不过遮盖一部分道理，也有不可一概而论的。我虽然不配讨论这问题的本源和全体，却不妨讨论一部分。这问题虽然有的地方不许讨论，却不妨把许讨论的一部分提出讨论。"怎样做白话文？"一个大题，我不敢完全回答，——也不能完全回答；——只就我做白话文的经验，想出两条做白话文应当有的凭籍；就这两种凭籍，可以见得我对于做白话文的主张。总算是一端的方法论罢了。

我所讨论的范围，限于无韵文。韵文的做法，胡适之先生预备做一篇精密的研究。我对于韵文的学问，不敢自信，也就不来插嘴，预备着快读便了。又无韵文里头，再以杂体为限，仅当英文的 Essay 一流。其余像小说，不歌的戏剧，本是种专门之业，应当让专家研究他的做法，也不是这篇文章能够概括的。请读者注意，我所讨论的，只是散文，——解论（Exposition）辩议（Augumentation）记叙（Narration）形状（Description）四种散文，——没有特殊的文体。散文在文学上，没甚高的位置，不比小说，诗歌，戏剧。但是日用必需，整年到头的做他：小则做一篇文，大则做一部书，都是他。所以他的做法的研究，虽然是比较的容易，可也是比较的要紧哩。

一

讨论做白话文的凭籍物，便马上想到历史上的白话出产品。作文章虽然要创造。开头却不能不有凭籍，不能不求个倚赖的所在。这诚然不足当文学家的一看，可也是初做文章时，免不了的路程。我并不是说只要倚赖就完了，我是说发端时节，不能不有个榜样。譬如要做古文的人，总要先来研究《尧典舜典清庙生民》；我们主张新文学，自然也得借径于西洋的新文学。劈头便要创造,便不要倚傍,正合了古人说的"可怜无补费精神"。只可惜我们历史上的白话产品,太少又太坏,不够我们做白话文的凭籍物。元明以来的戏曲,有一半用白话。曲是韵文,这篇文章里说不到,单就曲外的说白而论,真真要不得了;非特半白半文,竟是半散半骈。我们做白话文的,要受了他的毒,可就终身不入正道了,再看小说,我们历史上的好小说,能有几部? 不过《水浒传》《红楼梦》《儒林外史》三部,有文学价值;其余都是要不得的。近来小说,《二十年目睹之怪现状》和《老残游记》,有人说好的;但是我看他的文笔,也是粗率的很,不值得我们凭籍。况且小说一种东西,只是客观的描写,只是女子小人的口吻;白话散文的(Essay)体裁极多,很难靠他长进我们各类的白话散文。小说中何尝有解论(Exposition)辨议(Argumentation)的文章? 小说以外,中国也没有用白话做的解论辨议的文章。照这样说,以前的白话出产品,竟不够我们乞灵,我们还要乞灵别个去。

我的意思就是乞灵说话——留心自己的说话,留心听别人的说话。语言和文章,在文言分离的时代,虽然也有密切的关系,可仍然是两件东西。不会做文章的人,尽管善于说话,不善说话的人,尽管会做好文章。但是在我们主张国语文学的人,文章语言,只是一桩事物的两面:若要语言说得好,除非把文学的手段,用在语言上;若要文章做得好,除非把语言的精神,当做文章的质素。国语文学就是国语文学,只是有文学组织的国语;本来和说话是一件东西,不过差在写出不写出罢了。不会说话的人,必不会出产好文学。希腊的底模登诺(Demosthenos)罗马的西塞路(Cicero)都是演说家而兼文学家;英国议会里有名的争论,都是演说而兼文章。中国在周秦时代,本是文言一致的。墨翟是个演说大家,他的演说词就是好文章。那时节一般的纵横游谈之士,像孟轲、荀卿、鲁仲连、苏秦、张仪、宋轻、惠施、庄周、邹衍……个个都善说话,个个都做好文章。有人说韩非口吃,却也会做好文章。这并不足证明韩非不善说话,韩非若真不善说话,韩国断不肯把那生死关头的使命,放在他身上。有点口吃本不妨说话的事,因为他有应机立发的口才,才让他担当这事;更因为他有应机立发的口才,才能成就那部应机立断的《韩非子》。到了汉朝,真有那不会说话的司马相如、杨雄偏要做文学的事业,于是乎竭力变语言的文学,成典籍的文学。他这一念之差，便做了文学史上的罪人。从此可知文章和语言，竟是一种作用了。

我主张留心说话，作为制作白话文的利器，是为着语言文章，本是一种作用，更是为着说话多，作文少，留心说话，直是练习作文的绝对机会。我们终年写在纸上的，能有多少？放在空气中的，却是无穷无尽。照我们常日的经验，做文三四次，便觉出有几分长进。果真能利用这日出不穷的说话，我们作白话文的能力，岂不是天天有长进？若是全不注意，把这机会不知不觉的放过，还指望伏在桌上，铺开纸，拔出笔来，当做练习白话文的办法，不特太笨，而且白话文断不是这样法子能做好的，所以我主张留心自己的说话，并且留心别人的说话：一面随时自反，把说话的毛病，想法除去，把文学的手段，组织和趣味，用到说话上来；一面观察别人，好的地方，我去学他，不好的地方，求自己的解免。但能刻刻如此用心，不须把笔作字，已经成了文学家了。

况且说话的优势，不仅在多，尤有做文时候作不到，说话时候作得到的事情。我们伏在桌上，铺开纸，拔出笔的时节，心里边总有几分拘束。郑重之心太甚，冲动之情太少；思路虽然容易细密，才气却很难尽量发泄。尽管在那里惨淡经营，其实许多胜义，许多反想，许多触动，许多流利的句调，都暗暗被这惨淡经营勾销了。说话时节不是这样。心里边是开展的，是自由的，触动很富，可以冲口而出。惟其冲口而出，所以可以"应机立断"。文章本靠着任才使气，本指望兴到神来，本把"勾心斗角"的"匠心"，当做第二义：这都是说话所长，作文作短。我们和人谈话，总觉着心里要说的一齐涌上，没有时间给我们说出；但是坐在那里做文，就真词穷了。从这可见谈话时容易感动，作文时难得提醒：要想文章充量发展，必须练习说话的发展，当做预备。况且兴到神来的时候，总是稍纵即逝。做文章是件笨事体，中国字又是难写的。兴到便提笔书写，写上半句，兴已去了，这文章就没有"令终"了。要想把持这兴会，使他走得不快，依然要在那无限的说话时节，练习成一种把持心境的能力。

而且文学的精神，全仗着语言的质素。语言里所不能有的质素，用在文章上，便成就了不正道的文章。中国的"古文"，所以弄得愈趋愈坏，只因为把语言里不能有的质素，当做文章的主质。第一流的文章，定然是纯粹的语言，没有丝毫掺杂；任凭我们眼里看进，或者耳里听进,总起同样的感想。若是用眼看或用耳听,效果不同,便落在第二流以下去了。西洋近代的小说戏曲家,女子很多,正为着女子说话,多半比男子用心。千忙百忙的演说家,永不看文学书,作出文章来,竞赛过专门文学的人,正为着他们只留心说话,只知道说话的质素,不知道说话外的质素。那宗懂得七八国语言,熟悉几千年经典的古董博士,做的文章,永远坏的,正为着他们只知道说话外的质素,忘记了说话内的质素。再看古来的人:Homrer 和 Hesiod 时代,并没有希腊文;Chaucer 时代,并没有英文;Nibelungenlied 出产之后,才有德文;一般 Trouveurs 的诗歌出产之后,才有法文。这都是没有文字先有的文学。这都是纯粹的语言文学,这都是只有说话的质素,没有说话以外的质素的文学,这都是千古不刊的真文学。现在一般的文学家,都认戏剧的体裁是无上,不是小说诗歌散文可以比得起的,也是为着戏剧的体裁,全是说话,所以施用文学的手段,最是相宜。再看散文的各类各样,还是一个道理,形状的文,全凭说话的自然,才有活泼泼的趣味。若是用文章上的句调,便离了实相,变做不称情的形容。记叙的文,重在次序,这次序正是谈话时应当讲究的次序。老太婆说给孩子听的故事,每每成一段绝妙的记叙文;可以见得记叙文的作用,尤其靠说话的质素。辨议的文,完全是说话,更无须说了。这全仗着"谈锋"制胜,更没有语言以外的作用了。解论的文,看来似乎和说话远些,但是要想又清楚,又有力,仍然离不脱说话的质素:现代的模范解论文,十之七八是演说的稿子。总而言之,文学的妙用,仅仅是人人心深,住人心久。想把这层办到,唯有凭藉说话里自然的简截的活泼的手段。所以我说,想把白话文做好,须得留神自己和别人的说话,竞用说话的快利清白,——一切精神,一切质素,——到作文上。诸君切莫以为现在是作白话文,自然会有说话的精神。文章谈话两件事,最容易隔阂。现在西洋言文一致的国家,仍旧有几分不一致存在。在我们试验这退化的国语,处处感觉不便,处处感觉缺陷,一不留心,便离了语言的意味,用老法子做起新体文章了。我亲见一个人做白话文,弄得和文言差不多,并且有骈文的神气呢!所以在我们试验这前人很少试验的白话,词穷意短的白话,尤其要注重说话的天真,免得一部分受了文言的恶空气,染了文章家的无聊造作。总而言之,万不可忘了把"精纯的国语"当作标榜。

二

然而这话也有不尽然的。我们固然必须乞灵说话，可也断不能仅仅乞灵说话。说话的作用，并不够我们的使唤。

说话可以帮助作文，本是宗极明显的道理；作白话文须要多含说话的质素，更是宗当然的办法，这诚然算我们的一种利器。只可惜这利器的用项，有时而穷，我们不得不再求别种的凭藉了。

何以说话的作用有时而穷呢？第一：我们能凭藉说话练习文章的流利，却不能凭藉说话练习文章的组织；我们能凭藉说话练习文章的丰满，却不能凭藉说话练习文章的剪裁；我们能凭藉说话练习文章的质直，却不能凭藉说话练习文章的含蓄；说话很能帮助造句，却不能帮助成章；说话很能帮助我们成文学上的冲锋将，却不能帮助我们成文学上的美术匠。假使我们仅仅把说的话，写出来，作为我们的文章，纵然这话说得好，拿文章的道理一较，也要生许多不满意——总觉着他缺乏构造。从此可知说话的效用，只有一半，其余一半，他办不到了。

第二：我们的说话，本不到第一等的高明；就是把他的好质素通身移在作文上，作出的文，依然不是第一等。仔细观察我们的语言，实在有点不长进：有的事物没有名字，有的意思说不出来；太简单，太质直；曲折少，层次少。我们拿几种西文演说集看，说得真是"涣然冰释，怡然理顺"。若是把他移成中国的话，文字的妙用全失了，层次减了，曲折少了，变化去了，——总而言之，词不达意了。就这一点而论，我们仅仅作成代语的白话文，乞灵说话就够了，要是想成独到的白话文，超于说话的白话文，有创造精神的白话文，与西洋文同流的白话文，还要在乞灵说话以外，再找出一宗高等凭藉物。

这高等凭藉物是甚么，照我回答，就是直用西洋文的款式，文法，词法，句法，章法，词枝，(Figure of speech)……一切修辞学上的方法，造成一种超于现在的国语，欧化的国语，因而成就一种欧化国语的文学。

直用西洋文的款式，大家尚不至于很疑惑，现在《新青年》里的文章，都是这样。直用西洋文的文法，词法，句法，章法，词枝，……一切修词学上的方法，大家便觉着不然了。这宗办法，现在人做文章，也曾偶尔一用，可是总在出于无奈的时节，总有点不勇敢的心理，总不敢把

"使国语欧化"当做不破的主义。据我看来，这层顾忌，实在错了。要想使得我们的白话文成就了文学文，惟有应用西洋修词学上一切质素，使得国语欧化。读者诸君切不要以为奇谈，待我把道理分条说来。

现在我们使用白话做文，第一件感觉苦痛的事情，就是我们的国语，异常质直，异常干枯。要想弄得他活泼泼的，须得用西洋修词学上各种词枝。这各种的词枝，中国文里，原来也有几种，只是不如西洋那么多，那么精致。据近代修词学家讲起，词枝一种东西，最能刺激心上的觉性，节省心上的觉性；所以文章的情趣，一半靠住他。中国历来的文人，都被"古典""藻饰"埋没了，不注意词枝。况且白话文学，从来没有发展，词枝对于白话的效用，也少得见。到了现在，我们使用的白话，仍然是浑身赤条条的，没有美术的培养；所以觉着非常干枯，少得余味，不适用于文学。想把他培养一番，惟有用修词学上的利器，惟有借重词枝的效用，惟有使国语文学含西洋文的趣味，——惟有欧化中国语。

我们不特觉得现在使用的白话异常干枯，并且觉着他异常的贫，——就是字太少了。补救这条缺陷，须得随时造词，所造的词，多半是现代生活里边的事物；这事物差不多全是西洋出产；因而我们造这词的方法，不得不随西洋语言的习惯，用西洋人表示的意味。也不仅词是如此，一切的句，一切的支句，一切的节，西洋人的表示法尽多比中国人的有精神。想免得白话文的贫苦，惟有从他——惟有欧化。

中国文最大的毛病，是面积惟求铺张，深度却非常浅薄。六朝人做文，只知铺排，不肯一层一层的剥进。唐宋散文家的制作，比较的好得一点，但是依然不能有很多的层次，依然横里伸张。以至于清朝的八股文，八家文，……都是"其直如矢，其平如底"，只多单句，很少复句；层次极深，一本多枝的句调，尤其没有了。这确是中国人思想简单的表现。我们读中国文常觉得一览无余，读西洋文常觉得层层叠叠的；这不特是思想上的分别，就句法的构造而论，浅深已不同了。《甲寅杂志》里章行严先生的文章，我一向不十分崇拜；他仍然用严几道的腔调，古典的润色。不过他有一种特长，几百年的文家所未有，——就是能学西洋词法，层次极深，一句话里的意思，一层一层的剥进，一层一层的露出，精密的思想，非这样复杂的文句组织，不能表现；决不是一个主词，一个谓词，结连上狠少的"用言"，能够圆满传达的。可惜我们使用的白话，同我们使用的文言，犯了一样的毛病，也是"其直如矢，其平如底"，组织上非常简单。我们在这里制造白话文,同时负了长进国语的责任,更负了借思想改造语言,借语言改造思想的责任。我们又晓得思想依靠语言,犹之乎语言倚靠思想,要运用精密深邃的思想,不得不先运用精邃深密的语言。既然明白我们的短,别人的长,又明白取长补短,是必要的任务,我们做起白话文时,当然要减去原来的简单,力求层次的发展,摹仿西洋语法的运用;——总而言之,使国语受欧化。

中国的国语文学,正当发轨期,中国的国语尚是不定形,一切的缺陷,当然极多。又为着中国文言白话分离,已经二千年,文言愈趋愈晦,白话愈变愈坏,到了现在,真成了退化的语言。他在

(1)文典学上的缺陷,

(2)言语学上的缺陷,

(3)修词学上的缺陷,

不知有若干条。想法弥补,惟有借重西洋的语法。一国国语文学发展之始,本不能圆满无缺,正赖着应用他的,随时变化,努力进步。Trouveurs时代 Langue d'oil 的本不完全,Beowulf 里的英文,也是很幼稚。所以能有现在优美的英文法文,全靠历来用他的文人,能够取理想上的长,补他的短,取外国的长,补他的短。这真是我们的师资。我们既然想适用我们的国语。在文学上,在科学上,有艺术上的位置,而少缺憾,自然免不了从我们的理想,使国语受欧化。

我们所以"不因陋就简",抱住现在的白话,当做满足,正因为我们刻刻不忘理想上的白话文,又竭力求这理想上的白话文实现。这理想上的白话文是甚么? 我答道:

(1)"逻辑"的白话文。　就是具"逻辑"的条理,有"逻辑"的次序,能表现科学思想的白话文。

(2)哲学的白话文。　就是层次极复,结构极密,能容纳最深最精思想的白话文。

(3)美术的白话文。　就是运用匠心做成,善于入人情感的白话文。

这三层在西洋文中都早做到了。我们拿西洋文当做榜样,去摹仿他,正是极适当,极简便的办法。所以这理想的白话文,竟可说是——欧化的白话文。

我们所以不满意于旧文学,只为他是不合人性,不近人情的伪文学,缺少"人化"的文学。我们用理想上的新文学代替他,完凭这"容受

人化"一条简单道理。人的精神作用，粗略说来，可分为理性情感两大宗。判断殊种文学的殊种价值，全就他对于这两种精神作用，引起的效果，作为标准。能引人感情，启人理性，使人发生感想的，是好文学，不然便不算文学；能引人在心上起许多境界的，是好文学，不然便不算文学；能化别人，使人忘了自己的，是好文学，不然便不算文学。所以文学的职业，只是普遍的"移人情"，文学的根本，只是"人化"。到了现在，修词学的本源之地，须让心理学家解释；美学一种学问，又成了心理学的一个儿子。文学的作用，也只是心理的作用。任凭文学界中千头万绪，这主义，那主义，这一派，那一派，总是照着人化一条道路而行。如果有违背他的，便受天然的淘汰，——中国旧文学是个榜样。所以我们对于将来的白话文，只希望他是"人的"文学，但是这道理说来容易，做去便觉得极难。幸而西洋近世的文学，全遵照这条道路发展：不特他的大地方是求合人情，就是他的一言一语，一切表词法，一切造作文句的手段，也全是"实获我心。"我们径自把他取来，效法他，受他的感化，便自然而然的达到"人化"的境界，我们希望将来的文学，是"人化"的文学，须得先使他成欧化的文学。就现在的情形而论，"人化"即欧化，欧化即"人化"。

现在我把做白话文的两种凭藉已经说完了，——第一，留心说话；第二，直用西洋词法。"留心说话"一条，没有什么办法可以讨论。强写出几条办法，定然不适用的，只是"存乎其人"罢了。"直用西洋词法"一条，却有个进行的程序。我粗略写了出来，请有志做白话文的人，随时做去。

（1）读西洋文学时，在领会思想情感以外，应当时时刻刻，留心他的达词法（Expression），想法把他运用到中文上。常存这样心理，自然会使用西洋修词学的手段。

（2）练习作文时，不必自己出题，自己造词。最好是挑选若干有价值的西洋文章，用直译的笔法去译他；径自用他的字调，句调，务必使他原来的旨趣，一点不失。这样练习久了，便能自己做出好文章。这种办法，不特可以练习作文，并且可以练习思想力和想象力的确切。

（3）自己作文章时，径自用我们读西文所得，翻译所得的手段。心里不要忘欧化文学的主义。务必使我们做出的文章，和西文近似，有西文的趣味。

（4）这样办法，自然有失败的时节，弄成四不像的白话。但是万万不要因为一时的失败，一条的失败，丢了我们这欧化文学主义。总要想尽方法，融化西文的词调，作为我用。

照事实看来，中国语受欧化，本是件免不了的事情。十年以后，定有欧化的国语文学。日本是我们的前例。日本的语言文章，很受欧化的影响。我们的说话做文，现在已经受了日本的影响，也可算得间接受了欧化了。偏有一般妄人，硬说中文受欧化，便不能通，我且不必和他打这官司，等到十年以后，自然分明的。《新青年》里的文章，像周作人先生译的小说是极好的，那宗直译的笔法，不特是译书的正道，并且是我们自己做文的榜样。严几道翻译西洋书用子书的笔法，策论的笔法，八股的笔法，……替外国学者穿中国学究衣服，真可说是把我之短，补人之长。然而一般人的，总说这是译书做文的正宗，见人稍用点西洋句调，便惊讶以为奇谈。这正为中国的读书人，自待太贱，只知因袭，不知创造，不知文学家的势力。文学家对于语言有主宰的力量，文学家能变化语言，文学家变化语言的办法，就是造前人所未造的句调，发前人所未发的词法。造的好了，大家不由的从他，就自然而然的把语言修正。我们现在变化语言的第一步，创造的第一步，做白话文的第一步，可正是取个外国榜样啊！

（一）George Herbert Palmer 有一段演说词，名 Self-Cultivation in English。出版于一八九七年，印于纽约 Crowell 书店。其中有一节，言文章必资语言之助，本文颇有采用。

民国七年，十二月，二十六日。

（载 1919 年 2 月 1 日《新潮》第 1 卷第 2 号）

思 想 革 命

周作人

　　近年来文学革命的运动渐见功效。除了几个讲"纲常名教"的经学家，同做"鸳鸯瓦冷"的诗余家以外，颇有人认为正当。在杂志及报章上面，常常看见用白话做的文章。白话在社会上的势力，日见盛大，这是很可乐观的事。

　　但我想文学这事务，本合文字与思想两者而成。表现思想的文字不良，固然足以阻碍文学的发达。若思想本质不良，徒有文字，也有什么用处呢？我们反对古文，大半原为他晦涩难解，养成国民笼统的心思，使得表现力与理解力都不发达。但别一方面，实又因为他内中的思想荒谬，于人有害的缘故。这宗儒道合成的不自然的思想，寄寓在古文中间，几千年来，根深蒂固，没有经过廓清，所以这荒谬的思想与晦涩的古文，几乎已融合为一，不能分离。我们随手翻开古文一看，大抵总有一种荒谬思想出现。便是现代的人做一篇古文，既然免不了用几个古典熟语，那种荒谬思想已经渗进了文字里面去了，自然也随处出现。譬如署年月，因为民国的名称不古，写作春王正月，固然有宗社党气味，写作己未孟春，又像遗老。如今废去古文，将这表现荒谬思想的专用器具撤去，也是一种有效的办法。但他们心里的思想，恐怕终于不能一时变过，将来老瘾发时，仍旧胡说乱道的写了出来，不过从前是用古文，此刻用了白话罢了。话虽容易懂了，思想却仍然荒谬，仍然有害。好比君师主义的人，穿上洋服，挂上维新的招牌，难道就能说实行民主政治？这单变文字不变思想的改革，也怎能算是文学革命的完全胜利呢？

　　中国怀着荒谬思想的人，虽然平时发表他的荒谬思想，必用所谓古文，不用白话，但他们嘴里原是无一不说白话的。所以如白话通行，而荒谬思想不去，仍然未可乐观。因为他们用从前做过《圣谕广训直解》

的办法,也可以用了支离的白话来讲古怪的纲常名教。他们还讲三纲,却叫做"三条索子",说"老子是儿子的索子,丈夫是妻子的索子"。又或仍讲复辟,却叫做"皇帝回任"。我们岂能因他们所说是白话,比那四六调或桐城派的古文更加看重呢?譬如有一篇提倡"皇帝回任"的白话文,和一篇非复辟的古文并放在一处,我们说那边好呢?我见中国许多淫书都用白话,因此想到白话前途的危险。中国人如不真是"洗心革面"的改悔,将旧有的荒谬思想弃去,无论用古文或白话文,都说不出好东西来。就是改学了德文或世界语,也未尝不可以拿来做黑幕,讲忠孝节烈,发表他们的荒谬思想。倘若换汤不换药,单将白话换出古文,那便如上海书店的译白话《论语》,还不如不做的好。因为从前的荒谬思想,尚是寄寓在晦涩的古文中间,看了中毒的人还是少数,若变成白话,便通行更广,流毒无穷了。所以我说,文学革命上,文字改革是第一步,思想改革是第二步,却比第一步更为重要。我们不可对于文字一方面过于乐观了,闲却了这一面的重大问题。

（载 1919 年《每周评论》第 11 号）

白话文学与心理的改换

傅斯年

自从去年秋天，我心里有一种怀疑，觉得这白话文学的主义，不久定要风行，然而这白话文学主义的真价值，或者为着速效弄糟了，——这真可虑的很。凡是一种新主义，新事业，在西洋人手里，胜利未必很快，成功却不是糊里糊涂；一到中国人手里，总是登时结个不熟的果子，登时落了。所以这白话文学发展得越快，我越替他的前途担心。这不是我一人的私虑，别人也有如此想的。《每周评论》的第十一号里有仲密先生的一篇《思想革命》，我看了很受点感动，觉得他所说的都是我心里的话。现在把他抄在下面——

近年来文学革命的运动渐见功效，……颇有人认为正当。……白话在社会上的势力日见盛大，这是很可乐观的事。但我想文学这事务，本合文字与思想两者而成。表现思想的文字不良，固然足以阻碍文学的发达。若思想本质不良，徒有文字，也有什么用处呢？我们反对古文，大半原为他晦涩难解，养成国民笼统的心思，使得表现力与理解力都不发达；但别一方面，实又因为他内中的思想荒谬，于人有害的缘故。这宗儒道合成的不自然的思想，寄寓在古文中间，几千年来，根深蒂固，没有经过廓清，所以这荒谬的思想，与晦涩的古文，几乎融合为一，不能分离。我们随手翻开古文一看，大抵总有一种荒谬思想出现。便是现代的人做一篇古文，既然免不了用几个古典熟语，那种荒谬思想已经渗进了文字里面去了，自然也随处出现。……如今废去古文，将这表现荒谬思想的专用器具撤去，也是一种有效的办法。但他们心里的思想恐怕终于不能一时变过，将来老瘾发时，仍旧胡说乱道的写了出来，不过从前是用古文，此刻用了白话罢了。话虽容易懂了，思想却仍然荒谬，仍然有害。……中国人如不真是革面洗心"的改悔，将旧有的荒谬思想弃去，无论用古文或白话文，都说不出好东西来。就是改学了德文或世界语，也未尝不可以拿来做黑幕，讲忠孝节烈，发表他们的荒谬思想。……从前的荒谬思想尚是寄寓在晦涩的古文中间，看了中毒的人还是少数，若变成白话，便通行更广，流毒无穷了。所以我说，文学革命上，文字改革是第一步，思想改革是第二步，却比第一步更为重要。我们不可对于文字一方面过于乐观了，闲却了这一面的重大问题。

这篇文章我读过之后，起了若干想念；现在我所做的这文，正所谓有感而作。平情而论，现在的社会里，居然有人相信白话，肯用白话，真所谓难能可贵。不溺流俗的人，我们欢迎之不暇，何必作求全的责备？又一转念，中国人在进化的决赛场上太落后了，我们不得不着急，大家快快的再跳上一步——从白话文学的介壳，跳到白话文学的内心；用白话文学的内心，造就那个未来的真正中华民国。

白话文学的介壳，就是那些"什么"，"那个"，"月亮"，"太阳"的字眼儿，连在一起的，就是口里的话写在纸上的。这个的前途定然发展的很宽，成功的很速。白话文学的内心是人生的深切而又著明的表现，是向上生活的兴奋剂。这个的前途就不容乐观了。

现在并白话的介壳而亦反对的人，大概可以分做两类：一类是迷顽可怜的老朽，一类是新旧未定家。迷顽可怜的老朽反对我们不会有什么效果，因为有自然先生帮助我们打他们，他们垂死的命运早已判决了。况且他的气力是萎靡的，胆子是老鼠似的；最怕的是势力，（这里是说怕势力，不是说崇拜势力，因为崇拜势力他还不配呢。）最爱的是金钱，最发达的是肉欲，最讲究的是门面话；因而最不健全的是他的作为，最没效果的是他的反抗。况且这些人虽不懂得道理，却还懂得"趋时"；若用真理征服他，他便以化外自豪，若到大家成了风气之后，他也决不为采薇而食的顽民。况且单就白话的介壳而论，未必有所谓离经叛道的东西；好在他们也是会说白话的，乃祖乃宗也曾读过白话的高头讲章的；苟不至于如林纾一样，怕白话文风行了，他那古文的小说卖不动了，因而发生饭碗问题，断不至于发恨"拼此残年"反对白话。所以我们爽性不必理他，他久而久之总会变的。至于我所谓新旧未定家，就是唐俟先生所谓"理想经验双全家，理想经验未定家"。这都是识时务的俊杰，他们既不会拼命发挥自己的主义，也决不会拼命反对别人的主义——只会看风使舵。他们都是时势造就的儿子，没有一个是造就时势的老子；都是被群众征服过的俘虏，没有一个是征服群众的将军。见理不明，因而没主义可说；志行薄弱，因而没宗派可指；再加上个"唯吃饭主义"，就决定他的飘萍转蓬的终身了。这不仅少数人如此，实在中国的大多数是这般。民国元年，遍天下都是革命党，到了四年，遍天下都是官僚派；这类滑稽的风气迁流，确是中国人易于改变的征验。又如袁世凯篡国的时代，有位大人先生上表劝进说，"赖大皇帝之威灵，军未浃旬，而江表戡定"；转眼之间，帝制取消，他又劝退，劈头便是"慰庭先生阁下"。这不是举个极端的例，少数的例，实在可形容中国人的普通而又普遍的心理啊，所以我平日总以为在中国提倡一种新主义的精神很难得好，——因为中国人遗传性上有问题，——然而提倡一种新主义的皮毛没有不速成的，因为中国人都以"识时务"为应世上策。由此看来，白话文介壳的发展，顺着时势的迁流，几年以内总会有点小成绩，可以无疑了。

　　然而白话文学内心的命运却很有问题。白话文学的内心应当是，人生的深切而又著明的表现，向上生活的兴奋剂。（近来看见《新青年》五卷六号里一篇文章，叫做《人的文学》，我真佩服到极点了。我所谓白话文学内心，就以他所说的人道主义为本。）这真难办到。第一层，我们的祖先差不多对于人生都没有透澈的见解，会说什么"圣贤"话，"大人"话，"小人"话，"求容"话，"骄人"话，"妖精"话，"浑沌"话，"仙佛侠鬼"话，最不会的是说"人"话，因为他们最不懂得的是"人"，最不要求的是人生的向上。第二层，我们所居的社会，又是这般大家醉生梦死，少数人也难得觉悟。受那样恶浊历史的压迫，被这样恶浊空气的包围，想把向上的生活当做文学的本旨，——"去开辟人荒"，——真是"难于上青天"的事。老实说，一千年来中国人的思想，总算经过无数的变化了，然而脾胃的本质依然如故。唐朝诗赋是时尚的，他们就拼命弄诗赋；宋朝制艺是时尚的，他们就拼命弄制艺；明清八股是时尚的，他们就拼命弄八股；现在英文是时尚的，他们就拼命弄英文。现在的学生学英文，和当年的童生学八股，其心理乃毫无二致。他们对于文学的观念只有两层：一层是用来满足他的肉欲，一层是用来发挥他的肉欲。由前一层，才有非奴隶而似奴隶，非囚犯而似囚犯的献谀文，科场文；由后一层，才有非妓女而似妓女，非娈童而似娈童的感慨文。所以用"曾子曰吾日三省吾身"做题目去作八股，和用"怎当他临去秋波那一转"做题目去作八股，是一种性情的两面，其脾胃乃毫无二致。他们正在那里经营猎取名利的妙用，研究乘兴遣怀的韵事，你偏引着他们去开辟成败祸福未可知的"人荒"，他们如何情愿呢？苟不至于革面洗心的地步，必超不过"高头讲章白话文"的境界。然则白话文学内心的成功，颇有点不可期了。

但是把白话文学分做内外两面，也是不通的办法。所谓真白话文学，必须包含三种质素：第一、用白话做材料；第二、有精工的技术；第三、有公正的主义；三者缺一不可。美术派的主张，早经失败了，现代文学上的正宗是为人生的缘故的文学。譬之于人物：人物所由成是两面的：一、才具；二、德行。加特林、拿破仑、叶赫那拉氏、袁世凯未尝无才具，然而总不能说他是人，人物更不必论了。易卜生是近代戏剧的革命家，一半由于他革戏剧的艺术，一半由于他革人生的观念。（参看 Bernard Shaw's The Quintessence of Ibsenism。）俄国在近代文学界中放了个大异彩，一半由于他的艺术，一半由于他的主义。所谓世界的文学出产品者，何尝不是用一种特殊的语言写出的呢？但是经过各国翻译之后，艺术上的作用，丧失十之六七了，依然据有第一等的位置，只为他有不朽主义的缘故。我们为什么爱读《孔雀东南飞》呢？因为他对于人生做了个可怕的描写。为什么爱读杜甫的《石壕吏》《兵车行》呢？因为他也对于人生做了个可怕的描写。为什么重视王粲的《七哀诗》而轻视王粲的《登楼赋》呢？因为《七哀诗》是悲悯人生的，《登楼赋》便不相干了。林纾揣度现在主张白话的人必认为"《水浒》《红楼梦》不可思议"，真是妄以小人之心度人的话：我们固不能说《红楼梦》《水浒》不是文学，然亦不成其为真有价值的文学，固不能不承认《红楼梦》《水浒》的艺术，然亦断断乎不能不否认他们的主旨。艺术而外无可取，就是我们应当排斥的文学。平情而论，中国人用白话做文已经好几百年了，然而所出产的都是二三等以下的事物，这都由于没有真主义的缘故。现在大家所谈的文学革命,当然不专就艺术一方面而论,——若是就艺术一方面而论,原不必费此神力——当然更要注重主义一方面。文学革命第一声炮放去,其中就有一种声浪说道:灭信仰造信仰,灭道德造道德,灭生活造生活。所以据我看来,胡适之先生的《易卜生主义》,周启孟先生的《人的文学》,和《文学革命论》,《建设的文学革命论》等,同是文学革命的宣言书。我现在看到许多不长进的白话,——如我所作的,——真是不能乐观;如此办下去,势必有"骈文主义的白话",八股主义的白话",白话的墓志铭,神道碑。我们须得认清楚白话文学的材料和主义不能相离,去创造内外相称,灵魂和体壳一贯的真白话文学!

所以我们现在为文学革命的缘故,最要注意的是思想的改变。至于这文学革命里头应当有的思想是什么思想,《人的文学》中早已说得正确而又透澈,现在无须抄写了。

但是单说思想革命,似乎不如说心理改换包括些;因为思想之外,还有感情,思想的革命之外,还有感情的发展;合感情与思想,文学的内心终有所凭托,所以泛称心理改换,较为普遍了。(思想原有广狭两层意思,狭意的就是心理学上所谓"思想",广意的就是心理的总称。《思想革命》一篇里所谓思想,当然不是狭意的。我现在不是格外立异,是为说明的方便起见,分别讲去,免大家误会。)思想一种心理作用,发达最后,因而力量比较的薄弱。必有别种动机,然后有思想;而思想所得,又不多能见诸行事。思想固然有一部分创造的力量,然而不如感情更有创造的力量;感情主宰思想,感情决定行事,感情造成意志。感情是动力,因而影响一切的效果很大,——这是思想所不及的。我们与其说中国人缺乏"人"的思想,不如说他缺乏"人"的感情;我们与其说俄国近代文学中富有"人"的思想,不如说他富有"人"的感情。思想尽管高明,文章尽管卑劣;一旦有深沉挚爱的感情发动,自然如圣灵启示一般,欲罢不能。(宗教徒所谓圣灵启示,就是感情的大发动。)中国人是个感情薄弱的民族,所以从古以来很少伟大的文学出产。现在希望一种有价值的新文学发生,自必发挥我们大家的人的感情,受一件不良社会的刺激,便把这刺激保持起来,扩大起来,研究起来,表现出来,解决了来,——于是乎有正义的文学。

我现在有一种怪感想:我以为未来的真正中华民国,还须借着文学革命的力量造成。现在所谓中华民国者,真是滑稽的组织;到了今日,政治上已成"水穷山尽"的地步了。其所以"水穷山尽"的缘故,全由于思想不变,政体变了,以旧思想运用新政体。自然弄得不成一件事。回想当年鼓吹革命的人,对于民主政体的真像,实在很少真知灼见,所以能把满洲推倒,一半由于种族上的恶感,一半由于野心家的投机。我仿佛记得一个革命的领袖在《民报》上拿唐太宗比自己,章太炎在《訄书》上居然有"后王者起"的话头。至于有人竟自把"饮冰内热""一卧沧江惊岁晚,几回青琐点朝班"两个典故,当做名字,去鼓吹"开明专制万能"的主义,更全是旧思想了。革新的主动人物即已如此,被鼓吹的人也就可想而知。学者的心里忘不了"九世之仇",一般人的心理又要借着机会躁进;所谓民主主义,只好当幌子罢了。所以民国元二年间像唐花一般的"怒发"和民国三四年间像冰雹一般的摧残,都是专制思想的表现,都是受历史上遗传思想的支配,都是用"英雄","豪杰","宦达","攀权"的人生观弄出来的。想"宦达"要"攀权"的人固不足深责,至于"英雄""豪杰",又何尝不是民贼的绰号呢? 用这种精神去造民国:不用平民的精神去造民国,岂有不弄成政治昏乱,四方割据的呢? 到了现在,大家应该有一种根本的觉悟了:形式的革新——就是政治的革新——是不中用的了,须得有精神上的革新——就是运用政治的思想的革新——去支配一切。物质的革命失败了,政治的革命失败了,现在有思想革命的萌芽了。现在的时代恰和光绪末年的时代有几分近似,彼时是政治革命的萌芽期,现在是思想革命的萌芽期。想把这思想革命运用成功,必须以新思想夹在新文学里,刺激大家,感动大家;因而使大家恍然大悟;徒使大家理解是枉然的,必须唤起大家的感情;徒用言说晓喻是无甚效力的,必须用文学的感动力。未来的真正中华民国靠着新思想,新思想不能不夹在新文学里;犹之乎俄国的革命是以文人做肥料去培养的。我们须得认清楚我们的时代。认清楚了,须得善用我们的时代。

二十年里的各种改革,弄到结果,总是"葫芦题";这都源于不是根本改革。放开思想去改革政治,自然是以暴易暴,没有丝毫长进。若是以思想的力量改造社会,再以社会的力量改造政治,便好得多了,——这是根本改革。更有一层,若果不作征服的决心,而取迁就的手段,又是枉然。中国人的革新事业多半如此。我们须得立定志愿去克服旧主义(不适时的主义)——这是改革的根本手段。天地间事,不是东风压倒西风，就是西风压倒东风；各不相下，便成旋风；旋风是最讨厌的。所以调和是迁就的别名，迁就是糟糕的绰号。政治上讲调和，才有今日的怪现状，学术上讲调和，才有所谓"古今中外党"。梁任公先生能发明新文体，因而有所谓"新民派"，是极好的事了，然而偏要和策论的遇头调和，其末流便成一种浮飘飘的，油汪汪的报纸文。——这是文学上的调和。须知天地间的事物，不是一件一件一段一段的独立的，是互相关连的：所以西洋成西洋的系统，中国成中国的系统，动摇一件，牵动多种，调和是没成效的，必须征服，必须根本改换。改革的作用是散布"人的"思想，改革的武器是优越的文学。文学的功效不可思议；动人心速，入人心深，住人心久，一经被他感化了，登时现于行事。用手段高强的文学，包括着"人的"思想，促动大家对于人生的自觉心，是我们的使命。我们须得认清楚我们的使命！认清楚了，须得竭力完成我们的使命。

总而言之，真正的中华民国必须建筑在新思想的上面。新思想必须放在新文学的里面；若是彼此离开，思想不免丢掉他的灵验，麻木起来了。所以未来的中华民国的长成，很靠着文学革命的培养。文学原是发达人生的唯一手段。既这样的说，我们所取的不特不及与人生无涉的文学，并且不及仅仅表现人生的文学，只取抬高人生的文学。凡抬高人生以外的文学，都是应该排斥的文学。

民国八年四月五日。

（载 1919 年 5 月 1 日《新潮》第 1 卷第 5 号）

谈 新 诗

——八年来一件大事

胡 适

一

民国六年（一九一七年）一月一日，《新青年》第二卷第五号出版，里面有我的朋友高一涵的一篇文章，题目是《一九一七年预想之革命》。他预想从那一年起中国应该有两种革命：（一）于政治上应揭破贤人政治之真相，（二）于教育上应打消孔教为修身大本之宪条。高君的预言，不幸到今日还不曾实现。"贤人政治"的迷梦总算打破了一点，但是打破它的，并不是高君所希望的"立于万民之后，破除自由之阻力，鼓舞自动之机能"的民治国家，乃是一种更坏更腐败更黑暗的武人政治。至于孔教为修身大本的宪法，依现今的思想趋势看来，这个当然不能成立；但是安福部的参议院已通过这种议案了，今年双十节的前八日北京还要演出一出徐世昌亲自祀孔的好戏！

但是同一号的《新青年》里，还有一篇文章，叫做《文学改良刍议》，是新文学运动的第一次宣言书。《新青年》的第二卷第六号接着发表了陈独秀君的《文学革命论》。后来七年四月里又有一篇《建设的文学革命论》。这一种文学革命的运动，在我的朋友高君做那篇《一九一七年预想之革命》时虽然还没有响动，但是自从一九一七年一月以来，这种革命——多谢反对党送登广告的影响——居然可算是传播得很远了。文学革命的目的是要替中国创造一种"国语的文学"——活的文学。这两年来的成绩，国语的散文是已过了辩论的时期，到了多数人实行的时期了。只有国语的韵文——所谓"新诗"——还脱不了许多人的怀疑。

但是现在做新诗的人也就不少了。报纸上所载的,自北京到广州,自上海到成都,多有新诗出现。

这种文学革命预算是辛亥大革命以来的一件大事。现在《星期评论》出这个双十节的纪念号,要我做一万字的文章。我想,与其枉费笔墨去谈这八年来的无谓政治,倒不如让我来谈谈这些比较有趣味的新诗罢。

二

我常说,文学革命的运动,不论古今中外,大概都是从"文的形式"一方面下手,大概都是先要求语言文字文体等方面的大解放。欧洲三百年前各国国语的文学起来代替拉丁文学时,是语言文字的大解放;十八、十九世纪法国嚣俄、英国华次活(Wordsworth)等人所提倡的文学改革,是诗的语言文字的解放;近几十年来西洋诗界的革命,是语言文字和文体的解放。这一次中国文学的革命运动,也是先要求语言文字和文体的解放。新文学的语言是白话的,新文学的文体是自由的,是不拘格律的。初看起来,这都是"文的形式"一方面的问题,算不得重要。却不知道形式和内容有密切的关系。形式上的束缚,使精神不能自由发展,使良好的内容不能充分表现。若想有一种新内容和新精神,不能不先打破那些束缚精神的枷锁镣铐。因此,中国近年的新诗运动可算得是一种"诗体的大解放"。因为有了这一层诗体的解放,所以丰富的材料,精密的观察,高深的理想,复杂的感情,方才能跑到诗里去。五七言八句的律诗决不能容丰富的材料,二十八字的绝句决不能写精密的观察,长短一定的七言、五言决不能委婉达出高深的理想与复杂的感情。

最明显的例就是周作人君的《小河》长诗(《新青年》六卷二号)。这首诗是新诗中的第一首杰作,但是那样细密的观察,那样曲折的理想,决不是那旧式的诗体词调所能达得出的。周君的诗太长了,不便引证,我且举我自己的一首诗作例:

《应该》

他也许爱我,——也许还爱我,——
但他总劝我莫再爱他。

他常常怪我；

这一天，他眼泪汪汪的望着我，

说道："你如何还想着我？

想着我，你又如何能对他？

你要是当真爱我，

你应该把爱我的心爱他，

你应该把待我的情待他。"

……

他的话句句都不错，——

上帝帮我！

我"应该"这样做！（《尝试集》二,五六。）

这首诗的意思神情都是旧体诗所达不出的。别的不消说,单说"他也许爱我，——也许还爱我"这十个字的几层意思,可是旧体诗能表得出的吗？

再举康白情君的《窗外》：

窗外的闲月，

紧恋着窗内蜜也似的相思。

相思都恼了，

他还涎着脸儿在墙上相窥。

回头月也恼了，

一抽身儿就没了。

月倒没了，

相思倒觉着舍不得了。（《新潮》一,四。）

这个意思,若用旧诗体,一定不能说得如此细腻。

就是写景的诗,也必须有解放了的诗体,方才可以有写实的描画。例如杜甫诗"江天漠漠鸟飞去",何尝不好？但他为律诗所限,必须对上一句"风雨时时龙一吟",就坏了。简单的风景,如"高台芳树,飞燕蹴红英,舞困榆钱自落"之类,还可用旧诗体描写。稍微复杂细密一点,旧诗就不够用了。如傅斯年君的《深秋永定门晚景》中的一段:（《新潮》

一卷二期）

> ……那树边，地边，天边，
> 如云，如水，如烟，
> 望不断，——一线。
> 忽地里扑喇喇一响，
> 一个野鸭飞去水塘，
> 仿佛像大车音浪，漫漫的工——东——咍。
> 又有种说不出的声息，若续若不响。

这一段的第六行，若不用有标点符号的新体，决做不到这种完全写实的地步。又如俞平伯君的《春水船》中的一段：(《冬夜》一卷四。)

> ……对面来个纤人，
> 拉着个单桅的船徐徐移去。
> 双橹插在舷唇，
> 皴面开纹，
> 活活水流不住。
> 船头晒着破网。
> 渔人坐在板上，
> 把刀劈竹拍拍的响。
> 船口立个小孩，又憨又蠢，
> 不知为什么？
> 笑迷迷痴看那黄波浪。……

这种朴素真实的写景诗乃是诗体解放后最足使人乐观的一种现象。

以上举的几个例，都可以表示诗体解放后诗的内容之进步。我们若用历史进化的眼光来看中国诗的变迁，便可看出自《三百篇》到现在，诗的进化没有一回不是跟着诗体的进化来的。《三百篇》中虽然也有几篇组织很好的诗如"氓之蚩蚩"、"七月流火"之类；又有几篇很妙的长短句，如"坎坎伐檀兮""园有桃"之类；但是《三百篇》究竟还不曾完全脱去"风谣体"（Ballad）的简单组织。直到南方的骚赋文学发生,方才有伟大的长篇韵文。这是一次解放。但是骚赋体用"兮""些"等字煞尾,停顿太多又太长,太不自然了。故汉以后的五七言古诗删除没有意思的煞尾字,变成贯串篇章,便更自然了。若不经过这一变,决不能产生《焦仲卿妻》《木兰辞》一类的诗。这是二次解放。五七言成为正宗诗体以后,最大的解放莫如从诗变为词。五七言诗是不合语言之自然的,因为我们说话决不能句句是五字或七字。诗变为词,只是从整齐句法变为比较自然的参差句法。唐五代的小词虽然格调很严格,已比五七言诗自然的多了。如李后主的"剪不断理还乱,是离愁,别有一般滋味在心头。"这已不是诗体所能做得到的了。试看晁补之的《蓦山溪》:

> ……愁来不醉,不醉奈愁何?
> 汝南周,东阳沈,
> 劝我如何醉?

这种曲折的神气,决不是五七言诗能写得出的。又如辛稼轩的《水龙吟》:

> ……落日楼头,断鸿声里,江南游子,
> 把吴钩看了,阑干拍遍,
> 无人会,登临意。

这种语气也决不是五七言的诗体能做得出的。这是三次解放。宋以后,词变为曲,曲又经过几多变化,根本上看来,只是逐渐删除词体里所剩下的许多束缚自由的限制,又加上词体所缺少的一些东西如衬字套数之类。但是词曲无论如何解放,终究有一个根本的大拘束;词曲的发生是和音乐合并的,后来虽有可歌的词,不必歌的曲,但是始终不能脱离"调子"而独立,始终不能完全打破词调曲谱的限制。直到近来的新诗发生,不但打破五言七言的诗体,并且推翻词调曲谱的种种束缚;不拘格律,不拘平仄,不拘长短;有什么题目,做什么诗;诗该怎样做,就怎样做。这是第四次的诗体大解放。这种解放,初看去似乎很激烈,其实只是《三百篇》以来的自然趋势。自然趋势逐渐实现,不用有意的鼓吹去促进他，那便是自然进化。自然趋势有时被人类的习惯性、守旧性所阻碍，到了该实现的时候均不实现，必须用有意的鼓吹去促进他的实现，那便是革命了。一切文物制度的变化，都是如此的。

三

上文我说新体诗是中国诗自然趋势所必至的，不过加上了一种有意的鼓吹，使它于短时期内猝然实现，故表面上有诗界革命的神气。这种议论很可以从现有的新体诗里寻出许多证据。我所知道的"新诗人"，除了会稽周氏弟兄之外，大都是从旧式诗、词、曲里脱胎出来的。沈尹默君初作的新诗是从古乐府化出来的。例如他的《人力车夫》(《新青年》四，一。)

> 日光淡淡，白云悠悠，
> 风吹薄冰，河水不流。
> 出门去，雇人力车。街上行人，往来很多；车马纷纷，
> 不知干些甚么。
> 人力车上人，个个穿棉衣，个个袖手坐，还觉风吹来，
> 身上冷不过。
> 车夫单衣已破，他却汗珠儿颗颗往下堕。

稍读古诗的人都能看出这首诗是得力于"孤儿行"一类的古乐府的。我自己的新诗，词调很多，这是不用讳饰的。例如前年做的《鸽子》(《尝试集》二，二七。)

> 云淡天高，好一片晚秋天气！
> 有一群鸽子，在空中游戏。
> 看他们三三两两，
> 回环来往，
> 夷犹如意，
> 忽地里，翻身映日，白羽衬青天，十分鲜丽！

就是今年做诗，也还有带着词调的。例如《送任叔永回四川》的第二段：

> 你还记得，我们暂别又相逢，正是赫贞春好？
> 记得江楼同远眺，云影渡江来，惊起江头鸥鸟？
> 记得江边石上，同坐看潮回，浪声遮断人笑？
> 记得那回同访友，日暗风横，林里陪他听松啸？

懂得词的人，一定可以看出这四长句用的是四种词调里的句法。这首诗的第三段便不同了：

> 这回久别再相逢，便又送你归去，未免太匆匆！
> 多亏得天意多留你两日，使我做得诗成相送。
> 万一这首诗赶得上远行人，
> 多替我说声"老任珍重珍重！"

这一段便是纯粹新体诗。此外新潮社的几个新诗人，——傅斯年、俞平伯、康白情，——也都是从词曲里变化出来的，故他们初做的新诗都带着词或曲的意味音节。此外各报所载的新诗，也很多带着词调的。例太多了，我不能遍举，且引最近一期的《少年中国》（第二期）里周无君的《过印度洋》：

> 圆天盖着大海，黑水托着孤舟。
> 也看不见山，那天边只有云头。
> 也看不见树，那水上只有海鸥。
> 哪里是非洲？哪里是欧洲？
> 我美丽亲爱的故乡却在脑后！
> 怕回头，怕回头，
> 一阵大风，雪浪上船头，
> 飕飕，吹散一天云雾一天愁。

这首诗很可表示这一半词、一半曲的过渡时代了。

四

我现在且谈新体诗的音节。

现在攻击新诗的人，多说新诗没有音节。不幸有一些做新诗的人也以为新诗可以不注意音节。这都是错的。攻击新诗的人，他们自己不懂得"音节"是什么，以为句脚有韵，句里有"平平仄仄""仄仄平平"的调子，就是有音节了。中国字的收声不是韵母（所谓阴声），便是鼻音（所谓阳声），除了广州入声之外，从没有用他种声母收声的。因此，中国的韵最宽。句尾用韵真是极容易的事，所以古人有"押韵便是"的挖苦话。押韵乃是音节上最不重要的一件事。至于句中的平仄，也不重要。古诗"相去日已远，衣带日已缓。浮云蔽白日，游子不顾返。"音节何等响亮？但是用平仄写出来便不能读了。

> 平仄仄仄仄，平仄仄仄仄。
> 平平仄仄仄，平仄仄仄仄。

又如陆放翁：

> 我生不逢柏梁建章之宫殿，安得峨冠侍游宴？

头上十一个字是"仄平仄平仄平仄平平平仄"，读起来何以觉得音节很好呢？这是因为一来这一句的自然语气是一气贯注下来的；二来呢，因为这十一个字里面，逢宫叠韵，梁章叠韵，不柏双声，建宫双声，故更觉得音节和谐了。

诗的音节全靠两个重要分子：一是语气的自然节奏，二是每句内部所用字的自然和谐。至于句末的韵脚，句中的平仄，都是不重要的事。语气自然，用字和谐，就是句末无韵也不要紧。例如上文引晁补之的词："愁来不醉，不醉奈愁何？汝南周，东阳沈，劝我如何醉？"这二十个字，语气又曲折，又贯串，故虽隔开五个"小顿"方才用韵，读的人毫不觉得。

新体诗中也有用旧体诗词的音节方法来做的，最有功效的例是沈尹默君的《三弦》：（《新青年》五，二。）

中午时候，火一样的太阳，没法去遮拦，让他直晒长街上。

静悄悄少人行路；只有悠悠风来，吹动路旁杨树。

谁家破大门里，半院子绿茸茸细草，都浮着闪闪的金光。

旁边有一段低低的土墙，挡住了个弹三弦的人，却不能
隔断那三弦鼓荡的声浪。

门外坐着一个穿破衣裳的老年人，双手抱着头，他不声
不响。

　　这首诗从见解意境上和音节上看来，都可算是新诗中一首最完全的诗。看他第二段"旁边"以下一长句中，旁边是双声；有一是双声；段，低，低，的，土，挡，弹，的，断，荡，的，十一个都是双声。这十一个字都是"端透定"（D,T）的字，模写三弦的声响，又把"挡""弹""断""荡"四个阳声的字和七个阴声的双声字（段，低，低，的，土，的，的）参错夹用，更显出三弦的抑扬顿挫。苏东坡把韩退之《听琴诗》改为送弹琵琶的词。开端是"呢呢儿女语，灯火夜微明，恩冤尔汝来去，弹指泪和声。"他头上连用五个极短促的阴声字，接着用一个阳声的"灯"字，下面"恩冤尔汝"之后，又用一个阳声的"弹"字，也是用同样的方法。

　　我自己也常用双声叠韵的法子来帮助音节的和谐。例如《一颗星儿》一首（《尝试集》二，五八。）

我喜欢你这颗顶大的星儿，

可惜我叫不出你的名字。

平日月明时，

月光遮尽了满天星，总不能遮住你。

今天风雨后，闷沉沉的天气，

我望遍天边，寻不见一点半点光明。

回转头来，

只有你在那杨柳高头依旧亮晶晶地。

这首诗"气"字一韵以后，隔开三十三个字方才有韵，读的时候全靠"遍，天，边，见，点，半，点"一组叠韵字，（遍，边，半，明，又是双声字）和"有，柳，头，旧"一组叠韵字夹在中间，故不觉得"气"、"地"两韵隔开

那么远。

这种音节方法，是旧诗音节的精采，（参看清代周春的《杜诗双声叠韵谱》。）能够容纳在新诗里，固然也是好事。但是这是新旧过度时代的一种有趣味的研究，并不是新诗音节的全部。新诗大多数的趋势，依我们看来，是朝着一个公共方向走的。那个方向便是"自然的音节"。

自然的音节是不容易解说明白的。我且分两层说：

第一，先说"节"——就是诗句里面的顿挫段落。旧体的五七言诗是两个字为一"节"的。随便举例如下：

> 风绽——雨肥——梅（两节半）
> 江间——波浪——兼天一涌（三节半）
> 王郎——酒酣——拔剑——斫地——歌——莫哀（五节半）
> 我生——不逢——柏梁——建章——之——宫殿（五节半）
> 又——不得——身在——荥阳——京索——间（四节外两
> 个破节）
> 终——不似——一朵——钗头——颤袅——向人——欹侧
> （六节半）

新体诗句子的长短，是无定的；就是句里的节奏，也是依着意义的自然区分与文法的自然区分来分析的。白话里的多音字比文言多得多，并且不止两个字的联合，故往往有三个字为一节，或四五个字为一节的。例如：

> 万一——这首诗——赶得上——远行人。
> 门外——坐着——一个——穿破衣裳的——老年人。
> 双手——抱着头——他——不声——不响。
> 旁边——有一段——低低的——土墙——挡住了个——弹
> 三弦的人。
> 这一天——他——眼泪汪汪的——望着我——说道——你
> 如何——还想着我？想着我——你又如何——能对他？

第二，再说"音"，——就是诗的声调。新诗的声调有两个要件：一

是平仄要自然,二是用韵要自然。白话里的平仄,与诗韵里的平仄有许
多大不相同的地方。同一个字,单独用来是仄声,若同别的字连用,成
为别的字的一部分,就成了很轻的平声了。例如"的"字,"了"字,都是
仄声字,在"扫雪的人"和"扫净了东边"里,便不成仄声了。我们简直
可以说,白话诗里只有轻重高下,没有严格的平仄。例如,周作人君的
《两个扫雪的人》(《新青年》六,三)的两行:

> 祝福你扫雪的人!
> 我从清早起,在雪地里行走,不得不谢谢你。

　　"祝福你扫雪的人"上六个字都是仄声,但是读起来自然有个轻重
高下。"不得不谢谢你"六个字又都是仄声,但是读起来也有个轻重高
下。又如同一首诗里有"一面尽扫,一面尽下"八个字都是仄声,但读
起来不但不拗口,并且有一种自然的音调。白话诗的声调不在平仄的
调剂得宜,全靠这种自然的轻重高下。

　　至于用韵一层,新诗有三种自由:第一,用现代的韵,不拘古韵,
更不拘平仄韵。第二,平仄可以互相押韵,这是词曲通用的例,不单是
新诗如此。第三,有韵固然好,没有韵也不妨。新诗的声调既在骨子
里,——在自然的轻重高下,在语气的自然区分,——故有无韵脚都不
成问题。例如周作人君的《小河》虽然无韵,但是读起来自然有很好的
声调,不觉得是一首无韵诗。我且举一段如下:

> ……小河的水是我的好朋友,
> 他曾经稳稳的流过我面前,
> 我对他点头,他对我微笑,
> 我愿他能够放出了石堰,
> 仍然稳稳的流着,
> 向我们微笑……

又如周君的《两个扫雪的人》中一段:

> ……一面尽扫,一面尽下:

> 扫净了东边，又下满了西边；
> 扫开了高地，又填平了洼地。

这是用内部词句的组织来帮助音节，故读时不觉得是无韵诗。

内部的组织，——层次，条理，排比，章法，句法，——乃是音节的最重要方法。我的朋友任叔永说，"自然二字也要点研究"。研究并不是叫我们去讲究那些"蜂腰"，"鹤膝"，"合掌"等等玩意儿，乃是要我们研究内部的词句应该如何组织安排，方才可以发生和谐的自然音节。我且举康白情君的《送客黄浦》一章（《草儿在前集》一，一二）作例：

> 送客黄浦，
> 我们都攀着缆，——风吹着我们的衣裳——
> 站在没遮拦的船边楼上。
> 看看凉月丽空，
> 才显出淡妆的世界。
> 我想世界上只有光。
> 只有花，
> 只有爱！
> 我们都谈着，——
> 谈到日本二十年来的戏剧，
> 也谈到"日本的光，的花，的爱"的须磨子。
> 我们都相互的看着，
> 只是寿昌有所思，
> 他不曾看着我，
> 他不曾看着别的那一个。
> 这中间充满了别意，
> 但我们只是初次相见。

五

我这篇随便的诗谈做得太长了，我且略谈"新诗的方法"，作一个总结的收场。

有许多人曾问我做新诗的方法，我说，做新诗的方法根本上就是做一切诗的方法；新诗除了"诗体的解放"一项之外，别无他种特别的做法。

这话说得太笼统了。听的人自然又问，那么做一切诗的方法究竟是怎样呢？

我说，诗须要用具体的做法，不可用抽象的说法。凡是好诗，都是具体的；越偏向具体的，越有诗意诗味。凡是好诗，都能使我们脑子里发生一种——或许多种——明显逼人的影像。这便是诗的具体性。

李义山诗"历览前贤国与家，成由勤俭败由奢"，这不成诗。为什么呢？因为他用的是几个抽象的名词，不能引起什么明了浓丽的影像。

"绿垂红折笋，风绽雨肥梅"是诗。"芹泥垂燕嘴，蕊粉上蜂须"是诗。"四更山吐月，残夜水明楼"是诗。为什么呢？因为他们都能引起鲜明扑人的影像。

"五月榴花照眼明"，是何等具体的写法！

"鸡声茅店月，人迹板桥霜"是何等具体的写法！

"枯藤老树昏鸦，小桥流水人家，古道西风瘦马，夕阳西下，——断肠人在天涯！"这首小曲里有十个影像，连成一串，并作一片萧瑟的空气，这是何等具体的写法！

以上举的例都是眼睛里起的影像，还有引起听官里的明了感觉的。例如上文引的"呢呢儿女语，灯火夜微明，恩冤尔汝来去，弹指泪和声"，是何等具体的写法！

还有能引起读者浑身的感觉的。例如姜白石词，"瞑入西山，渐唤我一叶夷犹乘兴。"这里面"一叶夷犹"四个合口的双声字，读的时候使我们觉得身在小舟里，在镜平的湖水上荡来荡去。这是何等具体的写法。

再进一步说，凡是抽象的材料，格外应该用具体的写法。看《诗经》的《伐檀》：

> 坎坎伐檀兮，置之河之干兮，
> 河水清且涟猗，——
> 不稼不穑，胡取禾三百廛兮！
> 不狩不猎，胡瞻尔庭有县貆兮！

社会不平等是一个抽象的题目，你看他却用如此具体的写法。

又如杜甫的《石壕吏》,写一天晚上一个远行客人在一个人家寄宿,偷听得一个捉差的公人同一个老太婆的谈话。寥寥一百二十个字,把那个时代的征兵制度,战祸,民生痛苦,种种抽象的材料,都一齐描写出来了。这是何等具体的写法!

再看白乐天的《新乐府》,那几篇好的——如《折臂翁》、《卖炭翁》、《上阳宫人》,——都是具体的写法。那几篇抽象的议论! 如《七德舞》、《司天台》、《采诗官》,——便不成诗了。

旧诗如此,新诗也如此。

现在报上登的许多新体诗,很多不满人意的。我仔细研究起来,那些不满人意的诗犯的都是一个大毛病,——抽象的题目用抽象的写法。

那些我不认得的诗人做的诗,我不便乱批评。我且举一个朋友的诗做例。傅斯年君在《新潮》四号里做了一篇散文,叫做《一段疯话》,结尾两行说道:

我们最当敬重的是疯子,最当亲爱的是孩子。疯子是我们的老师,孩子是我们的朋友。我们带着孩子,跟着疯子走,走向光明去。

有一个人在《北京晨报》里投稿,说傅君最后的十六个字是诗不是文。后来《新潮》五号里傅君有一首《前倨后恭》的诗,——一首很长的诗。我看了说,这是文,不是诗。

何以前面的文是诗,后面的诗反是文呢? 因为前面那十六个字是具体的写法,后面的长诗是抽象的题目用抽象的写法。我且抄那诗中的一段,就可明白了:

倨也不由他,恭也不由他——
你还睬他。
向你倨,你也不削一块肉;向你恭,你也不长一块肉。
况且终竟他要向你变的,理他呢!

这种抽象的议论是不会成为好诗的。

再举一个例。《新青年》六卷四号里面沈尹默君的两首诗。一首是《赤裸裸》:

人到世间来,本来是赤裸裸,

本来没污浊，却被衣服重重的裹着，这是为什么？

难道清白的身不好见人吗？那污浊的，裹着衣服，就算免了耻辱吗？

他本想用具体的比喻来攻击那些作伪的礼教，不料结果还是一篇抽象的议论，故不成为好诗。还有一首《生机》：

刮了两日风，又下了几阵雪。
山桃虽是开着，却冻坏了夹竹桃的叶。
地上的嫩红芽，更僵了发不出。
人人说天气这般冷，
草木的生机恐怕都被摧折；
谁知道那路旁的细柳条，
他们暗地里却一齐换了颜色！

这种乐观，是一个很抽象的题目，他却用最具体的写法，故是一首好诗。

我们徽州俗话说人自己称赞自己的是"戏台里喝采"。我这篇谈新诗里常引我自己的诗做例，也不知犯了多少次"戏台里喝采"的毛病。现在且再犯一次，举我的《老鸦》做一个"抽象的题目用具体的写法"的例罢：

我大清早起，
站在人家屋角上哑哑的啼。
人家讨嫌我，
说我不吉利：
我不能呢呢喃喃讨人家的欢喜！

民国八年，十月。

（载 1919 年 10 月 10 日《星期评论》"双十节纪念专号"）

请颁行新式标点符号议案（修正案）

胡适等

一、释名

本议案所谓"标点符号"，含有两层意义：一是"点"的符号，一是"标"的符号。"点"即是点断，凡用来点断文句，使人明白句中各部分在文法上的位置和交互的关系的，都属于"点的符号"，又可叫做"句读符号"。下条所举的句号，点号，冒号，分号，四种属于此类。"标"即是标记。凡用来标记词句的性质种类的，都属于"标的符号"。如问号是表示疑问的性质的，引号是表示某部分是引语的，私名号是表示某名词是私名的，旧有"文字符号""句读符号"等名称，总不能包括这两项意义，故采用高元先生《论新标点之用法》一篇，（《法政学报》第八期）所用"标点"两字，定名为"标点符号"。

二、标点符号的种类和用法

中国文字的标点符号很不完备。最古只有"离经辨志"的方法，（见《学记》。郑玄注，离经，句绝也。）大概把每句离开一二写，如宋版《史记》的"索隐述赞"的写法。汉儒讲究章句，始用"句读"（何休《公羊传》序云，"援引他经，失其句读。"《周礼》注，"郑司农读'火'绝之。""读"字徐邈音豆，见《经典释文》），又称"句投"（马融《长笛赋》），又称"句度"（皇甫湜与《李生书》）。大概语意已完的叫做句，语气未完而须停顿的叫做读。但是汉唐人所用的符号已不可考见。只有《说文》有"√"字，说是钩识用的，又有"、"字，说是绝止用的，不知是否当时的句读符号。唐末五代以后，有了刻版书，但是大概没有标点符号。到了宋朝，馆阁校书的始用旁加圈点的符号。宋岳珂《九经三传沿革例》说："监蜀诸本皆无句读,惟建本始仿馆阁校书式从旁加圈点,开卷了然,于学者为便,然亦但句读经文而已。惟蜀中字本与兴国本并点注文,益为周尽。"《增韵》也说："今秘省校书式,凡句绝则点于字之旁,读分则微点于字之中间。"这两条说宋代用句读符号最明白。现在所传的宋相台岳氏本《五经》,即是用这种符号的。佛经刻本也多用此法。后来的文人用浓圈密点来表示心里所赏识的句子,于是把从前文法的符号变成了赏鉴的符号,就连古代句读的分别都埋没了。现在有些报纸书籍,无论什么样的文章都是密圈圈到底,不但不讲文法的区别,连赏鉴的意思都没有了。这种圈点和没有圈点有什么分别?

　　如此看来,中国旧有的标点符号只有一个句号,一个读号,远不如西洋的完备。用符号的本意,千语万语,只是要文字的意思格外明白,格外正确。既然如此,自当采用最完备的法式。因此,本案所主张的标点符号大致是采用西洋最通行的符号,另外斟酌中国文字的需要,变通一两种,并加入一两种。这些符号可总名为"新式标点符号"。此外旧有的一圈一点的符号,虽然极不完备,究竟也很有用处,当此文法学知识不曾普及的时候,这种简单的符号似乎也不可废。因此,本案把这两种符号的用法也仔细分别出来,另叫做"旧式点句符号"。附在后幅,备学者参考采用。

新式标点符号

　　(一)句号。或·

　　凡成文而意思已完足的,都是句。每句之末,须用句号。

　　　　(例)子说。——《论语》。

　　　　白黑,商征,膻焦,甘苦,彼之名也;爱憎,韵舍,好恶,嗜逆,我之分也。——《尹文子》。

　　(二)点号,或、

　　点号的用处最大,又最复杂,现在且举几种最重要的:

　　(甲)用来分开许多连用的同类词,或同类兼词。(合几字不成句,也不成分句的,名为兼词。)

（例）分鲁公以大路，大旗，夏后氏之璜，封父之繁弱，殷民之六族。——《左传》，定四年。

君子之道，淡而不厌，简而文，温而理，知远之近，知风之自，知微之显。——《中庸》。

（乙）凡外动词的止词，因为太长了，或因为要人重读他，所以移在句首时，必须用点号分开。

（例）凡尔器用财贿，无置于许。——《左传》，隐十一。（"凡尔器用财贿"是"置"的止词）

自鬻以成其君，乡党自好者不为。——《孟子》。（"自鬻以成其君"是"为"的止词）

（丙）凡介词所管的司词，移在句首时，必须用点号分开。

（例）赵王所为，客辄以报臣。——《史记》《信陵君传》。（"赵王所为"是"以"的司词）

所恶于上，毋以使下。——《大学》。（"所恶于上"是"以"的司词）

（丁）主词太长了，或太复杂了，或要人重读他，都该用点号使他和表词分开。

（例）人之所以异于禽兽者，几希。——《孟》。（主词太长）

子路，曾晰，冉有，公西华，侍坐。——《论》。（主词复杂）

鱼，我所欲也；熊掌，亦我所欲也。——《孟》。（主词重读）

（戊）用来分开夹注的词句。

（例）公予州吁，嬖人之子也，有宠而好兵。——《左》，隐三。

夫颛臾，昔者先王以为东蒙主，且在邦域之中矣，是社稷之臣也，何以伐为？——《论》。

（己）凡副词，副词的兼词，或副词的分句，应该读断时，须用点号分开。（有主词和表词，而语意未完的，名为分句。）

　　（例）初，郑武公娶于申，曰武姜。——《左》，隐元。（副词）
　　以德，则子事我者也。——《孟》。（副词的兼词）
　　民望之，若大旱之望云霓也。——《孟》。（副词的分句）

（庚）用来分开几个不很长的平列分句。

　　（例）君子之所以教者五：有如时雨化之者，有成德者，有达财者，有答问者，有私淑艾者；此五者，君子之所以教也。——《孟》。

以上七种，不过略举点号的重要用法。论点号最精细的莫如高元先生的《新标点之用法》，可以参看。

（三）分号；

（甲）一句中若有几个很长的平列的兼词或分句，须用分号把他们分开。

　　（例）白黑，商征，膻焦，甘苦，彼之名也；爱憎，韵舍，好恶，嗜逆，我之分也。——《尹文子》。
　　（又）所恶于上，毋以使下；所恶于下，毋以事上；所恶于前，毋以先后；所恶于后，毋以从前；所恶于右，毋以交于左；所恶于左，毋以交于右：此之谓絜矩之道。——《大学》。

（乙）两个独立的句子，在文法上没有连络，在意思上是连络的，可用分号分开。

　　（例）他到这个时候还不曾来；我们先走罢。
　　（又）放了他罢；他是一个无罪的好人。
　　（又）这把刀子太钝了；拿那把锯子来。

以上各例,若用句号,便太分开了;若用点号,便太密切了。故分号最相宜。

(丙)几个互相倚靠的分句,若是太长了,也应该用分号分开。

> (例)原著的书既散失了这许多,于今又没有发见古书的希望;于是有一班学者把古书所记各人的残章断句一一搜集成书。

这一长句里的三个分句,有"既""又""于是"等字连络起来,是相倚靠的分句,本不当分开。但是因为他们都是很长的,故可以用分号分开。

(四)冒号:

(甲)总结上文。

> (例)如(三)条之第二例,"此之谓絜矩之道"一句是总结上文。

(乙)总起下文。

(1)其下文为列举的诸事。

> (例)君子有三畏:畏天命,畏大人,畏圣人之言。——《论》。

(2)其下文为引语。

> (例)《诗》云:"如切如磋,如琢如磨",其斯之谓欤?——《论》。

(五)问号?

表示疑问。

> (例)其斯之谓欤?——《论》。(问)
>
> (又)乡党自好者不为,而谓贤者为之乎?——《孟》。(反问)
>
> (又)其然,岂其然乎?——《论》。(疑)

（六）惊叹号！
表示情感或愿望等。

> （例）唉！竖子不足与谋！——《史记》。（叹恨）
> 野哉！由也！——《论》。（责怪）
> 来！吾道乎先路。——《离骚》。（愿望）
> 王庶几改之！予日望之。——《孟》。（愿望）

（七）引号""''
（甲）表示引用的话的起结。

> （例）《诗》云："如切如磋，如琢如磨，"其斯之谓欤？

（乙）表示特别提出的词句。

> （例）然则"可以为"未必为"能"也。虽不"能"，无害"可以为"。然则"能不能"之与"可不可"，其不同远矣。——《荀子·性恶》。

（八）破折号——
（甲）表示忽转一个意思。

> （例）坎坎伐檀兮，置之河之干兮，河水清且涟猗。——不稼不穑，胡取禾三百廛兮？（《诗·伐檀》）。

（乙）表示夹注。与（）同用法。

> （例）夫颛臾，——昔者先王以为东蒙主，且在邦域之中矣，——是社稷之臣也，何以伐为？（《论》）

（丙）表示总结上文几小段。与"："略同。

（例）上文（三）条的第二例末句也可加用"——"。

所恶于上，……毋以交于右：——此之谓絜矩之道。

如此，就更把总结上文的意思表出来了。

（九）删节号……

表示删去或未完。

（例）如上条（丙）例。

（十）夹注号（ ）[ ]

（例）宋儒不明校勘训诂之学，（朱子稍知之而不甚精）
故流于空疏，流于臆说。

（十一）私名号　孔丘

凡人名，地名，朝代名，学派名，宗教名：一切私名都于名字的左边
加一条直线。向来我们都用在右边，后来觉得不方便，故改到左边。横
行便加在下边。私名号用在左边，有几层长处：（1）可留字的右边为注
音字母之用。（2）排印时不致使右边的别种标点符号（如；？之类）发
生困难。

（例）宋徽宗宣和五年，波斯的大诗人倭马死了。

（十二）书名号　汉魏六朝百三家集

凡书名或篇名都于字的左边加一条曲线。横行便加在下边。

（例）吾于武成，取二三策而已矣。——《孟》

（十三）附则

（甲）句，点，分，冒，问，惊叹，六种符号，最好都放在字的下面。

（乙）每句之末，最好是空一格。

（丙）每段开端，必须低两格。

附录：

旧式点句符号

（一）圈号 。

表示一句或一分句。

（例）子说。（新式用句号。）

（又）所恶于上、毋以使下。所恶于下、毋以事上。所恶于前、毋以先后。所恶于后、毋以从前。所恶于右、毋以交于左。所恶于左、毋以交于右。此之谓絜矩之道。（新式前五圈用分号，后一圈用冒号。）

（又）乡党自好者不为、而谓贤者为之乎。（新式用问号。）

（又）放了他罢。他是一个无罪的好人。（新式用分号。）

（又）君子有三畏。畏天命、畏大人、畏圣人之言。（新式用冒号。）

（又）君子之所以教者五。有如时雨化之者。有成德者。有达财者。有答问者。有私淑艾者。此五者、君子之所以教也。（新式第一圈及第六圈用冒号，第二至五圈用点号。）

（又）王庶几改之。予日望之。（新式用惊叹号。）

（又）野哉、由也。（新式用惊叹号。）

（二）点号 、

（1）凡新式用点号之处、都可用点。

（例）参看上文点号下所举各例。

（2）有时可代分号。

（例）他到这个时候还不曾来、我们先走罢。

（又）这把刀子太钝了、拿那把锯子来。

（3）总起下文的冒号、如下文不很长、都可用点。

（例）君子有三畏：畏天命、畏大人、畏圣人之言。（此例可用圈，也可用点。如"君子有九思"，下举九事，太长了，故须用圈。）

（又）诗云，"如切如磋、如琢如磨、"其斯之谓欤。（引语之前，无论引语长短，都该用点，不当用圈。）

（4）惊叹词若是很短的、可用点。

（例）唉、竖子不足与谋。

（附注）用旧式点句符号时，别种符号虽可勉强删去，但引号似乎总不可少。若能加上私名号，便更好了。

三、理由

我们以为文字没有标点符号，便发生种种困难；有了符号的帮助，可使文字的效力格外完全，格外广大。综计没有标点符号的大害处约有三种，小害处不可胜举。

（一）没有标点符号，平常人不能"断句"，书报便都成无用，教育便不能普及。此害易见，不须例证。

（二）没有标点符号，意思有时不能明白表示，容易使人误解。

（例）归有光的《寒花葬志》有"孺人每令婢倚几旁饭即饭目眶冉冉动孺人又指予以为笑"二十四字，可作两种读法，便有两种不同的解说。

（1）孺人每令婢倚几旁饭，即饭。目眶冉冉动。
（2）孺人每令婢倚几旁饭；即饭，目眶冉冉动。

又如《荀子·正名篇》说："异形离心交喻异物名实互纽"十二个字，扬倞注读成三个四字句，郝懿行读成两个六字句，意思便大不相同了。假使著书的人用了标点符号，便不须注解的人随意乱猜了。

（三）没有标点符号，决不能教授文法。因为一篇之中，有章节的分段；一章一节之中有句的分断；一句之中，有分句(Clause)，兼词(Phrase，严复译为"仿语")，小顿(Pause，高元译为"读")的区别；分句之中，又有主句和从名的分别：凡此种种区分，若没有标点符号，决不能明白表示；既不能明白表示这些区别，文法的教授必不能满意。

（例）《左传》，昭七年：

匹夫匹妇强死，其魂魄犹能凭依于人，以为淫厉；况良霄——我先君穆公之胄，子良之孙，子耳之子，敝邑之卿，从政三世矣，（郑虽无腆，抑谚曰，"蕞尔国"，而三世执其政柄，其用物也弘矣，其取精也多矣，）其族又大，——所凭厚矣，而强死，能为鬼，不亦宜乎？

这一长句，若从文法结构上分析起来，非用许多符号不可。若没有符号，必致囫囵吞下去，文法上各部分互相照应的地方必不能看出来。若全用一种圈子，岂不成了十几句了，哪能表示造句的文法呢？

因为这些害处，所以这几年来国内国外的中国学者很有些人提倡采用一种新式的标点符号。鼓吹最早的是《科学》杂志。《科学》虽是横行的，也曾讨论直行标点的用法。后来《新青年》，《太平洋》，《新潮》，《每周评论》，《北京法政学报》等直行的杂志也尽量采用新式的标点。国立北京大学所出版的《大学丛书》，《大学月刊》及《模范文选》，《学术文录》等书也多用标点。上海的《东方杂志》也有全用标点的文章。这几年的实地试验，引起了许多讨论，现在国内明白事理的人，对于符号的形式虽然还是有几点异同的意见，但是对于标点符号的重要用处，大概都没有怀疑的了。

因此我们想请教育部把这几种标点符号颁行全国，使全国的学校都用符号帮助教授；使全国的报馆渐渐采用符号，以便读者；使全国的印刷所和书店早日造就出一班能排印符号的工人，渐渐的把一切书籍都用符号排印，以省读书人的脑力，以谋教育的普及。这是我们的希望。

马裕藻　周作人

提议人　朱希祖　刘　复

钱玄同　胡　适

八年十一月二十九日夜修正，　胡　适

教育部通令采用新式标点符号文

九年二月训令第五三号

　　据国语统一筹备会函送新式标点符号全案请予颁行等因前来查原案内容远仿古昔之成规近采世界之通则足资文字上辨析义蕴辅助理解之用合亟检同印刷原案一册令行该应查照酌量分配转发所属学校俾备采用此令

（录自《中国新文学大系·史料·索引》，
上海良友图书印刷公司 1936 年 2 月 15 日初版）

国语的进化

胡　适

一

现在国语的运动总算传播得很快很远了。但是全国的人对于国语的价值，还不曾有明了正确的见解。最错误的见解就是误认白话为古文的退化。这种见解是最危险的阻力。为什么呢？因为我们既认某种制度文物为退化，决没有还肯采用那种制度文物的道理。如果白话真是古文的退化，我们就该仍旧用古文，不该用这退化的白话，所以这个问题——"白话是古文的进化呢？还是古文的退化呢？"——是国语运动的生死关头！这个问题不能解决，国语文与国语文学的价值便不能确定。这是我所以要做这篇文章的理由。

我且先引那些误认白话为文言的退化的人的议论。近来有一班留学生出了一种周刊，第一期便登出某君的一篇《评新旧文学之争》。这篇文章的根本主张，我不愿意讨论，因为这两年的杂志报纸上早已有许多人讨论过了。我只引他论白话退化的一段：

> "以吾国现今之文言与白话较，其优美之度，相差甚远。常谓吾国文字至今日虽未甚进化，亦未大退化。若白话则反是。盖数千年来，国内聪明才智之士虽未尝致力于他途，对于文字却尚孳孳研究，未尝或辍。至于白话，则语言一科不讲者久；其乡曲愚夫，闾巷妇稚，谰言俚语，粗鄙不堪入耳者，无论矣；即在士夫，其执笔为文亦尚雅洁可观，而听其出言则鄙俗可噱，不识者几不辨其为斯文中人。……以是人文，不惟将文学价值扫地以尽，且将为各国所非笑。"

这一段说文言"虽未甚进化,亦未大退化,"白话却大退化了。

我再引孙中山先生的《孙文学说》第一卷第三章的一段:

> "中国文言殊非一致。文字之源本出于言语,而言语每随时代以变迁,至于为文虽本制亦有古今之殊,要不能随言语而俱化。……始所歧者甚仅,而分道各驰,久且相距愈远。顾言语有变迁而无进化,而文字则虽仍古昔,其使用之技术实日见精研。所以中国言语为世界中之粗劣者,往往文字可达之意,言语不得而传。是则中国人非不善为文,而拙于用语者也。亦惟文字可传久远,故古人所作,模仿匪难;至于言语,非无杰出之士妙于修辞,而流风余韵无所寄托,随时代而俱湮,故学者无所继承。然则文字有进化而言语转见退步者,非无故矣。抑欧洲文字基于音韵,音韵即表言语;言语有变,文字即可随之。中华制字以象形会意为主,所以言语虽殊而文字不能与之俱变。要之,此不过为言语之不进步,而中国人民非有所阙于文字,历代能文之士其所创作突过外人,则公论所归也。盖中国文字成为一种美术,能文者直美术专门名家,既有天才,复以其终身之精力赴之,其造诣自不易及。……"

孙先生直说"文字有进化,而语言转见退步。"他的理由大致也与某君相同。某君说文言因为有许多文人专心研究,故不曾退步;白话因为没有学者研究,故退步了。孙先生也说文言所以进步,全靠文学专家的终身研究。他又说,中国文字是象形会意的,没有字母的帮助,故可以传授古人的文章,但不能记载那(随)时代变迁的言语;语言但有变迁,没有进化,文字虽没有变迁,但用法更"精研"了。

我对于孙先生的《孙文学说》曾有很欢迎的介绍(《每周评论》第三十一号),但是我对于这一段议论不能不下一点批评。因为孙先生说的话未免太笼统了,不像是细心研究的结果。即如他说"言语有变迁而无进化",试问他可曾研究言语的"变迁"是朝什么方向变的?这种"变迁"何以不能说是"进化"?试问我们该用什么标准来定那一种"变迁"为"进化的",那一种"变迁"为"无进化的"?若不曾细心研究古文变为白话的历史，若不知道古文和白话不同之点究竟在什么地方，若不先定一个"进化""退化"的标准，请问我们如何可说白话有变迁而无进化呢？如何可说"文字有进化而语言转见退步"呢？

某君用的标准是"优美"和"鄙俗"。文言是"优美"的，故不曾退化；白话是"鄙俗可嗤"的，故退化了。但我请问，我们又拿什么标准来分别"优美"与"鄙俗"呢？某君说，"即在士夫，其执笔为文亦尚雅洁可观，而听其出言则鄙俗可嗤，不识者几不辨其为斯文中人。"请问"斯文中人"的话又应该是怎样说法？难道我们都该把我字改作予字，他字改作其字，满口"雅洁可观"的之乎者也，方才可算作"优美"吗？"梦为远别啼难唤，书被催成墨未浓"固可算是美。"衣裳已施行看尽，针线犹存未忍开"又何尝不美？"别时言语在心头，那一句依他到底？"完全是白话，又何尝不美？《晋书》说王衍少时，山涛称赞他道，"何物老妪，生宁馨儿！"后来不通的文人把"宁馨"当作一个古典用，以为很"雅"，很"美"。其实"宁馨"即是现在苏州、上海人的"那哼"。但是这班不通的文人一定说"那哼"就"鄙俗可嗤"了！《王衍传》又说王衍的妻郭氏把钱围绕床下，衍早晨起来见钱，对婢女说，"举阿堵物去"。后来的不通的文人又把"阿堵物"用作一个古典，以为很"雅"，很"美"。其实"阿堵"即是苏州人说的"阿笃"，官话说的"那个""那些"。但是这班不通文人一定说"阿笃""那个""那些"都是"鄙俗可嗤"了！

所以我说，"优美"还须要一个标准，"鄙俗"也须要一个标准。某君自己做的文言未必尽"优美"，我们做的白话未必尽"鄙俗可嗤"。拿那没有标准的"优美""鄙俗"来定白话的进化退化，便是笼统，便是糊涂。

某君和孙先生都说古文因为有许多文人终身研究，故不曾退化。反过来说，白话因为文人都不注意，全靠那些"乡曲愚夫，闾巷妇稚"自由改变，所以渐渐退步，变成"粗鄙不堪入耳"的俗话了。这种见解是根本错误的。稍稍研究言语学的人都该知道：文学家的文学只可定一时的标准，决不能定百世的标准；若推崇一个时代的文学太过了，奉为永久的标准，那就一定要阻碍文字的进化；进化的生机被一个时代的标准阻碍住了，那种文字就渐渐干枯，变成死文字或半死的文字；文字枯死了，幸亏那些"乡曲愚夫，闾巷妇稚"的白话还不曾死，仍旧随时变迁；变迁便是活的表示，不变迁便是死的表示。稍稍研究言语学的人都该知道：一种文字枯死或麻木之后，一线生机全在那些"乡曲愚夫,闾巷妇稚"的白话;白话的变迁,因为不受那些"斯文中人"的干涉,故非常自由;但是自由之中,却有个条理次序可寻;表面上很像没有道理,其实仔细研究起来,都是有理由的变迁:都是改良,都是进化!

简单一句话,一个时代的大文学家至多只能把那个时代的现成语言,结晶成文学的著作;他们只能把那个时代的语言的进步,作一个小小的结束;他们是语言进步的产儿,并不是语言进步的原动力;有时他们的势力还能阻碍文字的自由发达。至于民间日用的白话,正因为文人学者不去干涉,故反能自由变迁,自由进化。

<h1 style="text-align:center">二</h1>

本篇的宗旨只是要证明上节末段所说的话,要证明白话的变迁并非退步,乃是进化。

立论之前,我们应该定一个标准,怎样变迁才算是进化? 怎样变迁才算是退步?

这个问题太大,我们不能详细讨论,现在只能简单说个大概。

一切器物制度都是应用的。因为有某种需要,故发明某种器物,故创造某种制度。应用的能力增加,便是进步;应用的能力减少,便是退步。例如车船两物都是应付人类交通运输的需要的。路狭的地方有单轮的小车,路阔的地方有双轮的骡车;内河有小船,江海有大船。后来陆地交通有了人力车,马车,火车,汽车,电车,水路交通有汽船,人类的交通运输更方便了,更稳当了,更快捷了。我们说小车骡车变为汽车火车电车是大进步,帆船划船变为汽船也是大进步,都只是因为应用的能力增加了。一切器物制度都是如此。

语言文字也是应用的。语言文字的用处极多,简单说来,(一)是表情达意,(二)是记载人类生活的过去经验,(三)是教育的汇具,(四)是人类共同生活的唯一媒介物。我们研究语言文字的退化进化,应该根据这种用处,定一个标准:"表情达意的能力增加吗? 记载人类经验更正确明白吗? 还可以做教育的利器吗? 还可以作共同生活的媒介物吗?"这几种用处增加了,便是进步;减少了,便是退化。

现在先泛论中国文言的退化。

（1）文言达意表情的功用久已减少至很低的程度了。禅门的语录，宋明理学家的语录，宋元以来的小说，——这种白话文学的发生便是文言久已不能达意表情的铁证。

（2）至于记载过去的经验，文言更不够用。文言的史书传记只能记一点极简略极不完备的大概。为什么只能记一点大概呢？因为文言自身本太简单了，太不完备了，决不能有详细写实的记载，只好借"古文义法"做一个护短的托词。我们若要知道某个时代的社会生活的详细记载，只好向《红楼梦》和《儒林外史》一类的书里寻去。

（3）至于教育一层，这二十年的教育经验更可以证明文言的绝对不够用了。二十年前，教育是极少数人的特殊权利，故文言的缺点还不大觉得。二十年来，教育变成了人人的权利，变成了人人的义务，故文言的不够用，渐渐成为全国教育界公认的常识。今年全国教育会的国语教科书的议案，便是这种公认的表示。

（4）至于作社会共同生活的媒介物，文言更不中用了。从前官府的告示，《圣谕广训》一类的训谕，为什么要用白话呢？不是因为文言不能使人懂得吗？现在的阔官僚到会场演说，摸出一篇文言的演说辞，哼了一遍，一个人都听不懂；明天登在报上，多数人看了还是不懂！再看我们的社会生活，——在学校听讲，教授，演说，命令仆役，叫车子，打电话，谈天，辩驳，——那一件是用文言的？我们还是"斯文中人"，尚且不能用文言作共同生活的媒介，何况大多数的平民呢？

以上说语言文字的四种用处，文言竟没有一方面不是退化的。上文所说，同时又都可证明白话在这四方面没有一方面的应用能力不是比文言更大得多。

总括一句话，文言的种种应用能力久已减少到很低的程度，故是退化的；白话的种种应用能力不但不曾减少，反增加发达了，故是进化的。

现在反对白话的人，到了不得已的时候，只好承认白话的用处；于是分出"应用文"与"美文"两种，以为"应用文"可用白话，但是"美文"还应该用文言。这种区别含有两层意义。第一，他承认白话的应用能力，但不承认白话可以作"美文"。白话不能作"美文"，是我们不能承认的。但是这个问题和本文无关，姑且不谈。第二，他承认文言没有应用的能力，只可以拿来做无用的美文。即此一端，便是古文报丧的讣闻，便是古文死刑判决书的主文！

天下的器物制度决没有无用的进化,也决没有用处更大的退化!

三

上节说文言的退化和白话的进化,都是泛论的。现在我要说明白话的应用能力是怎样增加的,——就是要说明白话怎样进化。上文我曾说:"白话的变迁,因为不受文人的干涉,故非常自由;但是自由之中却有个条理次序可寻;表面上很像没有道理,其实仔细研究起来,都是有理由的变迁:都是改良,都是进化!"本节所说,只是要证明这一段话。

从古代的文言,变为近代的白话,这一大段历史有两个大方向可以看得出。(1)该变繁的都渐渐变繁了。(2)该变简的都变简了。

(一)该变繁的都变繁了。变繁的例很多,我只能举出几条重要的趋向。

第一,单音字变为复音字。中国文中同音的字太多了,故容易混乱。古代的字的尾音除了韵母之外,还有 p, k, t, m, n, ngh,等等,故区别还不很难;后来只剩得韵母和 n, ngh,几种尾音,便容易彼此互混了。后来"声母"到处都增加起来,如轻唇重唇的分开,如舌头上的分开,等等,也只是不知不觉的要补救这种容易混乱的缺点。最重要的补救方法还是把单音字变为复音字。例如师,狮,诗,尸,司,私,思,丝,八个字,有许多地方的人读成一个音,没有分别;有些地方的人分作"尸"(师狮诗尸)"厶"(私司思丝)两个音,也还没有大分别。但是说话时,这几个字都变成了复音字:师傅,狮子,死尸,尸首,偏私,私通,职司,思想,蚕丝:故不觉得困难。所以我们可以说,单音字变成复音字,乃是中国语言的一大进化。这种变化的趋势起得很早,《左传》里的议论文已有许多复音字,如"散离我兄弟,挠乱我同盟,倾覆我国家,……倾覆我社稷,帅我蟊贼,以来荡摇我边疆。"汉代的文章用复音字更多。可见这种趋势在古文本身已有了起点,不过还不十分自由发达。白话因为有会话的需要,故复音字也最多。复音字的造成,约有几种方法:

(1)同义的字拼成一字。例如规矩,法律,刑罚,名字,心思,头脑,师傅,……

(2)本字后加"子""儿"等语尾。例如儿子,妻子,女子,椅子,桌子;

盆儿，瓶儿，……

这种语尾，如英文之 -1et，德文之如 -chen，-lein，最初都有变小和变亲热的意味。

（3）类名上加区别字。例如木匠，石匠；工人，军人；会馆，旅馆；学堂，浴室；……

（4）重字。例如太太，奶奶，慢慢，快快，……

（5）其他方法，不能遍举。

这种变迁有极大的重要。现在的白话所以能应付我们会话讲演的需要，所以能做共同生活的媒介物，全靠单音字减少，复音字加多。现在注音字母所以能有用，也只是因为这个缘故。将来中国语言所以能有采用字母的希望，也只是因为这种缘故。

第二，字数增加。许多反对白话的人都说白话的字不够用。这话是大错的。其实白话的字数比文言多的多。我们试拿《红楼梦》用的字和一部《正续古文辞类纂》用的字相比较，便可知道文言里的字实在不够用。我们做大学教授的人，在饭馆里开一个菜单，都开不完全，却还要说白话字少！这岂不是大笑话吗？白话里已写定的字也就不少了，还有无数没有写定的字，将来都可用注音字母写出来。此外文言里的字，除了一些完全死了的字之外，都可尽量收入。复音的文言字，如法律，国民，方法，科学，教育，……等字，自不消说了。有许多单音字，如诗，饭，米，茶，水，火，……等字，都是文言白话共同可用的。将来做字典的人，把白话小说里用的字和各种商业工艺通用的专门术言，搜集起来，再加上文言里可以收用的字和新学术的术语，一定比文言常用的字要多好几十倍。（文言里有许多字久已完全无用了，一部《说文》里可删的字也不知多少。）

以上举了两条由简变繁的例。变繁的例很多，如动词的变化，如形容词和状词的增加，……我们不能一一列举了。章太炎先生说：

> 有农牧之言，有士大夫之言。……而世欲更文籍以从鄙语，冀人人可以理解则文化易流，斯则左矣。今言"道""义"，其旨固殊也。农牧之言"道"则曰"道理"，其言"义"亦曰"道理"。今言"仁人""善人"，其旨亦有辨也。农牧之言"仁人"则曰"好人"，其言"善人"亦曰"好人"。更文籍而从之，

当何以为别矣？夫里闾恒言，大体不具；以是教授，是使真
意讹淆，安得理解也？（《章氏丛书·检论》五）

这话也不是细心研究的结果。文言里有许多字的意思最含混，最
纷歧。章先生所举的"道""义"等字，便是最普通的例。试问文言中的
"道"字有多少种意义？白话用"道"字的许多意义，每个各有分别：例
如"道路""道理""法子"，等等。"义"字也是如此。白话用"义气""意
义""意思"等词来分别"义"字的许多意义。白话用"道理"来代"义"
字时，必是"义不容辞"一类的句子，因为"义"字这样用法与"理"字
本无分别，故白话也不加分别了。即此一端，可见白话对于文言应该分
别的地方，都细细分别；对于文言不必分别的地方，便不分别了。白话
用"好人"代"仁人""善人"，也只是因为平常人说"仁人君子"本来和
"善人"没有分别。至于儒书里说的"仁人"，本不是平常人所常见的（如
"惟仁人放流之"等例），如何能怪俗话里没有这个分别呢？总之，文言
有含混的地方，应该细细分别的，白话都细细分别出来，比文言细密得
多。章先生所举的几个例，不但不能证明白话的"大体不具"，反可以证
明白话的变繁变简都是有理由的进化。

（二）该变简的都变简了。上文说白话比文言更繁密，更丰富，都
是很显而易见的变迁。如复音字的便利，如字数的加多，都是不能否认
的事实。现在我要说文言里有许多应该变简的地方，白话里都变简了。
这种变迁，平常人都不大留意，故不觉得这都是进化的变迁。我且举几
条最容易明白的例。

第一，文言里一切无用的区别都废除了。文言里有许多极无道理
的区别。《说文》豕部说，豕生三月叫做"豵"，一岁叫做"豵"，二岁叫做
"豝"，三岁叫做"豜"；又牝豕叫做"豝"，牡豕叫做"豭"。马部说，马二
岁叫做"驹"，三岁叫做"駣"，八岁叫做"䭚"；又马高六尺为"骄"，七尺
为"騋"，八尺为"龍"；牡马为"骘"，牝马为"骒"。羊部说，牡羊为"羝"，
牝羊为"牂"；又夏羊牝曰"羭"，夏羊牡曰"羖"。牛部说，二岁牛为"犊
"，三岁牛为"犙"，四岁牛为"牭"。这些区别都是没有用处的区别。当
太古畜牧的时代，人同家畜很接近，故有这些繁琐的区别。后来的人，
离开畜牧生活日远了，谁还能记得这些麻烦的区别？故后来这些字都
死去了，只剩得一个"驹"字代一切小马，一个"羔"字代一切小羊，

一个"犊"字代一切小牛。这还是不容易记的区别,所以白话里又把"驹""犊"等字废去了,直用一个"类名加区别字"的普通公式,如"小马","小牛","公猪,母猪","公牛,母牛"之类,那就更容易记了。三岁的牛直叫做"三岁的牛",六尺的马直叫做"六尺的马",也是变为"类名加区别字"的公式。从前要记无数烦难的特别名词,现在只须记得这一个公式就够用了。这不是一大进化吗?(这一类的例极多,不能遍举了)

第二,繁杂不整齐的文法变化多变为简易划一的变化了。我们可举代名词的变化为例。古代的代名词很有一些麻烦的变化。例如:

(1)吾我之别。"如有复我者,则吾必在汶上矣。"又"如有用我者,吾其为东周乎?又"今者吾丧我"。可见吾字常用在主格,我字常用在目的格(目的格一名受格,《文通》作宾次。)

(2)尔汝之别。"……丧尔子,丧尔明,尔罪三也。而曰汝无罪欤?"可见名词之前的形容代词(领格,白话的"你的")应该用"尔"。

(3)彼之其之别。上文的两种区别后来都是渐渐的失掉了。只有第三身的代名词,在文言里至今还不曾改变。"之"字必须用在目的格,决不可用在主格。"其"字必须用在领格。

这些区别,在文言里不但没有废除干净,并且添上了余,予,依,卿,伊,渠,……等字,更麻烦了。但是白话把这些无谓的区别都废除了,变成一副很整齐的代名词:

第一身:我,我们,我的,我们的。

第二身:你,你们,你的,你们的。

第三身:他,他们,他的,他们的。

看这表,便可知白话的代名词把古代剩下的主格和目的格的区别一齐删去了;领格虽然分出来,但是加上"的"字语尾,把"形容词"的性质更表示出来,并且三身有同样的变化,也更容易记得了。不但国语如此,就是各地土话用的代名词虽然不同,文法的变化都大致相同。这样把繁杂不整齐的变化,变为简易画一的变化,确是白话的一大进化。

这样的例,举不胜举。古文"承接代词"有"者""所"两字,一个是主格,一个是目的格。现在都变成一个"的"字了:

(1)古文(主格)为此诗者,其知道乎?

(目的格)播州非人所居。

(2)白话(主格)做这诗的是谁?

（目的格）这里不是人住的。

又如古文的"询问代词"有谁,孰,何,奚,曷,胡,恶,焉,安,等字。这几个字的用法很复杂（看《马氏文通》二之五。）很不整齐。白话的询问代词只有一个"谁"问人,一个"什么"问物;无论主格,目的格,领格,都可通用。这也是一条同类的例。

我举这几条例来证明文言里许多繁复不整齐的文法变化在白话里都变简易画一了。

第三,许多不必有的句法变格,都变成容易的正格了。中国句法的正格是:

（1）鸡鸣。狗吠。

（格）主词——动词。

（2）子见南子。

（格）主词——外动词——止词。

但是文言中有许多句子是用变格的。我且举几个重要的例:

（1）否定句的止词（目的格）若是代名词,当放在动词之前。

（例）莫我知也夫! 不作"莫知我"。

吾不之知。不作"不知之"。

吾不汝贷。不作"不贷汝"。

（格）主词——否定词——止词——外动词。

白话觉得这种句法是很不方便的,并且没有理由,没有存在的必要。因此白话遇着这样的句子,都改作正格:

（例）没有人知道我。

我不认识他。我不赦你。

（2）询问代词用作止词时,（目的格）都放在动词之前:

（例）吾谁欺? 客何好? 客何能? 问臧奚事?

（格）主词——止词——外动词。

这也是变格。白话也不承认这种变格有存在的必要,故也把他改过来,变成正格:

（例）我欺谁? 你爱什么? 你能做什么?

（格）主词——外动词——止词。

这样一变,就更容易记得了。

（3）承接代词"所"字是一个止词,（目的格）常放在动词之前:

（例）己所不欲，勿施于人。

天所立大单于。

（格）主词——止词——动词。

白话觉得这种倒装句法也没有保存的必要，所以也把他倒过来，变成正格：

（例）你自己不要的，也不要给人。

天立的大单于。

（格）主词——动词——止词。

这样一变，更方便了。

以上举出的三种变格的句法，在实用上自然很不方便，不容易懂得，又不容易记得。但是因为古文相传下来是这样倒装的，故那些"聪明才智"的文学专门名家都只能依样画葫芦，虽然莫名其妙，也只好依着古文大家的"义法"做去！这些"文学专门名家"，因为全靠机械的熟读，不懂得文法的道理，故往往闹出大笑话来。但是他们决没有改革的胆子，也没有改革的能力，所以中国文字在他们的手里实在没有什么进步。中国语言的逐渐改良，逐渐进步，——如上文举出的许多例，——都是靠那些无量数的"乡曲愚夫，闾巷妇稚"的功劳！

最可怪的，那些没有学问的"乡曲愚夫，闾巷妇稚"虽然不知不觉的做这种大胆的改革事业，却并不是糊里糊涂的一味贪图方便，不顾文法上的需要。最可怪的，就是他们对于什么地方应该改变，什么地方不应该改变，都极有斟酌，极有分寸。就拿倒装句法来说。有一种变格的句法，他们丝毫不曾改变：

（例）杀人者。知命者。

（格）动词——止词——主词。

这种句法，把主词放在最末，表示"者"字是一个承接代词。白话也是这样倒装的：

（例）杀人的。算命的。打虎的。

这种句法，白话也曾想改变过来，变成正格：

（例）谁杀人，谁该死。谁不来，谁不是好汉。谁爱听，尽管来听。但是这种变法，总不如旧式倒装法的方便，况且有许多地方仍旧是变不过来：

（例）杀人的是我。这句若变为"谁杀人，是我，"上半便成疑问句了。

（又）打虎的武松是他的叔叔。这句决不能变为"谁打虎武松是他的叔叔！"

因此白话虽然觉得这种变格很不方便，但是他又知道变为正格更多不便，倒不如不变了罢。

以上所说，都只是要证明白话的变迁，无论是变繁密了或是变简易了，都是很有理由的变迁。该变繁的，都变繁了；该变简的，都变简了；就是那些该变而不曾变的，也都有一个不能改变的理由。改变的动机是实用上的困难；改变的目的是要补救这种实用上的困难；改变的结果是应用能力的加多。这是中国国语的进化小史。

这一段国语进化小史的大教训：莫要看轻了那些无量数的"乡曲愚夫，闾巷妇稚"！他们能做那些文学专门名家所不能做又不敢做的革新事业！

（载 1920 年 2 月 1 日《新青年》第 7 卷第 3 号；后收入《中国新文学大系·建设理论集》，上海良友图书印刷公司 1935 年 10 月 15 日初版）

国语与国语文法

胡　适

什么是国语？我们现在研究国语文法，应该先问：什么是国语？什么是国语的文法？

"国语"这两个字很容易误解。严格说来，现在所谓"国语"，还只是一种优先补用的候补国语：并不是现任的国语。这句话的意思是说，这一种方言已有了做中国国语的资格，但此时还不曾完全成为正式的国语。

一切方言都是候补的国语，但必须先有两种资格方才能够变成正式的国语：

第一，这一种方言，在各种方言之中，通行最广。

第二，这一种方言，在各种方言之中，产生的文学最多。

我们试看欧洲现在的许多国语，那一种不是先有了这两项资格的？当四百年前，欧洲各国的学者都用拉丁文著书通信，和中国人用古文著书通信一样。那时各国都有许多方言，还没有国语。最初成立的是意大利的国语。意大利的国语起先也只是突斯堪尼（Tuscany）的方言，因为通行最广，又有了但丁（Dante），鲍卡曲（Boccacio）等人用这种方言做文学，故这种方言由候补的变成正式的国语。英国的国语当初也只是一种"中部方言"，后来渐渐通行，又有了乔叟（Chaucer）与卫克立夫（Wycliff）等人的文学，故也由候补的变成正式的国语。此外法国、德国及其他各国的国语，都是先有这两种资格后来才变成国语的。

我们现在提倡的国语，也具有这两种资格。第一，这种语言是中国通行最广的一种方言，——从东三省到西南三省（四川、云南、贵州），从长城到长江，那一大片疆域内，虽有大同小异的区别，但大致都可算是这种方言通行的区域。东南一角虽有许多种方言，但没有一种通行

123

这样远的。第二,这种从东三省到西南三省,从长城到长江的普通话,在这一千年之中,产生了许多有价值的文学的著作。自从唐以来,没有一代没有白话的著作。禅门的语录和宋明的哲学语录自不消说了。唐诗里已有许多白话诗;到了晚唐,白话诗更多了。寒山和拾得的诗几乎全是白话诗。五代的词里也有许多白话的词。李后主的好词多是白话的。宋诗中更多白话;邵雍与张九成虽全用白话,但做的不好;陆放翁与杨诚斋的白话诗便有文学价值了。宋词变为元曲,白话的部分更多。宋代的白话小说,如《宣和遗事》之类,还在幼稚时代。自元到明,白话的小说方才完全成立。《水浒传》《西游记》《三国志》代表白话小说的"成人时期"。自此以后,白话文学遂成了中国一种绝大的势力。这种文学有两层大功用:(一)使口语成为写定的文字;不然,白话决没有代替古文的可能;(二)这种白话文学书通行东南各省,凡口语的白话及不到的地方,文学的白话都可侵入,所以这种方言的领土遂更扩大了。

这两种资格,缺了一种都不行。没有文学的方言,无论通行如何远,决不能代替已有文学的古文:这是不用说的了。但是若单有一点文学,不能行到远地,那也是不行的。例如广东话也有绝妙的"粤讴",苏州话也有"苏白"的小说。但这两种方言通行的区域太小,故必不能成为国语。

我们现在提倡的国语是一种通行最广最远又曾有一千年的文学的方言。因为他有这两种资格,故大家久已公认他作中国国语的唯一候选人,故全国人此时都公认他为中国国语,推行出去,使他成为全国学校教科书的用语,使他成为全国报纸杂志的用语,使他成为现代和将来的文学用语。这是建立国语的唯一方法。

什么是国语文法?凡是一种语言,总有他的文法。天下没有一种没有文法的语言,不过内容的组织彼此有大同小异或小同大异的区别罢了。但是,有文法和有文法学不同。一种语言尽管有文法,却未必一定有文法学。世界文法学发达最早的,要算梵文和欧洲的古今语言。中国的文法学发生最迟。古书如公羊、谷梁两家的《春秋传》,颇有一点论文法的语,但究竟没有文法学出世。清朝王引之的《经传释词》,用归纳的方法研究古书中"词"的用法,可称得一部文法书。但王氏究竟缺乏文法学的术语和条理,故《经传释词》只是文法学未成立以前的一种文法参考书,还不曾到文法学的地位。直到马建忠的《文通》出世,(光绪二十四年,西历一八九八,)方才有中国文法学。马氏自己说:"上稽经史,旁及诸子百家,下至志书小说,凡措字遣辞,苟可以述吾心中之意以示今而传后者,博引相参,要皆有一成不变之例"(《文通·前序》)。又说:"斯书也,因西文已有之规矩,于经籍中求其所同所不同者,曲证繁引,以确知华文义例之所在。"(后序)到这个时代,术语也完备了,条理也有了,方法也更精密了,故马建忠能建立中国文法学。

中国文法学何以发生的这样迟呢? 我想,有三个重要的原因。第一,中国的文法本来很容易,故人不觉得文法学的必要。聪明的人自能"神而明之",笨拙的人也只消用"书读千遍,其义自见"的笨法,也不想有文法学的捷径。第二,中国的教育本限于很少数的人,故无人注意大多数人的不便利,故没有研究文法学的需要。第三,中国语言文字孤立几千年,不曾有和他种高等语言文字相比较的机会。只有梵文与中文接触最早,但梵文文法太难,与中文相去太远,故不成为比较的材料。其余与中文接触的语言,没有一种不是受中国人的轻视的,故不能发生比较研究的效果。没有比较,故中国人从来不曾发生文法学的观念。

这三个原因之中,第三原因更为重要。欧洲自古至今,两千多年之中,随时总有几种平等的语言文字互相比较,文法的条例因有比较遂更容易明白。我们的语言文字向来没有比较参证的材料,故虽有王念孙、王引之父子那样高深的学问,那样精密的方法,终不能创造文法学。到了马建忠,便不同了。马建忠得力之处全在他懂得西洋的古今文字,用西洋的文法作比较参考的材料。他研究"旁行诸国语言之源流,若希腊,若拉丁之文词,而属比之,见其字别种而句司字,所以声其心而形其意者,皆有一定不易之律;而因以律夫吾经籍子史诸书,其大纲盖无不同。于是因所同以同夫所不同者"(后序)。看这一段,更可见比较参考的重要了。

但是马建忠的文法只是中国古文的文法。他举的例,到韩愈为止;韩愈到现在,又隔开一千多年了。《马氏文通》是一千年前的古文文法,不是现在的国语的文法。马建忠的大缺点在于缺乏历史进化的观念。他把文法的条例错认作"一成之律,历千古而无或少变"(前序)。其实从《论语》到韩愈,中国文法已经过很多的变迁了;从《论语》到现在,中国文法也不知经过了多少的大改革! 那不曾大变的只有那用记诵模仿的方法勉强保存的古文文法。至于民间的语言,久已自由变化,自由改革,自由修正;到了现在,中国的文法——国语的文法与各地方言的文法——久已不是马建忠的"历千古而无或少变"的文法了。

国语是古文慢慢的演化出来的;国语的文法是古文的文法慢慢的改革修正出来的。中国的古文文法虽不很难,但他的里面还有许多很难说明的条例。我且举几个很浅的例罢:

(例一)知我者,其天乎?(《论语》)

(例二)莫我知也夫?(《论语》)

(例三)有闻之,有见之,谓之有。(《墨子·非命》中)

(例四)莫之闻,莫之见,谓之亡。(同上)

这两个"我"字都是"知"字的"止词";这四个"之"字都是"见"字"闻"字的"止词"。但(例二)与(例四)的"我"字与"之"字都必须翻到动词的前面。为什么呢?因为古文有一条通则:

凡否定句里做止词的代名词,必须在动词的前面。

这条通则很不容易懂,更不容易记忆,因为这通则规定三个条件:(一)否定句,[故(例一)与(例三)不适用他。](二)止词,[只有外动词可有止词,故别种动词不适用他。](三)代名词。[故"不知命""不知人""莫知我艰"等句,虽合上二个条件,而不合第三条件,故仍不适用他。]当从前没有文法学的时候,这种烦难的的文法实在很少人懂得。就是那些号称古文大家的,也说不出一个"所以然"来;不过因为古书上是"莫我知",古文家也学着说"莫我知";古书上是"不汝贷",古文家也学着说"不汝贷";古书上是"莫之闻,莫之见",古文家也决不敢改作"莫闻之,莫见之"。他们过惯了鹦鹉的生活,觉得不学鹦鹉反不成生活了! 马建忠说的那"一成之律,历千古而无或少变",正是指那些鹦鹉文人这样保存下来的古文文法。但是一般寻常百姓却是不怕得罪古人的。他们觉得"莫我知","不汝贷","莫之闻,莫之见"一类的文法实在很烦难,很不方便,所以他们不知不觉的遂改作"没人知道我","不饶你","没人听过他,也没人见过他。"——这样一改,那种很不容易懂又不容易记的文法都变成很好讲又很好记的文法了。

这样修正改革的结果,便成了我们现在的国语的文法。国语的文法不是我们造得出的,他是几千年演化的结果,他是中国"民族的常识"的表现与结晶。"结晶"一个名词最有意味。譬如雪花的结晶或松花蛋(即皮蛋)白上的松花结晶:你说他是有意做成的罢,他确是自然变成的,确是没有意识作用的;你说他完全无意识罢,他确又很有规则秩序,绝不是乱七八糟的:雪花的结晶绝不会移作松花的结晶。国语的演化全是这几千年"寻常百姓"自然改变的功劳,文人与文法学者全不曾过问。我们这班老祖宗并不曾有意的改造文法,只有文法不知不觉的改变了。但改变的地方,仔细研究起来,却又是很有理的,的确比那无数古文大家的理性还高明的多! 因此,我们对于这种玄妙的变化,不能不脱帽致敬,不能不叫他一声"民族的常识的结晶!"

至于国语的演化是进步呢? 还是退化呢? ——这个问题,太大了,太有趣味了,决不是可以这样简单说明的。故下章专讨论这个问题。

（原载 1921 年 7 月 1 日至 8 月 1 日《新青年》第 9 卷第 3、4 号,是《国语文法概论》第一篇;后收入《中国新文学大系·建设理论集》,上海良友图书印刷公司 1935 年 10 月 15 日初版,第 228 页至第 232 页。）

辑 二

白话文学的论争

读胡适先生文学改良刍议

余元濬

　　际兹民智蔽塞民识薄弱如我国今日之时,不有以谋通俗之启迪,而谓能增进其立身立国上必需之要识者,此虽丧心病狂之尤,将不敢加之首肯。今胡适先生乃如斯出其再四研思之文学改良刍议以享吾人,而为通俗之启迪计者,非所谓应运而生者欤。其有益于民生,直欲超昌黎而上之矣。细味其言,乃不觉吾辞喋喋,欲言而不知所云。爰杂辑而姑妄说之,用以微尽鄙陋之愚忱于阅者诸君,并以就正于胡先生之门云耳。然胡先生之言实渊博无涯,鄙见所及,仅就其中之主要者说之,而微有所伸焉。余则其理极为正确,是非管见之能极也。

　　胡先生所言之八事,其第一即为"须言之有物"。言之有物云者,谓"感情"及"思想"。夫"感情""思想"二者,本为文字之起源。所谓文生于言言基于意者是也。故无情与思之文字,显然与原旨相背。此等文字,不如不作之为愈。但鄙意之微有不能满意者,则胡先生所谓"吾所谓物,非古人所谓文以载道之说也"。要知文以载道之道字本非甚浮泛。果视为浮泛,则固宜为胡先生之所鄙夷。实则此处之道字,本在胡先生所谓物字之中。以物字既分"思想"与"情感"而言,则所谓物者,非必名词(Noun)而后可。道之云者,直一种上乘之思想已耳。若必以为一种不可思议之最虚渺的空论也,岂通论哉。胡先生其亦知此界说,而实不能认为物乎,则所谓物者,其内容诚觉太隘,无丝毫意味之可言。

　　第二即"不摹仿古人"。胡先生此论,鄙意亦颇以为然。盖抄袭拿扯成文以相标榜者,在在皆然,实属可耻故耳。惟亦尚须有一定之限制。若课童初步,欲使知文字之意义及虚字之应用,则势非使之摹仿古人之作不为功。故所谓"不摹仿古人"者,只在有所著述之人。其所言之"物"既与古人殊,则固不妨自有其文章自有其议论也。

鄙意之最不敢表赞同如胡先生者,即其第三所列之"须讲文法"。盖以言语为"思想""情感"之代表。而文字又为言语之代表。我国文字之起源,有以异乎西人者。推其原因,亦根于二者不同之"思想"、"情感"耳。我国文字之所以向无文法之规就者,正所以表示我黄胄特种之"思想""情感"。即西人文字之有文法,(Grammar)亦究竟不能在文字上占完全之地位。所谓方言(Idiom)者,亦起而占有其一部分之地位。况我国之方言,较之西人,更属繁琐乎。近时所出版之文法书,(指我国现出版者所言)大半属于强凑的,良以其规定之不易也。

胡先生之所谓"不作无病之呻吟""务去滥调套语"。二者其理由非常充足。而其校正文学界中之病弊非常可钦服,鄙意以为起苏张而诘之,亦必无辞矣。"不用典"一事,已经诸家反复申论,且限制其范围,亦属正确。惟举例以王渔洋秋柳一首,虽引用亦属正确,而不会稍谅渔洋感遇之苦衷,及其规避文字狱之用意,似微嫌苛刻。"不讲对仗",则一本昌黎遗意,的是正论,可以乐懦起弱矣。

末所谓"不避俗语俗字",此不能不于应用上规定其范围。盖文字之为物。本以适用为唯一之目的。"俗语俗字",虽有时可以达文理上之所不能达。然果用之太滥,则不免于烦琐。易言之,即用文理仅一二语即足以表出者,用"俗语俗字"则觉连篇累牍,刺刺不能自休,且亦最易惹起人之厌恶,此犹就狭义言之也。其广义易起学者之怠惰心。何则,学者之于文学,常自恐其不足以应用,故能孳孳而谋所以充实之。若一旦使得以"俗语俗字"凑入文理之中,则其为事诚易易,果足所求焉,则自尽而止。于是渐渐演出一般鄙陋寡见闻之学者,于古人载籍近贤名述,其文稍涉邃奥者,将与咋舌张口而不能一读。乃至古人之学理竟由斯失传,名贤之著述竟由斯搁笔,可乎哉。可乎哉。鄙意诚浅陋,乃如此竟不得不抱杞之忧,而敢为之有所陈述焉。然又不能不服胡先生之说,以其可以济文理之穷也,则又姑为之说曰,不能不于应用上规定其范围。

抑有进者,胡先生所谓"以施耐庵曹雪芹吴趼人为文学正宗"之论,究竟是否适合于今日之所需,亦不可不加考研。彼施曹辈诚非无文学上之价值者可比。然诸子百家以及各代之著作家之学术,虽未能悉合正轨。而所阐明之经理艺术,实不为寡。学施曹辈之学,往往出于鄙陋猥亵之一途。即以坊肆间之旧版小说论之,十九皆淫猥,十九皆为白话。无他,以所学者易,自不必进而求之,终至杜其意识而不觉耳。

总观之,从文理入者,虽亦不无有害,而有益者亦多。从白话入者,有害者实多,而有益者盖寡。有之不过施曹辈数人已耳。且亦未必其为有益也。胡先生将谓此为道德方面不完全之效果乎,抑知恶劳顺性,人有恒情。习于其局者率从其事,非可以道德绳也。

　　由是观之,鄙意对于胡先生之说,既不敢取绝对的服从,则有折衷之论在乎。曰有,即分授之说是也。对于小学生则授以普通之应用文字,文理与白话二者可精酌而并取。中等以上之学者,则取纯一的文理,而示以深邃精奥之所在。如此则庶几无人不识应用之文字,而所谓邃奥文理者,亦自有一般专门之学者探讨,而使古来本有之经理艺术不因是而火其传也。胡先生其首肯乎。至此项分授详细计划,如蒙不弃,庸当于他日续为诸君述之。

（载 1917 年 5 月 1 日《新青年》第 3 卷第 3 号）

新文学问题之讨论

朱经农　胡适

适之足下：

《新青年》第四卷第四号已收到。《建设的文学革命论》所主张甚是；比之从前的"八不主义"及文规四条，更周密，更完备了。周作人君所译之《皇帝之公园》，弟极喜欢。何不寄一本到清宫里给满洲皇族读读？《老洛伯诗》平平而已。译诗本不容易。弟不能自译，就不敢妄评他人译作，内容姑置不论罢。报中通信一门所论，大半是"中国今后之文字问题"。弟非文学专家，又于白话文章缺少实验，本不应插口乱说；只因这块"文字革命"的招牌底下，所卖的货色种类不一，所以我们我们作"顾客"的也当选择选择那样是可用的，那样是不可用的。今请分述于下：

现在讲文字革命的大约可分四种。第一种是"改良文言"，并不"废止文言"；第二种"废止文言"，而"改良白话"；第三种"保存白话"，而以罗马字拼音代汉文；第四种是把"文言""白话"一概废了，采用罗马文字作为国语。（这是钟文鳌先生的主张。）

这第四种弟是极端反对，因为罗马文字并不比汉文简易，并不比汉文好。凡罗马文字达得出的意思，汉文都达得出来。"舍己之田以耘人之田"，似可不必。拉丁文是"死文字"，不用说了。请看法文一个"有"字，便有六十种变化，（比孙行者七十二变少不多了。）"命令格"等尚不在内。同一形容词，有的放在名词前面，有的又在后面，忽阴忽阳，一弄就错。一枝铅笔为什么要属阳类？一枝水笔为什么要属阴类？全无道理可说，西班牙文之繁复艰难，亦复类此。弟试了一试，真是"望洋兴叹"；上学期考试一过，就把法文教科书高高的放在书架顶上，不敢再问，连 Ph.D 的梦想也随之消灭。意大利文我没有见过，不敢乱说；只是同为拉丁文支派，想必也差不多的。就是英文，我也算读了好几年，动起笔来仍是不大自然，并不是我一人如此。虽说各人天分有高低，恐怕真真写得好的也不甚多。试问今日若不把汉文废了，要通国的人民都把娘肚子里带来的声调腔口全然抛却，去学那 ABCD，可以做得到吗？即就欧洲而论，英法德意西葡丹荷各有方言，各有文字，彼此不能强同，至今无法统一。德国人尚不能采用法文，英国人尚不能采用俄语，何以中国人却要废了汉文，去学罗马文字呢？此外可讨论的地方尚多，想兄等皆极明白，不用我废话，且把这第四种放开一旁，再来说第三种。

废去汉字，采用罗马替法，一切白话皆以罗马字书之，也是做不到的。请教"诗""丝""思""私""司""师"这几个字，用罗马字写起来有何分别？如果另造新名代替同音之字，其弊亦与第四拼字主张相等，因为不自然，不易记，并且同音之字太多，造新名亦不容易。据我的意思，还是学日本人的办法，把拼音写在字旁边，以作读音标准，似乎容易些。

至于第一，第二两种，应当相提并论。不讲文字革命则已；若讲文字革命，必于二者择一。二者不同之点，就是文言存废问题。有人说，文言是千百年前古人所作而今已成为"死文字"。白话是现在活人用品，所以写出活泼泼的生气满纸。文言既系"死"的，就应当废。弟以为文字的死活，不是如此分法。古人所作的文言，也有"长生不死"的；而"用白话做的书，未必皆有价值有生命"，足下已经说过，不用我重加引申了。平心而论，曹雪芹的《红楼梦》、施耐庵的《水浒》固是"活文学"；左丘明的《春秋传》、司马迁的《史记》未必就"死"了。我读《项羽本纪》中的樊哙，何尝不与《水浒》中的武松、鲁智深、李逵一样有精神呢？（其余写汉高祖，写荆轲、豫让、聂政等，亦皆活灵活现。）就是足下所译的《老洛伯诗》，"羊儿在栏，牛儿在家，静悄悄的黑夜"，比起《诗经》里的"鸡栖于埘，日之夕矣，羊牛下来"等，其趣味也差不多。所以我说文言有死有活，不宜全行抹杀。我的意思，并不是反对以白话作文，不过"文学的国语"，对于"文言""白话"，应该并采兼收而不偏废。其重要之点，即"文学的国语"并非"白话"，亦非"文言"，须吸收文字之精华，弃却白话的糟粕，另成一种"雅俗共赏"的"活文学"。（第一）是要把作者的意思完完全全的描写出来；（第二）要使读文字的人能把作者的意思容容易易透透彻彻的领会过去；(第三)是把当时的情景,(述事)或正确的理由,(题鬼)活灵活现实实在在的放在读者的面前。(这三层或者有些重复。信笔写去,不及修饰。望会其意,而弃其文。)有些地方用文言便当,就用文言；有些地方用白话痛快,就用白话。我见《新青年》所载陈独秀、钱玄同诸君的大作,也是半文半俗,"文言""白话"夹杂并用；而足下所引《木兰辞》、《兵车行》、陶渊明的诗、李后主的词,也是如此,并非完全白话。我所以大胆说一句："主张专用文言而排斥白话,或主张专用白话而弃绝文言,都是一偏之见。"我知道——足下听了很不高兴,但是我心里如此想,嘴里就不能不如此说。我不会说假话以取悦于老哥,尚望原谅原谅。

　　我现在有的地方非常顽固。看见有几位先生要把法文或其他罗马文字代汉文,心里万分难过,故又在——足下面前多嘴。我知——足下必说"你自己法文不好,就反对法文,和那些不懂汉文的人要废汉文一样荒谬。"这句话是不合名学的。古人说,"君子不以人废言",又说,"智者千虑,必有一失。"若说钱玄同的主张必然不错,就犯了 Arumontum ad hominem 的语病；若说老朱的话一定不对,就犯了 Ignoratio Elenchi 的语病了。我正在这里反对用外国语代汉文,自己忽然写了两个外国字进去,足下必然笑我。须知'废止汉文',与'引用外国术语'是两件事体。英文里面可引用日本语"Kimono"(着物),因为"着物"非英、美所固有；汉文里头也未尝不可引用一二"名学术语",因为"国语"尚未完全造成,译语尚无一定标准,恐所译不达原意,故存其真耳。

　　今天我没有功夫多写信了。还有一句简单的话,就是"白话诗"应该立几条规则。我们学过 Rhetoric,都知道"诗"与"文"之别,用不着我详加说明。总之,足下的"白话诗"是很好的,念起来有音,有韵,也有神味,也有新意思,我决不敢妄加反对。不过《新青年》中所登他人的"白话诗",就有些看不下去了。须知足下未发明"白话诗"以前,曾学杜诗(在上海做"落日下山无"的时代)。后来又得力于苏东坡、陆放翁诸人的诗集,并且宋词元曲融会贯通,又读了许多西人的诗歌,现在自成一派；好像小叫天唱戏随意变更旧调总是不脱板眼的。别人学他,每每弄得不堪入耳。所以我说,要想"白话诗"发达,规律是不可不有的。此不特汉文为然,西文何尝不是一样？如果诗无规律,不如把诗废了，专做"白话文"的为是。

要说的话很多，将来再谈罢。

朱经农　六月五日。寄于美国

经农足下：

在美国的朋友久不和我打笔墨官司了。我疑心你们以为适之已得了不可救药的症候，尽可不用枉费医药了。不料今天居然接到你这封信，不但讨论的是"文学革命"，并且用的是白话文体。我的亲爱的经农，你真是"不我遐弃"的了！

来信反对第四种文字革命（把文言白话都废了，采用罗马字母的文字作为国语）的话，极有道理，我没有什么驳回的话，且让我的朋友钱玄同先生来回答罢。

第三种文字革命（保存白话，用拼音代汉字），是将来总该办到的。此时决不能做到。但此种主张，根本上尽可成立。（赵元任君曾在前年《留美学生月报》上详细讨论，为近人说此事最精密的讨论）。即如来信所说诗，丝，思，司，私，师等字，在白话里，都不成问题。为什么呢？因为白话里这些字差不多全成了复音字，如"蚕丝"，"思想"，"思量"，"司理"，"职司"，"自私"，"私下里"，"私通"，"师傅"，"老师"，翻成拼音字，有何妨碍？又如"诗"字，虽是单音字，却因上下文的陪衬，也不致误听。例如说，"你近来做诗吗？""我写一首诗给你看"，这几句话里的"做诗"，"一首诗"，都不致听错的。平常人往往把语言中的字看作一个一个独立的东西。其实这是大错的。言语全是上下文的（contextual）即如英文的 Rite，Right，Write 三个同音字，从来不会听错，也只是因为这原故。

来书论第一二种文字革命（改良文言与改用白话）的话，你以为我"听了很不高兴"，其实我并没有不高兴的理由。你这篇议论，宗旨已和我根本相同，但略有几个误解的论点，不能不辩个明白：

（第一）、来书说，"古人所作的文言，也有长生不死的"。你所说的"死"，和我所说的"死"，不是一件事。我也承认《左传》、《史记》

137

在文学史上，有"长生不死"的位置。但这种文学是少数懂得文言的人的私有物，对于一般通俗社会便同"死"的一样。我说《左传》《史记》是"死"的，与人说希腊文拉丁文是"死"的是同一个意思。你说《左传》、《史记》是"长生不死"的，与希腊学者和拉丁学者说 Euripides 和 Virgil 的文学是"长生不死"的是同一个意思。《左传》《史记》在"文言的文学"里，是活的；在"国语的文学"里，便是死的了。这个分别，你说对不对？

（第二）、来书所主张的"文学的国语"，"并非白话亦非文言，须吸收文言（原文作'文字'，疑是笔误）之精华，弃却白话的糟粕，另成一种雅俗共赏的活文学。"这是很含糊的话。什么叫做"文言之精华"？什么叫做"白话的糟粕"？这两个名词含混得很，恐怕老兄自己也难下一个确当的界说。我自己的主张可用简单的话说明如下：

我所主张的"文学的国语"，即是中国今日比较的最普通的白话。这种国语的语法文法，全用白话的语法文法。但随时随地不妨采用文言里两音以上的字。

这种规定，——白话的文法，白话的文字，加入文言中可变为白话的文字，——可不比"精华"，"糟粕"……等等字样明白得多了吗？至于来书说的"雅俗共赏"四个字，也是含糊的字？什么叫做"雅"？什么叫做"俗"？《水浒》说，"你这与奴才做奴才的奴才！"请问这是雅是俗？《列子》说"设令发于余窍，子亦将承之。"这一句字字皆古，请问是雅是俗？若把"雅俗"两字作人类的阶级解，说"我们"是雅，"他们"小百姓是俗，那么说来，只有白话的文学是"雅俗共赏"的，文言的文学只可供"雅人"的赏玩，决不配给"他们"领会的。

来书末段论白话诗，未免有点偏见。老兄初次读我的《两个黄蝴蝶》的时候，也说"有些看不下去"。如今看惯了，故觉得我的白话诗"是很好的"。老兄若多读别人的白话诗，自然也会看出他们的好处。就如《新青年》四卷一号所登沈尹默先生的《霜风呼呼的吹着》一首，几百年来那有这种好诗！老兄一笔抹煞，未免太不公了。

来书又说，"白话诗应该立几条规则"。这是我们极不赞成的。即以中国文言诗而论，除了"近体"诗之外，何尝有什么规则？即以"近体"诗而论，王维、孟浩然、李白、杜甫的律诗，又何尝处处依着规则去做？我们做白话诗的大宗旨，在于提倡"诗体的释放"。有什么材料，做

什么诗；有什么话，说什么话；把从前一切束缚诗神的自由的枷锁镣
铐拢统推翻：这便是"诗体的释放"。因为如此，故我们极不赞成诗
的规则。还有一层凡文的规则和诗的规则，都是那些做《古文笔法》、《文
章规范》、《诗学入门》、《学诗初步》的人所定的。从没有一个文学家
自己定下做诗做文的规则。我们做的白话诗，现在不过在尝试的时代；
我们自己也还不知什么叫做白话诗的规则。且让后来做《白话诗入门》、
《白话诗规范》的人去规定白话诗的规则罢！

民国七年七月十四日　胡适
（载 1918 年 8 月 15 日《新青年》第 5 卷第 2 号）

新文学问题之讨论

任鸿隽　胡适　钱玄同

适之足下：

　　读《新青年》第四号中足下之《建设的文学革命论》，大为赞成。记去年曾向足下说过，改良文字非空言可以收效，必须有几种文学上的产品，与世人看看。果然有了真正价值，怕他们不望风景从么？但是创造的文学，一时做不来，自然以翻译西方文学上的产品为第一步。此层屡向此邦学文学诸人提及。无奈他们皆忙自己的功课，不肯去做。足下现在既发大愿，要就几年之内，译几百部文学书，那就越发好了。

　　读《新青年》中广告，知《易卜生号》专载 A Doll's House 一剧。此剧就意思言，固足以代表易卜生的"个人主义"，与针砭西方社会的恶习。就构造言，尚嫌其太紧凑了一点。足下若曾看过此剧，便知其各节紧连而下，把个主人翁 Nora 忙得要死，观者也屏气不息。

　　昨日经农把致足下的书与我看了再行发出。我看了过后，觉得也有几句话要向足下说说。足下说，"白话可做活文字，也可做死文字；文话只能做死文字，不能做活文字。"此层，经农已举左丘明的《春秋传》，太史公的《史记》来辨难了。我想，要替文话觅辩护人，可借重的，尚不止左史两位。即以诗论，足下说，"《木兰行》、《孔雀东南飞》，杜工部之《兵车行》、《石壕村》以及陶渊明、白居易的诗是好诗，因为他们是用白话做的，或近于白话的。"今姑勿论上举各篇各作者不必尽是白话。就有唐一代而言，足下要承认白香山是诗人，大约也不能不承认杜工部是诗人。要承认杜工部的《兵车行》、《石壕村》是好诗，大约也不能不承认《诸将怀古》、《闻官军收河南河北》……等是好诗。但此等是诗不但是文语，而且是律体。可见用白话可做好诗，文话又何尝不可做好诗呢？不过要看其人生来有几分"诗心"没有罢了。再讲韩昌黎的《南山诗》，足下说他是死文字。比起《木兰行》、《石壕村》等来，《南山诗》自然是死的。但是我想南山这个题，原在形容景物，与他种述事言情的诗不同。《南山诗》共用五十二个"或若"，把南山的形状刻画尽致。在文学上自算一种能品。要用白话去做，未见做得出。岂可因其不是白话，反轻看他呢？以上各种说法并非与白话作仇敌，也非与文话作忠臣，不过据我一个人的鄙见，以为现在讲改良文学：第一，当在实质上用工夫；第二，只要有完全驱使文字的能力，能用工具而不为工具所用就好了。白话不白话，倒是不关紧要的。

经农又说《新青年》上的白话诗，除了足下做的是，"有声，有韵，有情"（记不清楚了，想是如此说的），他不敢妄加反对外，其余的便有些念不下去了。我想这个又是诗体问题，久已要向足下讲讲。现在趁此机会，略说几句，一并请足下指教。今人倡新体的，动以"自然"二字为护身符。殊不知"自然"也要有点研究。不然，我以为自然的，人家不以为自然，又将奈何？足下记得尊友威廉女士的新画"Two Rhythms"，足下看了，也是"莫名其妙"。再差一点，对于此种新美术，素乏信仰的，就少不得要皱眉了。但是画画的人，岂不以其画为自然得很吗？所以我说"自然"二字也要加以研究，才有一个公共的理解。大凡有生之物，凡百活动，不能一往不返，必有一个循环张弛的作用。譬如人体血液之循环，呼吸之往复，动作寝息之相间，皆是这一个公理的现象。文中之有诗，诗中之有声有韵，音乐中之有调和（harmony），也不过是此现象的结果罢了。因为吾人生理上既具有此种天性，一与相违，便觉得不自在。近来心理学家用机器试验古人的好诗好文，其字音的长短轻重，皆有一定的次序与限度。我想此种研究于诗的 Meter（平仄？），句法的构造，都有关系。吾国诗体由《三百篇》的四言，（James Lezze 说中国有二言诗，固附会得可笑。三言诗，汉《郊礼歌》等有之，但不足为重）。变成汉、魏的五言，又由汉、魏的五言，变成唐人的七言。大约系因古人言语短简急促，后人言语纡徐迟缓的原故（文体的变迁亦然）。但是诗到了七言，就句法构造上言，便有不能再长之势。再长，就非断不可了。且七言诗句，大概前四字可作一顿，后三字又自成一段。韩昌黎有时费全身的气力，于七言中别开生面。但只可于长诗中偶杂一二句。若句句是"点窜尧典舜典字，涂改清庙生民诗"的句法（因韩诗已不记得，故引李诗为例），也就不能读了。七言既成了诗句的最长极限,所以宋元的词曲起而代之。长短句搀杂互用,倒可免通体长句,或通体短句的不便处。但是他们的音调平仄,也越发讲究。我以为此种律例,现在看来,自然是可厌。但是创造新体的人,却不能不讲究。就是以后做诗的人,也不可不遵循一点。实在讲起来,古人留下来的诗体,竟可说是"自然"的代表。甚么缘故?因为古人作诗的时候,也是想发挥其"自然"的动念,断没有先作一个形式来缚束自己的。现在存留下的,更是经了几千百年无数人的试验,以为可用。所以我要说,现在各种诗体,说他们不完备不新鲜,则可,说他们不自然,却未必然。我再要说,若是现在讲改良文学的人,专以创造几种新体为无上的天职,我把此种人比各科学上的一种人专以发明新器具新方法为事,也只得恭敬他,再没多话说。若是要创造文学的产品,我倒有一句话奉劝:公等做新体诗,一面要诗意好,一面还要诗调好,一人的精神分作两用,恐怕有顾此失彼之虑。若用旧体旧调,便可把全副精神用在诗意一方面,岂不于创造一方面更有希望呢?这个主张,足下以为何如?

瞎三不着四的议论,发了一阵,纸已写的不少了,还有钱玄同先生的废灭汉文大问题不曾讲到。若是用文话,断不会有如许啰嗦。这也是白话的一种坏处。

经农对于废灭汉文的问题,已经说"心中万分难受"了。我想钱先生要废汉文的意思,不是仅为汉文不好,是因汉文所载的东西不好,所以要把他拉杂摧烧了,廓而清之。我想这却不是根本的办法。吾国的历史,文字,思想,无论如何昏乱,总是这一种不长进的民族造成功了留下来的。此种昏乱种子,不但存在文字历史上,且存在现在及将来子孙的心脑中。所以我敢大胆宣言,若要中国好,除非把中国人种先行灭绝!可惜主张废汉文汉语的,虽然走至极端,尚是未达一间呢!

此层且按下不讲。尚有一个实际问题:《新青年》一面讲改良文学,一面讲废灭汉文,是否自相矛盾?既要废灭不用,又用力去改良不用的物件。我们四川有句俗话说,"你要没有事做,不如洗煤炭去罢。"

钱先生的废灭汉文一篇大文,原来有点 Sentimental。我讲到此处,也有点 Sentimental 起来。恕罪恕罪。

任鸿隽白。六月八日

叔永足下：

　　经农的白话信来，使我大欢喜。今又得老兄的白话信，并且还对于我的文学革命论"大为赞成"，我真喜欢的了不得。来书有许多话，我已在答经农的信里回答过了，我现在且把那信里不曾说过的话，提出来回答如下：

　　（一）来书说"用白话可做好诗，文话又何尝不可做好诗呢？"又举杜甫的《诸将怀古》、《闻官军收河南河北》……等诗为证。《闻官军收河南河北》一首的确是好诗。这诗所以好，因为他能用白话写出当时高兴得狠，左顾右盼，颠头播脑，自言自语的神气。第三，四，七，八句虽用对仗，都恰合语言的自然，五六两句"白首放歌须纵酒，青春作伴好还乡"，便有点做作，不自然了。这可见律诗总不是好诗体，做不出完全好诗，《诸将》五首，在律诗中可算得是革命的诗体。因为这几首极老实本色，又能发挥一些议论，故与别的律诗不同。但律诗究竟不配发议论，故老杜这五首诗可算得完全失败。如"胡卤千秋尚入关"，成何说话？"见愁汗马西戎逼，曾闪朱旗北斗殷"，实在不通。"拟绝天骄拔汉旌"，也不通。这都是七言所说不完的话，偏要把他挤成七个字，还要顾平仄对仗，故都成了不能达意又不合文法的坏句。《咏怀古迹》五首，也算不得好诗。"三峡楼台淹日月，五溪衣服共云山"，实在不成话。"一去紫台连朔漠，独留青冢向黄昏，"是律诗中极坏的句子。上句无意思，下句是凑的。"青冢向黄昏"，难道不向白日吗？一笑。他如"羯胡事主终无赖"，"志决身歼军务劳"，都不是七个字说得出的话，勉强并成七言，故文法上便不通了。——这都可证文言不易达意，律诗更做不出好诗。《儒林外史》上评"桃花何苦红如此？杨柳忽然青可怜。"说上句加上一个"问"字，便是一句好诗；如今强对上一句，便无味了。这话评诗律真不错。即如杜诗"江天漠漠鸟双去"，本是绝好写景诗，可惜他硬造一句"风雨时时龙一吟"作对，便讨厌了。——至于韩愈的《南山诗》，何尝是写景？不过是押韵罢了。老兄和我都不曾到过南山，又何从知道他"把南山的形状刻画尽致"呢？

　　（二）来书说"现在讲改良文学，第一当在实质上用工夫；第二要有完全驱使文字的能力，能用工具而不为工具所用，就好了。白话不白话，倒是不关紧要的。"这话的第一层极是，不用辩了。第二层"能用工具

143

而不为工具所用",固是不错。但是我们极力主张用白话作诗,也有几层道理。(第一)我们深信文言不是适用的工具(说详《建设的文学革命论》)。(第二)我们深信白话是很合用的工具。(第三)我们因为要"用工具而不为工具所用",故敢决然弃去那不适用的文话工具,专用那合用的白话工具。正如古人用刀刻竹作字,后来有了纸笔,便不用刀笔竹简了。若必斤斤争文言之不当废,那又是"为工具所用",作了工具的奴隶了。老兄以为何如?

(三)来书说"自然也要有点研究",这话极是。但这个大前提却不能发生下文的断语。下文说,"古人留下来的诗体,竟可说是自然的代表。甚么缘故?因为古人作诗的时候,也是想发挥其自然的动念,断没有先作一个形式来束缚自己的。"这种逻辑,有如下例:"古人留下来的缠足风俗,竟可说是自然的代表。为什么呢?因为古人缠足的时候,也是想发挥他的自然的美感;决没有先作一种小脚形式来束缚自然的!"再引老兄的话:"现在存留下的,更是经了几千百年无数人的试验,以为可用。"这话可说诗体,也可说缠足,也可说八股,也可说君主专制政体!可不是吗?原书前文所说"近来心理学家用机器试验古人的好诗好文,其字音的长短轻重,皆有一定的次序与限度。"老兄的意思,以为这就可以作自然的证据吗?老兄何不请那些心理学家用机器试验几篇仁在堂的八股文章?我可保那几篇"文学的长短轻重,也皆有一定的次序与限度。"如若不然,我请你看三天好戏,你敢赌这东道吗?——北京最常见的喜事门对,是"诗歌杜甫其三句,风咏《周南》第一章。"这两句若拿去上那心理学的机器,也是"有一定的次序与限度的"——总而言之,四言诗(《三百篇》实多长短句,不全是四言)变为五言,又变为七言,三变为长短句的词,四变为长短句加衬字的曲,都是由前一代的自然变为后一代的自然,我们现在作不限词牌,不限套数的长短句,也是承这自然的趋势。至于说我们的"自然"是没有研究的自然,那是蔽于成见,不细心体会的话。我的朋友沈尹默先生做一首"三弦"诗,做了两个月才得做成,我们岂可说他没有研究?不过他不曾请北京大学心理学教授陈百年先生用机器试验罢了!

(四)老兄劝我们道:"公等做新体诗,一面要诗意好,一面还要诗调好,一人的精神分作两用,恐怕有顾此失彼之虑,若用旧体旧调,便可把全副精神在诗意一方面,岂不于创造一方面更有希望呢?"这个主张,有一个根本的误会。因为我们现在有什么诗料,用什么诗体;有什么话,说什么话:并不一面顾诗意,一面顾诗调。那些用旧调旧诗体的人有了料,须要截长补短,削成五言,或凑成七言;有了一句,须对上一句;有了腹联,须凑上颈联;有了上阕,须凑成下阕;有了这韵,须凑成那韵⋯⋯那才是顾此失彼呢。——岂但顾此失彼,竟是"削足适屦"了!

还有论废灭汉文一段,我且让老兄和钱玄同先生去打Sentimental官司罢。好在老兄不久就要回国,我们再谈罢。

七年七月廿六日　适

朱、任两先生鉴:

日前由适之先生交来两先生的信,中间对于玄同主张废灭汉文的议论,很为反对。玄同对于这个问题,虽经说道,"不论赞成反对,皆所欢迎。"今得两先生赐教,固极欣喜。惜乎两先生未曾将汉字之优点,及中国古书不可不读之理由说出,只说了几句感情的话。玄同不免失望。今虽欲与两先生详细讨论这个问题,竟至无从说起:只好简单奉答几句——

答朱先生　法文虽然不能尽善,究竟是有字母,有规则的文字。无论如何难法,总比汉文要容易得多。况且现代新学上的"术语",非中国所固有。英国没有Kimono,就该用日本原字,则中国没有新学"术语",也就该用欧洲原字Kimono之类,不过偶然用到;而新学"术语",则讲到学问,便满纸皆是,一篇文章里,除了几个普通名词,动词,形容词,和语词以外,十之六七都是欧洲字,是汉文在今后世界,无独立及永久存在的价值,自不消说。

答任先生　我爱我支那人的热度,自谓较今之所谓爱国诸公,尚略过之。惟其爱他,所以要替他想法,要铲除这种"昏乱"的"历史、文字、思想,"不使复存在于"将来子孙的心脑中",要"不长进的民族"变成了长进的民族,在二十世纪的时代,算得一个文明人。要是现在自己不去想法铲除旧文字,则这种"不长进"的"中国人种",循进化公例,必有一天要给人家"灭绝"。

　　还有一层同人做《新青年》的文章，不过是各本其良心见解，说几句革新铲旧的话；但是各人的大目的虽然相同，而各人所想的手段方法，当然不能一致，所以彼此议论，有时异同，绝不足奇，并无所谓"自相矛盾"。至于玄同虽主张废灭汉文，然汉文一日未废灭即一日不可不改良，譬如一所很老很破的屋子，既不可久住，自须另造新屋。新屋未曾造成以前，居此旧屋之人自不得不将旧屋东补西修以避风雨。但绝不能因为旧屋既经修补，便说新屋不该另造也。

　　　　　　　　　　　　　　钱玄同　一九一八，八，五。
（载 1918 年 8 月 15 日《新青年》第 5 卷第 2 号）

革新文学及改良文字

朱我农

白话文法书之切要
罗马字母拼中国音之可行
《新青年》改用横行之提议

适之我兄先生：

舍弟经农来信，屡屡提及先生，故怀想已经很久，日来又在友人傅彦长君处看见今年出版的《新青年》两三册？虽从前的《新青年》未曾看见，——先生的《文学改良刍议》也没有看见，可惜！——但我对于诸君主张的文字改良已极表同情。……现在我要对于改良文字这问题及《新青年》所载各件，说几句话：

（一）先生等主张暂时将文言改为白话：为改良文学的入手办法，此一着我极赞成。但是笔写的白话，同口说的白话断断不能全然相同的。口说时有声调状态帮助表明人的意思，笔写时就没有此等辅助品了。所以用笔写那口说的白话时，即使加进许多表意思的东西。也未必能把口说时的意思完全表出来。反言之，则笔写时的白话，大概必须比口说的详而周到。但是此等详而周到，是指用字用符号说，并非说的意思详而周到。譬如"你不要瞎说"一句话，在口说时或作笑容，或作怒态，或作和声，或作激调，语意随声调状态级级不同，倘写在纸上，就加上什么"拍案怒道"，"低声道"，"微笑道"许多符号，也是不能形容尽致的。所以先生等名为文言改为白话的白话，——就是我称为"笔写的白话"的——其实依旧是文言，不过不是那种王敬轩先生所崇拜的文言罢了。既是文言，那就要有文法了？因为文法是学习将白话写出来时必要之物。——这不必我多说。中国学习文法，向来是用，"熟读唐诗三百首，不会吟诗也会吟的"方法,所以从前的教书先生每每知其然而不知其所以然,只会说留学生所做的文不通,然而说不出为什么不通。此间有一个学堂的汉文教习,看见一个学生文内有"三而思之"一句,他就说不通;学生问他为什么不通,他睁着眼睛说了半天。东拉西扯,依旧一点道理也说不出来? 弄到后来,只得发急道,"从古以来没有这种句子,所以不通。"那个学生仍旧莫名其妙。中国向来无文法书,也难怪这位教习说不出来。所以我以为欲建设新文学文法是不可少的。《马氏文通》和《章行严中学文典》等书不敷用,他们对于 Tense, Mood 等等全未十分注意。先生等既欲改良文学,则文字的教授也须注意。文法一书切不可少。不知已有著述否? 我对于这问题曾注意研究,已经收集了许多材料,做了若干的说明,——与马氏章氏的著作大不相同:彼等以古文为标准,我则以白话为标准,——但尚未完了。先生等如以为此书对于改良文学是有益的,写封信来,我就可以把这稿本奉送。

(二)用罗马字拼音法,我甚赞成。现在厦门、汕头、台湾等处中国人能看教会中所发行的 Bomonized Chinese(罗马字拼成的中国语。)的人,比能看中文的人多。这就是极好的成绩。十三四年前,我极不赞成此事,以为单音的中文断不能变为拼音。千九百九年我与厦门雷文铨君同居苏格兰之爱丁堡,看见他的家信凡从厦门来的,都是一种非希腊非拉丁非英非德的文字,我一点都看不懂。雷君告我说这是厦门白话用罗马字拼出来的,并说这种拼音文字的如何利便,如何易学。当时我腹笑之。后来我又认识一个英国医生高似蘭(Dr.P.B.Consland)君,此君因在汕头多年,既懂中文,又能说汕头话,他也极力说 Romonized Chinese 的好处;且说"中国人欲科学进步,非改用拼音文字不可。"当时我虽未然其说,但自己一想;从前中国人费了十数年的苦功,单单学一点本国文字,尚不能弄通,并且有"老死书乡一窍不通"的人,可见中文之难;当此科学时代,那有许多功夫去学这样难的东西呢? 从此就渐渐的把从前的顽固思想改变了。去年有一个英国医生名 Taalor 的到横滨来印刷一部《内外科看护学》,这书全是用 Romonized Chinese 做成的。据他说,台湾人能看此种文字的甚多。他在台湾所设的医院及学堂全然用此种文字。他又将书中文句念给我听,我虽不大懂得厦门话,——台湾人说的是厦门话,——然而其中能听得懂之处甚多。此一年来我很研究此事,近来愈觉得此种文字之利便,所以我赞成用罗马字拼音。至于各省语音不同,可以不必虑及。若有标准的拼法,其读法发行(适按此句似有错字。)不但不至有碍,且可以藉此统一中国的语音。兹特寄上用罗马字拼音法的报纸,以供先生等审查。

(三)《新青年》何以不用横行?用横行既可免墨水污袖,又可以安放句读符号。我所见的三四本《新青年》每一页中句读符号错误的地方至少也有二三处。这就是直行不便用句读符号的证据。

我要说的话多得很。但是傅彦长君今晚九时就要动身,我要托他带这信与先生,所以没有时候再写,也没有时候将这信誊清,实在是无法,只好一切请傅君口述。

朱我农

(载 1918 年 8 月 15 日《新青年》第 5 卷第 2 号)

答黄觉僧君折衷的文学革新论

胡　适

我的同乡黄觉僧君，近有《折衷的文学革新论》登在上海《时事新报》上。今节抄一段于下：

吾邑胡适之先生前年自美归国，与《新青年》杂志社诸先生共张文学革命之帜，推倒众说，另辟新基，见识之卓，魄力之宏，殊足令人钦佩。愚亦素主张文学革新之说者。在胡先生等未提倡文学革命以前，即生斯旨，编辑师范学校国文读本一部。虽所选材料，与胡先生等所主张者容有出入，而其根本主义，务在排除艰深的，晦涩的，骈俪的，贵族的，浮泛的文学，而建设一种浅近的，明了的，通俗的，平民的，写实的文学，则大概趋于一致。诚以生今之世，学古之文，其弊甚多：（一）不适于教育国民之用，（二）不适于说明科学，（三）不能使言文渐趋一致，沟通民间彼此之情意，（四）不适于传布新思想。

吾师胡子承先生尝论之曰，"文学为物，不过一种符号，……其所以求达于文之目的，固在讲道明理及通彼此之意，非蕲其文之能工也。"又曰，"吾国学子，兀兀穷年，徒劳精疲神于为文，……罕能观书为文，以致各种学术与技能皆无从为学理之研究。"明乎此，彼倡反对文学革新之国粹论者，诚所谓无理取闹，直盲目的国粹说耳。

虽然，胡先生等所倡之说，亦不无偏激之处，足贻反对者以口实，愚今请以折衷之说进。

（一）文以通俗为主，不避俗字俗语，但不主张纯用白话。

革新文学之目的何在？一言以蔽之，曰，在能通俗，使妇女听之，童子读之，都能了解耳。既以使人人能了解为主，则文之不易懂者代以俗字俗语而意已明（此本胡先生初主张"不避俗字俗语"之说，愚谓较今说为得中），又何取乎白话为？使新文学纯用白话，则各地方言不同，既不可以方言入文；若曰学习，则学"么""呢"……等字，恐较学"之""乎"……等字为难，更何贵乎更张乎？其次，文学改革固当以一般社会为前提。然文之中有所谓应用的、美术的二种。即以欧人之文学言，亦复如是。是美术文之趋势如何，无讨论之必要。何者？研究美术文者，必文学程度已高，而欲考求各种文体真相之人，与一般社会无甚关系。愚意通俗的美术文（用于通俗教育者）与中国旧美术文可以并行，以间执反对者之口。旧美术文无废除之必要。（下略）

觉僧君鉴：

我是从来不看《时事新报》的，前天有人说起这报上有个马二先生大骂我们，故我找了这报来看看。马二先生的大骂，没有什么道理，我又不看这报了，后来又有人说《时事新报》上有一篇赞成《新青年》所讲文学革新的文章，我听了诧异得很，故又去找了来一看，原来是足下做的。足下论句读符号的一段，我已答在上文了。如今单说"不主张纯用白话"一段。

这个问题我已在《建设的文学革命论》（四卷四号）中详细说过。我们主张用白话最重要的理由，只是"国语的文学，文学的国语"十个大字。足下若细读此篇，便知我们的目的不仅是"在能通俗，使妇女童子都能了解"。我们以为若要使中国有新文学，若要使中国文学能达今日的意思，能表今人的情感，能代表这个时代的文明程度和社会状态，非用白话不可。我们以为若要使中国有一种说得出听得懂的国语，非把现在最通行的白话文用来作文学不可。我们以为先须有"国语的文学"，然后可有"文学的国语"；有了"文学的国语"，我们方才可以算是有一种国语了。现在各处师范学校和别种学校也有教授国语的，但教授的成绩可算得是完全失败。失败的原因，都只为没有国语的文学，故教授国语没有材料可用。没有文学的材料，故国语班上课时先生说，"这是一头牛"，国语班的学生也跟着说"这是一头牛"，先生说"砍了你的脑袋儿"，那些学生也跟着说"砍了你的脑袋儿！"这种国语教授法，就教了一百年，也不会有成效的。——所以我们主张文学革新的第一个目的是要使中国有一种国语的文学，是要使中国人都能用白话做诗，作文，著书，演说。因为如此，所以要纯用白话。这是答足下"又何取乎白话"一段。

至于"方言不同"一层，更不足为反对白话的根据。因为方言不同，所以更不能不提倡一种最通行的国语，以为将来"沟通民间彼此之情意"（用足下语）的预备。

足下又说"既不可以方言入文"。这也不足为病。方言未尝不可入文。如江苏人说"像煞有介事"五字，我所知各种方言中竟无一语可表出这个意思。这五个字将来便有入国语的价值，便有入文学的价值。并且将来国语文学兴起之后，尽可以有"方言的文学"。方言的文学越多，国语的文学越有取材的资料，越有浓富的内容和活泼的生命。如英国语言文字虽渐渐普及世界，但他那三岛之内至少有一百种方言！内中有几种重要的方言，如苏格兰文，爱耳兰文，威尔斯文，都有高尚的文学。（《新青年》四卷四号之《老洛伯》便是苏格兰文学的一种）。国语的文学造成之后，有了标准，不但不怕方言的文学与他争长，并且还要倚靠各地方言供给他的新材料，新血脉。但是这个现在还不成问题，故不必多谈了。

足下又说："美术文之趋势如何，无讨论之必要。何者？研究美术文者，必文学程度已高，而欲考求各种文体真相之人，与社会无甚关系。"这话我极反对。其实足下自己也该极力反对这种议论。因为足下上文说足下的"根本主义务在排除艰深的，晦涩的，贵族的，骈俪的文学，而建设一种浅近的，明了的，通俗的，平民的，写实的文学"。如果美术文的趋势只操纵于"文学程度已高，与社会无甚关系"的人，岂不还是一种"艰深的，……贵族的"文学吗？我们以为文学是社会的生活的表示，故那些"与社会无甚关系"的人绝对的没有造作文学的资格。

外面有许多人误会我们的意思，以为我们既提倡白话文学，定然反对学者研究旧文学。于是有许多人便以为我们竟要把中国数千年的旧文学都丢弃了。细看足下此文，好像也有这个意思，故说"旧美术文无废除之必要"。这都由于大家把题目弄混了，故说不清楚。现在中国人是否该用白话做文学，这是一个问题。中国现在学堂里是否该用国语作教科书，这又是一个问题。如果用了国语做教科书，古文的文学应该占一个什么地位，这又是一个问题。我们研究文学的人是否该研究中国的旧文学，这另是一个问题。我们对于这几个问题的主张，是——

（一）现在的中国人应该用现在的中国话做文学，不该用已死了的文言做文学。

（二）现在的一切教科书，自国民学校到大学，都该用国语编成。

（三）国民学校全习国语，不用"古文"（"古文"，指说不出。听不懂的死文字）。

（四）高等小学除国语读本之外，另加一两点钟的"古文"。

（五）中学堂"古文"与"国语"平等。但除"古文"一科外，别的教科书都用国语的。

（六）大学中，"古文的文学"成为专科，与欧美大学的"拉丁文学""希腊文学"占同等的地位。

（七）古文文学的研究，是专门学者的事业。但须认定"古文文学"不过是中国文学的一个小部分，不是文学正宗，也不该阻碍国语文学的发展。

这几条都是极重要的问题，愿与国中有识之士仔细研究讨论之。

胡适　八月十四。

（载 1918 年 9 月 15 日《新青年》第 5 卷第 3 号）

论古文白话之相消长

林　纾

　　名曰古文,盖文艺中之一,似无关于政治,然有时国家之险夷,系彼一言,如陆宣公之《制诰》是也。无涉于伦纪,然有时足以动人忠孝之思,如李密之《陈情》、武侯之《出师表》是也。然不能望之于人,人,即古人得一称心之作,亦不易睹。文之盛,莫如唐,然《全唐文》,余已阅至大半,四杰唯子安为腴厚;燕许则貌为汉京,力学《典引》,而思力不及独孤;常州较有法而多懈权,文公则寝处必具衣冠矣。李白、萧颖士皆近六朝,然颖士之渊雅,似较太白为重,故李华终生畏颖士也。其余李峤诸人,皆貌为虚枵。其中昌黎一出,觉日光霞彩照耀四隅。柳州则珠玉琳琅,不能与之论价,于是废其下不观。以鄙意论之,晚唐之罗江东及皮陆尚有作法,视初唐之陈子昂、张曲江滋味尚多。至宋文则学派兴而说理之文夥,以陈同甫之豪,叶冰心之高,亦稍染习气。苏氏父子、张文潜、晁无咎、黄鲁直、陆务观、秦淮海诸人,似人家分筑小园,一草一木各有位置,谓之包罗万有,余亦不敢信其诣力即能至是也。欧公不主博而主精,读书不如原父兄弟,而起讫作止得韩之真,且一改其壁垒。与荆公相较,荆公肖韩处多,犹杨西亭之逐石谷,终身仿佛石谷,终身不脱石谷窠臼矣。故宋文以欧为上,而独不近柳。曾子固是发源于更生,有时骨干坚卓处,乃能为柳。读此三数家文,以渊潜之眼力观之,脉络筋节精细处,均似遵左氏、史公之法程,有时能变化而脱去之,斯真有本领矣。元时如姚燧诸人以多为贵,且以野战为长。虞伯生较有先民矩矱,然少问津者。至明,则两汉之途大辟,人人争趋,弃掷八家如刍狗。愚恒笑以为《品花宝鉴》学《红楼梦》者也。《红楼梦》多贵族手笔,而曹雪芹又司江南织造,上用之物靡不周悉。作《品花宝鉴》者,特一秀才,虽极写华公子之富,观其令厨娘煮粥,亲行命令,如某某之粉宜多宜寡,斟酌久之,如在《红楼梦》中,则一婢之口吻耳。须知汉时古书尚多,而国之气脉亦厚,所以子云、相如以鸿丽之笔横绝一世，此即《红楼梦》中之写楼台、衣服及饮食、起居诸事一无寒俭之态。明人之学汉但有略猎其字眼，谬装其音吐、假饰其步履，今试问汪伯玉诸人有一篇文字能使人涵泳不去手否？凤洲始懵而终悟，故晚年文字较清醒可人意。李沧溟则否，震川穷老尽气，但抱一《史记》，而于《史记》中尤精于《外戚传》，所以叙家庭琐事入细入微，而赠序则无一篇可读者。由作寿序多，手腕过滑，故赠序近流走而不凝敛。桐城诸家即奉震川为圭臬，惜抱能脱身自拔，望溪质而不灵，故木然有死气。曾文正尊姚，初无一语及方也，但读惜抱之《泰山记》，即知为桐城之杰，而能承其法乳者，惟梅郎中及吴南屏。梅之山水游记，直趋柳州；吴之幽雅处，仍是欧公家法。此等桐城派之文字，方不至恹恹如病人。实则文无所谓派，有提倡之人，人人咸从而靡，不察者，即指为派。余则但知其有佳文，并不分别其为派。恽子居、李申耆、张惠言三家，谓之读书种子则有馀，谓足压倒桐城，吾亦不敢许诺。不过康、乾之盛，文人辈出，亦关气运，然道、咸以下，即寥寥矣。间有提倡者，才力亦薄，病在脱去八股而就古文，拘局如裹足之妇，一旦授以圆履，终欠自如，然犹知有古文之一道。至白话一兴，则喧天之闹，人人争撤古文之席，而代以白话，其但始行白话报。忆庚子客杭州，林万里、汪叔明创为白话日报，余为作白话道情，颇风行一时。已而予匆匆入都，此报遂停。沪上亦间有为白话为诘难者，从未闻尽弃古文行以白话者。今官文书及往来函札，何尝尽用古文？一读古文则人人瞠目，此古文一道，已厉声消烬灭之秋，何必再用革除之力？其曰废古文用白话者，亦正不知所谓古文也。但闻人言，韩愈为古文大家，则骂之，此亦韩愈之报应。何以言之？《楞严》、《华严》之奇妙，而文公并未寓目，大呼跳叫，以铙钹钟鼓为佛，而《楞严》、《华严》之妙处，一不之管，一味痛骂为快，于是遂有此泯泯纷纷者，尾逐昌黎骂之于千载之后。盖白话家之不知韩，犹韩之不知佛也。然今日斥白话家为不通，而白话家决不之服，明知口众我寡，不必再辩；且古文一道，曲高而和少，宜宗白话者之不能知也。昌黎与裴晋公，堂属也。晋公亦自命能文，其视昌黎之文恒以为怪。元微之、白香山亦自命能文，乃平浅不如昌黎之道。道既不同，则不免腾其口说。故淮西一碑，听人引倒，而晋公并不一言；罗隐犹为石孝忠立传，似此碑之文字应仆而不留者。夫罗隐之古文尚窥篱樊，且不知昌黎，况晋公之文本与昌黎异趣，能信之耶？故白话家之骂昌黎，吾不一辩白。盖昌黎与书、赠序两门，真所谓神枢鬼藏，不可方物，孰能知之？吾读昌黎《与胡生书》及《送齐皥下第序》、《送浮屠文》、《畅师序》及《廖道士序》，将近万遍，犹不释手,其中似有魔鬼弄我,正如今日包世杰君讥我为孔子之鬼引入死地者,确哉,确哉! 盖古文之不能为普通文字,宜尊之为夏鼎商彝方称耳。其说则又不然,至道不得至文亦万不传。古文家固推昌黎,然亦有非昌黎而亦传者,如忠臣义士从血诚流出文字,则万古不可漫灭。坊本刻谢叠山《却聘书》,乃林西仲节本,原文长冗极矣,然不害为叠山文字。总之,能读书阅世,方能为文,如以虚枵之身,不特不能为古文,亦并不能为白话。白话至《水浒》、《红楼》二书,选者亦不为错。然其绘影绘声之笔,真得一“肖”字之诀。但以武松之鸳鸯楼言之,先置朴刀于厨次,此第一路安顿法也;其次登楼,所谓又开五指向前,右手执刀,即防楼上知状将物下掷,又指正所以备之也,此第二路之写真;登楼后,见两三枝灯烛、三数处月光,则窗开月入,人倦酒阑,专候二人之捷音,此第三路写法也。既杀三人,洒血书壁,踩扁酒器,然后下楼,于帘影模糊中杀人,刀钝莫入,写向月而视,凛凛有鬼气! 及疾趋厨次取朴刀时,则倏忽骇怪,神态如生。此非《史记》而何? 试问不读《史记》而作《水浒》,能状出尔许神情耶? 《史记·窦皇后传》叙窦广国兄弟家常琐语,处处入情;而《隋书·独孤氏传》曰苦桃姑云云,何尝非欲跨过《史记》? 然不类矣。故冬烘先生言字须有根柢,即所谓古文者,白话之根柢,无古文安有白话? 近人创为白话一门,自炫其特见,不知林万里、汪叔明固已先汝而为矣。即如《红楼》一书,口吻之犀利,闻之悚然,而近人学之,所作之文字,乃又癃惫欲死。何也? 须知贾母之言趣而得要,凤姐之言辣而有权,宝钗之言驯而含伪,黛玉之言酸而带刻,探春之言简而理当,袭人之言贴而藏奸,晴雯之言憨而无理,赵姨娘之言贱而多怨,唯宝玉所言,纯出天真。作者守住定盘针,四面八方眼力都到,才能随地熨帖。今使尽以白话道之,吾恐浙江、安徽之白话,固不如直隶之佳也。实则此种教法,万无能成之理。吾辈已老,不能为正其非,悠悠百年,自有能辨之者,请诸君拭目俟之! (见《文艺丛刊》)

(收入《中国新文学大系·文学论争集》,上海良友图书印刷公司 1935 年 10 月 5 日初版,第 78 页至第 81 页)

本志罪案之答辩书

陈独秀

　　本志经过三年,发行已满三十册;所说的都是极平常的话,社会上却大惊小怪,八面非难,那旧人物是不用说了,就是咭咭叫的青年学生,也把《新青年》看作一种邪说,怪物,离经叛道的异端,非圣无法的叛逆。本志同人,实在是惭愧得很;对于吾国革新的希望,不禁抱了无限悲观。

　　社会上非难本志的人,约分二种:一是爱护本志的,一是反对本志的。这第一种人对于本志的主张,原有几分赞成;惟看见本志上偶然指斥那世界公认的废物,便不必细说理由,措词又未装出绅士的腔调,恐怕本志因此在社会上减了信用。像这种反对,本志同人,是应该感谢他们的好意。

　　这第二种人对于本志的主张,是根本上立在反对的地位了。他们所非难本志的,无非是破坏孔教,破坏礼法,破坏国粹,破坏贞节,破坏旧伦理(忠孝节),破坏旧艺术(中国戏),破坏旧宗教(鬼神),破坏旧文学,破坏旧政治(特权人治)这几条罪案。

　　这几条罪案,本社同人当然直认不讳。但是追本溯源,本志同人本来无罪,只因为拥护那德莫克拉西(Democracy)和赛因斯(Science)两位先生,才犯了这几条滔天的大罪。要拥护德先生又要拥护赛先生,便不得不反对国粹和旧文学。大家平心细想,本志除了拥护德、赛两先生之外,还有别项罪案没有呢? 若是没有,请你们不用专门非难本志,要有气力有胆量来反对德、赛两先生,才算是好汉,才算是根本的办法。

　　社会上最反对的,是钱玄同先生废汉文的主张。钱先生是中国文字音韵学的专家,岂不知道语言文字自然进化的道理? (我以为只有这一个理由可以反对钱先生。)他只因为自古以来汉文的书籍,几乎每本每页每行,都带着反对德、赛两先生的臭味;又碰着许多老少汉学大家,开口一个国粹,闭口一个古说,不曾声明汉学是德、赛两先生天造地设的对头;他愤极了才发出这种激切的议论。像钱先生这种"用石条压驼背"的医法,本志同人多半是不大赞成的。但是社会上有一班人,因此怒骂他,讥笑他,却不肯发表意思和他辩驳,这又是甚么道理呢?难道你们能断定汉文是永远没有废去的日子吗?

西洋人因为拥护德、赛两先生,闹了多少事,流了多少血,德、赛两先生才渐渐从黑暗中把他们救出,引到光明世界。我们现在认定只有这两位先生,可以救治中国政治上道德上学术上思想上一切的黑暗。若因为拥护这两位先生,一切政府的迫压,社会的攻击笑骂,就是断头流血,都不推辞。

此时正是我们中国用德先生的意思废了君主第八年的开始,所以我要写出本志得罪社会的原由,布告天下。

（载 1919 年 1 月 15 日《新青年》第 6 卷第 1 号）

非"折中派的文学"

朱希祖

文学只有新的旧的两派,无所谓折中派,新文学有新文学的思想系统,旧文学有旧文学的思想系统:断断调和不来。

文学的新旧,不能在文字上讲,要在思想主义上讲。若从文字上讲,以为做了白话文,就是新文学,则元以来的白话文很多,在今日看来,难道就是新文学吗?我从前在报纸杂志上,未尝做文章,去年冬天在《北京大学月刊》第一期做了一篇《文学论》,是讲新文学的,不过用文言做了,人家就说我是"折中派的文学!"

折中二字,是新旧杂糅的代名词,就是把旧材料用新法制组织的代名词,或是旧材料新材料并用的代名词;这是我们中国社会上最流行的思想和主义。

把旧材料用新法制组织的方法,我们中国有句俗语可以比喻,就叫做"换汤不换药"。譬如我们中国寻常的人,大都抱了升官发财的思想。从前专制时代这班文官刮了地皮,卖了国,发了财,就完了他的大愿;那班武官,只晓得侵吞军饷。有人看了羡慕他们的,也捐了官。发了十倍百倍的财。革命以后想出改良的方法,一切官制,重新组织;然而所用的,仍旧是这班人,刮地皮的依旧刮,卖国的依旧卖国。那班阔绰的总长和督军,他们的私财,都是上百万千万的,弄得国病民穷。捐官的制度,虽然没有了,你看国会省议会,可算得一种捐官的机关。国会议员买选举票,都是上千上万的,那省议会议员买选举票,也有费至八九千金的。国会议员可以做总长次长;省议会议员可以博贿赂。种种升官发财的竞争,闹得不了。这就是把旧材料用新法制组织的结果!

旧材料新材料并用的方法,这是乞丐补破袄的办法:这块补了,那块又坏了,总是弄不好的。譬如我们中国因为考试不好,改办学校。既办学校,就该把考试废去,使学生专心求真实的学问,以谋自立;乃仍把考试与学校并用,开学生利禄的路,使学生视学校不过为得文凭谋进身的阶梯,仍旧归到升官发财的一条路。又如嫌专制政治不好,改为共和。既改共和,就该把君主制度变去,使共和民主精神,渐渐实现;乃一国之中,既有总统,又有皇帝:于是嫌总统做得不舒服的,又要想做皇帝了;觊觎大政独揽的,又要想复辟了。皇帝自身,既为傀儡,又为众矢之的,固是危险;人民更苦于兵争。专制之思想一日不去,共和之政体一日不能行,革命的纷争亦一日不能息的。自袁氏想做皇帝以来,战争至今未已。这就是新旧并用的结果!

要晓得旧思想不破坏,新事业断断不能发生的;两种相反对的主义,一时断不能并行的。我们中国所以弄得如此乱糟,都是苟且迁就,糊涂敷衍,目光不出五年十年。进化的公例,总是新的胜于旧的,这一层,他们都未想到,一味的折中调和,得过且过。若果真安安稳稳过得去,倒也罢了。无如内讧外患。总使人家不得不安稳过去。

文学家的职任,本来不干预政治的?惟对于旧思想旧主义须破坏,新思想新主义须建设,这是他的最大职任。所以文学家大都主张新的。

试观人身的生理,只新陈代谢的作用:陈的细胞作用完了,再也不中用了,就排除了他,靠着新细胞作用,总能主持身体;那半陈半新的细胞,虽然可以支持刹那的光阴,也不过专代新的细胞来替他罢了;若无新的细胞替他,则身体就要死了。

再看人类的生命,也只是新陈代谢的作用,生机尽了,就要死了,既有死的,必须有生的来代他。虽然也有半死半生的病人,苟延残喘的,若无生的来供养他,他的生命就不能苟延。而且无新生来传代。则人类也要灭绝了。

一代的文学家,须要做一代的新细胞新生命,总是对于社会有用;若做那本陈半新的细胞,半死半生的病人,所谓维持现状的办法,是断断靠不住的。

我既然如此主张,人家必诘问我道:"你主张新的,何以你还要讲中国文学?既要讲中国文学,又要讲外国文学,难道不是折中派的文学吗?"

此种诘问,要分数层的答:——

文学是要对于现代说法的,然并不是维持现状。文学是要对于现代进步上说法的,照现代的情形,还要进步一层;这是文学家着眼最要的一点。

中国文学,非专有旧的:过去的文学,固是旧的;现代的文学,即有新的了。

外国文学,非专有新的:过去的文学,亦是旧的;现代的文学,乃是新的。我们中国旧派的人,读了几十年外国书,或通了三四国的语言,思想仍是旧的;这就是不知道现代的缘故。

真正的文学家,必明文学进化的理。严格讲起来,文学并无中外的国界,只有新旧的时代。新的时代总比旧的时代进化许多。换一句话讲,就是现代的时代,必比过去的时代进化许多。将来的时代,更比现在的时代进化许多。所以做了文学家,必定要把过去时代的文学怎样进化,研究清楚,然后可以谋现在及将来的进化,所以研究旧文学,正是为新文学的地步。而且研究旧文学,是预备批评的;创造新文学,是预备传布的。

新文学的思想,对于旧文学的思想,本来已经进一步,断不能退转来,与旧文学折中调和。例如旧文学中专制的思想,与新文学中共和的思想;旧文学中父子世业,或父母为子女择学业的思想,与新文学中子女自由择学业的思想;旧文学中女子三从,终身不许自专的思想,与新文学中男女平权的思想……种种问题,举不胜举,此思想皆极端相反。若照人类全体的幸福讲,则新文学的思想,较之旧文学的思想,毕竟进步许多。讲新文学的若要退转来,与旧文学折中调和,不但见理不明,而且势不两立;一定也要像半陈半新的细胞,半死半生的病人,不久就要淘汰!

（载 1919 年 4 月 15 日《新青年》第 6 卷第 4 号）

白话文的价值

昨天遇见一位老先生与一位朋友谈天。那老先生说道："白话的文与文言的文，皆是不可灭的。譬如着衣服：做白话的文，就如着布衣；做文言的文，就如着绫罗绸缎的衣。着得起绫罗绸缎的，就是富人；那贫人着不起绫罗绸缎，只好着布的了。"我听了暗中笑道：我常常说人家都喜欢做"衣裳文学"，偏偏这位老先生又要讲"衣裳文学"了。要晓得贫富本不在衣裳上区别，那富的人，固然也有着绫罗绸缎的衣，然而着布衣的，也尽有富的，并不为着了布衣，就失了他富的资格。那安分守己的贫人，固多着布衣，然而也有贫的人，偏要假装富人，着了绫罗绸缎，到人家面前去诳耀。试到我们江苏浙江的街上去看看，着绫罗绸缎的人非凡之多；若到他们家里去看看，十之八九都是穷得不堪的，也未见得因为他们着了绫罗绸缎，就算他是富人。我们中国人只晓得假装门面，这种贫无聊赖的人，偷窃欺骗人家的钱来，做了绫罗绸缎的衣裳，着了去诳耀。"只认衣裳不认人"的下流人物，就可以代表中国大多数文言的文章了。

又有几个人在那里批评白话的文的价值，以为总不如文言的文。

甲说道："白话的文太繁秽，不如文言的文简洁；白话的文太刻露，不如文言的含蓄；所以白话的文是毫无趣味的。"

乙说道："白话的文今天看了，一览无余，明天就丢掉了，断不能垂诸久远；文言的文色泽又美，声音又好听，使人日日读之不厌；所以孔子说：'言之无文，行而不远。'古人的文章所以能千古不朽者，就是用文言的缘故；所以我们雅人，只要学古；白话的文，由他们俗人作通俗文用罢了。"

丙说道："白话的文，车夫走卒都能为之；文言的文，非学士大夫不能为。"

我以为甲的主张，不过要制造"伪"的文章罢了。文章的好坏，不在繁简,从前顾亭林的《日知录》已经说过了,不必再辩。秽的一字,我不解,大约指着白话的文中骂人的语句,或批评人家,说得太不堪的样子;然而文言的文中,难道就没有这种弊病吗?你看《论语》《孟子》中,不批评人家则已,一批评人家,开口就是"禽兽""盗贼"等恶毒的骂詈,"妾妇""穿窬""徒哺啜""贼丈夫"等不堪的嘲笑,你们方且以他们为圣贤,要崇拜他们的,不因此抹杀文言的文。所以这种弊病,不是白话的文专有的。若讲到含蓄,要分两层说。一对于字句的。作文言的文,以为字句必须含蓄,不许直说,所以措词或用古典,或用古字;造句或务简短,或求古奥。所以他们的句语,也有如谶词的,也有如灯谜的,也有如歇后语的;矫揉造作,一副假腔,如同做戏的带了假面具,把真面目不露出来。到了这种地位,虽有很好的意思,含蓄在内,人家也看不出来了。从前田鸠说,墨子的文,"多而不辩,恐人怀其文,忘其用,与楚人鬻珠秦伯嫁女同类"(说详《韩非子·外储说·左上》)。所以华辞巧饰,自托含蓄的,上者使人买椟还珠,下者徒饰空椟,竟无珠了。白话的文,把真面目刻露出来,即无此种毛病。一对于意思的。做文章时,意思含蓄不露,所谓引而不发,意在言外,使人自己去寻味;若豁然贯通,必如获了珍宝:自是文学的上品。此种好处,不但文言的文有之,白话的文亦有之。试看现在欧美日本的白话小说,戏曲,及新体的白话诗,皆有此种境界。所以未曾细读多读白话的文学作品,而漫欲批评白话文,全无是处。

乙的主张,不过要制造"古"的文章罢了。"古"的弊病,我下文再讲。若说白话的文不能传诸久远,试问《尚书》中《殷盘》《周诰》,多是古代的白话,何以能传诸久远呢?《水浒》《红楼梦》,我敢说再过数千年,也是不能磨灭的。况且最古的时代,文章本是代语言的,我们做白话的文,实在是最古的法则。——然而人家不要误会,我们并不因为白话文是古的,然后要做他的。丙的主张,不过要做"贵族"的文章罢了(学士大夫,即贵族的代名词)。要晓得文学的事业,总以人的全部分为标准。若以少数贵族为标准,就是自私自利,这种文章,已无文学上的价值;我的朋友仲密君做了一篇《平民文学》,载在《每周评论》的第五期,讲得非凡透澈,我也不必再说。至于贵族的心理,以为"文章做到难懂,工夫就深极了,人家不懂,我独能懂,所以可贵;白话的文,人人能懂,车夫走卒皆能懂,所以不足贵。"其实现在的新文学,非从科学哲学出来,即不能成立;用极深远的哲理,写以极浅近的白话。所以就外面看来,学士大夫能懂得,车夫走卒亦能懂得;若就内容的理由讲,不但车夫走卒不能懂,即旧派的学土大夫何尝能懂呢?

上文列的数家,不过中国的守旧派反封白话的文罢了。还有留学欧美做外国的守旧派的,崇奉莎士比亚等贵族的文学,以为"外国文言何尝一致,"亦来反对白话文学。某君《中国文学改良论》云(见《东方杂志》第十六卷第三号),"语言若与文学合而为一,则语言变而文字亦随之而变。故英之 Chancer 去今不过五百余年,Spencer 去今不过四百余年,以英国文字为谐声文字之故,二氏之诗,已如我国商周之文之难读;而我国,则周秦之书尚不如是,岂不以文字不变,始克臻此乎? 向使以白话为文,随时变迁,宋元之文已不可读,况秦汉魏晋乎? 此正文言分离之优点。乃论者以之为劣,岂不谬哉? 且《盘庚》《大诰》之所以难于《尧典》《舜典》者(按《舜典》已亡,今惟伪古文有舜典)。即以前者为殷人之白话(按《大诰》是周人的,非殷人的),而后者乃史官文言之记述也。故宋元语录,与元人戏曲,其为白话,大异于今,多不可解;然宋元以上之学,已可完全抛弃而不足惜,则文学已无流传后世之价值,而古代之书籍可完全焚毁矣,斯又何解于西人之保存彼国之古籍耶?"

某君攻击白话的文,较之中国的守旧派,程度自然高出百倍。他也晓得白话的文可以传诸久远;惟虑白话的文传诸久远而后,语言代变,恐后人不能懂。此乃某君之谬,今为分析辨之:

文学最大的作用,在能描写现代的社会,指导现代的人生。此二事,皆非用现代的语言不可;其理由,下文再说。假使作文的时候就要离却现代的社会与人生,而欲为千秋万岁后的读者计划,则思想隐欲专制将来,文学上已无时代精神可表现。若要如此,则吾人不必再创新文学,只要死守旧文学已足。再进一步说,吾人之所以创新文学,实不满意于旧文学;吾人今日的新文学,过了百年千年,后人的智慧日进,必不满意于吾人所创的文学而视为旧文学。所以一代自有一代的文学,离却现代而欲预讲千百年后的将来,与离却现代而欲实现千百年前的过去同一谬见。

文学的作家,与那供给现代人看的文学作品,截然是两事。供给现代人看的文学作品必须以现代的白话写之。若文学作家所研究的文学书,自然不能限于现代的作品,必将自古以来文学源流变迁,及自古以来一切文言白话的文学作品,细细研究。文言白话中因古今语变,有不懂的,必须研究言语学;我们中国亦有小学,即语言文字学:此皆所以通古今之邮者。盖学术思想，是递变而进化的，所以做白话文学的，一定也要保存古书，以观察过去进步之迹，然后可谋现代的进步；换一句话说，就是观察过去的不满足之处，以谋现代的建设，惟此是文学专家的事，并非要现代的普通人类都读古书。现代的普通人，既然不是都要读古书，读古书让之文学专家，则后代的人亦是如此，又何患白话的文后人不懂耶？且某君但虑白话的文代变，恐防后人不懂；然则某君所指为文言的，如《尧典》中之"于变时雍""庶绩咸熙"，《法言》中之"蠢迪检柙"，《阙史》中之"虬户"，"铣溪"，难道后人不通训诂故事就能懂吗？某君必以为"此是古人的书，自或不懂"；然今人中如章太炎先生刘申叔先生的文皆是文言的，某君以为不通训诂能全懂吗？可见性质古了，无论语言或文字，皆不能懂的。然而普通的人，对于《尧典》《法言》《阙史》等书，章太炎刘申叔诸先生的文，皆不能懂，是不妨的；至于文学专家，若不懂以上所举的文章，则对于文学上且慢开口，因为他的学问尚未到此地位。能懂以上所举的文章，然后配讲白话文学的短长。

不能辨别作家与作品的不同，中国守旧派与外国守旧派皆有此病。现代的作品，务使现代人皆能读之，如戏曲小说等是。现代的作家，不能使现代人皆能为之；盖作家必须通科学哲学，然后能作文学的作品。某君谓"口语所用之字句多写实，文学所用之字句多抽象（这两句讲不通，我不值得驳）。执一英国农夫，询以 Perception, Conception, consciunsness, freedom of will, reflection, stimulation, trance, meditation, suggestion 等名词，彼固无从而知之，即敷陈其义，亦不易领会也。"科学哲学上的名词，文学专家自当深通其义，此乃作家的学问。农夫只要能读文学作品，如小说戏曲等。外国现代的小说戏曲，岂专以科学上哲学上的抽象名词敷衍满纸吗？若农夫必须懂了 Perception 名词，然后读小说戏曲，难道农夫必须自通几何学，矿学机械学等，然后用新式的耕田机器吗？

我本来要说白话的文的价值，因为人家反对白话的文所以费了许多说话，未曾讲到本题。今要讲到本题，尚须分两层讲：一是白话的文功用上的价值；二是白话的文本质上的价值。

一、白话的文功用上的价值分为三条：

（一）我常常听见学生们说："中国文有三难：一、难读；二、难解；三、难作；所以学了十几年文章，字句尚不通顺。"此指普通文言的文说。我以为作文如制器,有学了一二十年才能成功的,有学了五六年即能成功的,其结果利益相等,人必求其速的而舍其缓的。作文亦然,学文言的文,须一二十年成功;学白话的文,四五年即能成功,其余十数年,可腾出来专学各项科学及哲学。所以同是用了一二十年功,其结果,学白话的文的知识,超出于学文言的文的数十百倍。(文言的文、难读难解,白话的文,易读易解。两种利弊的比较,于《北京大学月刊》第一期《文学论》中详言之,此不再说了。)

(二)作文言的文,文章虽做得甚巧,往往有拙于语言,不能应对的。然言语的功用,有较胜于文章的时候。若作白话的文,不必用功于作文,只要用功于说话,演说谈讲,随时随地可以为练习文章之用;所以有了思想,口可以达的,笔亦可以达的,说话与作文为一件事的两面,一举而有两利。学文言的文,不注重思想,粗疏简陋;所以他们的一生,作文固多不通,说话也更多不通了。

(三)作白话的文,照他的口气写出来,句句是真话,确肖其为人;写外国人的说话,亦宛然是一个中国辞章之士。中国文人多说假话,多装点门面语,文章是全然靠不住的;所以文学之士,人家看起来,与倡优一样。作白话的文不能装点,比较起来,是真一点。文章譬如美人:白话的文是不装点的真美人,自然秀美;文言的文是装点的假美人,全无生气。

二、白话的文本质上的价值分为二条:

(一)白话的文本质,与文言的文本质有广狭之不同。文言的文,无论骈文散文,皆以典雅为宗;世俗的语与外来的语,不典不雅,皆不许用于文章。桐城派的文人,往往骂苏轼、钱谦益辈用"释典"语,则今世一切科学哲学的新语,皆在排斥之列。骈文的选词,虽无桐城派之严,然必须用丽典雅词,一切语言亦无从阑入。总之所谓典雅者,非古人已用的,断不敢用入文章;"刘郎不敢题'糕'字"即为此二派的代表。不知人事一日进化一日,思想一日复杂一日,若使新语不许用入文章,则思想既为古人所蔽,一切新事业就被他无形消灭,阻碍进化,其力甚大。所以举国皆用"夏正"则民国已无形取消;举国皆崇古学,则新学亦无从输入。日本维新四十年,已与欧美并驾齐驱,而吾国社会依然如故,皆因用旧日文言束缚的缘故。若打破古例,输入外来的新语,则文学的思想界,正如辟了数国的新疆土,又添了数国文学上的新朋友,岂不有趣？然此事，或谓"用浅近文言的文，亦可做得到，只要不做旧式的骈文散文罢了。"不知一代的文学，总须表现一代社会的现象。文言的文，只能伪饰贵族文人；至于社会全体的真相，非白话俗语，不能传神毕肖。社会全体的真相不明，则文学家虽欲指陈他的利弊，亦无从开口。所以白话的文的领土，既能容纳一国的全社会，又能容纳外国的各社会，运用自在，活泼泼地；文言的文，既以古为质，范围又狭，与现代社会现代人生不相应，虽有文学而实无用，竟与死一样。

（二）文学之对于人生，与食物同。食物的良否，视消化的难易与滋养料的多少而定。文言的文与白话的文，滋养的多少，皆非一定。文言的文，滋养有多的，亦有少的。白话的文亦然；现在由科学哲学的见地所成之白话的文，滋养料的丰富，固无可比；若宋元明清的白话语录，小说，戏曲，及现今无学识的白话文，滋养料亦不多的。所以从滋养料上讲，白话的文与文言的文差不多。惟讲到消化，白话的本质，仿佛就是粥，饭，面包，牛乳，鸡子。文言的文，消化的容易，远不及白话的文了。一种食物既然不易消化，就有两种毛病，其一，食了未曾溶解，即排泄而出，虽有滋养料，亦不能提出补益身体，其结果，必成为贫血病，精神日渐萎顿，不堪作事，渐致不能支持身体。文言的文即有此弊，作的人愈经锻炼，读的人愈难溶解，囫囵吞咽，消化力自不健全；所以虽有好文学，亦无补于人生，反使社会毫无活力。其二，食了不易溶解，且有积滞于胸而不化的，百病从此而生，寿命亦自然短促。文言的文以古为质，读的人往往食古不化，作的人又必想尽种种方法，比喻他的句调，叫做什么"掷地作金声"，"精金百炼"……无非叫人读了凝积于胸，不易消去，致使社会上弊病百出。有人要做裨补滋养社会的事业反而生出许多阻力。可见消化容易，为食物第一急要条件。文学中，白话的文之胜于文言的文，其最大的要义，即在此。世有反对白话新文学者，难道是不要吃粥，饭，面包，牛乳，鸡子，而要吃陈古千年钢铁样硬的糯米糕子和糠粃团子吗？就是白话的文不见得尽是粥，饭，面包，牛乳，鸡子那样的滋养料，也还可以说是新鲜的糠粃团子，食了纵少补益，也远无害于身体，若陈古千年钢铁样的糠粃团子，不但无益而且有害！

（载 1919 年 4 月 15 日《新青年》第 6 卷第 4 号）

中国文学改良论

胡先骕

自陈独秀、胡适之创中国文学革命之说，而盲从者风靡一时，在陈、胡所言，固不无精到可采之处，然过于偏激，遂不免因噎废食之讥，而盲从者方为彼等外国毕业及哲学博士等头衔所震，遂以为所言者，在在合理，而视中国大学，果皆陈腐卑下不足取，而不惜尽情推翻之。殊不知彼等立言，大有所蔽也。彼故作堆砌难涩之文者，固以艰深以文其浅陋。而此等文学革命家，则以浅陋以文其浅陋，均一失也。而前者尚有先哲之规模，非后者毫无大学之价值者，所可比焉。某不佞，亦曾留学外国，寝馈于英国文学，略知世界文学之源流，素怀改良文学之志，且与胡适之君之意见多所符合，独不敢为卤莽减裂之举，而以白话推倒文言耳。今试平心静气，以论文学之改良，读者或不以其头脑为陈腐，而不足以语此乎。

文学自文学，文字自文字，文字仅取其达意，文学则必达意之外，有结构，有照应，有点缀。而字句之间，有修饰，有锻炼。凡曾习修辞学作文者，咸能言之，非谓信笔所之，信口所说，便足称文学也。故文学与文字，迥然有别，今之言文学革命者，徒知趋于便易，乃昧于此理矣。

或谓欧西各国，言文合一，故学文字甚易，而教育发达。我国文言分离，故学问之道苦，而教育亦受其障碍，而不能普及，实则近来文学之日衰，教育之日蔽，皆司教育之职者之过，而非文字有以致也。且言文合一，谬说也。欧西言文何尝合一，其他无论矣。即以戏曲论，夫戏曲冰取于通俗也。何莎士比亚之戏曲，所用之字至万余，岂英人日用口语须用如此之多之字乎，小说亦本以白话为本者也，今试读 Charlotte Bronte 之著作，则见其所用典雅之字极多。其他若 Dr. Johnson 之喜用奇字者，更无论矣，且历史家如 Macaulay, Prescoit Green 等，科学家如达尔文、赫胥黎、斯宾塞尔等，莫不用极雅训极生动之笔，以记载一代之历史，或叙述辩论其学理，而令百世之下，犹以其文为规范。此又何耶？夫口语所用之字句多写实，文学所用之字句多抽象，执一英国农夫询以 Perception conception, consciousness, freedom of will, reflection, stimulation, trance, Meditation, suggestion 等名词，彼固无从而知之，即敷陈其义，亦不易领会也。且用白话以叙说高深之理想，最难剀切简明，今试用白话而译 Bergson 之创制天演论，必致不能达意而后已。若欲掺入抽象之名词，曲雅之字句，则又不以纯粹之白话矣。又何必不用简易之文言，而必以驳杂不纯口语代之乎？

　　且古人之为文，固不务求艰深也。故孔子曰，辞达而已矣。今试以《左传》《礼记》《国语》《国策》《论》《孟》《史》《汉》观之，除少数艰涩之句外，莫不言从字顺，非若《书》之盘庚大诰，诗之雅颂可比也，至韩欧以还之作者，尤以奇僻为戒，且有因此而流入枯槁之病者矣。此等文学，苟施以相当之教育，犹谓十四五龄之中学生不能领解其义，吾不之信也。进而观近人之著，如梁任公之《意大利建国三杰传》《噶苏士传》何等简明显豁，而亦不失文学之精神。下至金圣叹之批《水浒》，动辄洋洋万言，莫不痛快淋漓纤悉必达，读之者几于心目十行而下，宁有艰涩之感。又何必白话之始能达意，始能明了乎？凡此皆中学学生能读能作之文体，非乾凿度《穆天子传》之比也。若以此为犹难，犹欲以白话代之，则无宁划除文字，纯用语言之为愈耳。

　　更进而论美术之韵文。韵文者，以有声韵之辞句，传以清逸隽秀之词藻，以感人美术，道德，宗教之感想者也。故其功用不专在达意，而必有文采焉，而必能表情焉、写景焉。再上，则以能造境为归宿。弥尔敦但丁之独绝一世者，岂不以其魄力之伟大，非常人所能摹拟耶。我国陶谢李杜过人者，岂不以心境冲淡，奇气恣横，笔力雄沉，非后人所能望其肩背耶。不务于此，而以为白话作诗始能写实，能述意，初不知白话之适用与否为一事，诗之为诗与否又一事也。且诗家必不能尽用白话，征诸中外皆然，彼震于外国毕业而用白话为诗者，曷亦观英人之诗乎？Wordsworth, Browning, Byron, Tennyson 此英人近代最著名之诗家也。如 Wordsworth 之《重至汀潭寺》，Tintern Abbey 诗理想极高洁而冲和，岂近日白话诗家所能作者。即其所用之字如 Seclusion, Sportive, Vagrant, Tranquil, Tririol Aspect, Sublime, serene, corporceal,

Perplexity，Recompense，Grating，Interfused，Behold，Ecstasy 等，岂有话中常见之诗乎？其他若 Byron 之 The Prisoner of chillon，Tennyson 之 Enone，Longfellors 之 Evangeline 皆雅词正音也。至 Browning 之 Rabbi Ben Ezra 则尤为理想高超之作，非素习文学者不能穷其精蕴，岂元白之诗，爨妪皆解之比耶。其真以白话为诗者，如 Robert Burns 之歌谣《新青年》所载 Lady A.Lindsay 之 Auld Robin Gray 等诗是，然一诗中之一体耳。更观中国之诗，如杜工部之《兵车行》，《赠卫八处士》，《哀江头》，《哀王孙》，《石壕吏》，《垂老别》，《无家别》，《梦李白》诸古体，及律诗中之《月夜》，《月夜忆舍弟》，《阁夜》，《秋兴诸将》，诸诗皆情文兼至之作，其他唐宋名家指不胜屈，岂皆不能言情达意，而必俟今日之白话诗乎。如刘半农之相隔一层纸一诗，何如杜工部之"朱门酒肉臭，路有冻死骨"，十字之写得尽致。至如沈尹默之月夜诗"霜风呼呼的吹着，月光明明的照着，我和一株顶高的树并排立着，却没有靠着，"与其鸽子宰羊之诗，直毫无诗意存于其间，真可覆瓿矣。试观阮大铖之《村夜》"坐听柴扉响，村童夜汲还，为言溪上月，已照门前山，暮气千峰领，清宵独树间，徘徊空影下，襟露已斑斑。"其造境之高，岂可方物乎。即小诗如"小娃撑小艇，偷采白莲回，不解藏踪迹，浮萍一道开。"亦较沈氏之月夜有情致也。不此之辨，徒以白话为贵，又何必作诗乎。不特诗尚典雅，即词曲亦莫不然，故柳屯田之"愿你你兰心蕙性"之句，终为白圭之玷。比之周清真之"如今向渔村水驿，夜如岁，焚香独自语。"同一言情，而有仙凡之别。然周之"许多烦恼，只为当时一晌留情"之句，犹为通人所诟病焉。至如曲则《牡丹亭》，原来姹紫嫣红开遍一折，亦必用姹紫嫣红，断井颓垣，良辰美景，赏心乐事，雨丝风片，烟波画船，锦屏人韶光，诸雅词以点缀之，不闻其非俗语而避之也。且无论何人，必不能以俗语填词，而胜于汤玉茗此折之绝唱，则可断言之矣。

以上所陈，为白话不能全代文言之证，即或能代之，然古语有云，利不十，不变法。即如今日之世界语，虽极便利，然欲以之完全替代各国语言文字，则必不可能之事也。且语言若与文字合而为一，则语言变而文字亦随之而变。故英之 Chancer 去今不过五百余年，Spencer 去今不过四百余年，以英国文字为谐声文字之故，二氏之诗已如我国商周之文之难读，而我国则周秦之书尚不如是，岂不以文字不变始克臻此乎。向使以白话为文，随时变迁，宋元之文，已不可读，况秦汉魏晋乎。此正中国言文分离之优点，乃论者以之为劣，岂不谬哉。且《盘庚大诰》之所以难于《尧典》《舜典》者，即以前者为殷人之白话，而后者乃史官文言之记述也。故宋元语录与元人戏曲，其为白话大异于今，多不可解。然宋元人之文章则与今日无别。论者乃恶其便利，而欲故增其困难乎。抑，宋元以上之学已可完全抛弃而不足惜，则文学已无流传于后世之价值，而古代之书籍可完全焚毁矣。斯又何解于西人之保存彼国之书籍耶。且 Chancer, Spencer, 即近至莎士比亚、弥尔敦之诗文，已有异于今日之英文。而乔斯二氏之文，已非别求训诂，即不能读，何英美中学，尚以诸氏之诗文，教其学子，而不限于专门学者始研究之乎。盖人之异于物者，以其有思想之历史，而前人之著作，即后人之遗产也。若尽弃遗产，以图赤手创业，不亦难乎。某亦非不知文学须有创造能力，而非陈陈相因，即尽其能事者。然亦非既能创造，则昔人之所创造，便可唾弃之也。故瓦特创造汽机，后人必就瓦特所创造者而改良之，始能成今日优美之成绩。而今日之汽机，无一非脱胎于瓦特汽机者，故创造与脱胎相因而成者也。吾人所称为模仿而非脱胎，陈栋相因，是谓模仿，去陈出新，是谓脱胎，故史汉创造而非模仿者也。然必脱胎于周秦之文，俪文创造而非模仿者也，亦必脱胎于周秦之文。韩柳创造而革俪文之弊者也，亦必脱胎于周秦之文。他若五言七言古诗，五律七律乐府，歌谣词曲，何者非创造，亦何者非脱胎者乎。故欲创造新文学，必浸淫于古籍，尽得其精华，而遗其糟粕，乃能应时势之所趋，而创造一时之新文学。如厮始可望其成功。故俄国之文学，其始脱胎于英法，而今远驾其上，即善用其古产，而能发扬张大之耳。否则，盲行于具茨之野，即令或达，已费无限之气力矣。故居今日而言创造新文学，必以古文学为根基而发扬光大之，则前途当未可限量，否则徒自苦耳。

（《南京高等师范日刊》）

（收入《中国新文学大系·文学论争集》，上海良友图书印刷公司 1935 年 10 月 15 日初版，第 103 页至第 107 页）

驳胡先骕君的中国文学改良论

罗家伦

解答几种对于白话文学的疑难

近来有一班"烧料国粹家"拍手称快说道:"好了!好了!提倡中国文学革命的学说倒了!因为近来出了一位'学贯中西'的胡先骕先生做了一篇《中国文学改良论》,把他们这班倡文学革命的人骂得反舌无声,再也不能申辩。这班倡文学革命的人,无非懂得几句西文,所以总拿西文来吓我们。我们因为自己不懂,所以回答他们不来,只好拿出"国粹"的名词来勉励一班青年,不受他们鼓动。现在哪料出了一位胡先生,也是"寝馈英国文学的",把他们的黑幕,一律揭穿,痛快!痛快!"以上这番话都是我亲自在北京听得的。我听得之后,心里想文学革命的学说发动以来,还没听得"学贯中西"的有力反对论。若是反对得有道理,可以指正我们的错误,那我们真是受益多多。于是去找了一本《东方杂志》转载的《文学改良论》来一看;初看第一段说"某不佞,亦曾留学外国,寝馈于英国文学,略知世界文学之源流"。我不禁为之狂喜,以为胡君既有如此工夫,必有极精彩的话来见教,巴不得立刻读完这篇大作都是好的。哪知道愈读愈失望,读完之后,竟不想作答。不过因为胡君的大作里也引了许多西文的字,我恐怕偶有不懂西洋文学的人,见了另生一种误会,所以不能不按条列出,稍说几句,以明真象。但是我即不曾"留学外国",又没有用过"寝馈于英国文学"的工夫,见不到的地方,还要请胡君同读者指教才是。

(A)自陈独秀胡适之创中国文学革命之说,而盲从者风靡一时……而盲从者方为彼等外国毕业及哲学博士等头衔所

> 震……某不佞，亦曾留学外国，寝馈于英国文学，略知世界
> 文学之源流……今试平心静气以论文学之改良，读者或不以
> 其头脑为陈腐而不足以语此乎。

此段泛无可驳。但是我想问胡君现在提倡文学革命的人，几时拿了"外国毕业""哲学博士"的头衔来恐吓大众呢？胡君千烘万托只是在"某亦曾留学外国寝馈于英国文学"数语，所以大众对胡君的议论是很注重的。还有"不以头脑为陈腐"数字，也颇足动人。

> （B）文学自文学，文字自文字。文字仅取达意，文学则
> 必于达意而外，有结构，有照应，有点缀，而字句之间，有
> 修饰，有锻炼，凡曾习修词学作文学者咸能言之。非谓信笔
> 所之，信口所说，便足称文学也。今之言文学革命者，徒知
> 趋于便易，乃昧于此理矣。

文学 Literature 同文字 Language 的分别，我们谈文学革命的学问虽浅，但是不等胡君指示，已经早知道了。现在胡君这段的意思可分两层说：第一，所谓文学，果如胡君所说只须"有结构，有照应，有点缀；字句之间，有修养，有锻炼"就完了事吗？文学同文字的分别，就是这一点吗？还是另外更有伟大的作用同重要的分别吗？请问胡君，文学是为何而有的？是为"结构""照应""点缀"而有的呢，还是为人生的表现和批评而有的呢？文学里面有什么特质？是否"艺术"而外，还有"最好的思想""感情""想象""体性"（style 字，昔译作"体裁"，今译作"体性"似较妥当。）"普遍"等等特质？仅有艺术，尚且不成其为文学，况且"结构""照应""点缀"还不过是艺术中的一小部分吗？至于持字句的修饰，锻炼，来论文学的体用，那更远了！胡君乃以修词学和作文学来骄人，不知 Composition and Rhetoric 一样功课原不过是外国中学里一样初学作文的规律，所讲的不过是艺术的一小部分，上海一带的中学校早有这样功课了！今有读过两本修词学作文学的人来谈文学，我想胡君也当嗤之以鼻。胡君既然对于文学的体用和特质不曾明了，请将我集各家学说而定的文学界说写下来，以备参考——

文学是人生的表现和批评，从最好的思想里写下来的，有想象，有

感情,有体性,有合于艺术的组织;集此众长,能使人类普遍心理,都觉得他是极明了,极有趣的东西。(此处所谓有趣,系指一切美学上的兴趣而言。)

以上这条界说的解释很长,详见我那篇《什么是文学?》。中国人论事做事,只从枝叶上着想,永不从这件事的体用上着想,所以愈论愈远,愈做愈不中用。几千年的所谓文学家,只是摇头摆膝的"推敲""藻饰",哪知道"推敲"还是"推敲","藻饰"还是"藻饰",文学的体用却还是文学的体用!我那里的乡下人说"茅厕板上雕花",正是这个道理!我们倡文学革命的,就是要推翻这些积弊,从根本上还出一个究竟来。胡君若是明白这个道理,请更进化论第二层。第二,白话就不可以表现批评人生传布最好的思想吗? 更不能有加之艺术,只如胡君所谓"信笔所之,信口所说"吗? 论到上一问题,我以为白话文是最能有想象,感情,体性,以表现和批评人生的,最能传布最好的思想而无阻碍的。何以故呢? 因为我们人生日日所用的都是白话,我们日日所流露的所发生的种种感情,都是先从日用的白话里表现出来的。所以用白话来做文学,格外亲切,格外可以表现得出,批评得真。文言做的文学,无论写什么人,或为大总统,或为叫化子,都是一样的腔调,一个模形;而白话做的文学,则一字一字之间;都可以写得入微。写大总统说话的口吻,决不会变叫化子;叫化子不同大总统一样,口里文诌诌的。其余无论写什么人,什么事,什么情,什么境,都可运用自由,不生阻碍,并且可以为各人各事保存他们的个性。《红楼梦》里宝钗的生活言动,决不是黛玉的生活言动;《水浒》里的武松打虎,决不是李逵打虎。论到这个问题,胡适之先生的《建设的文学革命论》有一段很痛快的文章,可以写出来再给大家看看——

为什么死文字不能产生活文学呢? 这都由于文学的性质。一切语言文字的作用,在于达意表情;达意达得妙,表情表得好,便是文学。那些用死文言的人,有了意思,却须把这意思翻成几千年前的典故;有了感情,却须把这感情译为几千年前的文言。明明是客子思家,他们须说"王粲登楼","仲宣作赋";明明是送别,他们却须说"阳关三叠"、"一曲渭城";明明是贺陈宝琛七十岁生日,他们却要说是贺伊尹,周公传说。

更可笑的：明明是乡下老太婆说话，他们却要叫他打起唐宋八家的古文腔儿，明明是极下流的妓女说话，他们却要他打起胡天游洪亮吉的骈文调子！……请问这样做文章如何能达意表情呢？既不能达意，既不能表情，哪里还有文学呢？即如那《儒林外史》里的王冕，是一个有感情，有血气，能生动，能谈笑的活人。这都是做书的人能用活言语活文字来描写他的生活神情。那宋濂集子里的王冕，便成了一个没有生气，不能动人的死人。为什么呢？因为宋濂用了二千年前死文字来写二千年后的活人；所以不能不把这个活人变作二千年前的木偶，才可合那古文家法。古文家法合是合了，那王冕是真"作古"了！

因此我说，"死文言决不能产生活文学"。中国若想有活文学，必须用白话，必须用国语，必须做国语的文学。

胡君若是能把狄更司的 David Copperfield 同林琴南所述的《块肉余生述》一对照便更要明白了。至于论表白各种思想，白话更是容易明白。请问胡君得到一个新思想的时候，还是先有白话的意思呢？还是先有文言的意思呢？我想无论什么人都不敢说他一有思想，就成文言。若是先有白话的意思，则表白的时候，自己翻成文言，令读者了解的时候，又翻成白话，无论几次翻过，真意全失，就是对于时间同精力也太不经济了。总之，文学的生命，是附于人生的：文学的用处是切于人生的。人生变，故文学不能不变。胡君若是明白这个道理，请更与胡君继续讨论这一层的下一个问题，就是白话文里是否要艺术而且可以应用艺术。白话文既然是要表现批评人生，抒情达意，自然是要艺术的，这话似乎不发生问题。白话文学里究竟能否应用艺术，只要对于文学有点根本观念，而且知道一点世界文学的，也决不会起这种无意识的疑问。但是胡君以为白话文学为"信笔所之，信口所说"，则我不能够不稍微说几句，胡君读过近代世界上的大文学家如易卜生 Ibsen 萧伯讷 Shaw 托尔斯泰 Tolstoi 屠根里夫 Turgenev 的著作吗？胡君能不承认他们是白话文学吗？胡君也读过中国的《红楼梦》《水浒》吗？胡君能不承认他们是白话文学吗？这些白话文学是"信笔所之，信口所说"的吗？是人人都能做的吗？论起艺术来，白话文学的艺术，比文言文学的艺术难多了！我前次有几句论白话文学艺术的话，也可录下来请大家参观，白话文学的艺术是难是易，当然就可以明白：

……但是按照美学的道理，艺术只能辅助天然的美使他愈增其美，决不能以天然的美来强就他的艺术，以天然的美来强就艺术，那就是矫揉的，僵死的。矫揉的，僵死的，就不成其为美。西施的美，决不在擦粉；约翰逊的夫人，再擦粉也不好看。所以希腊人主张画裸体美人，我们主张做白话文学，都是这个道理。若是从极细微的曲线里，能够表出自然的美来，才真合乎美学的原理，才是真正的艺术呢！

总之，近代心理学美学大发达，几乎各种科学都受他们的影响，世界新文学的创造，也是以他们作根据的。今舍此而不问不知，徒以文言的空架儿来论文学，那就真难说了！

（C）或谓欧西言文合一，故文学甚易，而教育发达，我国言文分离，故学问之道苦，而教育亦受其障，而不能普及。……且言文合一，谬说也。欧西文言，何尝合一，其他无论矣。即以戏曲论，夫戏曲本取通俗也，何莎士比亚之戏曲，所用之字，多至万余，岂英人日用口语，须用如此之多之字乎？小说亦本以白话为本者也。今试读 Charlotte Bronte 之著作，则见其所用典雅之字极伙。其他若 Dr. Johnson 之喜用奇字，更无论矣。且历史家如 Macaulay，Prescott，Green 等，科学家如达尔文、赫胥黎、斯宾塞尔等，莫不用极雅驯生动之笔，以记载一代之历史，或叙述辩论其学理，而令百世之下，犹以其文为规范，此又何耶！夫口语所用之字句，多写实，文学所用之字句，多抽象。执一英国农夫，询以 Perception，conception，consciousness，freedom of will，reflection，Stimulation，trance，meditation，suggestion 等名词，彼固无从知之，即敷陈其义，亦不易领会也。且用白话以叙说高深之理想，最离剀切简明。全试用白话以译 Bergson 之创制《天演论》，必致不能达意而后已。若欲参入抽象之名词，典雅之字句，则又不为纯粹之白话矣。又何必不用简单之文言，而必以驳杂不纯口语代之乎？

这般话最足以淆人听闻，所以我们不能不以极分析的眼光去看他。总看全段的大意，胡君对于我们所主张的白话文学所施的攻击，无一中肯，因为他有两种误解：

（一）他以为我们主张言文合一；
（二）他对于白话的意义不明了。

请先言第一层。主张文学革命最集中的学说，首推胡适之先生的《建设的文学革命论》。胡先生这篇文章的主张，只有"国语的文学，文学的国语"十个大字。乃是说文学是要用国语来做的，才会成真文学；国语有了文学的性质以后才是真国语，并没有说"国语就是文学，文学就是国语"。今胡君以为我们主张文言合一，就是把"的"改成"就是"，来同我们辩论，真有洪宪时代上海侦探的本事了。文学的界说与语言的界说不同，所以文言合一的话是我们不承认的。这篇文章还在，请胡君看清楚了再说。现今进一步与胡君论各国文学，是否以语言为根据？谈到这个问题，我要先问胡君，人类还是先有语言呢，还是先有文学呢？若是胡君承认先有语言，则胡君不能不承认文学必以语言为根据。所以世界上的语言不见得就是文学，而世界上的好文学没有不是用当时语言做的。英文创造者 Chaucer Wycliff 所做文学，就是当年英国中部的语言；意文创造者 Dante，Boccacio 所做的文学，就是当年意大利国内 Tuscany 地方语言。其余若法若德也都是一样。后来时代进化，文学随语言而变更，语言亦随文学而进化，虽然也有"外国桐城派"，主张古典文言，但是近代哪个真文学家不是以语言为根据的？即如胡君所举如马可黎 Macaulay 达尔文 Darwin 等人的著作，诚然不是"信笔所之，信口所说"的语言，但是请问胡君是否能否认他是以语言为根据的白话文学？胡君难道以为那是古典文学吗？ Charlotte Bronte 的小说，与近代写实文学，有点影响。即他最著名的 Jane Eyre 一书，何曾不是白话？胡君以为他们用了典雅的字，就不成为白话，请问胡君，白话是否专以"引车卖浆"者的语言为限吗？再进一步说；我想请问胡君，什么叫做"典雅"？哪类字是典雅、哪类字是不典雅的，请胡君为我明白分析出来。在文学里的字句，只有适当不适当，没有典雅不典雅。胡君请你仔细想一想看！至于胡君引到 Dr. Johnson 好用奇字的事以助其说，不知 Dr. Johnson 的著名,纯粹因为他是创造大字典的始祖。至于论到他的著作,就是方才胡君自己所引的马可黎先生,也不免送他一个"虚炫的著作家"Pompous Writer 的徽号。他的著作也有很多,如 Vanity of Human Wishes, The ldler, Rassel 等,除了几个研究古代文学的人而外,还有谁看呢?这也可以为用死文言来做文学的大戒了!若是论到莎士比亚的戏曲用到一万多字,就不是白话,这样的谬见,就同方才论 Bronte 的话一样。英文有字三十六万,一人一生描写各方面的著作只用一万二千字,原不算多。莎士比亚的戏曲虽然注重 Metre Rhythm 但是如 Hamlet, Merchant of Venice 里的种种会话,何曾不是当时的白话?胡君知道莎士比亚是种什么著作家吗?他的戏曲所写的什么人吗?他自己是一个贵族的著作家,他所写的人不外君,后,太子,贵族,豪商,佳人,才子,等等,如何胡君拿他们所用的话来同平民日用起居的话来比呢?胡君既然"寝馈英国文学",似乎不可忽略这点!退一步而论,就算莎土比亚的戏曲正如胡君所说的一样,但是现在莎士比亚在欧洲文学界的声势,还可以同从前情形作比吗?他生平最著名的剧本 King lear 为 Dr. Johnson, Hazlitt, Shelley 佩服得五体投地的,现在把托尔斯泰批评得一文不值。他本国的大文学家 Bernard Shaw 也同时在 The Lrrational Knot 一书的序上,把他攻击得身无完肤,列在第二流里。欧洲近代文学里进取的精神,绝非中国崇拜千百年前班马扬刘韩苏欧曾种种偶像的思想所可比拟。可怜我们中国人读了许久的西洋书,谈起戏曲来还只知道莎士比亚,谈起诗来还只知道弥尔敦。这也就真算传到他大先生的"衣钵"了,我想若是一读近代戏剧大家 Ibsen, Shaw, Galsworthy, Wilde 的戏剧,更可以恍然大悟白话的妙用!总之胡君把我们做白话文学的主张,误为文言合一,又把欧洲文学,误会了许多地方,所以我不能不详细辩正;但是我辩正的话,不免涉及第二问题,真是无法的事。今请积极讨论第二问题罢!

现在说到第二层,就是说胡君对于白话的意义,没有明了。现在国内对于白话文学,误会的很多,不只胡君,大约可以分为两种意见:

(1)白话文学只是"引车卖浆"的话,所以不屑道;

(2)白话文学虽为"引车卖浆"的话,但是为"通俗教育"起见,不妨一道。

上一种反对的论调，固可以说是不明白话文学的意义，就是下一种赞成的论调，也是不明白话文学的意义，足为白话文学进行的障碍，今请把白话文学的"白话"二字解释一番。"白话"二字虽然现在还没有专文论述，但是据胡适之先生所发表而为我们一班倡文学革命的人所承认的有三条：

（1）白话的"白"，是"说白"的"白"；
（2）白话的"白"，是"黑白"的"白"；
（3）白话的"白"，是"清白"的"白"；

照第一条看起来，白话既是说白，自必以语言为根据。须知"引车卖浆"的有说白，"文人学士"也有说白。"引车卖浆"者的说白可以入文学，"文人学士"的说白也何尝不可以入文学。只看文学家用的时候各得其当好了。胡君若是一读 Galsworthy 的 Strike 一书，再读 Wilde 的 Ideal Husband 一书，再一比较，大约不会发生这个误会。按照第二条则白话的本质必须洁白，本质洁白，然后有艺术种种可言。所以白话文学，决不是旧套的文言的质地，把几个"之乎者也"换成几个"的呢呵吗"就可以冒充的。再考察第三条则无论做白话如何用艺术，总须清清白白地说过去。本质清白的字句，只要不是典故而能使本文愈增清白的，自然能用；但是决不能堆叠晦涩令人不懂，因为人的审美了解种种天性都是一触即来；文学家决不能转弯摸角，令其销磨于无用之地。统观以上的条件，则以白话文学来表现批评人生，传布各种思想，真可以无微不到；以艺术而论，亦非第一流的艺术家莫办。胡君乃反谓其不能讲学理，我真百索不解。这个道理我在驳胡君第二段的话里已说明了，不劳费辞。但是我还要问胡君对于宋明各儒家的语录，曾经看过吗？他们何以要用白话来讲学呢？（人说白话比文言繁多。我说：诚然，现在的白话似乎比文言繁多；但是白话有比文言繁的地方，也有比文言简的地方。试看宋明人的语录里，就有许多道理为一大片文言说不尽，而为几句白话表过的。至于西洋赫胥黎等的白话文，更是精密万分了，只要有人做，白话文的进步一定无限）。胡君又拿了许多心理学的名词如 Perception 知觉，Conception 概念，Conseiousness 意识，Freedom of Will 意志自由，Reflection 反想，Stimulation 兴奋，Trance 出神，

Meditation 凝想，Suggestion 暗示等，来攻白话文不能说理。不知"名词"是一事，"白话"又是一事。白话里仅可以有专门名词用在适当的地方，有专门名词并不害其为白话，却不是没有专门名词就不成其为白话。所以 Bergson 的 Creative Evolution 仅管有种种名词，仅管还是白话。譬如胡君现在南京高等师范教书，请问胡君在讲台上说的，是文言呢？是白话呢？若是胡君承认说的是白话，请问白话之中，有否名词呢？胡君引心理学的名词来攻击白话文，已经是大大的误解；还要想拿了这些名词去问农夫。哼！胡君！什么是心理学？总观以上的话，用白话文学不但可以表现批评人生，施用艺术，而且可以讲明一切的学理。白话文学自有白话文学本身的价值，巨大的作用，决不是仅为"通俗教育"而设的。教育普及乃是国语的文学成立后一部分当然的效果。我们做白话文学，是要去做"人的文学"，作人类知识全部分的解放，断不为了他们的所谓"通俗教育"才来如此。请大家不要把范围和因果误会！因为胡君只知道戏曲取"通俗"，所以我推论及此。现在正意思已经驳完，胡君的话，还有费解的地方，就是说；"口语所用之字多写实，文学所用之字多抽象。"请问胡君"写实""抽象"两个名词如何解法？若是说人人口语所说的字多半是"吃饭""喝茶""桌子""板凳"一类的字，而文学所用的都是"玄黄""苍冥""死生""大化"一类的字，则决无这个道理，我想胡君也决不会作如此想。若是胡君拿文学里眼光来看他，则我只知道文学里的写实主义，只问所写的是实有其情，实有其事，实有其境，没有不知道所用的字里，还有什么'写实'"抽象"的分别。胡君若是要用这个名词，请将近代"写实主义"Realism 一派详细研究过后，再来使用。

（D）且古人之为文，固不务求艰深也。故孔子曰，"辞达而已矣"，今试以《左传》《礼记》《国语》《国策论》《孟史汉》观之，除少数艰涩之句外，莫不言从字顺，非若《书》之《盘庚》《大诰》，《诗》之《雅》《颂》可比也，至韩欧以还之僻奇为戒，且有因此而注入枯槁之病者矣。此等文学苟施以相当之教育，犹谓十四五龄之中学生，不能领解其义，吾不之信也。进而观近人之著，如梁任公之《意大利建国二杰传》《噶苏士传)，何等简明显豁，而亦不失文学之精神，下至金圣叹之批《水浒》动辄洋洋万言，莫不痛快淋漓，织纤悉必达，读者几于心目十行而下，宁有艰涩之感，又何必白话之始能达意，始能明了乎？凡此皆中学生能读能作之文体，非乾凿度《穆天子传》之比也，若以此为犹难，犹欲以白话代之，则无宁划除文字，纯用语言之为愈耳。

这段话的最初胡君引孔子"辞达而已矣"的话来做他的文学界说，却自己把"文学"同"文字"浑而为一谈了。（此处之"辞"字，原作"文字"Language 解，语详《什么是文学？》一篇中）。这话姑且不提。今试分析胡君这篇的大意，约有两层：

（1）大家应当做韩欧以还八大家及桐城派的文章；
（2）此而不得，则亦当做《新民丛报》一派的文章，但是决不可以做白话。

胡君这两层意思，都是以为我们用白话文的目的，不过避难就易，同方才他说白话文学只为通俗而设的话差不多。不知白话文学自有本身的价值，巨大的作用，已如我前文所说，今胡君既提出这两条意见来，则我岂敢惮烦。今且就这两条意见而论：第一，文学最重要的体用，既是表现批评人生和传布最好的思想，今就前项而论，则韩欧八家，以及桐城派的不足以充分表现批评人生，已于那篇《建设的文学革命论》说得清清楚楚，就后项而论则古文不能说理，非用白话不可，已有宋明诸儒的语录为证；而且曾国藩也说"古文无所往而不宜，惟不宜于说理"，曾氏的确"寝馈"于古文多少年，也算百余年来古文里杰出的人物，还说这句话，今胡君若是以为古文说理也宜，那胡君的古文程度，想必比曾氏还深了！至于说不用奇僻的字，就把文学"流于枯槁之病"的话，则更是奇闻。文学的枯槁不枯槁，首当问实质的多不多，不在乎奇僻字的少不少。古文只顾外形，言之无物，自然枯槁了，与他事何涉。第二，《新民丛报》一类的文字所以不及白话文的地方，有最大两种：（一）不以语言为根据，所以表现批评人生，不及白话文的真；（二）浮词太多，用来说理，不及白话文的切，总之，这是一种过渡时代的文学，开始创造的梁任公先生，前次同我一位朋友谈起从前《新民丛报》里的著作，自己再三劝人莫提。现在梁先生自身做白话文已经许久。创作的人倒已经改了，而胡君反劝人去学他的往辙，岂非怪事！

（E）更进而论美术之韵文，韵文者以有声韵之辞句，传以清逸隽秀之词藻，以感人美术，道德，宗教之感想者也，故其功用不专在达意，而必有文采焉，而必能表情焉，写景焉，再上则以造境为归宿。弥尔敦但丁之独绝一世者，岂不以其魄力之伟大，非常人之所能摹拟耶。我国陶谢李杜过人者，岂不以心境冲淡，奇气恣横，笔力雄沉，非后人所能望其肩背耶。不务于此，而以为白话作诗，始能写实，能述意，初不知白话之适用与否为一事，诗之为诗与否又一事也。且诗家必不尽用白话，征诸中外皆然。彼震于外国毕业，而用白话为诗者，曷亦观英人之诗乎？ Wordsworth, Browning, Byron, Tennyson, 此英人近代最著名之诗家也。如 Wordsworth 之重至汀潭寺 Tintern Abbey 诗，理想极高洁而冲和，岂近日白话诗家所能作者。即其所用之字，如 Selcusion, Sportive, Vagrant, Tranquil, Tririol, Aspect, Sublime, Serene, Corporeal, Perplexity, Recompense, Grating, Interfused, Behold, Ecstasy 等，岂白话中常见之字乎。其他若 Bergson 之 The Prisoner of Chillon Tennyson 之 Enone. Longfellow 之 Evangeline 皆雅正之音也。至 Browning 之 Robbi Ben Ezra 则尤为理想高超之作，非素习文学者，不能穷其精蕴。岂元白之诗爨媪皆解之比也。其真以白话为诗者，如 Robert Burns 之歌谣，《新青年》所载 Lady A.L.Lindsay Auld Robin Gray 等诗是。然亦诗中之一体耳。更观中国之诗，如杜工部之《兵车行》，《赠卫八处士》，《哀江头》，《哀王孙》，《石壕吏》，《垂老别》，《无家别》，《梦李白》，诸古体，及律诗中之《月夜》，《月夜忆舍弟》，《阁夜》，《秋兴》诸将诸诗，皆情文兼至之作。其他唐宋名家，指不胜屈，岂皆不能言情达意，而必俟今日之白话诗乎。如刘半农之《相隔一层纸》一诗，何如杜工部之"朱门酒肉臭，路有冻死骨"十字之写得尽致。至如沈尹默之月夜诗，"霜风呼呼的吹着，月光明明的照着，我同一株最高的树并排立着，却不靠着"与鸽子牢羊诸诗，直毫无诗意存于其间，真可覆瓿矣。试观阮大铖之《村夜》

"坐听柴扉响,村童夜汲还,为言溪上月,已照门前山,暮气千峰领,清宵独树间,徘徊空影下,襟露已斑斑"其造境之高,岂可方物乎。即小诗如"小娃撑小艇,偷采白莲回,不解藏踪迹,浮萍一道开",亦较沈氏之月夜有情致也。不此之辨徒以白话为贵,又何必作诗乎。

不特诗尚典雅,即词曲亦莫不然。故柳屯田之"顾奶奶兰心蕙性"之句终为白圭之玷。比之周清真之"如今向渔村水驿夜如岁,焚香独自语"同一言情而有仙凡之别。然周之"许多烦恼,只为当时一晌留情"之句,犹为普通人所诟病焉。至如曲则《牡丹亭》原来姹紫嫣红开遍一折亦必用姹紫嫣红,断井颓垣,良辰美景,赏心乐事,雨丝风片,烟波画船,锦屏人,韶光诸雅词,以点缀之,不闻其非俗语而避之也。且无论何人,必不能以俗语填词,而胜于汤玉茗此折之绝唱,则可断言之矣。

胡君这两段文,本都是论韵文的,所以可相合而论,统观这两段的意思,不过说白话不能做韵文,即做亦不能胜文言,不但在中文如此,即在西文亦如此,今为讨论便利起见,请分三层说:

第一,诗(包括一切韵文)的体用特质是什么?文学是人生的表现和批评,最好的思想里写下来的,自然诗也如此。黑德森 Hudson 在《诗的研究》一篇,说"诗是人生最要紧的表现";华次华斯 Wordsworth 在《诗的研究》一文里说,"诗是人生的批评而有美感,有真理的";卡来尔 Carlyle《诗的辩护》一文里说诗是"有音韵的思想"Musical Thought。这些话本来可以不必引的,不过因为恐怕大家误会,以为诗的体用与一切文学,必有大不同的地方,所以不妨写下来。诗与其他文学稍有不同的地方,只是因为他特别注重三种:(一)想象;(二)情感;(三)音韵。所以无论什么诗,只是有思想能表现批评得人生好,而有那几种特质,就是好诗。因为人类有惊异,欢乐,恐怖,感奋种种心理,所以诗由之而生以表白主观客观两方面、并不是如胡君所谓要"感人美术道德宗教"方才有诗的。什么性格的人有什么性格的诗,也不是如胡君所说一定要"魄力伟大","心境冲淡","奇气恣横","笔力雄沈"而且须"非常人所能摹拟","后人所能望其肩背"种种不着边际的资格,才能算诗的。不明白根本的道理,而斤斤于文言白话,我也大惑不解了!

第二，白话究竟可否为诗，白话诗是否能及文言诗？诗的体用和特质如上文所说，则白话可以为诗，自无疑义，白话可以把人生表现批评得真切，而且声韵亦近自然；白话诗可以比文言诗好，亦无疑义。胡君的"初不知白话之适用与否为一事，诗之为诗又一事也"一语，几乎不承认白话可以为诗，幸得杜工部有几首用白话做的《赠卫八处士》《石壕吏》等，胡君还承认他为诗，而且称赞他为情文并至，那真是白话诗的大幸！至于近来白话诗在创作时代，自然不能完备，胡君能据此以否认白话不能作诗，而且白话诗永不及文言诗吗：胡君所引的杜工部的，"朱门酒肉臭，路有冻死骨"二句，何曾不是白话。至于沈尹默先生那首《月夜》，颇足代表"象征主义"Symbolism，请胡君看懂之后，再来谩骂。至于汤玉茗的《皂罗袍》一曲，原不是完全的好辞，所以曹雪芹也只肯采他几句，而所采之句，如"姹紫嫣红"，"良辰美景"，也都是清清白白为我们文人口里常说的话。请问胡君说这话的主人翁是谁？论到下半段"朝飞暮卷，云霞翠轩，雨丝风片，烟波画船，锦屏人忒看的这韶光贱"几句，则因为堆叠的关系，有许多讲不通的地方，即以词曲的眼光而论，也不能算好，胡君推为绝唱，且请胡君先把中国词曲"寝馈"一番。胡君说"且无论何人，必不能以俗语填词，而胜于汤玉茗此折……"。唉！不知胡君，也看过李后主辛稼轩的集子和元曲里一两部马东篱郑光祖关汉卿的著作吗？至于胡君所引的阮胡子的诗，和批评柳屯田周清真的词的话，稍有中国文学眼光的人自能辨别，不劳我多说了！现在谈中国诗词的语已完，请进与胡君论英国诗。胡君引了一首 Wordsworth 的重至汀潭寺 Tintern Abbey 诗，列出 Seclusion 离居，Sportive 游戏，Vagrant 浪人 Tranquil 平静，Triril（这个字不但这首诗里没有，连字典上恐怕也找不出，想是原诗第三十四行 Trivial（琐碎，一字之误拼）Aspect 光景，Sublime 高大，Serene 晴朗，Corporeel 有形体的，Perplexity 纷乱，Recompenes 酬谢，Grating 激怒，Interfused 夹人，Behold 看见，Ecstasy 喜不自胜，等字来，以为不是白话所应有的。不知胡氏所举的 Secluison，Sporive，Vargant 等字，本是极平常的；如 Aspect，Sublime，Perplexity，Rehold 等字，虽读过两三本课本的人，都可以认得，不过植物学课本上不经见吧！就算 Wordsworth 这首诗用得字多一点，但是白话诗所用的只能用"引车卖浆"的所用的字吗？Wordsworth 痛恨当时 Pope 等古典主义的诗。文学革命之风始于苏格兰后，Wordsworth 同他的朋友 Coleridge 同住在英伦本部 Somerset 提倡文学革命,极力做白话诗。他们两个人第一次合刊了 Lyrical Bellads 一书。Wordsworth 这首 Tintern Abbey 和 Coleridge 的 The Rime of the Ancient Mariners 正是这本白话诗集里的最好两首白话诗;Wordsworth 还是一位文学革命家呢! 至于胡君以为 Byron, Browning, Longfellow,诸人的诗岂"爨媪皆解",则其意尚谓白话诗也是专为"通俗教育"而设,那我也不必再说了。胡君既以"白话之适用与否为一事,诗之为诗与否又一事",则胡君亦承认"如 Robert Burns 之歌语…Lady A. Lindsay 之 Auld Robin Gray 等诗…亦诗中之一体"吗? 以上把白话是否可以为诗及关于西洋诗的辨正说明白了,请更进与胡君论西洋新诗的潮流。

　　第三,西洋近来新诗潮流是怎么样? 我可简单先说一句,白话不限韵的诗大盛,今舍他国而不言,请先谈英国文学。英文诗里的规律被历代的诗家弄得极严。有 Verse,(此等字颇难在中文里寻出恰合的名词似可译作韵语)Metre (似可译作格律)。其中又分 Lambic, Trechaic, Anapaestic, Dactylic, Amphibrachic 种种限制,所以虽然形式非常整齐精神日渐消灭。十八世纪的末叶一班诗人就问道;还是我们为性灵而有诗呢? 还是为形式才有诗呢? Philip Sidney 曾经说过:"Verse 不过是诗的一种装饰品,而不是诗的本源"。Coleridge 经过多少研究也说道:"最高等的诗,没有 Metre 也能存在"。(Poetry of highest kind may exist without metre)于是一班文学革命家,纷纷以白话做诗,卒把古典主义推倒。等到十九世纪的末叶,当年的白话诗又展转成了一种形式,于是有位新文学大家 Whitman 出来,提倡绝对自由不限韵的白话诗。初做的时候也免不了大家的疑惑;但是他们从诗的本体源流,同新诗的特质研究一番,也就恍然大悟。继续出了 Synge 同 Yeats 两位大文学家;从历代的诗细细研究的所得,知道历代最好的诗,都是用当时的语言做的,于是他们也就极力创造白话不限韵的新诗,成了许多杰作,新诗的势力,从此日见发扬 Yeats 在芝加哥说道:"我们现在不但要废除旧诗里修词方法,并且要废除一切诗里用字的限制 Poetic Diction 凡是有不自然的东西,都要去掉。我们的诗,总要像说话的神情,像极清楚的散文样子。我们所要做的正是我们心里所要叫出来的。"总观近代新诗的特色,约有几种:

（一）重精神而不重形式；

（二）用当代的语言；

（三）绝对的简单明了；

（四）绝对的诚实；

（五）音节出乎"天籁"。

有前三条所以表现批评人生，可以格外亲切。绝对诚实，即所谓Poetic Truth 也是新诗的特质，所以决不许有胡君大作里"繁霜飞舞"一类的词句。至于说到音节出乎天籁一层，更比讲 Verse, Metre 的难了。（近来有许多随便做白话诗，及以为白话诗可以随便做成的人，也要受此警告）。Synge, Yeats 诸人不但是英文学界的泰斗，并且对法国及世界文学界也很有势力。我盼我们谈英文只知道弥儿敦滕尼孙的人，对于近代这样的世界文学家，也不可不大家起来研究！

（F）以上所陈，为白话不能全代文言之证，即或能代之，然古语有云，利不十不变法。即如今日之世界语虽极便利，然欲以之完全替代各国语言文字，则必不可能之事也，且语言若与文字合而为一，则语言变而文字亦随之而变。故英之 Chaucer ；去今不过五百余年，Spencer 去今不过四百余年，以英国文字为谐声文字之故，二氏之诗，已如我国商周国文之难读。而我国则周秦之书，尚不如是，岂不以文字不变，始克臻此乎。向使以白话为文，随时变迁，宋元之文，已不可读，况秦汉魏晋乎。此正中国文言文分离之优点。乃论者以之为劣，岂不谬哉。且《盘庚》《大诰》之所以难于《尧典》《舜典》者，即以前者为殷人之白话，后者乃史官言之记述也。故宋元语录与元人戏曲，其为白话，大异于今，多不可解，然宋元人之文章，则与今日无别。论者乃恶其便利，而欲增其困难乎。抑宋元以上之学，已可完全抛弃而不足惜，则文学已无流传于世价值，而古代之书籍可完全焚毁矣。斯又何解于西人之保存彼国之古籍耶。且 Chaucer, Spencer 即近至莎士比亚弥尔敦之诗文，已有异于今日之英文，而乔斯二氏之文，已非别求训诂，即不能读，何英美中学尚以诸氏之诗文教其学子，而不限于专门学者，始研究之乎。盖人之异于物者，以其有思想之历史，而前人之著作，即后人之遗产也。若尽弃遗产，以图赤手创业，不亦难乎。某亦非不知文学须有创造之能力，而非陈陈相因，即尽其能事者，然亦非既能创造，则昔人之所创造便利唾弃之也。

故瓦特创造汽机,后人必就瓦特所创造者而改良之,始能成今日优美之成绩,而今日之汽机,无一非脱胎于瓦特汽机者,故创造与脱胎相因而成也。故《史汉》创造而非模仿者也,然必脱胎于周秦之文。俪文创造而非模仿者也,亦必脱胎于周秦之文。韩柳创造而革俪文之弊者,也亦必脱胎于周秦之文。他若五言七言古诗五律七律乐府歌谣词曲,何者非创造,亦何者非脱胎者乎。故欲创造新文学,必浸淫于古籍,尽得其精华而遗其糟粕,乃能应时势之所趋,而创造一时之新文学。如斯始可望其成功。故俄国之文学,其始脱胎于英法,而今远驾其上,即善用其遗产,而能发扬张大之耳。否则盲行于具茨之野,即令或达已费尽无限之气力矣。故居今日而言创造新文学,必以古文学为根基,而能发扬光大之,则前途当未可限量,否则徒自苦耳。

这一段文章,也是一班“烧料国粹家”所击节叹赏的。照他的原文分析起来,约有三层大意:

（一）白话文容易变迁，不便后世；
（二）做白话文不能保存古籍；
（三）凡事只有“脱胎”，没有“创造”。

今请先就第一层而论。胡君以为白话变迁不定,一有变迁,后人完全不懂,则此日之文化全失,所以白话绝对不能做。这话似乎虑得周到,但是实在是“空着忙”。请问胡君知道凡事进化的阶级吗?语言的进化,是否今天用这种,明天忽而就全体改变得了吗?这种语言,或文学,若是完全适用;继起者自然能够保存。若是有不完备的地方,继起者当然会去改良;改良之后,自然有较良的保全存在。若是不适用,则胡君又何能强继起者以保存呢?若是专为后代考古家设想,则请问胡君还是现在人类的利害要紧呢?还是将来考古家的利害要紧呢?胡君引 Chaucer,Spenser,（按:胡君原文作 Spencer,又称其生于四百年前。四百年前只有这个 Spenser,没有那个 Spencer,想系拼误。那个 Spencer,乃十九世纪末叶的社会学大家。）的书,来做白话变迁迅速的证据,不知 chacuer 等为当时首创国语的人,自不能十分完备,所以后改良的地方很多。追英国国语的文学成立以后二三百年的著作,胡君能看得懂吗?宋元语录与元曲中虽有难懂之处,要亦极少,而且无害大意。现在看宋元诸家的《语录》和《元曲选》正多得很呢！想胡君亦有所闻。国语尚未成立，而白话文学保持至今，还有这样的成绩，实在难得。

第二层胡君以为做白话文不能保存古籍。不知道做白话文是一件事，考古又是一件事。两个问题不一样，决不可合为一谈。请问胡君，我们是为人生而有的，还是为考古而有的？至于说西洋中学校里授及 Chaucer 等人的书，也只一两种，不过教青年知道一点文学变迁的源流。他们所注重的教课是古代文学呢？还是近代文学呢？他们教子弟所学做的，是 Chaucer 的文学呢？还是现代国语的文学呢？稍微知道一点西洋情形的人，自然可以知道了！

第三层只有脱胎没有创造的话，一班脑筋不清楚的人听了颇为点首。按照道理一想实在是说不过去的。胡君所谓"创造"同"脱胎"的真正分别是什么？胡君谓"推陈出新，是为脱胎"；而对于"创造"并没有定义。看"若尽弃遗产，以图赤手创业"一语，似谓"创造"系无中生有。如此则"创造"与"脱胎"的性质绝对不相谋。一件事有"创造"就不能有"脱胎"，有"脱胎"就不能有"创造"。而胡君论文，又谓"何者非'创造'何者非'脱胎'。这种惝恍迷离，各不相谋的话，律以逻辑，只有一笑。请问胡君，现在科学上的所谓的"创造"，是否绝对的无中生有，如宗教家所谓"上帝口里说有光就有了光"一样？按照进化论的道理，万物的进化，都是由于适合，适合不外被动自动两种：被动的适合，都是由于天然的偶合，所以这生物自己不能作主，全凭天择，他的命运，最为危险。自动的适合，是这生物的境遇，本来与他不适合，而他能以自己的力量，战胜境遇，使他适合。世界的进化，全靠这种自动的适合；这种自动的适合，全靠着创造性。所以近代的学者，极力提倡创造，如柏格森 Bergson 著《创造进化论》Creative Evolution 杜威 Dewey 等著有《创造性的智慧论》Creative Intelligence 罗素，Russell 等提倡创造，更是不遗余力。我们的"创造"学理，既以进化学说为根据，则自不能不用已有的材料。"用已有的材料方可从事创造"一句话，我们是承认的。我们同胡君主张不同的地方只是胡君所注重的仅是这句上半句"已有的材料"，而攻击我们"创造"；我们则注重下半句"从事创造"，当然以已有的材料为用。我以为没有创造，就没有自动的适合；人生当专守着已有的材料去等被动的适合，人类的文化也就危险了！有人以为我们创造新文学不用文言,就是不用已有的材料。这话真不值一驳。近代日日所用的白话不是已有的材料吗?文言以外就没有创造文学的材料吗?"略知世界文学源流"的人,也不说这样的幼稚话!胡君引向来中国绝无的世界语以比中国向来所有的白话,律以逻辑,也是不伦不类。胡君以"俄国之文学出于英法而今远驾其上",诚然诚然。但胡君此语,适足以证明文学创造之功,因为俄国人受英法文学精神影响而后,就发生一种觉悟,用他们本国的白话,去创造了现在的新文学。这个情形,正同我们现在的文学革命一样。总之,人类文化是大公的,取人之长,补己之短,原是不足为耻的事。从前法国文学影响英国,后来英国文学影响法国;从前英国文学影响德国,后来德国文学影响英国。一看欧美文学进化史,则展转影响,不可胜数。而且进步也都是由互相接触得来的。中国这次文学革命,乃是中国与世界文学接触的结果,文学进化史上不能免的阶级,请大家不要少见多怪吧!

现在我把胡君文原的驳完了。胡君此文的全体,名为"中国文学改良论",实是自己毫无改良的主张和办法。只是与白话文学吵嘴。而且意义文词,都太笼统,不着边际。所以我把各段分析开来的时候,多费了许多唇舌;实在对读者不住。我驳此文的原因,虽然一方面要辨明胡君对于文学革命和中西文学的误解,一方面也是借问难的机会多说明一番我们文学革命的主张。自己费了十几点钟的时候,又费了读者许多时候,心中十分难过。

但是我在驳完此文之后,心里有几种感想,不得不写下来,请大家留意一点;不但同文学革命有关系的;并且同种种思想革命也很有关系:

第一,我们要承认人生的价值。艺术是为人生而有的,人生不是为艺术而有的。俄国的文学何以推作现代最大最好的文学呢?就是因为俄国近代的大文学家如 Turgenev, Tolstoi. Daulet , Gorki 都是这个主张。法国以前的文学稍微偏于艺术,但是现代大文学家 Romain Rolland 出来以后,也就把思想转移过来了。我们不可永落人后呢!

第二,承认时代的价值。人生所占的不过一个时代,所以我们承认人生的价值,不能不承认时代的价值。我们在这个时代,就当做这个时代的人,说这个时代的话;何必想去做几千百前的死人?不然,哲学上谓之"时代错误"。

第三,承认分析研究的价值。世界上的事,因果非常复杂,要谈某事非把某事做过一番分析研究,然后从研究所得,选取最精的出来提倡。譬如谈西洋文学,须知西洋固有好的白话文学,也有老古董的古典文学,决不可以为西洋文学都是好的。赞成的人应当如此研究,反对的人更应当如此研究。所以我告诉现在的中国人说:"诸公且慢点赞成反对'新文学';'新文学'也要几分研究!"

写到此地,想到胡君此文之中,独有劝我们不要相信"外国毕业"的一层意思,是很对的。所以亚里土多德说,"吾爱吾师,吾尤爱真理"。我记得去年陶孟和先生在《新青年》上有篇短文,也同胡君很有同情,今请写下来以质胡君及读者:

> "留学生最简单之界说;即曾到过海外之意。曾为学生与否,曾从事学问与否,曾得到真学问与否,果能用其所学以济世与否,概不可知,要亦不必为今日所谓留学生必备之资格也。……旅游最能增扩见闻,进益知识,某厨丁滞留于欧洲者十余载,归来询其所知,惟有鱼肉蔬菜之名及价值,并西语且未能娴熟,更何论彼邦文学界之明星若 Bernard Shaw,H. G.Wells,Anatole France,Sudermann 诸氏乎?噫!"

(按)胡君此文仅成上篇,下篇至今未见,而持此篇来质问我的已经很多,所以不及久待,先成此文,请胡君及读者谅之!

志希附识　八年四月九日

（载 1919 年 5 月 1 日《新潮》第 1 卷第 5 号）

驳反对白话诗者

郎　损

　　现在有人主张诗应该有声调格律，反对没有声调格律的白话诗，视白话诗若"洪水猛兽"。我以为文学上越多反对的声浪，便越见得文坛上热闹，有进步，能发展；故极欢迎听反对白话诗的声浪。但是我把反对者的议论一查考之后，不禁大失所望！

　　现在我先把反对者的议论列举如下：

　　一、因白话诗没有声调格律，因"不能运用声调格律以译其思想，但感声调格律之拘束，复撷拾一般欧美所谓新诗人之唾余……"所以是不好。

　　二、因白话诗即拾自由诗的唾余，而欧美的自由又是早为"通人"所诟病。

　　三、因白话诗只为"少年"所喜，而提倡者实有"迎合少年心理"之意。

　　以上三条理由，我都以为不成理由，请分别驳之如下：

　　第一，反对白话诗者以为诗应该有"声调格律"，并进一步，谓应该"运用声调格律以译其思想"。现在主张做白话诗者都说声调格律是拘束思想之自由发展的，所以反对者标作应该"运用声调格律以译其思想"，可谓妙解！但是我要问：思想怎样可以运用声调格律来"译"他？难道一有了声调格律，不好的思想就会变成好的么？难道这就称为"译"么？"天地乃宇宙之乾坤。椿萱即二人之父母"，声调格律可谓妙极合格极了，能称他是有意思的么？能算他是好"古文"么？"太极圈儿大，先生帽子高"，声调格律亦非不佳也，请问能算他是好诗么？能算他是"译"过的好思想么？我想来想去，简直不明白"运用声调格律以译其思想"一句话怎样通得过去！如果这句话不是这么讲，而是"运用

191

声调格律而至神乎其神的地位者,也能不害其思想"的意思,那么,这岂不是等于说"匠石运斤成风而到神乎其神的地步者,也能削去郢人鼻上之石灰而不伤其鼻",或等于说"变戏法者吞铁剑而神乎其神的地步者,也能不伤其喉咙",或更等于说"带脚镣走路久而久之,而至于相忘于无有的地步者,也能不碍其行路";试问这还成什么健全的理由么?试问天下岂有反以带惯脚镣而亦能走路为更合理于不带脚镣走路者乎?人类爱自设圈套自钻,而犹以会钻为得意,其此之谓乎!

第二,白话诗固与自由诗同,要破弃一切格律规式,但这并非拾取唾余,乃是见善而从。如谓此便是拾取唾余,然则效西人之重视文学而研究小说稗官野史荐绅先生羞道的东西,也是拾取唾余了!料想反对白话诗者未见得真有勇气连这个也认为"唾余"罢!至于"通人"之说,尤漫无凭证,反对者亦知"自由诗"大家如范哈伦(Verharen)冈芒(Remy de Gonrmont)等人正为欧美"通人"所赞美乎?亦知近代欧美文学史上早已填满了这些自由诗作者的大名么?

第三,白话诗只为"少年"所喜,这句话倒大有研究的价值。白话诗何以为"少年"所喜?何以"只"为少年所喜?我且举冈芒的话请大家听听。冈芒说:"人所以要写作,唯一的理由就是他要说明他自己,他要把那反射于他个人的镜子里的世界表现出来给别人看。他的唯一的理由就是他应是独创的。他必须说前人未说过的,而且用一种前人未用过的形式来说。"古人所立的规式格律,当然是古人为表现自己思想的方便而设,何能以之为诗的永久法式?如果古人有这思想,那么这便是专制的荒谬的思想,如果古人本未尝有此思想,而后人强要奉之,则后人便是奴隶的不自尊的思想了。真,善,美,不是附属于形式的啊!现在的少年要求得他自己,不屑徒为古人的格律规式的奴隶,那当然是喜欢白话诗啊!

我又连带想起一件事,我记得又有人说:现在白话诗中果然也有好的,但这是好的散文而已,不能称为诗!这话错在只认过去的某种形式的为诗,而把诗之所以为诗的原意忘掉了!如果我们只认形式是诗,那么,

仄仄平平仄　平平仄仄平
仄平平仄仄　平仄仄平平

便是极好的诗了！请问通么？推而言之，如果我们只认西施的脸是美脸的标准格式，而把其余不合于西施的脸之长短阔狭，五官位置的美脸都斥之为非美脸，请问通么？

（载 1922 年 3 月 11 日《文学旬刊》第 31 期）

四面八方的反对白话声

玄　珠

　　河南省长李倬章出巡到南阳,在省立第五中学内演说,中间有一段妙论道:"自古以来,只有北方人统治南方人,决没有南方人统治北方人,北大校长蔡元培与南方孙文最为接近,知南方力量不足以抗北方,乃不惜用苦肉计,提倡新文化,改用白话文,藉以破坏北方历来之优美天性与兼并思想。其实白话文简直是胡闹。他们说《红楼梦》《水浒》是好文章,试问不会做文言的人,能不能做这样一类的文字?"

　　蔡成勋(江西督理)用一百元做奖赏,奖赏南昌中等以上学校的学生做文言文,题目是《游西湖记》。

　　东三省奉天省长令教育厅,全省小学以上禁用白话文。

　　上海私立!澄衷中学的校长曹某,举行策问式的国文会考,令他的附属小学读经,做文痛诋白话文。

　　上海宝山路、北四川路一带的电线柱上贴满"尚古夜校,专教古书"的招贴。

　　上海广东的广肇公学本来教过白话文的,现在也禁用白话文,专教文言文了。

　　合观以上的消息,我们就知道国文教授是走上了怎样反动的路了!最妙的,是洛吴的走狗李倬章,贩卖烟土的蔡成勋,也来替文言文仗腰,这真和王怀庆呈请整饬学风,同样的可笑,大足为反对"新文化"者壮胆呵!

（载 1924 年 6 月 23 日《文学周报》第 107 期）

答 适 之

章士钊

《甲寅》中兴，人以反动之时期将至。有色然喜者，有瞿然忧者，有相惊以伯有者，有防之如猛兽者。百感杂陈，嚣然尘上。吾国自有言论机关以来，论域至明，关系至大，正负两军，各不相让，笔锋所至，真感环焉。如吾《甲寅》今日所包举之论战者，未之前闻也。虽然，愚之本态，始终无改，物来顺应，何所容心？天下之情既睿，是非之公不显，未胜孟子好辩之任，敢忘东方答难之思。粗举时言，略加指正，知我之遇，期于旦莫云尔。

胡君适之近为一文，因愚起论，全篇词旨纤滑，可驳之值甚微。（见十二期国语周刊）。适之之文，大抵如是。今之所谓白话文者，均大抵如是。此先天不治之症，圣医所无如之何者也。今请择其稍庄者答之。适之曰。

> 白话文学的运动，是一个很严重的运动，有历史的根据，有时代的要求，有他本身的文学的美，可以使天下睁开眼睛的共见共赏。这个运动，不是用意气打得倒的。今日一部分人的谩骂，也许赶得跑章士钊君，而章士钊君的谩骂，定不能使陈源、胡适不做白话文，更不能打倒白话文学的大运动。

时代要求者何谓也？曾见小儿，身罹胃疾，好食饴饵，不得不止，其母溺爱，惧拂儿意，儿食不已，病乃日增，此一事也。情节同前，惟母贤明，延医诊视，慎拟方药，药大瞑眩，儿避不就，母强饮之，厥疾以瘳，此又一事也。以适之之说，施之医事，时代譬之小儿，则其所要求者，宜为自择而甘之饴饵乎？抑苦口利病之方药乎？夫文章大事也，曩者穷年矻矻，莫获贯通，偶得品题，声价十倍。今适之告之曰，此无庸也。凡口所道，俱为至文，被之篇目，圣者莫易。彼初试而将疑，后倡焉而百和，如蚊之聚，雷然一声，而六州之大错成矣。适之从其后而名之曰："此时代要求也。此时代要求也"，是何异愚母之日纵病儿食饴饵者乎？愚昔著论评之曰："以鄙倍妄为之笔，窃高文美艺之名，以就下走圹之狂，隳载道行远之业。"此乃垂涕泣而道之，而适之以为悻悻。（适之本篇引此四句入愚罪而断曰这不是悻悻然和我们生气吗）是何异医者为言饴饵乱投之将杀儿也，而其母愤而摞之门外乎？间尝论之：凡时代者，俱各有其所需适应之思想事业，号曰要求，不中不远。但此要求，不能以社会一时病态之心理定之，而当由通人艺士，匠心独运，于国民智识之水平线上，提高其度以成之。兹之所成，恒与社会一时病态之心理，居于反面。所谓挽狂澜于既倒，相反始得曰挽。障百川而东之，亦相反始得曰东。自来独虑往往见疑，非常每为民惧。而息邪说距跛行放淫词之之为好与天下所归者辩，胥是道也。焉有"跟着一班少年人向前跑。"（此适之颂扬梁任公语）。如适之所云，视卯蒲为神圣，戮子弟为名高，而犹得以识时成业，自文其陋者哉？此点勘破，则其他严重运动、历史根据等词，羌无意识，不足致诘。适之谓白话本身，能为美文，此语在逻辑为可能，但处今日文化运动之下，目的决不能达。此义稍迁，请申言之。凡人类之心思，以何种方式，施于文字，使人见之而生美感，大是宇宙间之秘事；能得其秘，斯为文家。古今中外之大文家不多，足证此秘之未尽宣泄。又人类为富于模仿性之动物，而语言文字，尤集此性所寄之大成。从古文豪，绝不由胎息之功而成名者乃至罕。以文本天成，得之至艰，而理复夥颐，发挥难尽。前人既有独得，后人自审无出于右，其揣摩乃不期然而然，由是而公美成，由是而文学有史。此普通论文之理也。至白话文学，则与此异趣。吾国语文，自始即不一致，以字为单音，入耳难辨。凡于义无取，徒便耳治之骈枝字，语言中为独多，以此骈枝字尽入于文，律之文章义法，殊无惬心贵当之道。古来除语录小说及词曲之一部外，无以白话为文者此也。今以白话为文，因古之人无行之者，胎息揣摩，举无所施，其事盖出于创。天下事之创者，惟天才能之，岂能望之人人。故白话文愚谓惟限于二种人为之：一全然不解文事；一文事至高者而已。中材如愚，直是无能为役。二十年前，吾友林少泉好谈此道，愚曾试为而不肖，十年前复为之，（愚有《论哲学者之白话文》，见《东方杂志》）仍不肖，五年前又为之。（题为《邦联为蓝志先作》）更不肖。愚自是搁笔。盖作白话而欲其美，其事之难，难如登天，敢断言也。夫美物所必具之通德，在以情相接，反覆之而不倦。西施与嫫母之别无他，亦愿常见与不愿见而已。惟文亦然：

凡长言咏叹,手舞足蹈,令人百读而不厌者,始为美文。今之白话文,差足为记米盐之代耳,勉阅至尽,雅不欲再,漠然无感,美从何来?若其熟谙文史,持笔本有可观,偶尔驱使语言,令为篇章,移文就语,或亦勉能入目,而非所论今之不娴文义,从白话中求白话者也。适之谓本身有美,此美其所美,非吾之所谓美。天下睁开眼睛,果是谁之天下?共见共闻,又谁与共?适之自为小天地,愚又伺言?惟若文学固有周咸徧之性在,则本篇所陈,或亦未尽为天下所弃也已。

适之曰:白话运动,非用意气所能打倒。以愚所知,意气之量,已为适之一派用罄,更无余沥,沾溉于人。七年前,愚与适之同入北大为教授,即为言尝试白话之未可。愚虽自始非之,而未或用力止之,偶尔为文,如评新文化之类,亦发愚一人之意态,选题制词,与他篇等而已,未若为白话者之有所谓运动也。即在今日,略有职司,亦未计以何气力,与适之为敌。适之引愚投赠之白话词,事虽近谑,心乃甚平,意气云云,乃适之自造蛇影之谈,实不尔也。然文章大业非白话之力所胜,邪许之夫,妄扛大鼎,绝脰断脰,理有固然。今天下对白话文之感想,果复何如?强弩之末,势不能穿鲁缟,适之应非全无觉念,故这个运动之倒,乃这个运动自倒之,于他人无与也。举凡本身无自存之值者,万事万物,终于一倒,又不独这个运动为如是也。凡愚持论,莫不与天下以共见,其使气果至何度,请天下人评之。诤言之来,并皆虚受,惟适之尸祝一部分人之谩骂,赶愚使跑,悻然之态,情见乎词,此诚未免有蓬之心,而视觉来之势位过重。章士钊虽不才,亦宁假此为腐鼠之吓者流哉?适之视愚,假其今日去职,明日即将俯首帖耳,开口不得者哉?适之谓愚有意使不为白话文,此亦未然。适之以倡白话文为职志者也。君子爱人以德,愚岂愿其中途易节?惟适之者,有权自了其一生,而无权阻人讨论一国文化之公共事业。愚以谓白话文者,固非不可为也。特以适之之道为之,则犹航于断港绝潢而不可通者也。适之已矣!今之纷纷藉藉,回环于断港绝潢而不得出者。愚念民口之喑可痛,包胥之志未忘。子能亡之,吾未见不能与之。夫天运未可知,而人力期于必尽。愚与适之,共拭目以观其后焉可已。至通伯归国未久,无多表见,沉溺未若适之之深,愚忝与为友,爱其文才,而病其随俗,感想又是一番,不能与适之并为一谈也。

(载1925年9月《甲寅周刊》第8号)

评新文学运动

章士钊

　　愚曩评新文化运动。今胡君适之明其一偏。矜其独得。别标新文学运动之号。周游讲说。论域既狭。用力尤至。《晨报副刊》,将彼武昌公开演讲之词。尽揭于篇(十月十日号)。审天下悦胡君之言而向之者众也。愚以职责所在。志虑攸关。不敢苟同以阿于世。敬抒所见。惟明者考览焉。

　　胡君首言新文学运动。其名早立。其义未始一讲。久矣此事成为过去。风行草偃。天下皆默认焉。今兹旧事重提。盖有思想顽固之人。出而反抗。吾不得已而为之云云。嘻,奇已。若而运动。行之已七八年。举国趋之若狂。大抵视为天经地义。无可畔越。乃主之者竟无说以处此。即有亦卷而怀之。未尝明白示人。事关百年至计。盲从而蠢动。不求甚解。一至于是。宁非至怪。愚尝澄心求之。以谓人本兽也。人性即兽性。其苦拘囚而乐放纵。避艰贞而就平易。乃出于天赋之自然。不待教而知。不待劝而能者也。使充其性而无法以节之。则人欲不得其养。争端不知所屈。祸乱并至。而人道且熄。古之圣人知其然也。乃创为礼与文之二事以约之。一之于言动视听。使不放其邪心。著之于名物象数。使不穷于外物。复游之以诗书六艺。使舒其筋力而沦其心灵。初行似局。浸润而安。久之百行醇而至乐出。彬彬君子。实为天下之司命。默持而善导之。天下从风。炳焉如一。夫是之谓礼教。夫是之谓文化。斯道也。四千年来。吾国君相师儒。续续用力以恢弘之。其间至焉而违。违焉而复至。所经困折。不止一端。盖人心放之易而正之难。文事弛之易而修之难。质性如是。固无可如何者也。今乃反其道而行之。距今以前。所有良法美意。孕育于礼与文者。不论精粗表裏。一切摧毁不顾。而惟以人之一时思想所得之。口耳所得传。淫情滥绪。

弹词小说所得描写。祖褐裸裎。使自于世。号曰至美。是相率而返于上古獉獉狉狉之境。所谓苦拘囚而乐放纵。避艰贞而就平易。出于天赋之自然。不待教而知。不待劝而能者也。胡君倡为新文学。被荷如彼其远。而乃不言而人喻。能收大辩若嘿之效者以此。虽然。今既不以吾人为不肖而教之矣。请得一按所言。如其值而归之。

胡君曰。旧文学者。死文学也。不能代表活社会。活国家。活团体。此最足以耸庸众之听。而无当于理者也。凡死文学。必其迹象与今群渺不相习。仅少数人资为考古而探索之。废兴存亡不系于世用者也。今之欧人。于希腊拉丁之学为然。而吾也岂其俦乎。且弗言异国古文也。以英人而治赵瑟 Chaucer（十四世纪之诗人）即号难读。自非大学英文科生。解之者寥寥。吾则二千年外之经典。可得琅然诵于数岁儿童之口。韩昌黎差比麦考黎（英十九世纪之文家）。而元白之歌行且易于裴 Byron（裴伦）、谢 Shelley（谢烈与裴同为十九世纪诗人）之短句。莎米更非其伦。死之云者。能得如是之一境乎。且文言贯乎数千百年。意无二致。人无不晓。俚言则时与地限之。二者有所移易。诵习往往难通。黄鲁直之词。及元人之碑碣。其著例也。如曰死也。又在彼而不在此矣。

胡君言社会不应分两种阶级。使文人学士。独擅文言。而排斥愚夫愚妇顽童稚子于文学之外。此今之卯蒲所称文言属诸贵族。必白话始为平民者也。方愚幼时。吾乡之牧童樵子。俱得以时入塾。受千字课。四书。唐诗三百首其由是而奋发。入邑庠。为团绅。号一乡之善士者比比也。寒门累代为农。亦至吾祖始读书。求科名。以传其子孙。凡通国情者。莫不知吾国自白丁以至宰相。可依人之愿力为之。文字限人之说。未或前闻。自新政兴学校。立将《千字课》《四书》《唐诗三百首》改为猫狗木马板凳之国民读本。向之牧童樵子。可得从容就传者。转若严屏于塾门之外。上而小学。而高小。而中学。而高等。一乡中其得层累而进之徒。较之前清赴省就学政试。洋洋诵其场作。自鸣得意者。数尤减焉。求学难求学难之声。日闻于父兄师保。疾首蹙额而未已。今之学校。自成为一种贵族教育。故其与文言白话之争。了不相关。由今之道。无变今之俗。即废手书而用口述。使所谓工具者。无可更加浅近。亦只便于佻达不学者之恣肆耳。去贵族平民之辩万里也。

胡君主造白话文之环境。谓若社会一切书籍。均用文言著述。平民概不了解。必且失趣而废然以返。故吾人必一致努力为白话文云云。白话文之万无成理。兹诚最大症结。胡君可谓明于自知。世界语之无生气。亦类是也。盖世界之学问。包涵于英德法三国之文字者（他国且不论）。为量至大。而三国自身。不能互通。有时英人有求于德。德人有求于法。犹且尽力迻译。弥其缺限。今一旦举三国之全量而废置之。惟以瓠落无所容之世界语。使人之耳目心思。从而寄顿。道德学术。从而发扬。他文著录。全译既有所不能。能亦韵味全失。无以生感。同时娴于他文者。复不能严为之界。使俱屏而不用。乾枯杂沓。恼乱不堪。此其反于文化之通性。至为显著。世界语之无能为役。非无故也。惟白话文亦然。吾之国性群德。悉存文言。国苟不亡。理不可弃。今举百家九流之书。一一翻成白话。当非君等力能所至。君等竭精著作。将《水游》《三国演义》《西游记》之心思结构。运用无遗。亦未见供人取求。应有而尽有。而又自为矛盾。以整理国故相号召。所列书目。又率为愚夫愚妇顽童稚子之所不谙。己之结习未忘。人之智欲焉傅。环境之说。其虑弥是。而无如其法之无可通也。

胡君谓古文文言。二千年前已死。此二千年之文学历史。其真意义乃是白话。今售《三国演义》诸书。年逾百万。五百年来文学势力。不在孔、孟、程、朱、四书、五经。而在《三国演义》诸书。今为问《三国演义》诸书。何时始见于世乎。文言死于二千年前。是自距今千九百年以至演义出版之日。中国无文化也。其间皆死社会也。死国家也。死团体也。胡君之意。果即尔乎。小说年售百万。亦白亚东图书馆以胡君新标点问世为然耳。五百年间。悉如是乎。胡君之明板《康熙字典》。即考见前代为如是。而胡君曾亦忆及二十年前坊间流行之小题文府策府统宗。其销数为何等乎。又试查今之商务印书馆所编小学教科书。其年销之统计。果何若乎。胡君若以书贾为导师。从其后以噪于众曰。文化在是。文化在是。此客观之念。毋乃太深而许子之不惮烦。毋乃太甚乎。

胡君恶文法之繁难。且不功用。以谓不如语法之实在而便利。如文曰。吾未之见也。之字何以必在见字之上。其故无能言之。语曰。我见他。则何等爽快云云。夫文法者非逻辑也。约定俗宜。即为律令。从而轩轾。其道无由。吾文之法曰。凡否定句。止词必在动词之上。如吾谁欺。愿莫之遂。皆吾未见之例也。此类定律。不论持示何国文家。了无愧色。而曰"甚么原因讲不出来"。此特胡君。讲不出来已耳。

未必尽人为然也。若以语法不如是。是当废止。则一国之文。别有所谓 Conversation Grammar 与严正文律异趣者。所在多有当今之时。中外互通。名家林立。谁则断言文语不两立如胡君乎。

　　右举各条。皆就胡君词中。稍稍论之。义取消极。辞止答辩。然非特立主张。自成条贯者可比。亦非忘其谫陋。无病呻吟者所为。如施君畸者。或以老生常谈。泛而寡要少之。则须知菽粟为常。荒年视同性命。一壶非要。中流乃值千金。昔天下之言。不归杨则归墨。孟子之说。乃见真切而不为徒然。然后人犹以迂阔不近事情訾之。可见论世知人。本来非易。如愚行能。毫无足算。师今不及。安生古人。偶有发抒。亦比于候虫时鸟。鸣其所不得不鸣者而已。是非谤誉。焉足计哉。

（载 1925 年 10 月《甲寅周刊》第 14 期）

"新文化运动的批评"

高一涵

这是章行严先生前一个星期六（五月五日）在中国大学讲演的题目。我因为：一来，自"新文化运动"发生以来，大家都糊里糊涂的盲从，不曾遇到过真正学者的严重批评；二来，章先生近来的议论，往往像云里的神龙，见头不见尾的——所以我对于他这一次的讲演不得不安心静听。可惜我当时未带纸笔，不曾把他的演说词一句一句的记下，到今天已大半忘了，只得把我所记得的几点略为述一述。

章先生说：

"新文化运动"这个名词，我就不懂得怎么讲。姑且把这个名词分开来说，先说"新"字，"新"本是对于"旧"说的，依我看来：人类的知识有限，世界中所有的思想都是从前所有的思想，绝没有什么新的发生。譬如衣服；前几年巴黎的妇人都爱穿极短的裙子，以为这是新式的衣服；最近巴黎妇人的裙子又长到脚后跟了，又以为这种长裙子是新式的衣服了。我去年回到上海，看见上海的女人的裙子也作极短的，也以极短的裙子为新式的衣服；这种样式原是自巴黎来的，可是上海当以短裙为新的时候，而巴黎已经又以长的为新了！换句话说，我们今天认为新的，他们今天已经认为旧的了！

再如我们中国的衣服，从前多么宽大；后来时新的样式，改为狭小的，以为越狭小越新，从近两年来，又从狭小的样式变为宽大的样式了。可见得今天所谓"新"，就是从前所谓"旧"。

思想也是这样，他只是循环的，不是突然发生的。凡是能适合时势需要的，就可叫做新的；凡是不能适合时势需要的，就可叫做旧的。

我和章先生意见相同的有两点：（一）思想不是突然发生的；（二）思想要适合时势的需要。

但是我虽然承认思想不是突然发生的；却不承认"世界中所有的思想是从前所有的思想，绝没有什么新的发生"。我虽然承认思想的进步不是直线的，不是有进无退的；却不承认所有思想都是循环的。譬如长江大河的流水，我们如果只看一小部分，又何尝不有回漩的和逆流的水呢？可是，一看他的全体，总是就下的，总是前进的。照章先生的话说；那么，学问思想好像一桶水，从这个桶里倒那个桶里，倒来倒去，仍然是原来的水，只有分子地位的变化，绝没有新加入的分子。我对于这一点觉得非常的怀疑。

章先生近来很有些"复古"的思想，所以一方面说"新的就是旧的"，一方面又说"新的不如旧的好"。他的证据是：

凡是美术品，新的总不及旧的好。例如雕刻，现代已不及古代；例如古碑，唐碑不如魏碑，魏碑不如汉碑。

我以为要比较文化的进步或退步，万不能单拿文化中所包括的一两件事做代表，应该要观察文化的全体。某一时代需要某一两件事，某一两件事固然可以发达；到了后来时势的需要又转向他方面去了，所以从前很发达的东西，到现在不得不退步了。例如八股文从明到清，可算进步到了极限；现在不需要这种东西，所以这种东西绝传了。章先生又可以拿清末的策论不及清初的八股，清初的八股不及明代的八股做代表，说现在的文学退化吗？章先生又为什么不说科学工业今不如古，作现代文化退步的证明呢？

章先生反对白话诗，我不敢强辩，因为我是外行；但是章先生反对白话文的理由有一点觉得很薄弱。他说：

白话文太简单，没有选词择句的余地。譬如我们初学外国文的，想造文句时，常常为词字及句法所限，不能作出好文字。文言词句完备，每种意思可以各种词句达出；白话文简单，每种意思只可以少数词字或一个方法达出。

　　章先生又说他自己是"做白话文最早的一个人"——"二十年前就做白话文,但是因做不好,所以不敢做"。由此可见白话文作得好,作不好,是一个问题;白话文体到底简单不简单,又是一个问题。现在作白话文的作不出好文字,只能归罪于白话文学家的手段太低,却不能归罪于白话文的文体。《红楼梦》是一部白话文体的小说,有什么意思达不出?《金瓶梅》也是一部白话文体的小说,他描写一切情形那一件不是"惟妙惟肖"的呢?章先生作文言可以"畅所欲言",我们现在多年不做文言了,要想做一篇文言说明自己的意思,转觉得十分的困难。但是我们可以因此就归罪于文言的体裁不好吗?

　　以上是我个人听过章先生讲演后的感想,故不分层次的写出来,供大家讨论讨论。至于我或者有误会或误记的地方也未可知,还要请章先生指正。

　　　　（本文收入《中国新文学大系·文学论争集》,上海良友图书印刷公司 1935 年 10 月 15 日初版,第 225 页至第 227 页）

辑 三

白话文学的史评

逼 上 梁 山

——文学革命的开始

胡 适

一

提起我们当时讨论"文学革命"的起因,我不能不想到那时清华学生监督处的一个怪人。这个人叫做钟文鳌,他是一个基督教徒,受了传教士和青年会的很大的影响。他在华盛顿的清华学生监督处做书记,他的职务是每月寄发各地学生应得的月费。他想利用他发支票的机会来做一点社会改革的宣传。他印了一些宣传品,和每月的支票夹在一个信封里寄给我们。他的小传单有种种花样,大致是这样的口气:

> "不满二十五岁不娶妻"。
> "废除汉字,取用字母"。
> "多种树,种树有益"。

支票是我们每月渴望的,可是钟文鳌先生的小传单未必都受我们的欢迎。我们拆开信,把支票抽出来,就把这个好人的传单抛在字纸篓里去。

可是,钟先生的热心真可厌!他不管你看不看,每月总照样夹带一两张小传单给你。我们平时厌恶这种青年会宣传方法的,总觉得他这样滥用职权是不应该的。有一天,我又接到了他的一张传单,说中国应该改用字母拼音;说欲求教育普及,非有字母不可。我一时动了气,就写了一封短信去骂他。信上的大意是说:"你们这种不通汉文的人,不配谈改良中国文字的问题,你要谈这个问题,必须先费几年工夫,把汉文弄通了,那时你才有资格谈汉字是不是应该废除。"

这封信寄出去之后,我就有点懊悔了。等了几天,钟文鳌先生没有回信来,我更觉得我不应该这样"盛气凌人"。我想,这个问题不是一骂就可完事的。我既然说钟先生不够资格讨论此事,我们够资格的人就应该用点心思才力去研究这个问题。不然,我们就应该受钟先生的训斥了。

那一年恰好东美的中国学生会新成立了一个"文学科学研究部"(Institute of Arts and Sciences),我是文学股的委员,负有准备年会时分股讨论的责任。我就同赵元任先生商量,把"中国文字的问题"作为本年文学股的论题,由他和我两个人分做两篇论文,讨论这个问题的两个方面:赵君专论《吾国文字能否采用字母制,及其进行方法》;我的题目是《如何可使吾国文言易于教授》。赵君后来觉得一篇不够,连做了几篇长文,说吾国文字可以采用音标拼音,并且详述赞成与反对的理由。他后来是"国语罗马字"的主要制作人,这几篇主张中国拼音文字的论文是国语罗马字的历史的一种重要史料。

我的论文是一种过渡时代的补救办法。我的日记里记此文大旨如下:

(一)汉文问题之中心在于"汉文究可为传授教育之利器否"一问题。

(二)汉文所以不易普及者,其故不在汉文,而在教之之术之不完。同一文字也,甲以讲书之故而通文,能读书作文;乙以徒事诵读不求讲解之故而终身不能读书作文。可知受病之源在于教法。

(三)旧法之弊,盖有四端:

(1)汉文乃是半死之文字,不当以教活文字之法教之(活文字者,日用语言之文字,如英法文是也,如吾国之白话是也。死文字者,如希腊、拉丁,非日用之语言,已陈死矣。半死文字者,以其中尚有日用之分子在也。如犬字是已死之字,狗字是活字;乘马是死语,骑马是活语。故曰半死之文字也)。旧法不明此义,以为徒事朗诵,可得字义,此其受病之源。教死文字之法,与教外国文字略相似,须用翻译之法,译死语为活语,前谓"讲书"是也。

（2）汉文乃是视官的文字，非听官的文字。凡一字有二要，一为其声，一为其义：无论何种文字，皆不能同时并达此二者。字母的文字但能传声，不能达意，象形会意之文字，但可达意而不能传声。今之汉文已失象形会意指事之特长；而教者又不复知说文学。其结果遂令吾国文字既不能传声，又不能达意。向之有一短者，今乃并失其所长。学者不独须强记字音，又须强记字义，是事倍而功半也。欲救此弊，当鼓励字源学，当以古体与今体同列教科书中；小学教科当先令童蒙习象形指事之字，次及浅易之会意字，次及浅易之形声字。中学以上皆当习字源学。

（3）吾国文本有文法。文法乃教文字语言之捷径，今当鼓励文法学，列为必须之学科。

（4）吾国向不用文字符号，致文字不易普及；而文法之不讲，亦未始不由于此，今当力求采用一种规定之符号，以求文法之明显易解，及意义之确定不易（以上引一九一五年八月二十六日记）。

我是不反对字母拼音的中国文字的；但我的历史训练（也许是一种保守性）使我感觉字母的文字不是容易实行的，而我那时还没有想到白话可以完全替代文言，所以我那时想要改良文言的教授方法，使汉文容易教授。我那段日记的前段还说：

当此字母制未成之先，今之文言终不可废置，以其为仅有之各省交通之媒介也，以其为仅有之教育授受之具也。

我提出的四条古文教授法，都是从我早年的经验里得来的。第一条注重讲解古书，是我幼年时最得力的方法。第二条主张字源学是在美国时的一点经验，有一个美国同学跟我学中国文字，我买一部王筠的《文字蒙求》给他做课本觉得颇有功效。第三条讲求文法是我崇拜《马氏文通》的结果，也是我学习英文的经验的教训。第四条讲标点符号的重要也是学外国文得来的教训；我那几年想出了种种标点的符号，一九一五年六月为《科学》作了一篇《论句读及文字符号》的长文，约有一万字，凡规定符号十种，在引论中我讨论没有文字符号的三大弊：一

为意义不能确定,容易误解;二为无以表示文法上的关系;三为教育不能普及。我在日记里自跋云:

> 吾之有意于句读及符号之学也久矣。此文乃数年来关于此问题之思想结晶而成者,初非一时兴到之作也。后此文中,当用此制。七月二日。

二

以上是一九一五年夏季的事。这时候我已承认白话是活文字,古文是半死的文字。那个夏天,任叔永(鸿隽),梅觐庄(光迪),杨杏佛(铨),唐擘黄(钺)都在绮色佳(Ithaca)过夏,我们常常讨论中国文学的问题。从中国文字问题转到中国文学问题,这是一个大转变。这一班人中,最守旧的是梅觐庄,他绝对不承认中国古文是半死或全死的文字。因为他的反驳,我不能不细细想过我自己的立场。他越驳越守旧,我倒渐渐变的更激烈了。我那时常提到中国文学必须经过一场革命;"文学革命"的口号,就是那个夏天我们乱谈出来的。

梅觐庄新从芝加哥附近的西北大学毕业出来,在绮色佳过了夏,要往哈佛大学去。九月十七日,我做了一首长诗送他,诗中有这两段很大胆的宣言:

> 梅生梅生毋自鄙! 神州文学久枯馁,百年未有健者起。新潮之来不可止;文学革命其时矣! 吾辈势不容坐视。且复号召二三子,革命军前杖马棰,鞭笞驱除一车鬼,再拜迎入新世纪! 以此报国未云菲:缩地戡天差可儗。梅生梅生毋自鄙!
>
> 作歌今送梅生行,狂言人道臣当烹。我自不吐定不快,人言未足为重轻。

在这诗里,我第一次用"文学革命"一个名词。这首诗颇引起了一些小风波。原诗共有四百二十字,全篇用了十一个外国字的译音。任叔永把那诗里的一些外国字连缀起来,做了一首游戏诗送我往纽约:

> 牛敦爱迭孙，培根客尔文。
>
> 索虏与霍桑，"烟士披里纯"：
>
> 鞭笞一车鬼，为君生琼英。
>
> 文学今革命，作歌送胡生。

诗的末行自然是挖苦我的"文学革命"的狂言。所以我可不能把这诗当作游戏看。我在九月十九日的日记里记了一行：

> 任叔永戏赠诗，知我乎？罪我乎？

九月二十日，我离开绮色佳，转学到纽约去进哥仑比亚大学，在火车上用叔永的游戏诗的韵脚，写了一首很庄重的答词，寄给绮色佳的各位朋友：

> 诗国革命何自始？要须作诗如作文。
>
> 琢镂粉饰丧元气，貌似未必诗之纯。
>
> 小人行文颇大胆，诸公一一皆人英。
>
> 愿共僇力莫相笑，我辈不作腐儒生。

在这短诗里，我特别提出了"诗国革命"的问题，并且提出了一个"要须作诗如作文"的方案。从这个方案上，惹出了后来做白话诗的尝试。

我认定了中国诗史上的趋势，由唐诗变到宋诗，无甚玄妙，只是作诗更近于作文！更近于说话。近世诗人欢喜做宋诗，其实他们不曾明白宋诗的长处在那儿。宋朝的大诗人的绝大贡献，只在打破了六朝以来的声律的束缚，努力造成一种近于说话的诗体。我那时的主张颇受了读宋诗的影响，所以说"要须作诗如作文"，又反对"琢镂粉饰"的诗。

那时我初到纽约，觐庄初到康桥，各人都很忙，没有打笔墨官司的余暇。但这只是暂时的停战，偶一接触，又爆发了。

三

一九一六年，我们的争辩最激烈，也最有效果。争辩的起点，仍旧是我的"要须作诗如作文"的一句诗。梅觐庄曾驳我道：

　　足下谓诗国革命始于"作诗如作文",迪颇不以为然。诗文截然两途。诗之文字(Poetic diction)与文之文字(Prose diction)自有诗文以来(无论中西),已分道而驰。足下为诗界革命家,改良"诗之文字"则可。若仅移"文之文字"于诗,即谓之革命,则不可也……一言以蔽之,吾国求诗界革命,当于诗中求之,与文无涉也。若移"文之文字"于诗,即谓之革命,则诗界革命不成问题矣。以其太易易也。

　　任叔永也来信,说他赞成觐庄的主张。我觉得自己很孤立,但我终觉得他们两人的说法都不能使我心服。我不信诗与文是完全截然两途的。我答他们的信,说我的主张并不仅仅是以"文之文字"入诗。我的大意是:

　　今日文学大病在于徒有形式而无精神,徒有文而无质,徒有铿锵之韵,貌似之辞而已。今欲救此文胜之弊,宜从三事入手:第一须言之有物,第二须讲文法,第三,当用"文之文字"时,不可避之。三者皆以质救文胜之弊也。(二月三日)

　　我自己日记里记着:

　　　　吾所持论,固不徒以"文之文字"入诗而已。然不避"文之文字",自是吾论诗之一法。……古诗如白香山之《道州民》,如老杜之《自京赴奉先咏怀》,如黄山谷之《题莲华寺》,何一非用"文之文字",又何一非用"诗之文字"耶?(二月三日)

　　这时候,我已仿佛认识了中国文学问题的性质。我认清了这问题在于"有文而无质"。怎么才可以救这"文胜质"的毛病呢?我那时的答案还没有敢想到白话上去,我只敢说"不避文的文字"而已。但这样胆小的提议,我的一班朋友都还不能了解。梅觐庄的固执"诗的文字"与"文的文字"的区别,自不必说。任叔永也不能完全了解我的意思。他有信来说:

　　　　……要之,无论诗文,皆当有质。有文无质,则成吾国近世萎靡腐朽之文学,吾人正当廓而清之。然使以文学革命自命者,乃言之无文,欲其行远,得乎?近来颇思吾国文学不振,其最大原因,乃在文人无学。救之之法,当从绩学入手。徒于文字形

式上讨论,无当也。(二月十日)

这种说法,何尝不是?但他们都不明白"文字形式"往往是可以妨碍束缚文学的本质的。"旧皮囊装不得新酒",是西方的老话。我们也有"工欲善其事,必先利其器"的古话。文字形式是文学的工具;工具不适用,如何能达意表情?

从二月到三月,我的思想上起了一个根本的新觉悟。我曾彻底想过:一部中国文学史只是一部文字形式(工具)新陈代谢的历史,只是"活文学"随时起来替代了"死文学"的历史。文学的生命全靠能用一个时代的活的工具来表现一个时代的情感与思想。工具僵化了,必须另换新的,活的,这就是"文学革命"。例如《水浒传》上石秀说的:

你这与奴才做奴才的奴才!

我们若把这句话改作古文,"汝奴之奴!"或他种译法,总不能有原文的力量。这岂不是因为死的文字不能表现活的话语?此种例证,何止千百?所以我们可以说:历史上的"文学革命"全是文学工具的革命。叔永诸人全不知道工具的重要,所以说"徒于文字形式上讨论,无当也"。他们忘了欧洲近代文学史的大教训!若没有各国的活语言作新工具,若近代欧洲文人都还须用那已死的拉丁文作工具,欧洲近代文学的勃兴是可能的吗?欧洲各国文学革命只是文学工具的革命。中国文学史上几番革命也都是文学工具的革命。这是我的新觉悟。

我到此时才把中国文学史看明白了,才认清了中国俗话文学(从宋儒的白话语录到元朝明朝的白话戏曲和白话小说)是中国的正统文学,是代表中国文学革命自然发展的趋势的。我到此时才敢正式承认中国今日需要的文学革命是用白话替代古文的革命,是用活的工具替代死的工具的革命。

一九一六年三月间,我曾写信给梅觐庄,略说我的新见解,指出宋元的白话文学的重要价值。觐庄究竟是研究过西洋文学史的人,他回信居然很赞成我的意见。他说:

来书论宋元文学,甚启聋聩。文学革命自当从"民间文学"

(Folklore, Popular poetry, Spoken language, etc.) 入手,此无待言。惟非经一番大战争不可。骤言俚俗文学,必为旧派文家所讪笑攻击。但我辈正欢迎其讪笑攻击耳。(三月十九日)

这封信真叫我高兴,梅觐庄也成了"我辈"了!

我在四月五日把我的见解写出来,作为两段很长的日记。第一段说:

> 文学革命,在吾国史上,非创见也。即以韵文而论:三百篇变而为骚,一大革命也。又变为五言七言之诗,二大革命也。赋之变为无韵之骈文,三大革命也。古诗之变为律诗,四大革命也。诗之变为词,五大革命也。词之变为曲,为剧本,六大革命也。何独于吾所持文学革命论而疑之!

第二段论散文的革命:

> 文亦几遭革命矣。孔子至于秦汉,中国文体始臻完备。……六朝之文亦有绝妙之作。然其时骈俪之体大盛,文以工巧雕琢见长,文法遂衰。韩退之之"文起八代之衰",其功在于恢复散文,讲求文法,此亦一革命也。唐代文学革命家,不仅韩氏一人;初唐之小说家皆革命功臣也。"古文"一派,至今为散文正宗,然宋人谈哲理者,似悟古文之不适于用,于是语录体兴焉。语录体者,以俚语说理记事。……此亦一大革命也。……至元人之小说,此体始臻极盛。……总之,文学革命到元代而登峰造极。其时词也,曲也,剧本也,小说也,皆第一流之文学,而皆以俚语为之。其时吾国真可谓有一种"活文学"出世。倘此革命潮流(革命潮流即天演进化之迹。自其异者言之,谓之革命。自其循序渐进之迹言之,即谓之进化,可也。)不遭明代八股之劫,不受诸文人复古之劫,则吾国之文学必已为俚语的文学,而吾国之语言早成为言文一致之语言,可无疑也。但丁(Dante)之创意大利文,却叟(Chaucer)之创英吉利文,马丁路得(Martin Luther)之创德意志文,未足独有千古矣。惜乎,五百余年来,半死之古文,半死之

诗词，复夺此"活文学"之地位，而"半死文学"遂苟延残喘以至于今日。今日之文学，独我佛山人，南亭亭长，洪都百炼生诸公之小说可称"活文学"耳。文学革命何可更缓耶！何可更缓耶！（四月五夜记）

从此以后，我觉得我已从中国文学演变的历史上寻得了中国文学问题的解决方案，所以我更自信这条路是不错的。过了几天，我作了一首《沁园春》词，写我那时的情绪：

沁园春　誓诗

更不伤春，更不悲秋，以此誓诗。

任花开也好，花飞也好，月圆固好，日落何悲？我闻之曰，"从而天颂，孰与制天而用之？"更安用，为苍天歌哭，作彼奴为！

文学革命何疑！且准备搴旗作健儿。

要前空千古，下开百世，收他臭腐，还我神奇。

为大中华，造新文学，此业吾曹欲让谁？诗材料，有簇新世界，供我驱驰。（四月十三日）

这首词下半阕的口气是很狂的，我自己觉得有点不安，所以修改了好多次。到了第三次修改，我把"为大中华，造新文学，此业吾曹欲让谁"的狂言，全删掉了，下半阕就改成了这个样子：

……文章要有神思，

到琢句雕词意已卑。

定不师秦七，不师黄九，但求似我，何效人为！

语必由衷，言须有物，此意寻常当告谁！　从今后，倘傍人门户，不是男儿！

这次改本后，我自跋云：

> 吾国文学大病有三：一曰无病而呻，……二曰摹仿古人，……三曰言之无物。……顷所作词，专攻此三弊，岂徒责人，亦以自誓耳。（四月十七日）

前答覲庄书，我提出三事：言之有物，讲文法，不避"文的文学"；此跋提出的三弊，除"言之无物"与前第一事相同，余二事是添出的。后来我主张的文学改良的八件，此时已有了五件了。

四

一九一六年六月中，我往克利佛兰（Cleveland）赴"第二次国际关系讨论会"（Conference of International Relations），去时来时都经过绮色佳，去时在那边住了八天，常常和任叔永、唐擘黄、杨杏佛诸君谈论改良中国文学的方法，这时候我已有了具体的方案，就是用白话作文，作诗，作戏曲。日记里记我谈话的大意有九点：

（一）今日之文言乃是一种半死的文字。

（二）今日之白话是一种活的语言。

（三）白话并不鄙俗，俗儒乃谓之俗耳。

（四）白话不但不鄙俗，而且甚优美适用。凡言要以达意为主，其不能达意者，则为不美。如说，"赵老头回过身来，爬在街上，扑通扑通的磕了三个头，"若译作文言，更有何趣味？

（五）凡文言之所长，白话皆有之。而白话之所长，则文言未必能及之。

（六）白话并非文言之退化，乃是文言之进化，其进化之迹，略如下述：

（1）从单音的进而为复音的。

（2）从不自然的文法进而为自然的文法。例如"舜何人也"变为"舜是什么人"；"己所不欲"变为"自己不要的"。

（3）文法由繁趋简。例如代名词的一致。

（4）文言之所无，白话皆有以补充。例如文言只能说"此乃吾儿之书"，但不能说"这书是我儿子的"。

（七）白话可以产生第一流文学。白话已产生小说，戏剧，语录，诗词，此四者皆有史事可证。

（八）白话的文学为中国千年来仅有之文学。其非白话的文学，如古文,如八股,如笔记小说,皆不足与于第一流文学之列。

(九)文言的文字可读而听不懂;白话的文字既可读,又听得懂。凡演说,讲学,笔记,文言决不能应用。今日所需,乃是一种可读,可听,可歌,可讲,可记的言语。要读书不须口译,演说不须笔译;要施诸讲坛舞台而皆可,诵之村姬妇孺皆可懂。不如此者,非活的言语也,决不能成为吾国之国语也,决不能产生第一流的文学也。(七月六日追记)

七月二日,我回纽约时,重过绮色佳,遇见梅觐庄,我们谈了半天,晚上我就走了。日记里记此次谈话的大致如下:

> 吾以为文学在今日不当为少数文人之私产,而当以能普及最大多数之国人为一大能事。吾又以为文学不当与人事全无关系;凡世界有永久价值之文学,皆尝有大影响于世道人心者也。觐庄大攻此说,以为 Utilitarian (功利主义),又以为偷得 Tolstoi (托尔斯泰)之绪余;以为此等十九世纪之旧说,久为今人所弃置。
>
> 余闻之大笑。夫吾之论中国文学,全从中国一方面着想,初不管欧西批评家发何议论。吾言而是也,其为 Utilitarian,其为 Tolstoyan 又何损其为是。吾言而非也,但当攻其所以非之处,不必问其为 Utilitarian 抑为 Tolstoyan 也。(七月十三日追记)

五

我回到纽约之后不久,绮色佳的朋友们遇着了一件小小的不幸事故,产生了一首诗,引起了一场大笔战,竟把我逼上了决心试做白话诗的路上去。

七月八日,任叔永同陈衡哲女士、梅觐庄、杨杏佛、唐擘黄在凯约嘉湖上摇船,近岸时船翻了,又遇着大雨。虽没有伤人,大家的衣服都湿了,叔永做了一首四言的《泛湖即事》长诗,寄到纽约给我看。诗中有"言櫂轻楫,以涤烦疴";又有"猜谜赌胜,载笑载言"等等句子。恰好我是曾做《诗三百篇中"言"字解》的,看了"言櫂轻楫"的句子,有点不舒

服,所以我写信给叔永说:

> ……再者,书中所用"言"字"载"字,皆系死字;又如"猜谜赌胜,载笑载言"二句,上句为二十世纪之活字,下句为三千年前之死句,殊不相称也……(七月十六日)

叔永不服,回信说:

> 足下谓"言"字"载"字为死字,则不敢谓然。如足下意,岂因《诗经》中曾用此字,吾人今日所用字典便不当搜入耶?"载笑载言"固为"三千年前之语",然可用以达我今日之情景,即为今日之语,而非"三千年前之死语",此君我不同之点也……(七月十七日)

我的本意只是说"言"字"载"字在文法上的作用,在今日还未能确定,我们不可轻易乱用。我们应该铸造今日的话语来"达我今日之情景",不当乱用意义不确定的死字。苏东坡用错了"驾言"两字,曾为章子厚所笑。这是我们应该引以为训戒的。

这一点本来不很重要,不料竟引起了梅觐庄出来打抱不平;他来信说:

> 足下所自矜为"文学革命"真谛者,不外乎用"活字"以入文,于叔永诗中稍古之字,皆所不取,以为非"二十世纪之活字"。此种论调,固足下所恃为哓哓以提倡"新文学"者,迪又闻之素矣。夫文学革新,须洗去旧日腔套,务去陈言,固矣。然此非尽屏古人所用之字,而另以俗语白话代之之谓也。……足下以俗语白话为向来文学上不用之字,骤以入文,似觉新奇而美,实则无永久价值。因其向未经美术家之锻炼,徒谐诸愚夫愚妇,无美术观念者之口,历世相传,愈趋愈下,鄙俚乃不可言。足下得之,乃矜矜自喜,眩为创获,异矣! 如足下之言,则人间才智,教育,选择,诸事,皆无足算,而村农伧夫皆足为诗人美术家矣。甚至非洲之黑蛮,南洋之土人,其言文无分者,最有诗人美术家之资格矣。何足下之醉心于俗语白话如是耶?

至于无所谓"活文学"，亦与足下前此言之。……文字者，世界上最守旧之物也。……一字意义之变迁，必经数十或数百年而后成，又须经文学大家承认之，而恒人始沿用之焉。足下乃视改革文字如是之易易乎?……

　　总之，吾辈言文学革命，须谨慎以出之。尤须先精究吾国文字，始敢言改革。欲加用新字，须先用美术以锻炼之。非仅以俗语白话代之，即可了事者也。（俗语白话亦有可用者，惟必须经美术家之锻炼耳）。如足下言，乃以暴易暴耳，岂得谓之改良乎?……（七月十七日）

　　觐庄有点动了气，我要和他开开玩笑，所以做了一首一千多字的白话游戏诗回答他。开篇就是描摹老梅生气的神气：

　　　　"人闲天又凉"，老梅上战场。
　　　　拍桌骂胡适，说话太荒唐！
　　　　说什么"中国有活文学！"
　　　　说什么"须用白话做文章！"
　　　　文字哪有死活！白话俗不可当！
　　　　……

第二段中有这样的话：

　　　　老梅牢骚发了，老胡呵呵大笑。
　　　　且请平心静气，这是什么论调！
　　　　文字没有古今，却有死活可道。
　　　　古人叫做"欲"，今人叫做"要"。
　　　　古人叫做"至"，今人叫做"到"。
　　　　古人叫做"溺"，今人叫做"尿"。
　　　　本来同是一字，声音少许变了。
　　　　并无雅俗可言，何必纷纷胡闹？
　　　　至于古人叫"字"，今人叫"号"；
　　　　古人悬梁，今人上吊：

古名虽未必不佳，今名又何尝不妙？
至于古人乘舆，今人坐轿；
古人加冠束帻，今人但知戴帽；
这都是古所没有，而后人所创造。
若必叫帽作巾，叫轿作舆，
岂非张冠李戴，认虎作豹？
……

第四段专答他说的"白话须锻炼"的意思：

今我苦口哓舌，算来却是为何？
正要求今日的文学大家，
把那些活泼泼的白话，
拿来锻炼，拿来琢磨，
拿来作文演说，作曲作歌：——
出几个白话的嚣俄，
和几个白话的东坡，
那不是"活文学"是什么？
那不是"活文学"是什么？
……

这首"打油诗"是七月二十二日做的，一半是少年朋友的游戏，一半是我有意试做白话的韵文。但梅任两位都大不以为然。觐庄来信大骂我，他说：

读大作如儿时听《莲花落》，真所谓革尽古今中外诗人之命者！足下诚豪健哉！……（七月二十四日）

叔永来信也说：

足下此次试验之结果，乃完全失败；盖足下所作，白话则诚白话矣，韵则有韵矣，然却不可谓之诗。盖诗词之为物，除有韵之外，必须有

和谐之音调,审美之辞句,非如宝玉所云"押韵就好"也。……(七月二十四日)

对于这一点,我当时颇不心服,曾有信替自己辩护,说我这首诗,当作一首 Satire(嘲讽诗)看,并不算是失败,但这种"戏台里喝彩",实在大可不必。我现在回想起来,也觉得自己好笑。

但这一首游戏的白话诗,本身虽没有多大价值,在我个人做白话诗的历史上,可是很重要的。因为梅任诸君的批评竟逼得我不能不努力试做白话诗了。觐庄的信上曾说:文章体裁不同。小说词曲固可用白话,诗文则不可。

叔永的信上也说:

要之,白话自有白话用处(如作小说演说等),然不能用之于诗。

这样看来,白话文学在小说词曲演说的几方面,已得梅任两君的承认了,觐庄不承认白话可作诗与文,叔永不承认白话可用来作诗。觐庄所谓"文"自然是指《古文辞类纂》一类的书里所谓"文"(近来有人叫做"美文")。在这一点上,我毫不狐疑,因为我在几年前曾做过许多白话的议论文,我深信白话文是不难成立的。现在我们的争点,只在"白话是否可以做诗"的一个问题了。白话文学的作战,十仗之中,已胜了七八仗。现在只剩一座诗的壁垒,还须用全力去抢夺。待到白话征服这个诗国时,白话文学的胜利就可说是十足的了,所以我当时打定主意,要作先锋去打这座未投降的壁垒:就是要用全力去试做白话诗。

叔永的长信上还有几句话使我更感觉这种试验的必要。他说:

如凡白话皆可为诗,则吾国之京调高腔,何一非诗?……乌乎适之,吾人今日言文学革命,乃诚见今日文学有不可不改革之处,非特文言白话之争而已。……以足下高才有为,何为舍大道不由,而必旁逸斜出,植美卉于荆棘之中哉?……今日假定

足下之文学革命成功，将令吾国作诗皆京调高腔，而陶谢李杜
之流永不复见于神州，则足下之功又何如哉，心所谓危，不敢不
告。……足下若见听，则请从他方面讲文学革命，勿徒以白话
诗为事矣。……（七月二十四夜）

这段话使我感觉他们都有一个根本上的误解。梅任诸君都赞成"文
学革命"，他们都"诚见今日文学有不可不改革之处"。但他们赞成的文
学革命，只是一种空荡荡的目的，没有具体的计划，也没有下手的途径。
等到我提出了一个具体的方案（用白话做一切文学的工具），他们又都
不赞成了。他们都说，文学革命决不是"文言白话之争而已"。他们都说，
文学革命应该有"他方面"，应该走"大道"。究竟那"他方面"是什么方
面呢？究竟那"大道"是什么道呢？他们又都说不出来了；他们只知道
决不是白话！

我也知道光有白话算不得新文学，我也知道新文学必须有新思想
和新精神。但是我认定了：无论如何，死文字决不能产生活文学。若
要造一种活的文学，必须有活的工具。那已产生的白话小说词曲，都可
证明白话是最配做中国活文学的工具的。我们必须先把这个工具抬高
起来，使他成为公认的中国文学工具，使他完全替代那半死的或全死
的老工具。有了新工具，我们方才谈得到新思想和新精神等等其他方
面。这是我的方案。现在反对的几位朋友已承认白话可以作小说戏曲
了。他们还不承认白话可以作诗。这种怀疑，不仅是对于白话诗的局
部怀疑，实在还是对于白话文学的根本怀疑。在他们的心里，诗与文是
正宗，小说戏曲还是旁门小道。他们不承认白话诗文，其实他们是不承
认白话可作中国文学的唯一工具。所以我决心要用白话来征服诗的壁
垒，这不但是试验白话诗是否可能，这就是要证明白话可以做中国文学
的一切门类的唯一工具。

白话可以作诗，本来是毫无可疑的。杜甫、白居易、寒山、拾得、邵
雍、王安石、陆游的白话诗都可以举来作证。词曲里的白话更多了。但
何以我的朋友们还不能承认白话诗的可能呢？这有两个原因：第一是
因为白话诗确是不多，在那无数的古文诗里，这儿那儿的几首白话诗在
数量上确是很少的。第二是因为旧日的诗人词人只有偶然用白话做诗
词的，没有用全力做白话诗词的，更没有自觉的做白话诗词的。所以现

在这个问题还不能光靠历史材料的证明,还须等待我们用实地试验来证明。

所以我答叔永的信上说:

> 总之,白话未尝不可以入诗,但白话诗尚不多见耳。古之所少有,今日岂必不可多作乎?……
>
> 白话之能不能作诗,此一问题全待吾辈解决。解决之法,不在乞怜古人,谓古之所无,今必不可有;而在吾辈实地试验。一次"完全失败",何妨再来?若一次失败,便"期期以为不可",此岂"科学的精神"所许乎?……
>
> 高腔京调未尝不可成为第一流文学。……适以为但有第一流文人肯用高腔京调著作,便可使京调高腔成第一流文学。病在文人胆小不敢用之耳。元人作曲可以取仕宦,下之亦可谋生,故名士如高则诚、关汉卿之流皆肯作曲作杂剧。今之高腔京调皆不文不学之戏子为之,宜其不能佳矣。此则高腔京调之不幸也。足下亦知今日受人崇拜之莎士比亚,即当时唱京调高腔者乎?……与莎氏并世之培根著《论集》(Essays),有拉丁文英文两种本子;书既出世,培根自言,其他日不朽之名当赖拉丁文一本;而英文本则但以供一般普通俗人之传诵耳,不足轻重也。此可见当时之英文的文学,其地位皆与今日京腔高调不相上下。……吾绝对不认"京腔高调"与"陶谢李杜"为势不两立之物。今且用足下之文字以述吾梦想中之文学革命之目的,曰:
>
> (1)文学革命的手段,要令国中之陶谢李杜敢用白话京调高腔作诗。要令国中之陶谢李杜皆能用白话京调高腔作诗。
>
> (2)文学革命的目的,要令中国有许多白话京调高腔的陶谢李杜,要令白话京调高腔之中产出几许陶谢李杜。
>
> (3)今日决用不着陶谢李杜的陶谢李杜。何也? 时代不同也。
>
> (4)吾辈生于今日,与其作不能行远不能普及的《五经》两汉六朝八家文字,不如作家喻户晓的《水浒》、《西游》文字。与其作似陶似谢似李似杜的诗,不如作不似陶不似谢不似李不

似杜的白话诗。与其作一个"真诗",走"大道",学这个,学那个的陈伯严、郑苏龛,不如作一个实地试验,"旁逸斜出","舍大道而弗由"的胡适。

此四者,乃适梦想中文学革命之宣言书也。

嗟夫,叔永,吾岂好立异以为高哉?徒以"心所谓是,不敢不为"。吾志决矣。吾自此以后,不更作文言诗词。吾之《去国集》乃是吾绝笔的文言韵文也。……(七月二十六日)

这是我第一次宣言不做文言的诗词。过了几天,我再答叔永道:

古人说,"工欲善其事,必先利其器。"文字者,文学之器也。我私心以为文言决不足为吾国将来文学之利器。施耐庵、曹雪芹诸人已实地证明作小说之利器在于白话。今尚需人实地试验白话是否可为韵文之利器耳……

我自信颇能用白话作散文,但尚未能用之于韵文。私心颇欲以数年之力,实地练习之。倘数年之后,竟能用文言白话作文作诗,无不随心所欲,岂非一大快事?

我此时练习白话韵文,颇似新辟一文学殖民地。可惜须单身匹马而往,不能多得同志,结伴同行。然我去志已决。公等假我数年之期。倘此新国尽是沙碛不毛之地,则我或终归老于"文言诗国",亦未可知。倘幸而有成,则辟除棘荆之后,当开放门户,迎公等同来莅止耳。"狂言人道臣当烹。我自不吐定不快,人言未足为轻重。"足下定笑我狂耳。……(八月四日)

这封信是我对于一班讨论文学的朋友的告别书。我把路线认清楚了,决定努力做白话诗的试验,要用试验的结果来证明我的主张的是非。所以从此以后,我不再和梅任诸君打笔墨官司了。信中说的"可惜须单身匹马而往,不能多得同志,结伴而行",也是我当时心里感觉的一点寂寞。我心里最感觉失望的,是我平时最敬爱的一班朋友都不肯和我同去探险。一年多的讨论,还不能说服一两个好朋友,我还妄想要在国内提倡文学革命的大运动吗?

有一天,我坐在窗口吃我自做的午餐,窗下就是一大片长林乱草,远望着赫贞江。我忽然看见一对黄蝴蝶从树梢飞上来；一会儿，一只蝴蝶飞下去了；还有一只蝴蝶独自飞了一会，也慢慢的飞下去，去寻他的同伴去了，我心里颇有点感触，感触到一种寂寞的难受，所以我写了一首白话小诗，题目就叫做《朋友》（后来才改作《蝴蝶》）：

> 两个黄蝴蝶，双双飞上天。
> 不知为什么，一个忽飞还。
> 剩下那一个，孤单怪可怜；
> 也无心上天，天上太孤单。
>
> （八月二十三日）

这种孤单的情绪，并不含有怨望我的朋友的意思。我回想起来，若没有那一班朋友和我讨论，若没有那一日一邮片，三日一长函的朋友切磋的乐趣，我自己的文学主张决不会经过那几层大变化，决不会渐渐结晶成一个有系统的方案，决不会慢慢的寻出一条光明的大路来。况且那年（一九一六）的三月间，梅觐庄对于我的俗话文学的主张，已很明白的表示赞成了（看上文引他的三月十九日来信）。后来他们的坚决反对，也许是我当时的少年意气太盛，叫朋友难堪，反引起他们的反感来了，就使他们不能平心静气的考虑我的历史见解，就使他们走上了反对的路上去。但是因为他们的反驳，我才有实地试验白话诗的决心。庄子说得好："彼出于是，是亦因彼"。一班朋友做了我多年的"他山之错"，我对他们，只有感激，决没有丝毫的怨望。

我的决心试验白话诗，一半是朋友们一年多讨论的结果，一半也是我受的实验主义的哲学的影响。实验主义教训我们：一切学理都只是一种假设；必须要证实了（verified），然后可算是真理。证实的步骤，只是先把一个假设的理论的种种可能的结果都推想出来，然后想法子来试验这些结果是否适用，或是否能解决原来的问题。我的白话文学论不过是一个假设，这个假设的一部分（小说词曲等）已有历史的证实了；其余一部分（诗）还须等待实地试验的结果。我的白话诗的实地试验，不过是我的实验主义的一种应用。所以我的白话诗还没有写得几首，我的诗集已有了名字了，就叫做《尝试集》。我读陆游的诗，有一首诗云：

能仁院前有石像丈余,盖作大像时样也。

江阁欲开千尺像,云龛先定此规模。

斜阳徒倚空长叹,尝试成功自古无。

陆放翁这首诗大概是别有所指,他的本意大概是说:小试而不得大用,是不会成功的,我借他这句诗,做我的白话诗集的名字,并且做了一首诗,说明我的尝试主义:

尝试篇

"尝试成功自古无",放翁这话未必是。我今为下一转语,自古成功在尝试。请看药圣尝百草,尝了一味又一味。又如名医试丹药,何嫌六百零六次。莫想小试便成功,哪有这样容易事!有时试到千百回,始知前功尽抛弃。即使如此已无愧,即此失败便足记。告人此路不通行,可使脚力莫浪费。我生求师二十年,今得"尝试"两个字。作诗做事要如此,虽未能到颇有志。作《尝试歌》颂吾师,愿大家都来尝试!(八月三日)

这是我的实验主义的文学观。

这个长期讨论的结果,使我自己把许多散漫的思想汇集起来,成为一个系统。一九一六年的八月十九日,我写信给朱经农,中有一段说:

新文学之要点,约有八事:

(一)不用典。(二)不用陈套语。(三)不讲对仗。(四)不避俗字俗语。(不嫌以白话作诗词)。(五)须讲求文法(以上为形式的方面)。(六)不作无病之呻吟。(七)不摹仿古人。(八)须言之有物(以上为精神[内容]的方面)。

那年十月中,我写信给陈独秀先生,就提出这八个"文学革命"的条件。次序也是这样的;不到一个月,我写了一篇《文学改良刍议》,用复写纸抄了两份,一份给《留美学生季刊》发表,一份寄给独秀在《新青年》上发表。在这篇文字里,八件事的次序大改变了:

(一)须言之有物。(二)不摹仿古人。(三)须讲求文法。(四)不作无病之呻吟。(五)务去烂调套语。(六)不用典。(七)不讲对仗。(八)

不避俗字俗语。

这个新次第是有意改动的。我把"不避俗字俗语"一件放在最后，标题只是很委婉的说"不避俗字俗语"，其实是很郑重的提出我的白话文学的主张。我在那篇文字里说：

> 吾惟以施耐庵、曹雪芹、吴趼人为文学正宗，故有"不避俗字俗语"之论也。盖吾国言文之背驰久矣。自佛书之输入，译者以文言不足以达意，故以浅近之文译之，其体已近白话。其后佛氏讲义语录尤多用白话为之者，是为语录体之原始。及宋人讲学，以白话为语录，此体遂成讲学正体（明人因之）。当是时，白话已久入韵文，观宋人之诗词可见。及至元时，中国北部在异族之下三百余年矣。此三百年中，中国乃发生一种通俗行远之文学，文则有《水浒》、《西游》、《三国》，曲则尤不可胜计。以今世眼光观之，则中国文学当以元代为最盛；传世不朽之作，当以元代为最多。此无可疑也。当是时，中国之文学最近言文合一，白话几成文学的语言矣。使此趋势不受阻遏，则中国几有一"活文学"出现，而但丁、路得之伟业几发生于神州。不意此趋势骤为明代所阻，政府既以八股取士，而当时文人以何李七子之徒，又争以复古为高。于是此千年难遇言文合一之机会，遂中道夭折矣。然以今世历史进化的眼光观之，则白话文学之为中国文学之正宗，又为将来文学必用之利器，可断言也。以此之故，吾主张今日作文作诗，宜采用俗语俗字。与其用三千年前之死字，不如用二十世纪之活字。与其作不能行远不能普及之秦汉六朝，不如作家喻户晓之《水浒》、《西游》文字也。

这完全是用我三四月中写出的中国文学史观（见上文引的四月五日日记），稍稍加上一点后来的修正，可是我受了在美国的朋友的反对，胆子变小了，态度变谦虚了，所以此文标题但称《文学改良刍议》，而全篇不敢提起"文学革命"的旗子。篇末还说：

> 上述八事，乃我年来研思此一大问题之结果。……谓之

"刍议",犹云未定草也。伏惟国人同志有以匡纠是正之。

这是一个外国留学生对于国内学者的谦逊态度。文字题为"刍议",诗集题为"尝试",是可以不引起很大的反感的了。

陈独秀先生是一个老革命党,他起初对于我的八条件还有点怀疑(《新青年》二卷二号。其时国内好学深思的少年,如常乃惪君,也说"说理纪事之文,必当以白话行之,但不可施于美术文耳。"见《新青年》二卷四号),但他见了我的《文学改良刍议》之后,就完全赞成我的主张;他接着写了一篇《文学革命论》(《新青年》二卷五号),正式在国内提出"文学革命"的旗帜。他说:

> 文学革命之气运,酝酿已非一日。其首举义旗之急先锋则
> 为吾友胡适。余甘冒全国学究之敌,高张"文学革命军"之大
> 旗,以为吾友之声援。旗上大书特书吾革命三大主义:
> 曰:推倒雕琢的,阿谀的贵族文学;建设平易的,抒情的国
> 民文学。
> 曰:推倒陈腐的,铺张的古典文学;建设新鲜的,立诚的写
> 实文学。
> 曰:推倒迂晦的,艰涩的山林文学;建设明了的,通俗的社
> 会文学。

独秀之外,最初赞成我的主张的,有北京大学教授钱玄同先生(《新青年》二卷六号通信;又三卷一号通信)。此后文学革命的运动就从美国几个留学生的课余讨论,变成国内文人学者的讨论了。

《文学改良刍议》是一九一七年一月出版的,我在一九一七年四月九日还写了一封长信给陈独秀先生,信内说:

> 此事之是非,非一朝一夕所能定,亦非一二人所能定。甚
> 愿国中人士能平心静气与吾辈同力研究此问题。讨论既熟,是
> 非自明。吾辈已张革命之旗,虽不容退缩,然亦决不敢以吾辈
> 所主张为必是,而不容他人之匡正也。……

独秀在《新青年》（第三卷三号）上答我道：

　　鄙意容纳异议，自由讨论，固为学术发达之原则，独至改良中国文学当以白话为正宗之说，其是非甚明，必不容反对者有讨论之余地；必以吾辈所主张者为绝对之是，而不容他人之匡正也。盖以吾国文化倘已至文言一致地步，则以国语为文，达意状物，岂非天经地义？尚有何种疑义必待讨论乎？其必欲摈弃国语文学，而悍然以古文为正宗者，犹之清初历家排斥西法，乾嘉畴人非难地球绕日之说，吾辈实无余闲与之作此无谓之讨论也。

　　这样武断的态度，真是一个老革命党的口气。我们一年多的文学讨论的结果，得着了这样一个坚强的革命家做宣传者，做推行者，不久就成为一个有力的大运动了。

　　（《四十自述》的一章，二十二年十二月三日夜脱稿。）

　　（载 1934 年 1 月 1 日《东方杂志》第 31 卷 1 号，又收入《中国新文学大系·建设理论集》，上海良友图书印刷公司 1935 年 10 月 15 日初版；1958 年 6 月台北启明书局将此文编入《中国新文学运动小史》出版）

文学革命运动

周作人

清末文学方面的情形,现在再加一总括的叙述:

第一,八股文在政治方面已被打倒,考试时已经不再作八股文而改作策论了。其在社会方面,影响却依旧很大,甚至,如从前所说,至今还没有完全消失。

第二,在"乾隆嘉庆"两朝达到全盛时期的汉学,到清末的俞曲园也起了变化,不但弄词章,而且弄小说,而且在《春在堂全集》中的文字,有的像李笠翁,有的像金圣叹,有的像郑板桥和袁子才。于是,被章实斋骂倒的公安派,又得以复活在汉学家的手里。

第三,主张文道混合的桐城派,这时也起了变化,严复出而译述西洋的科学和哲学方面的著作,林纾则译述文学方面。虽则严复的译文被章太炎先生骂为有八股调;林纾译述的动机是在于西洋文学有时和《左传》、《史记》中的笔法相合;然而在其思想和态度方面,总已有了不少的改变。

第四,这时候的民间小说,比较低级的东西,也在照旧发达。其作品有《孽海花》等。

受了桐城派的影响,在这变动局面演了一个主要角色的是梁任公,他是一位研究经学而在文章方面是喜欢桐城派的。当时他所主编的刊物,先后有《时务报》、《新民丛报》、《清议报》和《新小说》等等,在那时的影响都很大,不过,他是从政治方面起来的,他所最注意的是政治上的改革,因而他和文学运动的关系也较为异样。

自从甲午年(1894)中国败于日本之后,中间经过了戊戌政变(1898),以至于庚子年的八国联军(1900),这几年间是清代政治上起大变动的开始。梁任公是戊戌政变的主要人物,他从事于政治的改革运动,也注意到思想和文学方面。在《新民丛报》内有很多的文学作品。不过这些作品都不是正路的文学,而是来自偏路的,和林纾所译的小说不同。他是想藉文学的感化力作手段,而达到其改良中国政治和中国社会的目的的。这意见,在他的一篇很有名的文章《论小说与群治之关系》中可以看出。因此他所刊载的小说多是些"政治小说",如讲匈牙利和希腊的政治改革的小说《经国美谈》等是。《新小说》内所登载的比较价值大些,但也都是以改良社会为目标的,如科学小说《海底旅行》,政治小说《新罗马传奇》,《新中国未来记》和其他的侦探小说之类。这是他在文学运动以前的工作。

梁任公的文章是融和了唐宋八家、桐城派和李笠翁、金圣叹为一起,而又从中翻陈出新的。这也可算他的特别工作之一。在我年小时候,也受了他的非常大的影响,读他的《饮冰室文集》、《自由书》、《中国魂》等都非常有兴趣。他的文章,如他自己在《清代学术概论》中所讲,是"笔锋常带情感",因而影响社会的力量更加大。

他曾作过一篇《罗兰夫人传》。在那篇传文中,他将法国革命后欧洲所起的大变化,都归功于罗兰夫人身上。在这篇文字中,有几句是:

"罗兰夫人何人也? 彼拿破仑之母也,彼梅特涅之母也。彼玛志黎,噶苏士,俾士麦,加富尔之母也。……"

因这几句话,竟使后来一位投考的人,在论到拿破仑时颇惊异于拿破仑和梅特涅既属一母所生之兄弟何以又有那样不同的性格。从这段笑话中,也可见得他给予社会上的影响是如何之大了。

就这样,他以改革政治改革社会为目的,而影响所及,也给予文学革命运动以很大的助力。

在这时候,曾有一种白话文字出现,如《白话报》,《白话丛书》等,不过和现在的白话文不同,那不是白话文学,只是因为想要变法,要使一般国民都认些文字,看看报纸,对国家政治都可明了一点,所以认为用白话写文章可得到较大的效力。因此我以为那时候的白话和现在的白话文有两点不相同:

第一,现在白话文,是"话怎么说便怎么写"。那时候却是由八股翻白话,有一本《女诫注释》,是那时候的《白话丛书》之一,序文的起头是这样：

> "梅侣做成了《女诫》的注释,请吴芙做序,吴芙就提起笔来写道,从古以来,女人有名气的极多,要算曹大家第一,曹大家是女人当中的孔夫子,《女诫》是女人最要紧念的书。……"

又后序云：

> "华留芳女史看完了裘梅侣做的曹大家《女诫》注释叹一口气说道,唉,我如今想起中国的女子,真没有再比他可怜的了。……"

这仍然是古文里的格调,可见那时的白话,是作者用古文想出之后,又翻作白话写出来的。

第二,是态度的不同——现在我们作文的态度是一元的,就是:无论对什么人,作什么事,无论是著书或随便地写一张字条儿,一律都用白话。而以前的态度则是二元的:不是凡文字都用白话写,只是为一般没有学识的平民和工人才写白话的。因为那时候的目的是改造政治,如一切东西都用古文,则一般人对报纸仍看不懂,对政府的命令也仍将不知是怎么一回事,所以只好用白话。但如写正经的文章或著书时,当然还是作古文的,因此我们可以说,在那时候,古文是为"老爷"用的,白话是为"听差"用的。

总之,那时候的白话,是出自政治方面的需求,只是戊戌政变的余波之一,和后来的白话文可说是没有大关系的。

不过那时候的白话作品,也给了我们一种好处:使我们看出了古文之无聊。同样的东西,若用古文写,因其形式可作掩饰,还不易看清它的缺陷,但用白话一写,即显得空空洞洞没有内容了。

这样看来,自甲午战后,不但中国的政治上发生了极大的变动,即在文学方面,也正在时时动摇,处处变化,正好像是上一个时代的结尾,下一个时代的开端。新的时代所以还不能即时产生者,则是如《三国演义》上所说的:"万事齐备,只欠东风"。

所谓"东风"在这里却正改作"西风",即是西洋的科学,哲学和文学各方面的思想。到民国初年,那些东西都已渐渐输入得很多,于是而文学革命的主张便正式的提出来了。

民国四五年间,有一种《青年杂志》发行出来,编辑者为陈独秀,这杂志的性质是和后来商务印书馆的《学生杂志》差不多。后来,又改名为《新青年》,这时候蔡子民作了北大校长,他请陈独秀作了文科学长,但《新青年》仍编辑,这是民国六年的事。其时胡适之尚在美国,他由美国向《新青年》投稿,便提出了文学革命的意见。但那时的意见还很简单,只是想将文体改变一下,不用文言而用白话,别的再没有高深的道理。当时他们的文章也还都用文言作的。其后钱玄同、刘半农参加进去,"文学运动"、"白话文学"等等旗帜口号才明显地提了出来。接着又有了胡适之的"八不主义",也即是复活了明末公安派的"独抒性灵,不拘格套"和"信腕信口,皆成律度"的主张。只不过又加多了西洋的科学哲学各方面的思想,遂使两次运动多少有些不同了,而在根本方向上,则仍无多大差异处——这是我们已经屡次讲到的了。

对此次文学革命运动起而反对的,是前次已经讲过的严复和林纾等人。西洋的科学哲学和文学,本是由于他们的介绍才得输入中国的,而参加文学运动的人们,也大都受过他们的影响,当时林译的小说由最早的《茶花女》到后来的《十字军英雄记》和《黑太子南征录》,我就没有不读过的。那么,他们为什么又反动起来呢?那是他们有载道的观念之故。严林都十分聪明,他们看出了文学运动的危险将不限于文学方面的改变,其结果势非使儒教思想根本动摇不可。所以怕极了便出而反对。林纾有一封很长的信,《致蔡元培先生》。登在当时的《公言报》上,在那封信上他说明了这次文学运动将使中国人不能读中国古书,将使中国的伦常道德一齐动摇等危险,而为之担忧。

关于这次运动的情形,没有详细讲述的必要,大家翻看一下《独秀文存》和《胡适之文存》,便可看得出他们所主张的是什么。钱玄同和刘半农先生的文章没有收集印行,但在大系的《文学论争》集里,所有当时关于文学革命这问题的重要文章,主张改革和反对革命的两方面的论战文字,通通都收进里面去了。

我已屡次地说过,今次的文学运动,其根本方向和明末的文学运动完全相同,对此,我觉得还须加以解释:

有人疑惑:今次的文学革命运动者主张用白话,明末的文学运动者并没有如此的主张，他们的文章依旧是用古文写作，何以二者会相同呢？我以为：现在的用白话的主张也只是从明末诸人的主张内生出来的。这意见和胡适之先生的有些不同。胡先生以为所以要用白话的理由是：

（1）文学向来是向着白话的路子走的，只因有许多障碍，所以直到现在才入了正轨，以后即永远如此。

（2）古文是死文字，白话是活的。

对于他的理由中的第（1）项，在第二讲中我已经说过，我的意见是以为中国的文学一向并没有一定的目标和方向，有如一条河，只要遇到阻力，其水流的方向即起变化，再遇到即再变。所以，如有人以为诗言志太无聊，则文学即转入"载道"的路，如再有人以为"载道"太无聊，则即再转"言志"的路。现在虽是白话，虽是走着言志的路子，以为也仍然要有变化，虽则未必再变得如唐宋八家或桐城派相同，却许是必得于人生和社会有好处的才行，而这样则又是"载道"的了。

对于其理由中的第（2）项，我以为古文和白话并没有严格的界限，因此死活也难分。几年前，曾有过一桩笑话：那时章士钊以为古文比白话文好，于是以"二桃杀三士"为例，他说这句话要用白话写出则必变为"两个桃子，害死三个读书人"，岂不太麻烦么？在这里首先，他是将"三士"讲错了："二桃杀三士"为诸葛亮《梁父吟》中的一句，其来源是《晏子春秋》里边所讲的一段故事，三士所指系三位游侠之士，并非"三个读书人"。其次我以为这句话就是白话而不是古文。例如在我们讲话时说，"二桃"就可以，不一定要说"两个桃子"，"三士"亦然。"杀"字更不能说是古文。现在所作的白话文内，除了"呢"、"吧"、"么"等字比较新一些外，其余的几乎都是古字了，如"月"字从甲骨文字时代就有，算是一个极古的字了，然而它却的确没有死。再如"粤若稽古帝尧"一句，可以算是一句死的古文了，但其死只是由于字的排列法是古的，而不能说是由于这几个字是古字的缘故，现在，这句子中的几个字，还都时常被我们应用，那么，怎能算是死文字呢？所以文字的死活只因它的排列法而不同，其古与不古，死与活，在文学的本身并没有明了的界限。即在胡适之先生，他从唐代的诗中提出一部份认为是白话文学，而其取舍却没有很分明的一条线。即此可知古文白话很难分，其死活更难定。因此，我以为现在用白话，并不是因为古文是死的，而是尚有另外的理由在：

（1）因为要言志，所以用白话——我们写文章是想将我们的思想，感情表达出来的。能够将思想和感情多写出一分，文章的艺术分子即加增一分，写出得愈多便愈好。这和政治家外交官的谈话不同，他们的谈话是以不发表意见为目的的，总是愈说愈令人有莫知究竟之感。要想将我们的思想感情，尽可能地多写出来，最好的办法是如胡适之先生所说的"话怎么说，就怎么写"，必如此，才可以"不拘格套"，才可以"独抒性灵"。比如，有朋友在上海生病，我们得到他生病的电报之后，即赶到东车站搭车到天津，又改乘轮船南下，第三天便抵上海。我们若用白话将这件事如实地记载出来，则可以看得出这是用最快的走法前去。从这里，我和那位朋友间的密切关系，也自然可以看得出来。若用古文记载，势将怎么也说不对。"得到电报"一句，用周秦诸子或桐城派的写法都写不出来，因"电报"二字找不到古文来代替，若说接到"信"，则给人的印象很小，显不出这事情的紧要来。"东车站"也没有适当古文可以代替，若用"东驿"，意思便不一样，因当时驿站间的交通是用驿马。"火车"、"轮船"等等名词也都如此。所以，对于这件事情的叙述，应用古雅的字不但达不出真切的意思，而且在时间方面也将弄得不与事实相符。又如现在的"大学"若写作古代的"成均"和"国子监"，则其所给予人的印象也一定不对。从这些简单的事情上，即可知道想要表达现在的思想感情，古文是不中用的。

我们都知道作战的目的，是要消灭敌人而不要被敌人打死。因此，选用效力最大的武器是必须的：用刀棍不及用弓箭，用弓箭不及用枪炮，枪炮只有射击力最大的才最好，所以现在都用大炮而不用刀剑。不过万一有人还能以青龙偃月刀与机关枪相敌——能够以青龙偃月刀发生比机关枪更大的效力，这当然是不可能的事了。——但万一有人能够作到呢，则青龙偃月刀在现在也不妨一用的。文学上的古文也如此，现在并非一定不准用古文，如有人能用古文很明了地写出他的思想感情，较诸用白话文字写还能表现得更多更好，则也大可不必用白话的，然而谁敢说他能够这样做呢？

传达思想，感情的方法很多，用语言，用颜色，用音乐或文字都可以，本无任何限制。我自己是不懂音乐的，但据我想来，对于传达思想和感情，也许那是一种最便当，效力最大的东西吧，用言语传达就比较难,用文字写出更难。譬如我们有时候非常高兴,高兴的原因却有很多:有时因为考试成绩好,有时因为发了财,有时又因为恋爱的成功等等,假如对这种种事件都只用"高兴"的字样去形容,则各种高兴间不同的情形便表示不出,这样便是不得要领。所以,将我们的思想感情用文字照原样完全描绘出来,是一件很不容易的事。既很不容易而到底还想将它们的原面目尽量地保存在文字当中,结果遂不能不用最近于语言的白话。这是现在所以用白话的主要原因之一,而和明末"信腕信口"的主张,原也是同一纲领——同是从"言志"的主张中生出来的必然结果。在明末还没想到用白话,所以只能就文言中的可能,以表达其能思想感情而已。

向来还有一种误解,以为写古文难,写白话容易。据我的经验说却不如是:写古文较之写白话容易得多,而写白话实有时是自讨苦吃。我常说,如有人想跟我学作白话文,一两年内实难保其必有成绩;如学古文,则一百天的功夫定可使他学好。因为教古文,只须从古文中选出百来篇形式不同格调不同的作为标本,让学生去熟读即可。有如学唱歌,只须多记住几种曲谱:如国歌,进行曲之类,以后即可按谱填词。文章读得多了,等作文时即可找一篇格调相合的套上。如作寿序,作祭文等,通可用这种办法。古人的文字是三段,我们也作三段,五段则也五段。这样则教者只对学者加以监督,使学者去读去套,另外并不须再教什么。这种办法,并非我自己想出的,以前的作古文的,的确就是应用这办法的,清末文人也曾公然地这样主张过,但难处是:譬如要作一篇祭文,想将死者全生平的历史都写进去,有时则限于古人文字中的段落太少而不能做到,那时候便不得不削足以适履了。古文之容易在此,其毛病亦在此。

白话文的难处,是必须有感情或思想作内容,古文中可以没有这东西,而白话文缺少了内容便作不成。白话文有如口袋装进什么东西去都可以,但不能任何东西不装。而且无论装进什么,原物的形状都可以显现得出来。古文有如一只箱子,只能装方的东西,圆东西则盛不下,而最好还是让它空着,任何东西都不装。大抵在无话可讲而又非讲不可时,古文是最有用的。譬如远道接得一位亲属写来的信,觉得对他讲什么都不好,然而又必须回答,在这样的时候,若写白话,简单的几句便可完事,当然不相宜的,若用古文,则可以套用旧调,虽则空洞无物,但八行书准可写满。

（2）因为思想上有了很大的变动，所以须用白话——假如思想还和以前相同，则可仍用古文写作，文章的形式是没有改革的必要的。现在呢，由于西洋思想的输入，人们对于政治，经济，道德等的观念，和对于人生，社会的见解，都和从前不同了。应用这新的观点去观察一切，遂对一切问题又都有了新的意见要说要写。然而旧的皮囊盛不下新的东西，新的思想必须用新的文体以传达出来，因而便非用白话不可。

现在有许多文人，如俞平伯先生，其所作的文章虽用白话，但乍看来其形式很平常，其态度也和旧时文人差不多，然在根柢上，他和旧时的文人却绝不相同。他已受过了西洋思想的陶冶，受过了科学的洗礼，所以他对于生死，对于父子、夫妇等的意见，都异于从前很多。在民国以前人们，甚至于现在的戴季陶、张继等人，他们的思想和见地，都不和我们相同，按张戴的思想讲，他们还都是庚子以前的人物，现在的青年，都懂得了进化论，习过了生物学，受过了科学的训练。所以尽管写些关于花木，山水，吃酒一类的东西，题目和从前相似，而内容则前后绝不相同了。

（录自《中国新文学大系·史料·索引》，上海良友图书印刷公司 1935 年 2 月 15 日初版，第 4 页至第 10 页）

从文学革命到革命文学

王瑶

《新青年》于一九一五年九月创刊,由陈独秀主编,原名《青年杂志》,创刊号开首是陈独秀的《敬告青年》一文,对青年特陈六义:(一)自主的而非奴隶的,(二)进步的而非退守的,(三)进取的而非退隐的,(四)世界的而非锁国的,(五)实利的而非虚文的,(六)科学的而非想象的。自二卷起改名《新青年》(一九一六年九月),遂成了反封建和鼓吹民主革命的中心刊物。一九一九年一月陈独秀在《新青年罪案之答辩书》(六卷一期)中说:

> 他们所非难本志的,无非是破坏孔教,破坏礼法,破坏国粹,破坏贞节,破坏旧伦理(忠孝节),破坏旧艺术(中国戏),破坏旧宗教(鬼神),破坏旧文学,破坏旧政治(特权人治),这几条罪案。这几条罪案,本社同人当然直认不讳。但是追本溯源,本志同人本来无罪,只因为拥护那德莫克拉西(Democracy)和赛因斯(Science)两位先生,才犯了这几条滔天大罪。要拥护那德先生,便不得不反对那孔教,礼法,贞节,旧伦理,旧政治。要拥护那赛先生,便不得不反对那旧艺术,旧宗教。要拥护德先生,又要拥护赛先生,便不得不反对国粹和旧文学。

一九一九年十二月的《新青年宣言》(七卷一期)又说:

> 我们相信,世界各国政治上道德上经济上因袭的旧观念中,有许多阻碍进化而不合情理的部分。我们想求社会进化,

不得不打破"天经地义""自古如斯"的成见，决计一面抛弃此等旧观念，一面综合前代贤哲当代贤哲和我们自己所想的，创造政治上道德上经济上的新观念，树立新时代的精神，适应新社会的环境。

我们理想的新时代，新社会，是诚实的，进步的，积极的，自由的，平等的，创造的，美的，善的，和平的，相爱互助的，劳动而愉快的，全社会幸福的。希望那虚伪的，保守的，消极的，束缚的，阶级的，因袭的，丑的，恶的，战争的，轧轹不安的，懒惰而烦闷的，少数幸福的现象，渐渐减少，至于消灭。

这可以说明《新青年》在当时的态度和主要论点，而反对旧文学自然也是反对封建文化中的主要工作，鲁迅说：

凡是关心现代中国文学的人，谁都知道《新青年》是提倡"文学改良"，后来更进一步而号召"文学革命"的发难者。但当一九一五年九月中在上海开始出版的时候，却全部是文言的。苏曼殊的创作小说，陈嘏和刘半农的翻译小说，都是文言。到第二年，胡适的《文学改良刍议》发表了，作品也只有胡适的诗文和小说是白话。后来白话作者逐渐多了起来，但又因为《新青年》其实是一个论议的刊物，所以创作并不怎样著重。[①]

一九一七年一月胡适发表《文学改良刍议》一文，主张文学改良，须从八事入手：

一曰，须言之有物。　二曰，不摹仿古人。
三曰，须讲求文法。　四曰，不作无病之呻吟。
五曰，务去烂调套语。六曰，不用典。
七曰，不讲对仗。　　八曰，不避俗字俗语。

---

① 鲁迅：《〈中国新文学大系〉小说二集序》

结论说："上述八事,乃吾年来研思此一大问题之结果。远在异国,既无读书之暇暑,又不得就国中先生长者质疑问难,其所主张容有矫枉过正之处。然此八事皆文学上根本问题,——有研究之价值。故草成此论,以为海内外留心此问题者作一草案。谓之刍议,犹云未定草也。伏惟国人同志有以匡纠是正之。"胡适的文学改良主张,反映了白话文代替文言文的历史发展趋势,在当时有一定的进步意义;但是他的这些主张是很不彻底的。这篇文章不只本身仍是用文言写的,态度也"和平"之至;名为"改良"、"刍议",还自说"容有矫枉过正之处",内容也有很大的妥协性和软弱性;如解释第六条"不用典",先分典为广狭二义,广义之典就有五种,说是"可用可不用",而"狭义之典亦有工拙之别,其工者偶一用之,未为不可,其拙者则当痛绝之已"。这岂不变成主张用典须精工了吗?当时钱玄同就说:"惟于'狭义之典',胡君虽然主张不用,顾又谓'工者偶一用之,未为不可',则似犹未免依违于俗论。弟以为凡用典者,无论工拙,皆为行文之疵病。"[1] 胡氏这篇文章的中心思想只说明了一个文学是随时代变迁的进化观念,在接着发表的《历史的文学观念论》里,也仍是说明"一时代有一时代之文学";但何以在某一时代就会有某一种文学,我们在十二厚册的《胡适文存》里是找不到答案的。如果说他也曾有过解答的话,那就是"眼光"、"识力"一类的名词;所以他认为白话文学是自古以来即"一线相承,至今不绝"的,并不理解当时文学革命的真实要求。一九一八年《新青年》文章完全改用白话,四月,他在《建设的文学革命论》里,把"八不"概括成了"四条":"一,要有话说,方才说话。""二,有什么话,说什么话;话怎么说,就怎么说。""三,要说我自己的话,别说别人的话。""四,是什么时代的人,说什么时代的话。"他的"文学改良"的主张,不过如此。而且说建设新文学的唯一宗旨只有十个大字;"国语的文学,文学的国语。"这说明了他所注意的只是"白话"的形式。在《〈尝试集〉自序》中(一九一九年八月)他自己也说:"我们认定文字是文学的基础,故文学革命的第一步就是文字问题的解决。我们认定死文字定不能产生活文学,故我们主张若要造一种活的文学,必须用白话来做文学的工具。我们也知道单有白话未必就能造出新文学;我们也知道新文学必须要有新思想做

————
① 钱玄同:《寄陈独秀》

里子。但是我们认定文学革命须有先后的程序：先要做到文字体裁的大解放，方才可以用来做新思想新精神的运输品。我们认定白话实在有文学的可能，实在是新文学的唯一利器。"又在《谈新诗》（同年十月）中说："文学革命的运动，不论古今中外，大概都是从文的形式一方面下手，大概都是先要求语言文字文体等的大解放。……这一次中国的文学革命运动，也是先要求语言文字和文体的解放。"这说明了他所努力的只是一个文字工具的革新；他了解形式与内容是有密切关系的，但认为一切文学革命都从形式方面下手，显然是"形式决定内容"的形式主义的态度。而且就连这形式的改革主张也还是很不彻底的，他说："我们可尽量采用《水浒》《西游》《儒林外史》《红楼梦》的白话，有不合今日的用的，便不用他；有不够用的，便用今日的白话来补助；有不得不用文言的，便用文言来补助。"①这说明在他意想中"口语"的地位只和文言一样，对于"白话"只是补助的地位，可见这论点的软弱和不彻底了。

在他发表《文学改良刍议》的《新青年》下一期（一九一七年二月），陈独秀就发表了《文学革命论》，正式举起了文学革命的旗子。他说：

余甘冒全国学究之敌，高张"文学革命军"大旗，以为吾友之声援。旗上大书吾革命军三大主义：

曰推倒雕琢的阿谀的贵族文学，建设平易的抒情的国民文学；

曰推倒陈腐的铺张的古典文学，建设新鲜的立诚的写实文学；

曰推倒迂晦的艰涩的山林文学，建设明瞭的通俗的社会文学。

虽然所谓"国民文学"或"平民文学"（周作人有《平民文学》一文），还只如毛泽东同志所说，"实际上还只能限于城市小资产阶级和资产阶级的知识分子，即所谓市民阶级的知识分子。"②"当时还没有可能普及到工农群众中去"③，但这文学革命的大旗至少已经宣示了反封建

---

① 胡适：《建设的文学革命论》
② 《新民主主义论》，《毛泽东选集》第二卷第一版，第671页。
③ 《新民主主义论》，《毛泽东选集》第二卷第一版，第671页。

与民主革命的本质,接触到了文学革命的主要内容。而且那战斗精神也是比胡适要坚定得多的。一九一七年四月胡适给陈独秀的信说:

> 此事之是非,非一朝一夕所能定,亦非一二人所能定。甚愿国中人士能平心静气与吾辈同力研究此问题。讨论既熟,是非自明。吾辈已张革命之旗,虽不容退缩,然亦决不敢以吾辈所主张为必是,而不容他人之匡正也。

但陈独秀的回信却说:

> 鄙意容纳异议,自由讨论,固为学术发达之原则,独至改良中国文学当以白话为正宗之说,其是非甚明,必不容反对者有讨论之馀地;必以吾辈所主张者为绝对之是,而不容他人之匡正也。其故何哉?盖以吾国文化,倘已至文言一致地步,则以国语为文,达意状物,岂非天经地义,尚有何种疑义必待讨论乎?其必欲摈弃国语文学,而悍然以古文为文学正宗者,犹之清初历家排斥西法,乾嘉时人非难地球绕日之说,吾辈实无馀闲与之作此无谓之讨论也。

钱玄同也响应说:

> 此等论调虽若过悍,然对于迂谬不化之选学妖孽与桐城谬种,实不能不以如此严厉面目加之。因此辈对于文学之见解,正如反对开学堂,反对剪辫子,说"洋鬼子脚直跌倒爬不起"者其见解相同;知识如此幼稚,尚有何种商量文学之话可说乎! ①

这里很明显地可以看出陈独秀等的战斗精神是要比胡适蓬勃得多的。这年《新青年》中有许多关于文学革命的通信,钱玄同刘半农等都有文章,而且那立论都比胡适要彻底得多。如刘半农说"胡君仅谓古人

---

① 钱玄同:《寄胡适之》

之文不当摹仿,余则谓非将古人作文之死格式推翻,新文学决不能脱离老文学之窠臼。"① 钱玄同各文主要的贡献在于由语言文字的学理来证明新文学建立的必要与可能,但也有很多战斗的文字,如说"旧文章的内容,不到半页,必有发昏做梦的话,青年子弟,读了这种旧文章,觉其句调铿锵,娓娓可诵,不知不觉,便为文中之荒谬道理所征服"。② 在《〈尝试集〉序》(一九一八年一月)里,他更正面说出了对文学的主张:

> 现在我们认定白话是文学的正宗:正是要用质朴的文章,去铲除阶级制度里的野蛮款式;正是要用老实的文章,去表明文章是人人会做的,做文章是直写自己脑筋里的思想,或直叙外面的事物,并没有什么一定的格式。对于那些腐臭的旧文学,应该极端驱除,淘汰净尽,才能使新基础稳固。

这些人的态度都比胡适坚定,战斗性很强,不象胡适的改良的形式主义。一九一八年《新青年》全用白话,由陈独秀、李大钊、钱玄同、沈尹默、刘半农、胡适六人轮流编辑,里面有白话诗的试作,也介绍了一些东欧和北欧的文学。用当时王敬轩致书《新青年》编者的话说;"惟贵报又大倡文学革命之论。权舆于二卷之末。三卷中乃大放厥词。几于无册无之。四卷一号更以白话行文。且用种种奇形怪状之钩挑以代圈点。"就在这年五月,鲁迅发表了小说《狂人日记》,"算是显示了文学革命的实绩",而且陆续写了许多《新青年》的《随感录》中的战斗杂文,初步地奠定了文学革命的基础。同年冬天,李大钊、陈独秀等创办了政治指导刊物《每周评论》;同时北京大学学生罗家伦等筹办月刊《新潮》(英文名 The Renaissance,意即文艺复兴),陈独秀立即答应由北大校方担负经济,李大钊又拨给了北大图书馆的一个房间给新潮社用,③ 在他们的支持下,一九一九年一月《新潮》出版了。这些杂志虽然都不是纯文学的,但不只文字全用白话,而且内容是以反封建为主的,与《新青年》立场相一致,对于文学革命自然是鼓吹与支持的;《新潮》上且发表了不少的创作。一九一八年十二月(《新青年》五卷六期)周作人发表

① 刘半农:《我之文学改良观》
② 钱玄同:《寄陈独秀》
③ 参见傅斯年:《〈新潮〉之回顾与前瞻》

了《人的文学》,说"我们现在应该提倡的新文学,简单的说一句,是'人的文学',应该排斥的,便是反对的,非人的文学。""我所说的人道主义,并非世间所谓'悲天悯人'或'博施济众'的慈善主义,乃是一种个人主义的人间本位主义。……用这人道主义为本,对于人生诸问题,加以记录研究的文字,便谓之人的文学。"这里虽然说得很笼统模糊,但算是当时的正面意见,以封建文学为非人的文学,要建设的是"人的文学",文学是被安置在现实的人生社会上面了。

但文学革命是通过了五四运动,才当作新民主主义革命的有力的一翼而扩大影响与力量的。当时全国学生团体中出版了许多小型的白话报纸和期刊,如《湘江评论》、《少年中国》、《星期评论》、《解放与改造》(后名《改造》)、《建设》等,都提倡新文化和新文学;而且通过群众运动,使影响也普遍到全国范围。北京的《晨报副刊》,上海《民国日报》的《觉悟》、《时事新报》的《学灯》,是当时著名的提倡新文化的副刊,发生的影响很大。一九二〇年以后,《东方杂志》、《小说月报》等大杂志也改变内容和采用白话了,文学革命算有了初步的收获。

"五四"初期对于文学革命的一般要求是以反对旧文学为主,所谓"旧"主要是指封建性的内容,其次是文言的形式。陈独秀攻击旧文学说:"其形体则陈陈相因,有肉无骨,有形无神,乃装饰品而非实用品。其内容则目光不越帝王权贵,神仙鬼怪,及其个人之穷通利达。所谓宇宙,所谓人生,所谓社会,举非其构思所及。"① 这说明了他是要求以"人生""社会"为内容的新文学的。当时的前驱者们对于文学的看法彼此并不十分一致,这是统一战线的运动;但对于反对旧文学和主张介绍现代思想的欧洲文学却是一致的。陈独秀的社会思想虽然在当时还很朦胧,但是较之胡适的单纯的进化观念,而且将中国文学史割裂为"白话文学史"与"文言文学史"对立的形式主义的看法,就进步多了。当时对于新文学的一般观念,是要求建设一种用现代人的话来表现现代人思想的文学;因此主张民主主义与反对封建主义就成了文学革命的主要内容。反对死文字与旧思想(封建文化)都是反封建的战斗表现,为的是要使民主主义文学取得中国文学的正宗地位。在这种战斗中,自始即表现了坚韧精神的,是鲁迅;这不只由于他最早写了作品,在《新

---

① 陈独秀:《文学革命论》

青年》的《随感录》中，那战斗的锋芒也是很锐利的。如一九一九年写的杂文，攻击反对白话的人为"现在的屠杀者"，说他们"做了人类想成仙；生在地上要上天，明明是现代人，吸着现在的空气，却偏要勒派朽腐的名教，僵死的语言，侮蔑尽现在，这都是'现在的屠杀者'。杀了'现在'，也便杀了'将来'。——将来是子孙的时代。"① 这说得多么透彻与沉痛！我们的"文学革命"就是这样和这些"现在的屠杀者"不断战斗过来的。当然，这个运动因受着历史的限制，也不是完全没有缺点的。毛泽东同志说：

> 五四运动时期，一班新人物反对文言文，提倡白话文，反对旧教条，提倡科学和民主，这些都是很对的。在那时，这个运动是生动活泼的，前进的，革命的。……但五四运动本身也是有缺点的。那时的许多领导人物，还没有马克思主义的批判精神，他们使用的方法，一般地还是资产阶级的方法，即形式主义的方法。他们反对旧八股、旧教条，主张科学和民主，是很对的。但是他们对于现状，对于历史，对于外国事物，没有历史唯物主义的批判精神，所谓坏就是绝对的坏，一切皆坏；所谓好就是绝对的好，一切皆好。这种形式主义地看问题的方法，就影响了后来这个运动的发展。②

这种世界观和方法论的限制，即在一般先驱者们，也还是存在着的。

（选自王瑶：《中国新文学史稿》（上册）第一章第一部分，
　　上海文艺出版社 1982 年 11 月版，第 26 页至第 36 页）

---

① 鲁迅：《热风·现在的屠杀者》
② 《反对党八股》，《毛泽东选集》第三卷第一版，第852—853页。

文学革命的内容及历史意义

　　辛亥革命失败后的几年间,文学领域同当时整个文化思想领域一样,充满了萎靡,没落景象。旧的文学改良运动已经偃旗息鼓,形形色色的封建文学依然充斥文艺领域。抨击时政,揭露现实的文学作品不复多见,而以黑幕、艳情、武侠,侦探、宫闱为基本题材的黑幕派、鸳鸯蝴蝶派的小说,庸俗低级趣味的"文明戏",反而风行一时。文学远远地脱离了社会生活,只成为少数文人消遣、赢利以致相互标榜或相互诋毁的工具。封建军阀及其御用文人不仅大肆鼓吹"尊孔读经",而且利用文学散播封建思想毒素,攻击革命派人物。清末报刊上一度出现的将文言加以改良而成的"新文体",也在封建文人的排斥下逐渐消失。旧文学的陈词滥调和八股流毒,继续影响着许多人。文学上的这股逆流,是当时封建势力更为猖獗的政治气候在文学领域内的反映。它不但背离了中国古典文学和近代文学的进步传统,阻塞了中国文学前进发展的道路,而且是思想启蒙运动的严重障碍,有助于反动统治者的愚民政策,而不利于人民的觉醒。这种情况自然要遭到先进知识分子的反对。正如《新青年》编者后来在《本志罪案之答辩书》中所说,"要拥护德先生,又要拥护赛先生,便不得不反对国粹和旧文学。"文学革命正是适应当时以民主和科学为旗帜的思想革命的要求,适应中国文学前进发展的要求而兴起的。

　　"文学革命"的正式提出是在一九一七年二月。但在此以前,一些进步刊物上已有所酝酿。《新青年》创刊后不久,即针对国内文坛状况,发表《现代欧洲文艺史谭》等文,介绍西方近代文艺思潮从古典主义、理想主义(浪漫主义)到写实主义(现实主义)、自然主义的变迁过程。陈独秀并在通信中明确表示了文学改革的愿望:"吾国文艺,犹在古典主义、理想主义时代,今后当趋向写实主义。文章以纪事为重,绘画以写生为重,庶足挽今日浮华颓败之恶风。"① 这一主张曾得到一些人士的赞同。与此有关,《新青年》还就统一语言、"采用国语"问题进行讨论。一九一六年八月,李大钊在创刊《晨钟报》时,更发出了掀起一个新文艺运动的呼声。他说:"由来新文明之诞生,必有新文艺为之先声,而新文艺之勃兴,尤必赖有一二哲人,犯当世之不韪,发挥其理想,振其自我之权威;为自我觉醒之绝叫,而后当时有众之沉梦,赖以惊破。"② 这些情况表明:随着思想启蒙运动的逐渐深入,在文学领域内相应地发动一个改革运动,实在是众之所趋、势所必至的了。

胡适就是在这种连他自己也承认"今之谈文学改良者众矣"的情况下,卷进这个运动并提出他的文学改良主张来的。一九一七年一月,他在《新青年》上发表《文学改良刍议》一文,认为改良文学应从"八事"入手,即须言之有物,不摹仿古人,须讲求文法,不作无病之呻吟,务去滥调套语,不用典,不讲对仗,不避俗语俗字。同时,正面主张书面语与口头语相接近,要求以白话文学为"正宗"。胡适的"八事",显然是针对旧文学的形式主义和拟古主义毛病而发的。在文学远离生活、陈词滥调盛行的情况下,最初提出这些意见,自有其积极作用。他明确主张以白话文代替文言文,确实顺应了历史发展的要求,较之清末梁启超等所提倡的"改良文言"式的"新文体",毕竟前进了一大步。正如蔡元培所说:"民元前十年左右,白话文也颇流行,……但那时候作白话文的缘故,是专为通俗易解,可以普及常识,并非取文言而代之。主张以白话代文言,而高揭文学革命的旗帜,这是从《新青年》时代开始的。"③ 这里也有胡适的一份功劳。但是,胡适的主张本身也有形式主义的倾向。所谓"八事"或稍后改称的"八不主义"④,大多着眼于形式上的明符其实的点滴"改良",没有真正接触到文学内容的革命。即使他所说的"言之有物",也如当时陈独秀所指出的,并未同旧文学鼓吹的"文以载道"划清界限。果真按照胡适的这种主张,则文学除了白话的形式以外,不会有根本性质的变革,彻底反帝反封建的新文学更不可能

① 答张永言信,《青年杂志》第1卷第4号,1915年12月。
② 《〈晨钟〉之使命》,《晨钟报》创刊号,1916年8月15日。
③ 《中国新文学大系·总序》
④ 胡适后来在1918年4月发表的《建设的文学革命论》中,将他最初提出的"八事"中的第一、三、五条分别改为"不做'言之无物'的文字","不做不合文法的文字"、"不用套语滥调",于是凑成"八不主义"。

出现。鲁迅说得好:"单是文学革新是不够的,因为腐败思想,能用古文做,也能用白话做。"①胡适后来大言不惭地把自己吹嘘为整个新文学运动的"发难"者,并且说"文学革命的主要意义实在只是文学工具的革命"②,这只能是对历史的歪曲和对"五四"文学革命传统有意的篡改和嘲弄。

真正"高张文学革命军大旗"的,是当时急进民主派的代表陈独秀。他在《新青年》第二卷第六号发表的《文学革命论》一文中,明确提出"三大主义",作为反封建文学的响亮口号:

日推倒雕琢的阿谀的贵族文学,建设平易的抒情的国民文学;

日推倒陈腐的铺张的古典文学,建设新鲜的立诚的写实文学;

日推倒迂晦的艰涩的山林文学,建设明了的通俗的社会文学。

陈独秀的矛头是对准封建主义的。他不仅反对旧文学形式上的"雕琢"等毛病,而且着重地反对了"黑幕层张、垢污深积"的封建思想内容。他把文学革命当作"开发文明",改变"国民性"并借以"革新政治"的"利器"。陈独秀大胆指斥封建文人一向崇奉的"明之前后七子及八家文派之归方刘姚"为"十八妖魔",号召人们"不顾迂儒之毁誉"而与之宣战。他以欧洲十九世纪资产阶级文学为楷模,要求新文学能"赤裸裸的抒情写世"。他还表示:"改良中国文学,当以白话为文学正宗之说,其是非甚明,必不容反对者有讨论之余地"③;这种态度比起胡适"不敢以吾辈所主张为必是"来,显然也要勇猛得多。可以说,陈独秀才是坚决地承接了和发展了晚清资产阶级的文学改革运动,并把它推到了最高点。在国内马克思主义还没有得到传播的历史条件下,这些主张对于打击封建主义和封建文学,扩大文学领域内民主主义和现实主义思想的影响,都起了相当积极的作用。

---

① 《三闲集·无声的中国》
② 《中国新文学大系·建设理论集导言》
③ 答胡适之信,《新青年》第3卷第3号,1917年5月。

《新青年》文学革命主张提出后，得到了钱玄同、刘半农等人的响应。钱玄同在写给刊物编者的一系列公开信中，猛烈抨击旧文学，指斥一味拟古的骈文、散文为"选学妖孽"、"桐城谬种"，并从语言文字的演化说明提倡白话文的必要，竭力主张"言文一致"。刘半农发表了《我之文学改良观》等文，认为白话、文言暂可处于相等地位，同时主张打破对旧文体的迷信，从音韵学角度提出了破旧韵造新韵，以及用新式标点符号等具体倡议。这些文字，也都推波助澜地促进了文学革命的开展。

一九一七年初发动的这个文学革命，在反对封建主义和旧文学方面，具有不可磨灭的历史功绩。但是，当问题转到另一方面，即要建立一种新型的文学时，回答却欠明确具体。所谓"平易的抒情的国民文学"、"新鲜的立诚的写实文学"、"明了的通俗的社会文学"，不免都嫌笼统。当时的倡导者们对于自己民族的古典文学大多采取轻视甚至一概否定的态度，而把人们的视线完全引向西方。但究竟以什么样的西方资产阶级文学作为新文学的蓝本，这在他们自己也并不是十分明确的。他们固然主要介绍欧洲现实主义作家作品，肯定中国文学要走"写实"的路，而又同时推崇王尔德等唯美主义作家，对于后起的自然主义思潮不但缺乏辨别，反而把它作为最新的方向来提倡。陈独秀从西方资产阶级那里吸取来的文学观念，本身也存在着矛盾和混乱。例如他一方面主张文学为思想启蒙和政治革新服务，另一方面却又强调文学的所谓不依附于他物的"独立价值"，认为"状物达意之外，倘加以他种作用，附以别项条件，则文学之为物，其自身独立存在之价值，不已破坏无余乎？"①这种思想虽有反对封建的"文以载道"观念的作用，但其自身也潜伏着危机。"文学革命"从酝酿到正式提出后的一年多时间内，主要停留在理论主张的探讨上，并没有出现真正有力的新作品②，也没有形成较为广泛的运动，这些就同它本身存在着的上述弱点不无关系。

但是，不等到《新青年》所发动的这个以西方社会思想和文学思想为指导的文学革命获得充分的发展并暴露出更多的弱点，历史已经进入了一个崭新的阶段。一九一八年起，随着十月革命影响的渐次扩大

---

① 答曾毅信，《新青年》第3卷第2号，1917年4月。

② 当时《新青年》上受到称赞的作品，只有苏曼殊的小说和胡适的五七言"白话诗"。

和马克思主义的开始传播,中国革命就出现了许多新的因素。五四运动发生了,中国无产阶级登上了历史舞台,正式标志新民主主义革命时期的开始。处于这样一个新的历史时期里的文学革命,不可能不发生新的变化,打上新的烙印。

（选自唐弢主编《中国现代文学史（一）》第一章第二节,
人民文学出版社 1979 年 6 月版，第 37 页至第 42 页）

文学革命的演变过程

——酝酿、倡导

朱德发

在具备了主客观条件的特定历史背景下兴起的五四文学革命,如同其他的社会运动一样,必然有一个合乎规律的演变过程。茅盾三十年代初在《"五四"运动的检讨》一文中对五四运动的历史进程作了这样的界定:"'五四'这个时期并不能以北京学生火烧赵家楼那一天的'五四'算起,也不能把它延长到'五卅'运动发生时为止。这应从火烧赵家楼的前二年或三年算起,到后二年或三年止。总共是五六年的时间。火烧赵家楼只能作为运动发展到实际政治问题,取了直接行动的斗争的态度,然而也从此由顶点而趋于下降了。"这是从政治的角度来考察五四运动的历史进程,尽管文学革命有其自身的演变规律,其发展轨迹并不完全相同,但它在总的趋向上或步调上基本上同五四政治运动保持着一致。因此五四文学革命的起止时间,似应以一九一七年初到一九二一年为宜,此后便是文学革命向革命文学逐步过渡的发展期;而五四文学革命的进程中由于内外因的影响,又呈现出明显的相互联系和区别的阶段性,以及每个阶段文学运动的不同历史特点。

一九一七年初,胡适在《新青年》上发表了《文学改良刍议》,陈独秀发表了《文学革命论》,这是倡导文学革命的正式宣言书,它标志着五四文学革命运动的真正开始。但是,"文学革命之气运,酝酿已非一日",即文学革命之酝酿,应该从一九一五年九月《新青年》杂志在上海创刊算起,直到一九一七年初。这时伴随着以《新青年》为阵地所鼓动的新文化运动,文学革命也开始萌动。《新青年》从第一卷第一号到第二卷第四号共出了十本,发表的有关新文化思想的文章约五十多篇,其中的《现代欧洲文艺史谭》以及陈独秀、胡适、张永言的关于"文学革命"的磋商信，已透露出文学革命正在孕育萌蘖的信息。

在这酝酿阶段，只限于少数人的磋商或者通过书信交换意见，初步意识到文学革命势在必行，但没有形成一定规模的运动，这是总的特点。

一九一五年胡适在美国留学，虽然已同梅觐庄、任鸿隽等几个留学生围绕"文学革命"问题展开过论争，但他们的主张并没有在国内公开发表，只限于少数人之间的讨论，在社会上没有产生什么影响。一九一五年底陈独秀在《新青年》第一卷第三、四号上发表了《现代欧洲文艺史谭》，初步揭示了近代欧洲文艺发展的轮廓，它启发人们认识到文学艺术没有一成不变的，与世界其他事物一样文艺也在不断进化之中，这种文艺进化论成了文学革命发起的理论支柱之一；张永言受到此文的启迪，寄信陈独秀询问我国文艺界的情况，陈在是年十二月回张永言的信中答曰："吾国文艺犹在古典主义理想主义时代，今后当趋向写实主义。"实际上他是主张以写实主义文学扫荡我国文艺界的拟古主义、形式主义和反现实主义的腐败恶风。一九一六年十月胡适从美国寄信给陈独秀，说："今日偶然翻阅旧寄之贵报，重读足下所论文学变迁之说，颇有鄙见，欲就大雅质正之。足下之言曰：'吾国文艺犹在古典主义理想主义之时代，今后当趋向写实主义。'此言是也。"在信中对《新青年》刊载某人的古典主义诗歌提出了批评，并根据自己一年来思虑观察所得，以为今日欲言文学革命，须从八事入手：

一曰，不用典。
二曰，不用陈套语。
三曰，不讲对仗。（文当废骈，诗当废律。）
四曰，不避俗字俗语。（不嫌以白话作诗词。）
五曰，须讲求文法之结构。
　　此皆形式上之革命也。
六曰，不作无病之呻吟。
七曰，不摹仿古人，语语须有个我在。
八曰，须言之有物。
　　此皆精神上之革命也。

这是胡适针对"今日文学之腐败极矣"的现状，第一次公开提出的

"文学革命"的八条纲领。他认为,综观我国文学堕落之因,盖可以"文胜质"一语包之;所谓"文胜质"者,有形式而无精神,貌似而神亏之谓也,而欲救此"文胜质"之弊,当注重言中之意,文中之质,躯壳内之精神。胡适提出的"八事"虽然既注意到文学"精神上之革命",又顾及到文学"形式上之革命",但比较笼统,仅仅是略具要领而已;他希望"洞晓世界文学之趋势,又有文学改革之宏愿"的陈独秀,能够把这"八事"揭载于《新青年》,供世人展开直言不讳之讨论。陈独秀不仅发表了胡适文学革命的"八事",而且认为它是"今日中国文界之雷音",除了"五八二项"他提出不同见解外,对其余六事"十分赞叹"。与陈独秀、胡适的"文学革命"讨论相呼应的还有李大钊、黄远庸等人。一九一六年八月李大钊在其主编的《晨钟报》上发表了《"晨钟"之使命》,发出"文艺之勃兴,尤必赖有一二哲人,犯当世之不韪"的号召,并称赞一八三〇年后德国出现的"青年德意志派"作家主张以文艺宣传社会改革,"破坏一切固有之文明,扬布人生复活国家再造之声",因此希望海内青年以他们为榜样"闻风兴起",来改革使青年男女堕落的文坛。黄远庸于一九一六年曾写信给章士钊(此信发表在《甲寅》上),提出社会改革"当从提倡新文学入手",以使"吾辈思潮"与"现代思潮相接触",虽然遭到章士钊的反对,但胡适却认为这是"中国文学革命的预言"(《五十年来中国之文学》)。

通过少数人的商讨酝酿,虽然他们的文学革命主张或呐喊在社会上没引起大的反响,但却显示出文学革命必然兴起的趋向。他们认识到"由来新文明之诞生,必有新文艺为之先声",宣传现代新思潮必须借助新文学,即"新潮之来不可止,文学革命其时矣";然而我国文学界的现状却是"神州文学久枯馁"(胡适《誓诗》),仍然停留在古典主义理想主义阶段,赶不上现代世界文学的潮流,因此文学革命的兴起是势所必然。而适应这一文学革命新潮的最早的先驱者则是陈独秀、胡适,他们以《新青年》为阵地首先发出了文学革命的信号,与之相呼应的则是李大钊、钱玄同、刘半农等。

一九一七年初,胡适、陈独秀在经过一段磋商、酝酿的基础上,正式拉开了五四文学革命的帷幕,登上了文学革命的舞台,高举起文学改良或文学革命的大旗,将文学革命由酝酿阶段导入真正的倡导阶段(到1918年上半年)。在这个阶段,文学革命随着新文化运动和思想解放运动的深入发展,显示出一些新的历史特点。

胡适和陈独秀提出了比较具体而系统的文学革命主张,不论是胡的文学改良"八事"还是陈的文学革命的"三大主义",都具有"革故更新"的革命意义。它们是五四时期提倡白话文反对文言文,提倡新文学反对旧文学的基本纲领,是清除一切旧文学弊端的战斗檄文,是催动文学革命军前驱的响亮号角。

胡适的《文学改良刍议》是在新文化运动和文学革命的首领陈独秀的支持和催促下写成并发表的。一九一六年十月十五日陈给胡的信中说:"文学改革,为吾国目前切要之事。此非戏言,更非空言,如何如何?《青年》文艺栏意在改革文艺,而实无办法。吾国无写实诗文以为模范,译西文又未能直接唤起国人写实主义之观念,此事务求足下赐以所作写实文字,切实作一改良文学论文,寄登《青年》,均至所盼。"于是胡适便把同年十月给陈独秀信中提出的文学革命的"八事"加以具体化、系统化,写成《文学改良刍议》,同时分寄予《新青年》和《留美学生季报》发表。陈独秀接到胡适的信稿,"快慰无似"地将其发表在《新青年》二卷五号。它标志着中国文学史将揭开新的一页。

《文学改良刍议》就其内容实质来考察,它具有较鲜明的针对性和革命性,不只是具体地论述了旧文学的八大罪状,表现出破旧的革命精神,并且初步阐明了新文学的要求,表现出立新的革命立场。

"一曰,须言之有物。"开宗明义指出文学革命首先应提倡"言之有物",反对"言之无物"。这就把文学内容的改革放在突出的地位。之所以如此立论,胡适的根据是:其一,"吾国近世文学之大病,在于言之无物"。这一条是针对"文学之腐败极矣"的现实而发。从小说创作来看,大都是一些描写"风流案"、"姨太太秘史"、"盗案之巧"等"黑幕派"小说,千篇一律的"才子佳人"的"滥调四六派"小说,荒诞无稽的"胡思乱想"的"笔记派"(志希《今日中国之小说界》)小说;以诗歌创作而论,如曾写过爱国诗篇的"南社诸人"(中间亦有佳者)到了此刻,其诗风也是"规摹古人","夸而无实,滥而不精,浮夸淫琐"(胡适《寄陈独秀》)。文学革命首先应扫荡这些"言之无物"的腐败的形式主义旧文学,创立"言之有物"的新文学。其二,从"文胜质"是造成"文学堕落之因"的角度,说明提倡"言之有物",就是要"注重言中之意,文中之质,躯壳内之精神"(胡适《寄陈独秀》)。其三,从文学的内容与形式的关系方面,强调"言之有物"的重要性。他认为"思想之在文学,犹脑筋之在人身。人不能思想,则虽面目姣好,虽能笑啼感觉,亦何足取哉?文学亦犹是耳。"胡适不仅说明了"言之有物"和"言之无物"是新旧文学的区别之一,而且也对"物"的涵义作了概括的说明——指文学的"思想"和"感情"而言。他所说的"思想",不是封建文学所宣扬的孔孟之道,而是那种有"见地"、有"识力"、有"理想"的"新思潮",这就与封建文人鼓吹的"文以载道"说划清了界限;他所说的"感情",不是当时文坛上弥漫的空虚、没落、颓废的情调,而是那种"情动于中"的"真挚之情感"。

"二曰,不摹仿古人。"摹仿、因袭,是旧文学的通病,是当时文坛的恶风。那些所谓"文学大家","文则下规姚曾,上师韩欧,更上则取法秦汉魏晋,以为六朝以下无文学可言"。文坛上的"桐城派"和"选学派"尚且如此,诗坛上的摹拟病更为严重。胡适批判了南社的所谓"第一流诗人"陈伯严的"涛园钞杜句,半岁秃千毫"的一味摹仿古人的"奴性"。此种文学上的跟在古人脚后亦步亦趋的"摹仿",不仅违背了"一时代有一时代之文学"的规律,而且扼杀了作者的独创精神和文学的生动进取的思想内容,必然导致文学走上脱离现实、脱离时代的反现实主义的复古道路。

"三曰,须讲求文法。""凡是一种语言,总有他的文法"(胡适《国语文法概论》),即语言本身的规律。无论作文赋诗都应该遵循语言法则,以更好地表现思想内容。但我国古代文人向来不讲求文法,固守着"书读千篇,其义自见"的成规,赋诗作文更不注重文法,故经常闹出些笑话。这虽是文学形式方面的问题,但在新文学倡导之初提出来,不止是击中了旧文学的一大弊病,并且为新文学的创建立下一条规则。

"四曰,不作无病之呻吟。"这条批判了当时文坛上弥漫着的悲观失望、消极颓废的"亡国之哀音",要求文学宣扬"奋发有为"的精神和"服劳报国"的思想,这就触及到文学与爱国的关系、新文学的基调、文学的教育作用等理论问题。时值袁世凯篡权称帝、日寇妄图独吞中国之际,面对这种内忧外患的祖国危在旦夕的情势,相当一部分"少年"和"老年"文人都在自己的诗文里发出"亡国"的悲观情调。胡适批评了这种"亡国"文学,痛斥那些"痛哭流涕"、"丧气失意之诗文者";同时号召"今之文学家作费舒特(德国哲学家,爱国者),作玛志尼(意大利爱国者)",挥笔抒写爱国诗文。这种将文学创作同挽救祖国危亡联系在一起的文学观,在当时是相当可贵的。

"五曰,务去烂调套语。"这条击中了旧文学的一种死症。封建文人赋诗填词惯用陈言套语来充塞,毫无生动活泼的真实思想内容,是货真价实的"死文学"。"至于当世,所谓桐城巨子,能作散文,选学名家,能作骈文,做诗填词,必用陈套语",这是"变形之八股"(钱玄同《寄陈独秀》)。胡适提出"务去烂调套语",实际上是号召致力于新文学者务必摧毁封建文学的老八股,从旧文学的桎梏下解放出来,"自己铸词"以形容描写"耳目所亲见亲闻所亲身阅历之事物","但求其不失真,但求能达其状物写意之目的"。这里,触及到文学与生活、文学的真实性和独创性等理论问题。

"六曰,不用典。""胡君'不用典'之论最精,实足祛千年来腐臭文学之积弊。"(钱玄同《寄陈独秀》)钱玄同道破了这一条的革命意义,说明反对一般的用典恰是挖了旧文学的千年的病根。从中国文学发展史来看,齐梁以前之文学,从无用典,"如焦仲卿妻诗,皆纯为白描,不用一典,而作诗者之情感,诗中人之状况,皆如一一活显于纸上";但"后世文人无铸造新词之材力,乃竟趋于用典,以欺世人,不学者从而震惊之,以渊博相称誉,于是习非成是,一若文不用典,即为俭学之症。此实文学窳败之一大原因。胡君辞而辟之,诚知本矣。"(钱玄同《寄陈独秀》)胡适对"拙典"所造成的恶劣影响概括为五条,说明它们严重地妨碍了文学的"达意抒情"。因之为驱除用典计,亦以用白话为宜。但他并不反对那些用得自然、贴切的典故。

"七曰,不讲对仗。"他认为讲究对仗平仄的"骈文律诗"是"言之无物"的"文胜质"的产物,是中国文学发展史上所出现的"文学末流",其最大流弊是"束缚人之自由过甚",妨害作者的思想解放及其独创性的发挥,不仅限制了文学内容的更生动更有成效地表达,而且阻碍着文学形式的创新和发展。当然他并非笼统地反对文学的对仗排偶,对于那种"近于语言之自然"者还是注重的。尤其他对"白话小说"和"骈文律诗"敢于反其道而评之:封建统治者及其御用文人向来"鄙夷白话小说为文学小道",是不能登大雅之堂的"雕虫小技",而对那种近于死文学的"骈文律诗"却封为文学的大道者,是文学发展的"正宗";胡适却认为"白话小说"才真正是文学的大道,"文学的正宗",那种"骈文律诗乃真小道耳"。在当时复古势力猖獗、旧的习惯看法禁锢着人们头脑的情况下,这种文学见解是颇有革命意义的。

"八曰,不避俗语俗字。"这里实际上提出了白话文学主张。原本,以"俗语俗字"作诗作文是中国文学发展的优良传统和必然趋势,是文学反映人民大众需要的一种表现,但封建复古文人却极力反对"俗语俗字"入诗入文,诬说"白话之文学"在文学史上"不足以取富贵,不足以邀声誉"(胡适《历史的文学观念论》)。针对此,他断言"白话文学之为中国文学之正宗,又为将来文学必用之利器",坚决"主张今日作文作诗,宜采用俗语俗字",正式宣判了封建古文是"死文学"。这在一定意义上说,它为白话文学运动的开展,吹响了号角。

从对文学改良"八事"的内容实质的剖析中,清楚看出胡适提出的文学主张,不仅在一定程度上击中了封建旧文学的弊害,初步扫荡了当时文坛上的复古主义和形式主义倾向,而且在"破旧"的同时提出了一些对开展白话文学运动有意义的"刍议",并粗浅地触及到文学内容与形式的关系、文学与爱国的关系、文学的社会功能、文学的真实性和独创性、文学的语言、文学的时代性等"文学上根本问题"。因而可以说,《文学改良刍议》是新文学运动倡导初期的反对文言文、提倡白话文,反对旧文学、提倡新文学的正式宣言,是文学革命的一个"发难"的信号。

为了声援和支持胡适的文学革命主张,为了进一步发动文学革命的理论动员的需要,文学革命的实际领袖陈独秀特撰写了《文学革命论》,发表在一九一七年二月一日的《新青年》二卷六号上,勇敢地高张起"文学革命军"的大旗,坚定而明确地发出了反对旧文学提倡新文学的战斗号召。如果胡适是以学者的态度提出了文学改良"刍议",那么陈独秀则以革命者的态度提出了文学革命纲领,表现出当时激进文学革命者坚定不移的信念和无坚不摧的气魄。

陈独秀(1880—1942)字仲甫,安徽怀宁人,早年留学日本,回国后编过白话报纸《民国日日报》,受过晚清白话狂潮的冲激,他曾参加辛亥革命的反清斗争和"二次革命"的反袁斗争;一九一五年到上海创办《新青年》,举起民主与科学两面大旗,义不容辞地充当新文化运动的急先锋和文学革命的首领。他在《文学革命论》中,首先以欧洲革命的成功史和中国三次革命的失败史的经验教训,说明了文学革命的必要性和紧迫性,把文学革命作为社会的思想革命和政治革命的有机组成部分。"自文艺复兴以来,政治界有革命,宗教界亦有革命,伦理道德亦有革命,文学艺术亦莫不有革命,莫不因革命而新兴而进化",故"今日庄严灿烂之欧洲,乃革命之赐也"。但是我们近代"政治界虽经三次革命,而黑暗未尝稍减",其主要原因在于"盘踞吾人精神界根深蒂固之伦理,道德,文学,艺术诸端,莫不黑幕层张,垢污深积",致使国民"疾视革命",根本不晓得革命是"开发文明之利器"。很显然,他主张以文学革命来摧毁维护封建制度及其伦理道德的旧文学,以新的思想来唤醒"畏革命如蛇蝎"的"苟偷庸懦之国民",从而确保改造黑暗社会的政治革命的成功,使中国也能变得像"庄严灿烂的欧洲"那样。这种把文学革命同思想革命、政治革命联系起来的文学主张,不仅是对胡适文学主张的一个重要补充和发展,而且真正地开拓了文学革命和政治革命相结合的战斗传统。

其次,陈独秀在文章中又从中国文学发展进程的大量史实中,进一步揭示了文学革命的必然性和重要性,既强调了文学的语言形式应该改革,更注重文学的思想内容必须革命。虽然中国文学在漫长的演进道路上不乏优良的文学传统,但是"文以载道"和代圣贤立言的封建贵族文学、古典文学和山林文学的"正宗地位"始终没有动摇过,而且越到后来越得以恶性发展,严重地阻碍着中国文学沿着时代前进的轨程发展。特别到了五四文学革命前夕,"吾国文学,悉承前代之弊:所谓'桐城派'者,八家与八股之混合体也;所谓骈体文者,'思绮堂'与'随园'之四六也;所谓'江西派'者,'山谷'之偶象也。求夫目无古人,赤裸裸的抒情写实,所谓代表时代之文豪者,不独全国无其人,而且举世无此想。文学之文,既不足观;应用之文,益复怪诞"。因此,为使中国文学适应"世界文学之趋势",体现"时代精神",继承中国文学的自"国风"和"楚辞"以来的优秀传统,则必须进行文学革命,即"凡属贵族文学,古典文学,山林文学,均在排斥之列"。他郑重地宣布文学革命军的"三大主义":

> 曰,推倒雕琢的阿谀的贵族文学,建设平易的抒情的国民文学;曰,推倒陈腐的铺张的古典文学,建设新鲜的立诚的写实文学;曰,推倒迂晦的艰涩的山林文学,建设明瞭的通俗的社会文学。

这三大主义有破有立,从内容与形式的结合上概括地指明了文学革命的战斗目标和建设任务。

最后,陈独秀在文章里表明自己对庄严灿烂欧洲的思想界文学界的著名人物的热爱态度,并号召中国文学界的豪杰之士应该以"虞哥、左喇、桂特郝、卜特曼、狄铿士,王尔德"为楷模,敢于"不顾迂儒之毁誉,明目张胆以与十八妖魔宣战","予愿拖四十二生的大炮,为之前驱!"充分表现出作为文学革命军首领的勇猛无畏的气概。他的文学革命主张和态度,对五四文学革命的发动和发展起了重要作用。正如郑振铎后来在《中国新文学大系·文学论争集导言》里说的那样:"他是这样的具有烈火般的熊熊的热诚,在做着打先锋的事业。他是不动摇,不退缩,也不容别人的动摇与退缩的!革命事业乃在这样的彻头彻尾的不妥协的态度里告了成功。"

正是在胡适和陈独秀这两篇发难文章的鼓吹和引导下,一场具有划时代意义的文学革命伴随着新文化运动和思想解放运动的发展而蓬勃兴起了,响应"文学革命"号召的进步知识分子和青年学生越来越多,正如陈独秀当时所指出的"今日谈文学改良者众矣",由最初少数人冷冷清清地酝酿磋商趋向大家争相讨论的局面,使五四新文学运动初具规模。从一九一七年初《新青年》第二卷第五号到一九一八年第四卷第四号共出版十二本,上面发表的讨论文学革命的主要文章:除了胡适、陈独秀的两篇重要发难文章外,尚有刘半农的《我之文学改良观》、胡适的《历史的文学观念论》、易明的《改良文学之第一步》、钱玄同的《寄独秀》和《〈尝试集〉序》、傅斯年的《文学革新申义》和《文言合一草议》、胡适的《建设的文学革命论》,等等。从这些讨论文章中,不仅表现出文学革命越来越红火的势头,而且也显示出一种倾向,这便是本阶段新文学运动的第二个特点。

即胡适、陈独秀的发难文章都触及到文学内容和文学形式的两方面的革新问题(当然胡文更多的强调文学形式的改革),但是在大家的讨论中最引人注目的和关心的却主要是文学的语言形式的改革,也就是从形式入手掀起了五四文学革命的历史巨潮,这也许是中外文学发展史上的一种带有规律性的现象。

从理论上讲,在一般情况下文学内容和形式是辩证地统一在一起,即没有内容,形式就无法存在,没有形式,内容也无从表现,两者互相依赖,各以对方为存在条件,内容是主导,形式为内容服务,而形式又非被动地消极地依附于内容,它是主动地积极地服务于内容,并保持相对的独立性。但是在旧形式严重束缚对新内容的表达,不打破旧形式,新文学就不能诞生的特殊条件下,形式也会转化为起决定作用的主导方面,成了新文学的主要阻力,这时突出地强调变革旧文学形式,是符合内容与形式这对范畴的辩证发展规律的。特别从文学的发展过程看,随着社会生活的发展、变化,文学的内容和形式也不断地发展、变化,但内容比形式的发展、变化,要活泼得多,迅速得多,往往内容的变化先于形式,由内容的变化而引起形式的相应变化。"五四"时期,我国正处于急剧变化的大动荡时代,新思潮如汹涌的波涛冲击着文化思想界,出现了我国现代史上第一次的思想大解放。要表现新思想,宣传新思想,反映新时代,歌颂新生活。那些陈旧的僵死的文言、八股、骈体格律等形式,已经不适应,且成了严重的桎梏。不彻底打破旧形式,不但阻碍着思想解放运动的发展,而且影响着与之相适应的新文学运动的开展。在这种情况下,强调形式方面的改革,是符合五四新文学发展的必然趋势,是五四文学革命的重要任务之一。况且,由于文学"形式是具有内容的形式,是活生生的实在的内容的形式"(列宁《黑格尔〈逻辑学〉一书摘要》),故强调形式优先改革,其革命意义并非局限于形式,它必然引起内容同时发生新的变化,因为没有内容的单纯形式是从来不存在的。正如别林斯基所说:"如果形式是内容的表现,它必和内容紧密地联系着,你要想把它从内容分出来,那就意味消灭了内容,反过来也一样:你要想把内容从形式分出来,那就等于消灭了形式"(《别林斯基论文学》第147页)。

尤其应当指出的是,从强调形式改革的着眼点来看,也不是完全撇开思想内容,陷于单纯的形式主义,它是把从"文的形式"入手,作为文学革命的突破口和途径之一,其目的还是为了引起内容改革并使形式更好地为内容服务。胡适早在一九一六年二月二日《答叔永书》中曾提出"今日欲救旧文学之弊,先从涤除'文胜'之弊入手",指出形式的改革是反对旧文学、创造新文学的首先攻坚的目标。后来,他表述得更清楚了:

近来稍稍明白事理的人,都觉得中国文学有改革的必要。……但是他们的文学革命论只提出一种空荡荡的目的，不能有一种具体进行的计划。他们都说文学革命决不是形式上的革命，决不是文言白话的问题。等到人问他们究竟他们所主张的革命"大道"是什么，他们可回答不出了。这种没有具体计划的革命，——无论是政治的是文学的，——决不发生什么效果。我们认定文字是文学的基础，故文学革命的第一步就是文字问题的解决。我们认定"死文字不能产生活文学"，故我们主张若要造一种活的文学，必须用白话来做文学的工具。我们也知道单有白话未必就能造出新文学；我们也知道新文学必须要有新思想做里子。但是我们认定文学革命须有先后的程序：先要做到文字体裁的大解放，方才可以用来做新思想新精神的运输品。（《〈尝试集〉自序》）。

这种从文学形式入手的文学革命的"第一步"，既符合五四新文学运动特定的历史客观条件，又符合中外古今文学革命的一般规律。胡适认为，"文学革命的运动，不论古今中外，大概都是从'文的形式'一方面下手，大概都是先要求语言文字文体等方面的大解放。欧洲三百年前各国国语的文学起来代替拉丁文学时，是语言文字的大解放；十八十九世纪法国嚣俄、英国华次活等人所提倡的文学改革，是诗的语言文字的解放；近几十年来西洋诗界的革命，是语言文字和文体的解放"（《谈新诗》）；文学革命表现在我国文学史上，即以韵文而论，文体方面有"五大革命也"（《〈尝试集〉自序》）。文学革命从形式入手，最终目的是为了"先打破那些束缚精神的枷锁镣铐"，更好地以白话语言和自由的文体来表现"高深的理想"和"复杂的感情"（《谈新诗》）。因而可以说，文学革命本身就是形式与内容的辩证统一体的不断运动的过程。文学革命的发难之初，文言文的形式成了文学改革的主要障碍，当然先驱们的努力便集中于突破旧的形式上及如何创立文学新形式上，以白话文取代文言文的正宗地位则成了探讨的中心议题。

北京大学是文学革命的策源地，该校的进步教授和学生成了文学革命的中坚力量，其中钱玄同、刘半农、傅斯年在这阶段表现得异常活跃，不仅态度积极而坚定，而且对文学革命提出了建设性的意见。钱玄同的文学革命主张，概括起来：一是对胡适的《文学改良刍议》表示赞同，承认其"陈义之精美",但也提出了自己的不同见解。胡主张"不用典",顾又谓"二者偶一用之,未为不可",钱则认为凡用典者,无论工拙,皆为行文之疵病,不只文学文不用典,普通应用之文也要不用典,都老老实实讲话,以用白话为宜,务期老妪能解。除用典外尚有一事,其弊与用典相似,亦为行文所当戒绝者,则人之称谓是也,今后作文凡称人悉用其姓名,不可再以郡望别号地名等等相摄代(《寄陈独秀》)。二是对于刘半农关于文学革新的主张表示佩服,认为同胡适的《文学改良刍议》正如车之两轮相辅而行,废一不可,但对刘的《我之文学改良观》也提出不同意见。刘文认为酬世之文,一时不能尽废,钱则主张"寿序"、"祭文"、"輓对"、"墓志"之类是顶没有价值的文章,必须绝对地排斥消灭,因为这是中国人二千年以来受了儒家"祖宗教"的毒,专门借此来表自己的假孝心和假厚道,到了现在总该有些觉醒和进步,再不能用这些宣扬封建伦理道德的老八股了。钱玄同还主张尽量采用新名词,他认为中国旧书上的名词决非二十世纪时代所够用,如从根本上解决中国的文字那只有送博物馆的价值,若为此数十年之内暂时应用计则非将"东洋派之新名词"掺进中国文里不可。虽然他的废除中国文字的意见有点过激,但是他主张吸收外来新名词以充实和丰富中国的语言还是有见地的。此外,他对刘半农提出的"造新韵"和"以今语作曲"之说,赞为最有价值之论,并作了进一步的阐发和补充(详见《新文学与今韵问题》)。三是对胡适"自誓三年之内专作白话诗词,欲借此实地试验,以观白话之是否可为韵文之利器",他认为"此意甚盛";并为《尝试集》作序,说胡适是以身作则采用俗语俗字作诗,可"做社会的先导",但他也指出胡适的白话诗未能脱尽文言窠臼。特别值得提及的是,他主张做成一种"言文一致"的合法语言。他认为,古人造字的时候,语言和文字,必定完全一致,因为文字本来是语言的记号,嘴里说这个声音手下写的就是表这个声音的记号,断没有手下写的记号和嘴里说的声音不同的。为什么两千年语言和文字相去越来越远,其主要缘故有二:第一,让那些独夫民贼弄坏的,因为他们最喜欢摆架子,无论什么事情都要和平民两样,才可使那野蛮的封建宗法体制尊崇起来,不仅吃的住的穿的甚至妻妾的等级都定得不近人情,而且文字的使用也有贵贱之分;又因为中华国民有"尊古"的麻醉性,于是便利用这一点定出许多野蛮的款式来,凡是做文章尊贵,对于卑贱必要装出妄自尊大的口吻,卑贱对于尊贵则要装出屈膝谄笑的口吻,照这个办法行得久了,习非成是,这就是言文分离的原因之一。第二,让那些文妖弄坏的,因为周秦以前的文章大都是白话,到了西汉言文已分离,扬雄做了文妖的"原始家",六朝的骈文满纸堆垛词藻,毫无真实的情感,《昭明文选》是第一种弄坏白话文的文妖,明清以来的"桐城派"拼命做韩、柳、欧、苏的死奴隶,定什么作文"义法",搅得昏天黑地,这是第二种弄坏白话文章的文妖。这两种文妖最反对那老实的白话文章,致造成言文分离。由于钱玄同从封建宗法制度及其御用文人这个角度深刻地开掘了言文分离的原因,因此他主张坚持言文一致的白话文传统,"认定白话是文学的正宗,正是要用质朴的文章,去铲除阶级制度里的野蛮款式,正是要用老实的文章,去表明文章是人人会做的,做文章是直写自己脑筋里的思想,或直叙外面的事物,并没有什么一定的格式"。四是提出应用文改革大纲十三事,由文学革命进而扩大到应用文的亟宜改良。这十三事是:应用文必以国语为之;所选之字,皆取最普通常用者;凡一义数字者,止用其一,亦取最普通常用者;关于文法之排列,制成一定不易之"语典";书札之落款或称谓,务求简明确当;凡小学教科书,及通俗书报、杂志、新闻均旁注"注音字母";无论何种文章,必施句读及符号;印刷用楷体,书写用草体;数目字改用阿拉伯数码,用算式书写;凡纪年,尽改用世界通行之耶稣纪元;改右行直下为左行横迤;印刷之体,宜分数种。此十三事中第一事是根本之改革,即把应用文全改为白话。(以上见《论应用之文亟宜改良》)。总之,钱玄同的文学革命主张就其整体来看,不如胡适、陈独秀的全面而系统,但就某些见解而论,却比胡适、刘半农的深刻、激进(当然也有片面性),他的独特之处在于较早地提出了系统而具体的日常应用文的改良方案,这就把白话文运动由文学领域引向整个社会,以唤起国人的注意。

　　刘半农在《我之文学改良观》一文中开篇便对文学革命的发难作了这样的概括:文学改良之议,既由胡适提倡之于前,复由陈独秀、钱玄同赞成之于后,作为立志研究文学之一的我,除对胡君所举八种改良、陈君所揭三大主义及钱君所指旧文学种种弊端,绝对表示同意外,并提出自己对文学改良的看法。一是他对"文学"作了新的界说,所谓文学为美术之一,固已为世界文人所公认;至于一切作物(指所有文字写成的东西)应分为文字与文学两类,"文学之文"与"应用之文"是相对的,不能混为一谈,文学之文不能应用,应用之文不能视为文学(有点绝对化)。因此,他认为应用之文当讲文法,所记之事物如记账,只须应有尽有,如实记录下来,不必矫揉造作,自为增损;文学乃为有精神之物,故作者必能运用其精神,使自己之意识情感怀抱一一藏纳于文中,而后所作之文始有真正之价值,始能立于文学界之中。二是他以为"认定白话为文学之正宗与文章之进化,则将来之期望",但并非一蹴而成,目下可以从文言与白话两方面力求进行之策。文言一方面则力求其浅显使之与白话相近,于白话一方面除竭力发达其固有之优点外,更当使其吸收文言所具之优点,至文言之优点尽为白话所具,则文言必归于淘汰,而文学之语言遂为白话所独据。这种做法虽然"成效之迟速不可期,而吾辈意想中之白话文学,恐尚非施(施耐庵)曹(曹雪芹)所能梦见。三是提出"破坏旧韵重造新韵"之说,并对如何以白话创造散文、诗歌、戏曲等作了具体的探讨,特别有关文学形式的改革谈了些具体的意见,如分段、句逗、标点符号等,且认为"改造新韵"和"今语作曲"是最"足唤起文学界注意者二事"。四是他在《应用文之教授》一文中,揭露了国文教授方法存在的"老八股"和"新八股"的弊端,对于改革应用文的教授在如何选文、讲解、出题、批改诸方面提出一些具体措施。这就把文学改革扩展到应用文之改革,并把应用文的改革同教育改革联系起来。

傅斯年在《文学革新申议》与《文言合一草议》两文中,概述了"今日中国之政治社会风俗学术等皆为时势所挟大经变化,则文学一物,不容不变",具体言之,"中国今日革君主而定共和,则昔日文学中与君主政体有关系之点,若颂扬铺陈之类,理宜废除。中国今日除闭关而取开放,欧洲文化输入东土,则欧洲文学中优点为中土所无者,理宜采纳",因而他"深信文学之必趋革新,而又极望其革新",自胡适、陈独秀于《新青年》倡导文学革命以来,"时会所演,从风者多矣"。基于这种认识,他不仅对旧文学的弊端从纵向作了详细披露,而且对怎样建设白话文学提出了具体见解。他对于"废文词而用白话"坚信不疑,但他认为"用白话者,非即以当今市语为已足,不加修饰,率而用之也";他主张"以白话为本,而取文词所特有者,朴茸罅漏,以成统一之器",即"文言合一"。具体来说,他认为代名词、介词位词、感叹词、助词全取白话,"一切名静动状,以白话达之,质量未减,亦未增者,即用白话"。至于"文词所独具,白话所未有,文词能分别,白话所含混者,即不能曲徇白话,不采文言",白话之不足用在于名词或形容词,也可以文词益之;在白话用一字,而文词用二字者,可从文词;凡直肖物情之俗语,宜尽量采用,文繁话简,而量无殊者,即用白话,等等。一言以蔽之,即取白话为素质,而以文言词语所特有者补其未有,是也。此外,他围绕"文言合一与制定国语"这个议题,尚提出了文学改革的"八事",如"采用各地语言,制成标准之国语,宜取决于多数;将来文言合一的语文,与其称之为天成,毋宁号之曰以人造也,制定国语之先,制定音读尤为重要,音读一经统一便有统一之国语发生,等等。傅斯年的"文言合一"主张是有见地的,他并没有完全否认二千多年来文言词语的可以吸取的优良传统,强调以白话为本取其文言词语的某些优点,创造一种新的白话语言,这是切合语言演变规律的。

在这阶段,作为文学革命的主帅陈独秀以《新青年》为发祥地,除了编辑发表有关文学革命的发难文章,组织并引导开展讨论外,还利用与胡适、钱玄同等人的通信,进一步阐发文学革命的主张:一是提倡通俗的新文学,而"今日之通俗文学,亦不必急切限以今语。惟今后语求近于文,文求近于语,使日赴'文言一致'之途,转为妥适易行"(《答曾毅》)。二是在"改良文学之声,已起于国中,赞成反对者各居一半"的情况下,他坚定不移地主张"改良中国文学,当以白话为文学正宗之说,其是非甚明,必不容反对者有讨论之余地,必以吾辈主张者为绝对之是,而不容他人之匡正也"(《再答胡适之》),以坚定先驱们文学革命的信心和决心。三是把破除旧道德的文化革命和革除旧文学的文学革命紧密结合起来,他深刻地指出"旧文学与旧道德,有相依为命之势。其势目前虽不可侮,将来必与八股科举同一命运耳"(《答张护兰》);又说:"旧文学,旧政治,旧伦理,本是一家眷属,固不得去此而取彼;欲谋改革,乃畏阻力而牵就之,此东方人之思想,此改革数十年而毫无进步之最大原因也"(《答易宗夔》)。这就明确地告诉人们必须以彻底的革命精神把文化革命和文学革命进行到底。

一九一八年四月胡适发表了《建设的文学革命论》,这可算是他们一年多来讨论文学革命的一篇总结。如果说《文学改良刍议》是从"破坏一方面下手"提出的文学革命的"八事",那么《建设的文学革命论》则着重论述了他们"对于建设新文学的意见"。尽管胡适说"国语的文学,文学的国语"十个大字是他们"所提倡的文学革命"的"唯一宗旨"和"根本主张",未免有绝对化之嫌,然而实际上这只概括了他们从形式入手建设新文学的意见,并不能包括他们文学革命主张的全部内容。

　　《建设的文学革命论》所提出的十字"宗旨",其核心是"国语的文学","国语"则是造成这种"活文学"的极重要的利器,但要造"国语"首先应创建"国语的文学"。可见"国语的文学"是"文学的国语"的重要基础,是实现国语标准化的有力措施,而"文学的国语"正是"国语的文学"带来的积极有效的结果,它反转来又促进"国语的文学"的普及和流传,并为其提供更好的标准白话,作为创造"国语的文学"的利器。这种将"国语的文学,文学的国语"辩证统一在一起的文学主张,不仅是开展白话文学运动的"堂皇的宣言",而且也是自觉地使文学革命同国语运动相结合的指导纲领,它必然在国语的标准化、教育的普及诸方面引起重大变革,其积极的革新意义远远超过白话文学本身。这是因为,国语教科书和国语字典,虽然对国语的标准化很紧要,但它们"决不是造国语的利器","真正有功效有势力的国语教科书,便是国语的文学","白话文学的势力,比什么字典教科书都还大几百倍",惟有"国语的小说,诗文,戏本通行之日,便是中国国语成立之时"。胡适尽管对"白话文学"的作用估价有所偏高,但在当时对于彻底扫荡"文言"独霸文坛的"威权",迅速推开新文学运动和国语运动,它是具有革命意义的。正因为"国语的文学"对造成"文学的国语"如此重要,故他竭力主张"提倡新文学的人"先不必问今日中国有无标准国语,可以努力去创作白话文学,尽可能采用《水浒传》、《西游记》、《儒林外史》、《红楼梦》的白话,"有不合今日用的","便用今日的白话来补充,有不得不用文言,使用文言来补充",这样造出的白话文学虽带有过渡性质,但对于创造新文学并为其发展打好基础,却是个切实可行的措施。胡适这种主张,并不是"向壁虚造"的,是他"几年来研究欧洲各国国语的历史"所作的结论。他认为标准国语的创造,从世界语言发展史来看,没有一种国语是教育部的老爷们凭空造成的,没有一种是言语学专家闭门造成的,它是文学家通过创作"国语的文学"而造成的。我们中国尽管有了一千多年的"白话文学"的优良传统,但并没有一种"标准的国语",其原因是没有人"明目张胆的主张用白话为中国的'文学的国语'"。鉴于外国的经验和中国的教训,所以胡适有意识地提出"国语的文学,文学的国语"的白话文学主张。

　　"国语的文学,文学的国语"是他们的根本主张,但是怎样实现这个主张以创造新文学,胡适提出了三个步骤,即工具、方法、创造,前两步是预备,后一步是实行。所谓工具,即白话是新文学之利器,而要预备白话工具一则多读模范的白话文学,二则用白话作各种文学;所谓方法,一是收集材料的方法,二是结构的方法,三是描写的方法,而要预备这些高明的文学方法就要赶紧地多多地翻译西洋文学名著作为我们的模范,以充实中国文学方法之不完备;所谓创造,就是以纯熟的白话工具和文学方法创造中国的新文学。

这阶段对文学革命的探讨,虽然思想活跃,各抒己见,但是并没有根本性的分歧,大都围绕胡适的文学改良"八事"和陈独秀的文学革命"三大主义",从不同的侧面和角度着重研究文学革命怎样从形式方面入手进行改革。他们的讨论并没有只限于文学本身,而是从横向上作了一些扩展,即把文学的改革同应用文、国语、教育、文字、出版等改革联系起来,实际上是把文化革命和文学革命有机地统一在一起。尽管探讨的重心偏于文学形式特别是语言的改革,然而他们的主张谁也没有完全脱离开文学内容的改革空谈形式,总是或深或浅或远或近地牵动着文学内容的革新问题。

发难者们对文学革命的畅所欲言的讨论,一开始就摆脱了言之无物的空论,联系着中国文学的历史和现状以及外国文学的发展,有针对性地研究问题分析问题,选择文学革命的突破口,把理论提倡同创作实践结合起来。于是,几乎与理论鼓动同步,先从诗歌领域开始以白话写诗的实验。从一九一七年三月胡适在《新青年》上发表三首白话词起,到一九一八年元月号《新青年》便发表了胡适,沈尹默、刘半农三人的九首白话诗,不仅数量有所增多,而且质量有所提高,特别刘半农的白话诗初步显示了文学革命在诗歌改革方面的实绩。此后,白话诗创作蔚然成风,揭开了中国诗歌史上的新篇章。这是本阶段文学革命的第三个特点。

(选自朱德发著《中国五四文学史》第一章第三节,山东文艺出版社1986年版, 第87页至第110页)

文学革命及其历史性胜利

　　1917年一二月间,中国文学史上发生了里程碑式的史称文学革命的大事:短短三四年里,数千年来占据正统地位的书面语言"文言"突然被人从文学的宝座上颠覆,代之以"白话"这种历来被视为"不登大雅之堂"的俗语。而发动这场变革的,只是几个在大学工作的文人,他们仅仅凭借了一份杂志——《新青年》,居然就取得了这样的成功。

　　这场文学革命的远因,乃是几千年来汉语书面语与口头语的严重分离。长期占据中国文学正宗地位的,一直是古代书面语——文言所构成的文学(其中也包括严格讲究声律、对仗的骈文与律诗)。这种文学只能为少数人掌握,和绝大多数民众无缘。而与口头语相通的白话文学,则因所谓"低俗",历来受尽歧视与排斥,即使出现了《红楼梦》《儒林外史》等巅峰之作,也仍然无法改变其命运。在古代封建专制社会中,这种状况尚能长期延续。到了近代,在世界资本主义市场逐步形成,大批亚非国家沦为殖民地半殖民地,中国亦面临危亡的情况下,这种状况就成为启迪民众智力、改变弱国地位的严重障碍。另一方面,由于东西方文化的接触与交流,欧洲国家自文艺复兴起先后以各自的方言俗语作为书面语替代古拉丁文,从而建立现代民族文学的经验,也给予日本和中国的知识分子以启迪。这就是本书第一章黄遵宪《日本国志·学术志》所阐述的书面语与口头语"合一"要求的由来。经过戊戌前后"白话为维新之本"和"诗界革命"、"文界革命"、"小说界革命"的鼓吹,科举制度的废除和新式学校的兴办,尤其经历了清末民初白话小说的盛极一时,中国知识群众对白话文学重要性的认识已有相当提高。这就为颠覆文言在文学中的主流地位逐渐创造了条件。

　　五四文学革命的近因,则是辛亥革命推翻帝制以后,成果落入北洋军阀手中,社会现实与思想文化各方面状况极为黑暗。不但政治界连续发生袁世凯称帝、张勋拥戴溥仪复辟的丑剧,而且在思想文化界也有人与之呼应,或鼓吹将维护"三纲"的孔教奉为国教,列入宪法;或出版《灵学丛志》,公然宣传鬼神迷信。上海《时事新报》1915—1916年间开辟专栏,倡导撰写充满声色刺激和低级趣味的"上海黑幕";随后又出版了并无"文学"可言的《中国黑幕大观》等书。连当初倡导"小说界革命"的梁启超,也忍不住在《告小说家》一文中指斥当时小说为:"其什九则诲淫与诲盗而已,或则尖酸轻薄毫无取义之游戏文也"。清末报刊上一度出现的将文言加以改良而成的"新文体",在守旧势力的排斥下逐渐消失。八股流毒和陈词滥调继续影响着许多人。正是这种情况,使大批受西方新思潮影响的先进的知识分子体悟到:"立国"必先"立人"。于是他们不仅开展以批判封建"三纲"①,倡导"民主""科学"为内容的新文化运动,而且酝酿着一场文学革命。

1915年10月,《甲寅》月刊终刊号上登载《申报》驻京记者黄远庸致编者章士钊的信,就提出"根本救济(之法),远意当从提倡新文学人手。"②陈独秀1915年9月创刊《青年杂志》(二卷起改名《新青年》)后,亦针对国内文坛状况,发表《现代欧洲文艺史谭》等文,介绍西方文艺思潮从古典主义、理想主义(浪漫主义)到写实主义、自然主义的变迁过程,并且明确表示改革文学的愿望:"吾国文艺,犹在古典主义、理想主义时代,今后当趋向写实主义。文章以纪事为重,绘画以写生为重,庶足挽今日浮华颓败之恶风。"③1916年8月,李大钊在创刊《晨钟报》时,亦发出了掀起一场新文艺运动的呼声。他说:"由来新文明之诞生,必有新文艺为之先声,而新文艺之勃兴,尤必赖有一二哲人,犯当世之不韪,发挥其理想,振其自我之权威,为自我觉醒之绝叫,而后当时有众之沉梦,赖以惊破。"④可见,随着思想启蒙运动的深入,在文学领域内相应地发动一场改革运动,实在是众之所趋、势所必至的了。

胡适就是在"今之谈文学改良者众矣"的情况下,投入《新青年》发动的这场运动并首先提出他较为系统的文学改革主张的。他从1915年

---

① "三纲",即君为臣纲,父为子纲,夫为妻纲,是两千多年中国封建社会中儒家、法家都倡导的意识形态。

② 黄远庸:《释言》,《甲寅》杂志1915年1卷10号。

③ 陈独秀:《答张永言信》,《青年杂志》第1卷第4号,1915年12月。

④ 李大钊:《〈晨钟〉之使命》,《晨钟报》创刊号,1916年8月15日。

起，就在美国和赵元任、梅光迪、任叔永等几位留学生酝酿讨论"汉字改革"和"文学革命"问题。1917年1月，他在《新青年》上正式发表《文学改良刍议》一文，认为改良文学应从"八事"入手，即须言之有物，不摹仿古人，须讲求文法，不作无病之呻吟，务去滥调套语，不用典，不讲对仗（文须废骈，诗须废律），不避俗语俗字①。他的核心主张是：言文合一，书面语必须与口头语接近，以白话取代文言。鉴于白话文学在中国已有千年以上的历史，胡适坚信："白话文学之为中国文学之正宗，又为将来文学必用之利器，可断言也。"胡适还申述了他的进化论文学观念，宣称"一时代有一时代之文学"，"有《尚书》之文，有先秦诸子之文，有司马迁、班固之文，有韩、柳、欧、苏之文，有语录之文，有施耐庵、曹雪芹之文，此文之进化也"。在胡适看来，如果文学一味仿古、复古，那是"逆天背时"。用"半死"或"已死"的文言，绝不能创造今日鲜活的文学，"惟实写今日社会之情状，故能成真正文学"。胡适的主张得到了陈独秀的坚决支持。陈氏在随后发表的《文学革命论》一文中，明确提出"三大主义"，作为当时文学改革的响亮口号："曰推倒雕琢的阿谀的贵族文学，建设平易的抒情的国民文学；曰推倒陈腐的铺张的古典文学，建设新鲜的立诚的写实文学；曰推倒迂晦的艰涩的山林文学，建设明了的通俗的社会文学。"陈独秀正面强调文学应该"新鲜"、"创造"、"平易"、"立诚"、"赤裸裸的抒情写世"，反对明代前后七子"尊古蔑今"、"仿古欺人"以及骈文、排律为代表的铺张、雕琢、阿谀、虚伪的风气，同时也反对封建时代的"文以载道"的主张。他期望通过文学革命产生"中国之虞哥（今译雨果）、左喇（左拉）、桂特（歌德）、郝卜特曼（霍普特曼）、狄铿士（狄更斯）、王尔德"。在陈独秀所提的"三大主义"中，容易引起误解的是"推倒陈腐的铺张的古典文学"这条，仿佛他在全盘否定中国古代文学。其实不然。《文学革命论》本身就赞美了许多中国古代作品，如国风，楚辞，魏晋以下之五言诗，唐诗②，韩愈、柳宗元的古文，宋代语录文，元明剧本，明清小说等等，可以说包括了中国古代文学的精华。陈氏心目中要"推倒"的"陈腐的铺张的古典文学"，不同于后来人们通常所说的"古典文学"，实际上只指他在通信中一再提到的"古典主义

---

① 次年在《建设的文学革命论》中，胡适将这"八事''改称"八不主义"，并列举欧洲各国从文艺复兴起就用各自的方言俗语做书面语以取代古拉丁文的史实，作为理论根据。

② 陈独秀答胡适信说："中国文学一变于魏，再变于唐，诗中之杜，文中之韩，均为变古开今之大枢纽。"

文学"——也就是骈文、排律和明清两代的仿古文学。① 这从他把原本就包括不少写实作品的"古典文学"有意和"写实文学"相对立,也能体味出来。陈独秀一方面主张文学为改革国民性服务,另一方面又坚持文学有"其自身独立存在之价值"(答曾毅信),表现了卓越的识见。陈独秀还在《答胡适之》的通信中表示:"改良中国文学,当以白话为文学正宗之说,其是非甚明,必不容反对者有讨论之余地",并且从1918年5月起将《新青年》上的文章全部改用白话,显示了他极端自信而不容他人"匡正"的激进态度。

《新青年》文学革命主张提出后,得到了钱玄同、刘半农的积极响应。作为语言文字学家的钱玄同,在写给刊物编者的信中,着重从语言文字的演化说明提倡白话文的正确和必要,并指斥一味拟古的文言散文、骈文为"桐城谬种"、"选学妖孽"。刘半农的《我之文学改良观》则就建造新韵、采用新式标点符号等方面提出具体建议。为了扩大文学革命的影响,他们两人还在《新青年》上演了一出双簧戏:由钱玄同化名王敬轩搜罗旧派文人各种反对文学改革的论调,加以展示,名之曰《文学革命之反响》;然后由刘半农撰写《覆王敬轩书》,作出痛快淋漓的驳斥。这场"假戏真做"的成功表演,引起许多读者的瞩目。

胡适、陈独秀倡导以白话为文学正宗,这不仅是文学语言形式的变革,而且也为文学自身的革命找到了最好的突破口,因此不能理解为一种形式主义的主张。白话文运动晚清就有,但正如蔡元培《中国新文学大系·总序》所言,"那时候作白话文的缘故,是专为通俗易解,可以普及常识,并非取文言而代之"。那时候,面向市民的应用文采用白话,而正宗的文学则仍用文言。梁启超提出了诗界革命、文界革命、小说界革命、戏曲界革命的口号,却找不准推进这种种革命的突破口,限制了实际成效。《新青年》发动的这场文学革命,却找到了可行的道路,就是言文趋于一致,以白话取代文言。欧洲各国文艺复兴时期都有建立国语文学以取代古拉丁文的过程,胡适在国外留学所形成的宽广视野,使他从欧洲的经验中吸取了智慧,从而解决了文学变革的关键问题。关于这一点,不但胡、陈二位发起者十分明确,而且文学革命的其他参与者、支持者也都相当自觉。钱玄同致《新青年》编者的信

---

① 可参阅严家炎《〈文学革命论〉作者"推倒""古典文学"考释》,载《文学评论》2003年第5期。

中就说："白话中罕有用典者。胡先生主张采用白话,不特以今人操今语,于理为顺,即为驱逐用典计,亦以用白话为宜。弟于胡先生采用白话之论,固绝对的赞同也。"刘半农的《我之文学改良观》虽然认为白话、文言暂可处于相等地位,但最终目标却很清楚:"将来之期望,非做到'言文合一'或'废文言而用白话'之地位不止"。所以他建议,目下先可"于文言方面,力求其浅显,使与白话相近;于白话一方面,除竭力发达其固有之优点外,更当使其吸收文言所具之优点,至文言所具之优点尽为白话所具,则文言必归于淘汰"。表面上看,似乎有点折中保守,然而其具体主张对胡适等人其实很有启发。胡适次年在《建设的文学革命论》中就一改"文言已死"的腔调,开始提出白话要吸纳某些文言成分,他说:"我们可尽量采用《水浒》《西游记》《儒林外史》《红楼梦》的白话;有不合今日用的,便不用他;有不够用的,便用今日的白话来补助;有不得不用文言文的,便用文言来补助。这样做去,决不愁语言文字不够用,也决不愁没有标准白话。"傅斯年在《怎样做白话文》里,又补充了两条重要意见:一是白话文必须根据人们说的活语言,学习活语言中生动的成分;二是白话文应该吸收西方语言的长处,不必害怕"欧化"。鲁迅不仅改变自己的写作习惯,从1918年起坚持用白话写小说、散文,而且还发表随感录坚定地捍卫新文学生命所系的白话,称之为"四万万中国人嘴里发出来的声音"[1]。可见,倡导者和支持者都紧紧抓住白话为着手文学革命的重要环节,保证了这一革命能顺利推行。

然而,《新青年》本身更加重视文学内容的革命。正如周氏兄弟所说:"文学革命上,文字改革是第一步,思想改革是第二步,却比第一步更为重要。"[2]"因为腐败思想,能用古文做,也能用白话做。"[3] 在这方面,《新青年》同人中最有代表性的文章是:周作人的《思想革命》《人的文学》《平民文学》,胡适的《易卜生主义》,李大钊的《什么是新文学》。其中《人的文学》更是《新青年》文学内容革命的一项纲领。周作人开宗明义就说:"我们现在应该提倡的新文学,简单的说一句,是'人的文学'。应该排斥的,便是反面的非人的文学。"他认为,人是"从动物进

---

① 鲁迅:《现在的屠杀者》,《新青年》第6卷第5号,1919年5月。
② 周作人:《思想革命》,载《每周评论》1919年第11期。
③ 鲁迅:《无声的中国》,收入《三闲集》。

化的",因此,"凡兽性的遗留,与古代礼法可以阻碍人性向上发展者,都应该排斥改正"。周作人宣称:"须营一种利己而又利他,利他即是利己的生活。第一,便是个人以心力的劳作换得适当的衣食住与医药,能保持健康的生存。第二,革除一切人道以下或人力以上的因袭的礼法,使人人能享自由真实的幸福生活。"正如胡适认为易卜生主义就是"健康的个人主义",周作人也与此呼应,明确地说:"我所说的人道主义,……乃是一种个人主义的人间本位主义。""用这人道主义为本,对于人生诸问题加以记录研究的文字,便谓之'人的文学'。"这是个体本位的人权思想在文学上的首次阐释,对于历来只强调君权、族权、父权、夫权而不强调百姓个人权利的中国社会,无异于投下了一颗猛烈的精神炸弹,具有强烈的反封建意义。胡适甚至称《人的文学》"是一篇最伟大的宣言"①。后来的事实证明,周作人此文对新文学发展的确产生了重大的影响。但当周作人用这个观念来衡量中国历来作品,将《西游记》《水浒传》《七侠五义》《聊斋志异》等一概归入要排斥的十大类"非人的文学"时,就不免有缺少具体分析,将局部和整体混淆,倒脏水连孩子一起倒掉的弊病了。李大钊的《什么是新文学》②则提出:"刚是用白话做的文章,算不得新文学;刚是介绍点新学说、新事实,叙述点新人物,罗列点新名辞,也算不得新文学。"李大钊认为:"我们所要求的新文学,是为社会写实的文学,不是为个人造名的文学;是以博爱心为基础的文学,不是以好名心为基础的文学;是为文学而创作的文学,不是为文学本身以外的什么东西而创作的文学。"并且强调说:"我们若愿园中花木长得美茂,必须有深厚的土壤培植他们。宏深的思想、学理,坚信的主义,优美的文艺,博爱的精神,就是新文学、新运动的土壤、根基。"可以说,李大钊在五四爱国运动爆发以后,结合当时的现实,推进了陈独秀《文学革命论》中的一些思想,对有志于创作新文学的青年作了诚挚的提醒和引导,体现了革命先驱者对早期新文学运动的热切期待。

　　《新青年》还就新文学各种体裁的创作进行过许多有益的尝试和探讨。中国传统文学历来以诗文为正宗,诗的成就尤高,新文学倡导者于是首先以白话新诗的创立向旧文学挑战。《新青年》杂志自1917年6月即刊载胡适的白话词,次年起更陆续发表胡适、沈尹默、刘半

---

① 胡适:《中国新文学大系·建设理论集导言》
② 载成都少年中学会会刊《星期日》社会问题专号26号,1920年1月4日。

农、唐俟（鲁迅）、周作人、沈兼士、陈独秀、李大钊、俞平伯、康白情等的大量新诗，几乎每期必有，而且有些是同题诗（《鸽子》、《人力车夫》、《除夕》），显示出编辑部同人"总动员"式的集体努力，其中少量佳作（如沈尹默的《月夜》、《三弦》，周作人的《小河》）亦曾传诵一时。但新诗面临的难题毕竟太大，因此，探讨新诗的文章虽多，留下的争议与问题也多。胡适的主张是"诗国革命何自始？要须作诗如作文"。而梅光迪的看法却是："诗文截然两途。诗之文字（Poetic diction）与文之文字（Prose diction）自有诗文以来（无论中西）已分道而驰。……吾国求诗界革命，当于诗中求之，与文无涉也。"（转引自胡适《逼上梁山》第三节）这里梅光迪的见解，其实是有道理的，像胡适那样简单地认为"作诗如作文"，会给新诗带来许多弊病。新文学真正能够站稳脚跟，靠的却是鲁迅的小说。自1918年5月他在《新青年》上发表首篇白话小说《狂人日记》起，就以思想的深刻和格式的特别，震撼了包括通俗文学界[①]乃至日本汉学界[②]在内的广大读者群。接着，他又以《孔乙己》、《药》、《明天》、《故乡》、《阿Q正传》等一批具有经典意义的作品，为新文学赢得了巨大的荣誉。陈独秀1920年在致周作人的两封信中说："鲁迅兄做的小说，我实在五体投地的佩服。""豫才兄做的小说实在有集拢来重印的价值"[③]。在小说理论上，则有胡适的《论短篇小说》等文，不仅纠正了钱玄同对《西游记》、《聊斋志异》一类浪漫主义作品的偏见，而且对初期新文学小说艺术的发展作出了重要的贡献。散文因本土积累甚为丰厚，又有西方随笔（Essay）可供借鉴，加上周作人的《美文》一类文字所作的引导，虽然语言换成了白话，仍容易迅速取得成绩。真正在题材上构成难点的，除新诗而外就是戏剧。这不仅因为戏剧是一门综合性艺术，也因为文学革命倡导者对传统戏曲存在着偏激情绪。由于墨守写实主义标准，对戏曲的象征、表意特点理解不够，倡导者中有的人将传统戏曲视为"百兽率舞"（钱玄同语），还有

---

① 鸳鸯蝴蝶派评论家风兮在1921年2月27日刊载于《申报·自由谈》的《我国现在之创作小说》中说："鲁迅先生《狂人日记》一篇，描写中国礼教好行其吃人之德，发千载之覆，洗生民之冤，此篇殆真为志意之创作小说，置之世界诸大小说家中，当无异议，在我国则唯一尤二矣。"

② 青木正儿在日本《支那学》月刊1920年8—11月第1—3期上载文说；"在小说方面，鲁迅是一位属于未来的作家。他的《狂人日记》描写了一个迫害狂者的惊怖的幻觉，达到了中国小说作家至今尚未达到的境界。"

③ 严家炎编：《二十世纪中国小说理论资料》第二卷，北京大学出版社1997年版，第97页。

人要求戏曲"废唱"（如胡适），排斥张厚载（张缪子）的合理意见。但倡导者就改革旧剧、创建新剧进行的讨论仍是极为有益的。他们提出：要重视剧本创作，反对演员在台上随意编词的幕表戏；要破除"团圆主义"，树立悲剧观念；要日常生活化，显示生活本身的复杂性，反对善恶过于分明的简单化倾向；要讲究戏剧的结构艺术，力求集中、精炼，反对散漫、拖沓（见胡适《文学进化观念与戏剧改良》，傅斯年《论编制剧本》等文）。这些讨论，加上胡适《终身大事》等剧本的创作实践，大大推进了早期的戏剧文学建设。早在1918年末和1919年初，《新青年》周围已有了两个响应新文化运动与文学革命的姐妹刊物：《每周评论》和《新潮》。1919年3月，当林纾在北京《公言报》上发表《致蔡鹤卿书》，攻击《新青年》"覆孔孟、铲伦常"，"尽废古书，行用土语为文字"时，《新青年》、《每周评论》、《新潮》便以各种方式，刊出多篇文章，对林纾的言论作出有力的反驳和批评，形成"新旧思潮之激战"。五四爱国运动爆发以后，各地涌现了一大批白话文刊物，如上海的《星期评论》，北京的《少年中国》、《解放与改造》、《曙光》、《新社会》以及第二卷起的《国民》，成都的《星期日》，这些刊物都曾发表新文学作品，支持文学革命。在报纸副刊中，北京的《晨报副刊》（原第七版），上海的《时事新报》副刊《学灯》，《民国日报》副刊《觉悟》，更是刊发了鲁迅、冰心、叶绍钧、郭沫若、刘大白等人的大量重要的白话文学作品。有人统计，仅1919年，全国刊行的白话报纸就达四百种以上。白话文越出文学的范围，几乎在整个文化领域内形成席卷一切之势。连《小说月报》、《东方杂志》等一批老牌杂志，也在五四的次年迫于营业需要而改用白话。1920年，在白话取代僵化了的文言文已成事实，具有新思想的专业管理官员又全力给予支持的情况下，北洋政府教育部终于承认了白话为"国语"，通令国民学校采用。白话文获得了全局性的不可逆转的胜利。

五四文学革命运动在不多的几年内，取得了多方面的巨大成就，实现了中国文学从古典到现代的全面飞跃，这是它总体上符合和适应于时代历史要求的结果。文学革命所诞生的新文学，在内容上根本否定了封建专制制度及其以"三纲"为代表的思想文化体系：它以个体本位的现代民主主义的新主题，代替了各种旧主题；以农民、普通劳动者、新型知识分子等人物形象，代替了旧文学中最常见的主人公——

帝王将相、才子佳人(小说《狂人日记》与半年后发表的论文《人的文学》,更可以说是文学上的"人权宣言")。即使历来文学中常有的争取婚姻自由的主题,在五四新文学中也具有新的时代特色,贯穿了个性解放的新思想;而且,这种个性解放往往又同民族解放、社会平等的理想结合在一起。因此,五四新文学在思想上不但和封建性文学形成尖锐的对立,同时也远远高出于封建时代具有民主倾向的文学以及近代一般的进步文学。这样一种坚决反封建而又充满民族觉醒精神的文学,体现出前所未有的现代性。文学的理论观念方面也发生了重大变化,它既否定封建的"文以载道",也不赞成单纯的"游戏",而主张"文学有益于人生",同时又保持文学自身的独立价值,由此奠定了二十世纪中国文学的审美价值取向和多元并存的基本格局。五四文学革命所进行的反对文言、提倡白话、建立新诗、改革旧剧的运动,带来了文学语言形式的大革新、大解放。中国广大劳动人民长期以来同书面文学隔绝,固然有社会政治方面的根本原因,但同难读难懂的文言文长期在文学领域所占的正宗地位也是有关系的。白话文的应用,促使文学在语言形式上与广大人民接近了一大步,大大拓宽了文学的群众基础。尽管五四先驱者在对待戏曲和方块字(钱玄同甚至要求废除汉字)等方面存在着偏激情绪,但文学革命毕竟不是当权者自上而下发动的革命,而只是先进知识分子自下而上地推进的运动,因此并未产生什么灾难性的后果,它的缺点错误后来被人们逐步认识和纠正。五四文学革命正是以它从理论主张到创作、从文学内容到形式的全面大革新,揭开了中国文学史上光辉的新篇章。

(录自严家炎主编《二十世纪中国文学史》上册第五章第一节,高等教育出版社 2010 年 4 月版,第 151 页至第 158 页)

辑四

白话文学的史料索引

文论编目

（以写作时间为序）

胡适：《与梅觐庄论文学改良》（1915年二月三日），《留学日记》卷十二，《胡适全集》第28卷，安徽教育出版社2003年9月出版。

胡适：《"文之文字"与"诗之文学"》（1915年二月三日），《留学日记》卷十二，《胡适全集》第28卷，安徽教育出版社2003年9月出版。

胡适：《永叔答余论改良文学书》（1915年二月十日），《留学日记》卷十二，《胡适全集》第28卷，安徽教育出版社2003年9月出版。

胡适：《吾国历史的文学革命》（1915年四月五日夜），《留学日记》卷十二，《胡适全集》第28卷，安徽教育出版社2003年9月出版。

胡适：《沁园春誓诗》（1915年四月十三日初稿），《留学日记》卷十二，《胡适全集》第28卷，安徽教育出版社2003年9月出版。

胡适：《沁园春誓诗》（1915年四月十四日改稿），《留学日记》卷十二，《胡适全集》第28卷，安徽教育出版社2003年9月出版。

胡适：《沁园春誓诗》（1915年四月十六日第三次改稿），《留学日记》卷十二，《胡适全集》第28卷，安徽教育出版社2003年9月出版。

胡适：《沁园春誓诗》（1916年四月十八日夜第四次改稿），《留学日记》卷十三，《胡适全集》第28卷，安徽教育出版社2003年9月出版。

胡适：《沁园春誓诗》（1916年四月二十六日第五次改稿），《留学日记》卷十三，《胡适全集》第28卷，安徽教育出版社2003年9月出版。

胡适：《谈活文学》（1916年），《留学日记》卷十三，《胡适全集》第28卷，安徽教育出版社2003年9月出版。

胡适：《白话文言之优劣比较》（1916年七月六日追记），《留学日记》卷十三，《胡适全集》第28卷，安徽教育出版社2003年9月出版。

胡适：《觐庄对余新文学主张之非难》（1916年七月十三日追记），《留学日记》卷十三,《胡适全集》第28卷,安徽教育出版社2003年9月出版。

胡适:《答梅觐庄——白话诗》(1916年七月二十二日),《留学日记》卷十四,《胡适全集》第28卷,安徽教育出版社2003年9月出版。

胡适:《一首白话诗引起的风波》(1916年七月三十日补记),《留学日记》卷十四,《胡适全集》第28卷,安徽教育出版社2003年9月出版。

胡适:《"文学革命"八条件》(1916年八月二十一日),《留学日记》卷十四,《胡适全集》第28卷,安徽教育出版社2003年9月出版。

胡适:《答经农》(1916年九月十五日),《留学日记》卷十四,《胡适全集》第28卷,安徽教育出版社2003年9月出版。

胡适:《致陈独秀》,1916年10月1日《新青年》第2卷第2号。

胡适:《文学改良刍议》,1917年1月1日《新青年》第2卷第5号。

陈独秀:《文学革命论》,1917年2月1日《新青年》第2卷第6号。

曾毅:《致陈独秀》1917年4月1日《新青年》第3卷第2号。

李漳镗:《致胡适》,1917年4月1日《新青年》第3卷第2号。

方孝岳:《我之改良文学观》,1917年4月1日《新青年》第3卷第2号。

胡适:《历史的文学观念论》,1917年5月1日《新青年》第3卷第3号。

刘半农:《我之文学改良观》,1917年5月1日《新青年》第3卷第3号。

俞元濬:《谈胡适先生文学改良刍议》,1917年5月1日《新青年》第3卷第3号。

张护兰:《致陈独秀》1917年5月1日《新青年》第3卷第3号。

胡适:《致陈独秀》,1917年5月1日《新青年》第3卷第3号。

易明:《改良文学之第一步》,1917年7月1日《新青年》第3卷第5号。

傅斯年:《文学革新申义》,1918年1月15日《新青年》第4卷第1号。

胡适:《致钱玄同:论小说与白话韵文》,1918年1月15日《新青年》第4卷第1号。

钱玄同:《致刘半农:新文学与今韵问题》,1918年1月15日《新青年》第4卷第1号。

钱玄同:《〈尝试集〉序》,1918年2月15日《新青年》第4卷第2号。

王敬轩:《文学革命之反响》,1918年2月15日《新青年》第4卷第2号。

沈兼士:《致钱玄同:新文学与新字典》,1918年2月15日《新青年》第4卷第2号。

傅斯年:《文言合一草议》,1918年2月15日《新青年》第4卷第2号。

俞慧珠:《致刘半农:新文学之运用》,1918年3月15日《新青年》第4卷第3号。

钱玄同:《致陈独秀:中国今后文字问题》,1918年4月15日《新青年》第4卷第4号。

胡适:《建设的文学革命论:国语的文学——文学的国语》,1918年4月15日《新青年》第4卷第4号。

盛兆熊:《致胡适:论文学改革的进行程序》,1918年5月15日《新青年》第4卷第5号。

汪懋祖:《读新青年》,1918年7月15日《新青年》第5卷第1号。

戴主一:《致〈新青年〉:驳王敬轩君信之反动》,1918年7月15日《新青年》第5卷第1号。

朱我农、胡适:《新文学问题之讨论》,1918年8月15日《新青年》第5卷第2号。

任鸿隽、胡适、钱玄同:《新文学问题之讨论》,1918年8月15日《新青年》第5卷第2号。

朱我农、胡适、钱玄同:《革新文学及改良文字》,1918年8月15日《新青年》第5卷第2号。

胡适:《答黄觉僧君折衷的文学革新论》,1918年9月15日《新青年》第5卷第3号。

唐俟:《致玄同:渡河与引路》,1918年11月15日《新青年》第5卷第5号。

周作人:《人的文学》,1918年12月15日《新青年》第5卷第6号。

林纾:《论古文白话之相消长》(《文艺丛刊》),收入《中国新文学大系·文学论争集》,上海良友图书印刷公司1935年10月初版。

陈独秀:《本志罪案之答辩书》,1919年1月15日《新青年》第6卷第1号。

张寿镛:《对于革新文学之意见》,1919年1月15日《新青年》第6卷第1号。

傅斯年:《怎样做白话文?》1919年2月1日《新潮》第1卷第2号。

周祜:《文学革命与文法》,1919年2月15日《新青年》第6卷第2号。

彝铭氏:《对于文学改革之意见二则》,1919年2月15日《新青年》第6卷第2号。

林琴南:《荆生》,1919年2月17—18日上海《新申报·蠡叟丛谈》(十三—十四)。

俞平伯:《白话诗的三大条件》,1919年3月15日《新青年》第6卷第3号。

张耘:《改良文学与更换文字》,1919年3月15日《新青年》第6卷第3号。

林琴南:《妖梦》,1919年3月18—22日上海《新申报·蠡叟丛谈》（四十四—四十六）。

林纾:《致蔡鹤卿书》,1919年3月18日北京《公言报》。

蔡元培:《答林君琴南函》,1919年3月21日《北京大学日刊》。

朱希祖:《白话文的价值》,1919年4月15日《新青年》第6卷第4号。

朱希祖:《非"折中派的文学"》,1919年4月15日《新青年》第6卷第4号。

仲密:《平民文学》,1919年1月19日《每周评论》第5号。

仲密:《思想革命》,1919年《每周评论》第11号。

胡适:《我为什么要做白话诗》(《尝试集》自序),1919年5月15日《新青年》第6卷第5号。

罗家伦:《驳胡先骕君的"中国文学改良论"》,1919年5月1日《新潮》第1卷第5号。

傅斯年:《白话文学与心理的改换》,1919年5月1日《新潮》第1卷第5号。

郭梦良:《"新旧文学之冲突"》,《晨报》第七版,1919年5月23、24日。

郭梦良:《论白话之必要》,《晨报》第七版,1919年5月27日。

子严:《新文学的非难》,《晨报》第七版,1919年7月26日。

刘琪:《对于白话文章之感言》,1919年7月30日《法政学报》第1卷第12期。

刘家铄:《读刘琪君的对于白话文章之感言的感言》,1919年7月30日《法政学报》第1卷第12期。

×××:《通讯:白话文》,1919年8月《建设》第1卷第1号。

姚鹤雏:《文学进化论》,1919年8月15日《新中国》第1卷第4号。

胡适:《我为什么要做白话诗?》,1919年9月1日《解放与改造》第1卷第1号。

姬式轨:《新旧文学平议》,1919年9月15日《新中国》第1卷第5号。

仲密:《国语》,《晨报》"第七版",1919年9月23日。

胡适:《谈新诗》,《星期评论》1919年10月10日"双十节纪念号"第五张。

潘公展:《关于新文学的三件要事》,1919年11月1日《新青年》第6卷第6号。

郭惜黔:《写白话与用国音》,1919年11月1日《新中国》第6卷第6号。

陈秋霖:《新文学运动与新文学的价值(一)》,1919年12月1日《闽星》
　　第1卷第1号。

孙光策:《胡适之先生国语教授记略(二)》,1919年12月6日《平民教
　　育》第9号。

×××:《白话……文言》,1919年12月5日《独见》第2号。

孙光策:《胡适之先生国语教授记略(一)》,1919年11月1日《平民教
　　育》第4号。

陈秋霖:《新文学运动与新文学的价值(三)》,1919年12月8日《闽星》
　　第1卷第3号。

李大钊:《什么是新文学》,1920年1月4日《星期日》"社会问题号"第1张。

周作人:《新文学的要求》(在北京少年学会讲演),《晨报》第七版,
　　1920年1月8日。

胡适:《国语的进化》,1920年2月1日《新青年》第7卷第3号。

陈独秀:《我们为什么要作白话文》,《晨报》第七版,1920年2月12日。

陈文华:《国文与古文》,1920年2月14日《平民教育》第18号。

袁暌:《和学友论写信用白话的利益》,1920年2月29日《新生活》第27期。

吴康:《我的白话文学研究》,1920年4月1日《新潮》第2卷第3号。

陈云雁:《白话与文言的比较观》,《学灯》(上海"时事新报"副刊),
　　1920年4月16日。

陆殿扬演讲,周邦道记:《修辞学与语体文》,《学灯》(上海《时事新报》
　　副刊),1920年5月23日。

耕耘、力子:《爱做白话文的青年》,《觉悟》(上海《民国日报》副刊),
　　1920年5月30日。

蔡元培:《国语传习所的演说》,《晨报》第七版,1920年6月25、26日。

李思纯:《国语问题的我见》,1920年6月《少年中国》第1卷第6期。

郑伯奇:《补充白话文的方法》,1920年6月《少年中国》第1卷第12期。

万韬:《文学革命与代辞修整》,《觉悟》(上海《民国日报》副刊),1920
　　年6月26日。

芮慕成:《文学革命漫谈》,《觉悟》(上海《民国日报》副刊),1920年6
　　月24日。

沈家蕃:《反对白话文的校长》,《觉悟》(上海《民国日报》副刊),1920
　　年7月1日。

力子:《仇视白话文》,《觉悟》(上海《民国日报》副刊),1920年7月12日。

胡适讲,陈启天记:《白话文法》,《学灯》(上海《时事新报》副刊),1920年8月11、12日。

张士一讲,顾钟亭记:《国语统一问题》,《学灯》(上海《时事新报》副刊),1920年10月7日。

黎锦熙:《国语三大纲及国音之五大问题》,《学灯》(上海《时事新报》副刊),1920年10月14日。

黎锦熙讲演,曹辛汉记:《国语与国文》,《学灯》(上海《时事新报》副刊),1920年10月31日。

黎邵西:《国语运动之过去与将来》,1920年11月30日《浙江第五师范十日刊》第3号。

楚桢:《白话诗研究集琐录摘要》,《晨报》第七版,1920年12月18、19日。

V·D:《新文学》,《觉悟》(上海《民国日报》副刊),1921年1月7日。

黎锦熙:《文学的国语教材之分类与支配》,《学灯》(上海《时事新报》副刊),1921年4月10日。

晓风:《文学漫谈》,《觉悟》(上海《民国日报》副刊),1921年5月25日。

张默君:《新文学的研究》,《觉悟》(上海《民国日报》副刊),1921年5月12日。

李焕彬:《现今国语实在之趋势》,《学灯》(上海《时事新报》副刊),1921年5月24日。

郡仪:《什么叫做新文学》,1921年10月25日《共进》第2期。

半尘:《为甚么要禁止学生看白话文?》,1921年10月25日《共进》第2期。

×××:《〈学衡〉杂志简章》,1921年1月《学衡》第1期。

梅光迪:《评提倡新文化者》,1922年1月《学衡》第1期。

胡先骕:《评尝试集》,原载1922年1月《学衡》第1期,后收入《中国新文学大系·文学论争集》,上海良友图书印刷公司1935年10月15日初版。

胡适:《国语运动与文学》,《晨报副镌》,1922年1月9日。

郎损:《驳反对白话诗者》,原载1922年3月11日《文学旬刊》第31期,后收入《中国新文学大系·文学论争集》,上海良友图书印刷公司1935年10月15日初版。

胡适:《中学的国文教学》,《晨报副镌》,1922年8月27、28日。

黎锦熙:《国语与新文化》,《晨报副镌》,1922年9月15日。

胡寄尘、一岑:《讨论白话文的信》,《学灯》(上海《时事新报》副刊),
　　　　1922年9月27日。

行严:《评新文化运动》,1923年8月21日—22日上海《新闻报》。

黎巾卉:《国语在东南各省的发展》,《晨报五周年纪念增刊》,1923年12
　　　月1日。

董秋芳:《五四运动在中国文学史上的价值》,《晨报副镌》1924年5月
　　　4日。

胡适:《林琴南先生的白话诗》,1924年《晨报六周年纪念增刊》。

雁冰:《文学界的反动运动》,1924年5月12日《文学》(原名《文学旬
　　　刊》)第121期。

适之:《老章又反叛了!》,1925年8月30日《京报副刊·国语周刊》第
　　　12期。

孤桐:《评新文学运动》,1925年10月《甲寅周刊》第1卷第14号。

成仿吾:《读章氏〈评新文学运动〉》,1925年12月1日《洪水》半月刊第
　　　1卷第6号。

瞿宣颖:《文体说》,原载《甲寅周刊》第一卷第6号,后收入《中国新文
　　　学大系·文学论争集》,上海良友图书印刷公司1935年10月15
　　　日初版。

健攻:《打倒国语运动的拦路"虎"》,收入《中国新文学大系·文学论争
　　　集》,上海良友图书印刷公司1935年10月15日初版。

涤洲:《雅洁和恶滥》,收入《中国新文学大系·文学论争集》,上海良友
　　　图书印刷公司1935年10月15日初版。

获舟:《驳瞿宣颖君〈文体说〉》,收入《中国新文学大系·文学论争集》,
　　　上海良友图书印刷公司1935年10月15日初版。

章士钊:《答适之》,原载1925年9月《甲寅周刊》第8号,后收入《中国
　　　新文学大系·文学论争集》,上海良友图书印刷公司1935年10
　　　月15日初版。

高一涵:《新文化运动的批评》,收入《中国新文学大系·文学论争集》,
　　　上海良友图书印刷公司1935年10月15日初版。

胡先骕:《中国文学改良论(上)》,原载《南京高等师范日刊》,后收入
　　　《中国新文学大系·文学论争集》,上海良友图书印刷公司1935

年10月15日初版。

胡适:《〈白话文学史〉自序》(一九二八,六,五),《胡适全集》第11卷第205页至第214页,安徽教育出版社2003年9月版。

胡适:《白话文学史·引子〈我为什么要讲白话文学史呢?〉》,《胡适全集》第11卷第215页至第219页,安徽教育出版社2003年9月版。

胡适:《介绍我自己的思想——〈胡适文选〉自序》,收入《胡适文选》1930年12月上海亚东图书馆初版。

胡适:《中国文学过去与来路》,1932年1月5日天津《大公报》。

胡适:《陈独秀与文学革命》,1932年10月30、31日北平《世界日报》。

胡适:《大众语在那儿》,1934年9月8日天津《大公报·文艺副刊》第100期。

胡适:《〈中国新文学大系·建设理论集〉导言》,1935年10月15日上海良友图书印刷公司出版的《中国新文学大系》第1集卷首。

胡适:《四十五前的白话文》(日记1952年),《胡适全集》第34卷,安徽教育出版社2003年9月版。

胡适:《什么是"国语的文学"、"文学的国语"》,1952年12月8、9日台北《中央日报》。

胡适:《活的语言·活的文学》,1958年8月台北《中国语文》第3卷第2期。

胡适:《四十年来的文学革命》,1961年1月11日台北《征信新闻》。

胡适:《中国新文学运动小史》,台北启明出版社1958年6月出版。

胡适:《人文运动》,约作于1935年前后,录自《胡适遗稿及秘藏书信》第8册,黄山书社1994年12月版。

胡适:《白话文》(日记1961年),1961年11月17日台北《中国新闻》,收入《胡适全集》第34卷,安徽教育出版社2003年9月版。

胡适:《胡适口述自传·第七章:文学革命的结胎时期》(1979年7月4日),《胡适全集》第18卷第323页至第347页,安徽教育出版社2003年9月版。

胡适:《胡适口述自传·第八章:文学革命到文艺复兴》,《胡适全集》第18卷第323页至第347页,安徽教育出版社2003年9月版。

杂 志 编 目

《新青年》（月刊）分类索引

第 1 卷—第 9 卷

（1915 年 9 月—1922 年 7 月）

第 1 卷

（第 1 卷名"青年杂志"）

第 1 号　1915 年 9 月 15 日

第 2 号　1915 年 10 月 15 日

第 3 号　1915 年 11 月 15 日

第 4 号　1915 年 12 月 15 日

第 5 号　1916 年 1 月 15 日

第 6 号　1916 年 2 月 15 日

政治·思想

历　史

戏　剧

小　说

传　记

文　艺

其　他

国外大事记

国内大事记

通　信

世界说苑

第 2 卷

第 1 号　1916 年 9 月 1 日

第 2 号　1916 年 10 月 1 日

第 3 号　1916 年 11 月 1 日

第 4 号　1916 年 12 月 1 日

第 5 号　1917 年 1 月 1 日

第 6 号　1917 年 2 月 1 日

政治·思想

语言·文字

文　学

诗

戏　剧

弗罗运斯（英国王尔德著）　　　　　　　　　陈瑕译2:1,3
意中人（英国王尔德著）　　　　　　　　　薛琪瑛女士译2:2

小　说

决斗（俄国泰来夏普著）　　　　　　　　　　　胡适译2:1
初恋（屠格涅夫著）　　　　　　　　　　　　陈瑕节译2:1,2
碎簪记　　　　　　　　　　　　　　　　　　苏曼殊2:3,4
寺钟（法国路梅脱著）　　　　　　　　　　　汪中明译2:4
磁狗（英国麦道克著）　　　　　　　　　　　刘半农译2:5
基尔米里（法国丽枯尔兄弟　著）　　　　　　　陈瑕译2:6

读书笔记

灵霞馆笔记
爱尔兰爱国诗人
拜伦遗事
阿尔萨斯之重光　马赛曲　　　　　　　　　刘半农2:2,4,6
藏晖室札记　　　　　　　　　　　　　　　胡适2:4,5,6

历　史

现代文明史（法国薛纽伯著）　　　　　　　　陈独秀译2:2
青岛茹痛记　　　　　　　　　　　　　　准阴钓叟2:3,4,5
人类文化之起源　　　　　　　　　　　　陶履恭2:5,6

记　事

北京清华学校参观记　　　　　　　　　　　程宗泗2:3
北京航空学校参观记　　　　　　　　　　　曾孟鸣2:6

其　他

国外大事记

通　信

世界说苑

第3卷

政治·思想

历　史

文　学

诗与小说精神上之革新　　　　　　　　　　　　　　刘半农 3:5

<h1 align="center">戏　剧</h1>

琴魂（英国梅理尔著）　　　　　　　　　　　　　　刘半农译 3:4

<h1 align="center">小　说</h1>

二渔夫（法国莫泊三著）　　　　　　　　　　　　　胡适译 3:1
梅吕哀（法国莫泊三著）　　　　　　　　　　　　　胡适译 3:2
基尔米里（法国丽枯尔兄弟著）　　　　　　　　　　陈瑕译 3:5

<h1 align="center">读书笔记</h1>

藏晖室答记　　　　　　　　　　　　　　　　　　胡适 3:1,2,4,5,6
灵霞馆笔记　　　　　　　　　　　　　　　　　　刘半农 3:2,4,6
　　咏花诗
　　缝衣曲
　　倍那儿

<h1 align="center">社会问题</h1>

社会　　　　　　　　　　　　　　　　　　　　　陶履恭 3:2
女子教育　　　　　　　　　　　　　　　　　　　梁华兰 3:1
女子问题之大解决　　　　　　　　　　　　　　　高素素 3:3
论中国女子婚姻与育儿问题　　　　　　　　　　　陈华珍 3:3
女权平议　　　　　　　　　　　　　　　　　　　吴曾兰 3:4
改良家庭与国家有密切之关系　　　　　　　　　　孙鸣琪 3:4
结婚与恋爱（美国高曼女士）　　　　　　　　　　震瀛译 3:5
婚制之过去现在未来　　　　　　　　　　　　　　刘延陵 3:6

其　他

国外大事记

国内大事记

读者论坛

通　信

书报介绍

附　录

第 4 卷

第 3 号　　1918 年 3 月 15 日
第 4 号　　1918 年 4 月 15 日
第 5 号　　1918 年 5 月 15 日
第 6 号　　1918 年 6 月 15 日（易卜生号）

政治·思想

社会问题

语言·文字

文　学

小　说

诗

戏　剧

易卜生号

记　事

其　他

随感录

书报介绍

密勒评论报 Millard's Review of the Far East

上海商务印书馆代派 4:1

字林西报周刊 The North China Herald 上海字林西报馆 4:1

满洲日日新闻（英文）Munchuria Daily News

大连满洲日日新闻社 4:1

第 5 卷

第 1 号 1918 年 7 月 15 日
第 2 号 1918 年 8 月 15 日
第 3 号 1918 年 9 月 15 日
第 4 号 1918 年 10 月 15 日
第 5 号 1918 年 11 月 15 日
第 6 号 1918 年 12 月 15 日

政治·思想

BOLSHEVLSM 的胜利　　　　　　　　　　　　　　　李大钊 5:5
关于欧战的演说三篇

　（1）庶民的胜利　　　　　　　　　　　　　　　　李大钊 5:5
　（2）劳工神圣　　　　　　　　　　　　　　　　　蔡元培 5:5
　（3）欧战以后的政治　　　　　　　　　　　　　　陶履恭 5:5
今日中国之政治问题　　　　　　　　　　　　　　　陈独秀 5:1
偶象破坏论　　　　　　　　　　　　　　　　　　　陈独秀 5:2
质问"东方杂志"记者　　　　　　　　　　　　　　陈独秀 5:3
克林德碑　　　　　　　　　　　　　　　　　　　　陈独秀 5:5
我之节烈观　　　　　　　　　　　　　　　　　　　唐俟 5:2
皖江见闻记　　　　　　　　　　　　　　　　　　　高一涵 5:4
非"师君主义"　　　　　　　　　　　　　　　　　高一涵 5:6

语言·文字

文　学

小　说

诗

314

读者论坛

通　信

附　录

第6卷

第1号　1919年1月15日
第2号　1919年2月15日
第3号　1919年3月15日
第4号　1919年4月15日
第5号　1919年5月
第6号　1919年11月1日

马克思主义研究专号

我的马克思主义观（上）（下）	李大钊6：5，6
马克思学说	顾照熊6：5
马克思学说批评	凌　霜6：5

马克思研究

一、马克思的唯物史观与贞操问题	陈启修6：5
二、马克思的唯物史观	渊泉6：5
三、马克思奋斗的生涯	渊泉6：5
马克思传略	刘秉麟6：5
巴枯宁传略	克水6：5

政治·思想

战后之妇人问题	李大钊6：2
我们现在怎样做父亲？	唐俟6：6
本志罪案之答辩书	陈独秀6：1
对于梁巨川先生自杀之感想	陈独秀6：1
再问"东方杂志"记者	陈独秀6：2

文　学

小　说

诗

戏　　剧

其　　他

随感录

读者论坛

讨　论

通　信

第 7 卷

第1号 1919年12月1日

第2号 1920年1月1日

第3号 1920年2月1日

第4号 1920年3月1日

第5号 1920年4月1日

第6号 1920年5月1日（劳动节纪念号）

政治·思想

人口问题号

社会问题

工读互助团问题

语言·文字

文　学

诗

戏　剧

小　说

附 录

第8卷

第1号 1920年9月1日

第2号 1920年10月1日

第3号 1920年11月1日

第4号 1920年12月1日

第5号 1921年1月1日

第6号 1921年4月1日

马克思主义宣传

社会主义讨论

（11）列宁最可恶的和最可爱的

（纽约 Soviet Russia 周报）　　　　　　　　　　　　震瀛译8:3

（12）克鲁巴特金说"停战罢"

（英国"自由"月刊）　　　　　　　　　　　　　　　震瀛译8:3

（13）苏维埃的教育（巴黎"人道报"）　　　　　　　　震瀛译8:4

（14）俄罗斯的教育情况

（纽约 Soviet Russia 周报）　　　　　　　　　　　　震瀛译8:4

（15）彼得格拉的写真（巴黎"共产报"）　　　　　　　震瀛译8:4

（16）苏维埃俄罗斯的劳动组织

（纽约 Soviet Russia 周报）　　　　　　　　　　　　震瀛译8:4

　革命的俄罗斯底学校和学生(Dubliris Watohword)　　震瀛译8:4

（17）苏维埃政府的经济政策

（纽约 Soviet Russia 周报）　　　　　　　　　　　　震瀛译8:4

（18）文艺与布尔塞维克

（纽约 Soviet Russia 周报）　　　　　　　　　　　　震瀛译8:4

（19）赤军教育（纽约 Soviet Russia 周报）　　　　　　震瀛译8:4

（20）中立派大会（纽约 Soviet Russia 周报）　　　　　震瀛译8:4

（21）俄罗斯的实业问题（美国国民杂志）　　　　　　震瀛译8:4

（22）苏维埃俄罗斯的社会改造（美国国民杂志）　　　震瀛译8:4

（23）劳农政府召集经过情形（莫斯科真理报）　　　　震瀛译8:4

（24）过渡时代的经济（列宁　著）

（纽约 Soviet Russia 周报）　　　　　　　　　　　　震瀛译8:4

（25）俄国与女子（纽约 Soviet Russia 周报）　　　　　震瀛译8:5

　①苏维埃俄罗斯的劳动女子

　②家庭与雇佣的女工

　③苏维埃俄罗斯的女工

　④俄国"布尔塞维克主义"和劳动的女子

　⑤俄国赤军中的女子

　⑥俄国女工的状况

（26）劳农俄国底劳动联合　　日本山川均著　　　　　陈望道译8:5

（27）俄国底社会教育（纽约 Soviet Russia 周报）　　　震瀛译8:5

（28）劳农俄国的农业制度　　　　　　　　　　　　　周佛海8:5

罗素著作介绍和评论

社会问题

戏　剧

小　说

其　他

随感录

通　信

第 9 卷

第 5 号　　1921 年 9 月 1 日

第 6 号　　1922 年 7 月 1 日

马克思主义宣传

无产阶级政治 列宁著　　　　　　　　　　　　　　成舍我译 9:2

列宁的妇人解放论　　　　　　　　　　　　　　　　李达译 9:2

平民政治与工人政治　　　　　　　　　　　　　　　李守常 9:6

社会主义讨论

从科学的社会主义到行动的社会主义　日本山川均著

李达译 9:1

讨论社会主义并质梁任公　　　　　　　　　　　　　李达 9:1

从资本主义组织到社会主义组织底两条路——进化与革命

周佛海 9:2

共产主义历史上的变迁　　　　　　　　　　　　　　高一涵 9:2

马克思派社会主义　　　　　　　　　　　　　　　　李达 9:2

社会主义国家与劳动组合　日本山川均著　　　　　　周佛海译 9:2

社会主义批评　　　　　　　　　　　　　　　　　　陈独秀 9:3

讨论无政府主义　　　　　　　　　　　　区声白、陈独秀 9:4

马克思底共产主义　　　　　　　　　　　　　　　　存统 9:4

第四阶级解放呢？全人类解放呢？　　　　　　　　　存统 9:5

共产主义与基尔特社会主义　　　　　　　　　　　　新凯 9:5

马克思学说　　　　　　　　　　　　　　　　　　　陈独秀 9:6

马克思学说之两节　德国贝尔著　　　　　　　　　　赭选译 9:6

评第四国际　　　　　　　　　　　　　　　　　　　李达 9:6

读新凯先生"共产主义与基尔特社会主义"　　　　　存统 9:6

再论共产主义与基尔特社会主义　　　　　　　　　　新凯 9:6

自由和强制——和平和独裁　　　　　　　　　　　　周佛海 9:6

今日中国社会究竟怎样的改造　　　　　　　　　　　新凯 9:6

语言·文字

文　学

诗

随感录

通　信

附　录

　　（录自中共中央马列著作编译局研究室编《五四时期期刊介绍》第一集下册，生活·读书·新知三联书店1978年11月出版）

《每周评论》分类目录

第 1 号—第 37 号

（1918 年 12 月 22 日—1919 年 8 月 31 日）

国内大事述评

社　论

特别附录对于新旧思潮的舆论

一

17号（1919年4月13日）

警告守旧党（晨报）	渊泉
最近新旧思潮冲突之杂感（国民公报）	毋忘
最近之学术新潮（北京新报）	遗生
新旧思潮（顺天时报）	太上余生投稿
酝酿中之教育总长弹劾案（顺天时报）	
新思想不宜遏抑（顺天时报）	冷眼投稿
新旧思想冲突平议（一）（民治日报）	隐尘
新旧思潮平议（二）（民治日报）	往
林蔡评议（民福报）	仪湖
新旧之争（北京益世报）	蕴巢
论大学教员被摈事（国民日报）	
为驱逐大学教员事鸣不平（时事新报）	匡僧
大学教员无恙（时事新报）	匡僧
威武不能屈（时事新报）	匡僧
新旧思潮之开始决斗（神州日报）	裴山
北京大学暗潮之感想（浙江教育周报第七年第五期）	平平

二

19号（1919年4月27日）

辟北京大学新旧思潮之说（北京国民公报）	
社会的觉醒之曙光（北京顺天时报）	
学界新思想之潮流（北京唯一日报）	鲁逊
时势潮流中之新文学（北京新报）	遗生
规劝林琴南先生（北京新报）	遗生

特别附录对于北京学生运动的舆论

22号（1919年5月18日）

山东问题

杜威讲演录

问题与主义

论　说
(第28号以后)

名　著

随感录

公理战胜强权	双眼 7 号
揭开假面	双眼 7 号
谁的罪恶？	双眼 7 号
东德意志果然实现	赵鄙生 7 号
爱国	赤 7 号
威大炮	双眼 8 号
公理何在	双眼 8 号
光明与黑暗	双眼 8 号
特别国情	双眼 8 号
看看今日的日本	金 8 号
秘密外交	明明 9 号
罪恶之守护者	明明 9 号
死劫	明明 10 号
普通选举	明明 10 号
司令部土多	双眼 10 号
信实通商	双眼 10 号
理想家那里去了	双眼 10 号
第一次警告	双眼 10 号
不准百姓点灯	双眼 10 号
旧党的罪恶	双眼 11 号
中日亲善	双眼 11 号
亡国与卖国	双眼 11 号
铁道管理问题	双眼 11 号
光明与黑暗	双眼 11 号
亡国与亲善	双眼 12 号
欢迎英美舰队	双眼 12 号
陕西问题	双眼 12 号
不忘日本的大恩	双眼 12 号
日本人的信用	双眼 12 号
日本人与曹汝霖	双眼 12 号
国际管理与日本管理	双眼 12 号
东局千零十三号	双眼 13 号

参战军	双眼13号
亚洲的德意志	双眼13号
爱尔兰与朝鲜	双眼13号
强国主义	双眼13号
小国主义	双眼13号
你护的什么法	双眼14号
和平的根本障碍	双眼14号
中国的李完用宋秉竣是谁?	双眼14号
希望各国干涉	双眼14号
莫做傀儡	双眼14号
何人的命令?	14号
停止纳税	双眼14号
更加肉麻	双眼15号
林纾的留声机器	双眼15号
日本人可以在中国随便拿人吗?	双眼15号
敬告遗老	庚言15号
孔教与皇帝	庚言15号
旧戏的威力	庚言15号
冤哉洪述祖	双眼16号
南北一致	双眼16号
纲常名教	双眼16号
中国和平的障碍	双眼16号
太监与缠足	双眼16号
安徽省议会的笑话	双眼16号
婢学夫人	双眼16号
倪嗣冲的儿子	双眼16号
统一癖	常16号
白人阀	常16号
混充牌号	常16号
衍圣公和张天师同声一哭	双眼17号
不可思议的新旧思潮	双眼17号
林琴南很可佩服	双眼17号

象煞有介事的纽永建	双眼 25 号
到底还是伍老头子有良心	双眼 25 号
研究室与监狱	双眼 25 号
章宗祥还不算顶坏的人	双眼 25 号
可怜大折其本	双眼 25 号
政学会与桂系	双眼 25 号
西南简直是反叛	双眼 25 号
丑学生丑教育界	双眼 25 号
爱情与痛苦	适 28 号
研究室与监狱	适 28 号
他也配	适 28 号
北京大学与青岛	天风 28 号
数目作怪	天风 28 号
牢狱的生活	常 28 号
不要再说吉祥话	常 28 号
新华门前的血泪	常 28 号
改造	常 28 号
哭的笑的	常 28 号
威先生感慨如何	常 28 号
崭新的共和国家	涵庐 29 号
赤色的世界	守常 29 号
最危险的东西	守常 29 号
光明权	守常 29 号
我与世界	守常 29 号
怪不得他	适 29 号
七千个电报	适 29 号
方还与杜威夫人	天风 29 号
"互殴"还是体面的事	涵庐 30 号
龚心湛沾染外国人习气	涵庐 30 号
组阁问题	涵庐 30 号
实在令人骇怕	涵庐 30 号
入狱—革新	赤 30 号

忠告黎明会	守常30号
黑暗与光明	守常30号
真正的解放	守常30号
战栗	守常30号
万恶之原	守常30号
灰色的中国	守常30号
是谁夺了我们的光明	守常30号
合肥是谁?	天风31号
孔教精义?	天风31号
俄罗斯	赤31号
日本人听者	守常31号
只是吃饭要紧	涵庐31号
这也是社会主义吗	涵庐31号
知识阶级	赤31号
为什么而什么	赤31号
山西的教育真可怕	涵庐32号
北京城里的边务吃紧	涵庐32号
变相的瓜分	涵庐32号
安闲之福	可人32号
赎路	涵庐32号
武人的下场	涵庐32号
日本的军阀也应当觉悟	涵庐32号
微妙之言	天风33号
辜鸿铭	天风33号
辟谬与息邪	天风33号
犹可为	涵庐33号
入狱	涵庐33号
实在有趣	涵庐33号
政客	33号
真算是南北统一	涵庐33号
西南自治	涵庐33号
警保局长的感想如何?	涵庐33号

谁能当起这样骂	涵庐 33 号
警察与卫生	涵庐 34 号
高士侯真不做脸	涵庐 34 号
非卖品的报纸	涵庐 34 号
赌咒	涵庐 34 号
都欢喜私下议和	涵庐 34 号
日本人应该觉悟的	涵庐 34 号
老鼠	赤 35 号
看西南代表面皮有多厚	涵庐 35 号
两个同业	天风 36 号
又一个同业	天风 36 号
辜鸿铭	天风 36 号
阴谋家	涵庐 36 号
囚犯政府	涵庐 36 号
恐怕人忘坏了	涵庐 36 号

国内劳动状况

北京之男女佣工	植 3 号
修武煤厂之工头制	善根 4 号
北京剃头房与理发店之今昔	5 号
北京剃头房与理发店之今昔（续）	6 号
人力车夫问题	善根 8 号
唐山煤厂的工人生活	明明 12 号
上海人力车夫罢工	植 13 号
山东东平县的佃户	渔村来稿 18 号

欧游记者特别通讯

旅中杂感	明生 12 号
旅中杂感（续）	14,15,17,19,20,23,25,30,31,33 号
美国新教育思潮	30 号

通讯（通信）

新文艺

文艺时评

评论之评论

读者论坛

| 中日军事协约 | 梁和钧 16 号 |
| "孝友泪" | 渔村 17 号 |

选论·选录

劳工神圣（录七年七月二十七日北京大学日刊）	蔡元培 1 号
欧战结局之教训（录七年十二月一日国民公报）	梁启超 1 号
国防军（录本月十日顺天时报）	4 号
可笑的贺电	唯刚 7 号
劳动教育问题（录晨报）	守常 9 号
中国国防军与日本的关系（译大阪每日新闻）	11 号
新旧思潮之激战（录晨报）	守常 12 号
国民之仇敌（录兴华报）	12 号
真正民意之表示（录兴华报）	17 号
星期评论关于民国建设的方针主张	28 号

书报评介

美术杂志第一期	2 号
教育周刊（浙江教育会出版）	16 号
孙文学说　卷一	31 号
建设　一卷一号	36 号
湘江评论	36 号
星期日	36 号

译　件

| "解放"宣言 | 23 号 |
| 日本劳动同盟大会议 | 23 号 |

杂　录

想用强权压倒公理的表示　　　　　　　　　　　记者按语12号
荆生　　　　　　　　　　　　　　　　　　林琴南先生最近作12号

（录自中共中央马列著作编译局研究室编《五四时期期刊介绍》
　第一集下册，生活·读书·新知三联书店1979年11月出版）

《新潮》分类索引

1卷1号—3卷2号

1卷1号1919年1月1日
　　2号1919年2月1日
　　3号1919年3月1日
　　4号1919年4月1日
　　5号1919年5月1日
2卷1号1919年10月30日
　　2号1919年12月1日
　　3号1920年4月1日
　　4号1920年5月1日
　　5号1920年6月1日
3卷1号1921年10月1日
　　2号1922年3月

新潮发刊旨趣书

哲学·伦理

人生问题发端	傅斯年1:1
"新"	陈家蔼1:1
哲学对于科学宗教之关系论	谭鸣谦1:1
逻辑者哲学之精	徐彦之1:1
万恶之源	孟真1:1
对于旧家庭的感想	顾诚吾1:2,2:4.5
论中国之民族气质	康白情1:2
法理与伦理之本质区分论	谭鸣谦1:2

政治 · 经济

教　育

一九二〇年名著介绍特号

语言·文学

诗

戏　剧

小　说

新潮社的组织和活动

附 录

（录自中共中央马列著作编译局研究室编《五四时期期刊介绍》第一集下册，生活·读书·新知三联书店 1979 年 11 月出版）

《晨报》(第七版)副刊分类目录

1919年2月7日—1921年10月10日

马克思研究

马克思的唯物史观　河上肇作	渊泉译 1919.5.5-8
劳动与资本　马克思作	食力转译 5.9-6.1
马氏资本论释义　柯祖基作	渊泉译 6.2-11.11
马氏唯物史观的批评	
(节译自日本"改造"杂志"社会主义批评")	7.25-8.5
马克思年表	绍虞 12.1

世界新潮

新共产党宣言　　　　　　　　　毅译 1919.8.7-11

自由论坛

战后之世界潮流	守常 1919.2.7-9
择业	若愚 2.10-12
劳动教育问题	守常 2.14-15
读傅斯年君的"去兵"	一湖 2.16-17
新时代之根本思想	一湖 2.18-19
青年与农村	守常 2.20-23
序曾琦君的"国体与青年"	胡适之 2.24
学生与劳动	若愚 2.25-28
俄罗斯之研究	若愚 3.1-2
老百姓与选举	一湖 3.3
新旧思想之激战	守常 3.4-5

劳动问题

妇女问题·家庭问题

译　丛

脱尔斯泰的死生观　　　　　　　　　　　　　　　　　晨曦译7.23

个人的胜利　美国查尔斯不台作　　　　　　　　　　毕任庸译7.26-27

脱尔斯泰的男女观　　　　　　　　　　　　　　　　　晨曦译8.5-6

各国社会党之情形及社会主义概论　Ensor作　　　　竞仁译8.13-17

现代社会改造论　卡彭塔作　　　　　　　　　　　　　渊泉译9.18-24

教育上天然倾向之利用　　　　　　　　　　　　　　　秋爽郎译9.20

哲学之价值　罗素作　　　　　　　　　　　　　　　　张赤译10.2-3

思想自由史　柏雷作　　　　　　　　　　　　志希译10.4-1920.2.4

海凯尔的著作　　　　　　　　　　　　　　　　绍虞译述1920.1.6

教育科学概论　　　　　印度 Prof Benoy Kumar Sarkar 作　兼生译
　　　　　　　　　　　　　　　　　　　　　　　　　1.8-21

美国的女学生　　　　　　　　　　　　　　　　　　　莳竹农译1.9

正义自由与财产　日本中泽临川作　　　　　　　　邱景尼译1.30-2.2

美国狄孟司君考察山东情形之报告　　　　　　　　　陈尘缨译2.11

近世美学　日本高山林次郎编述　　　　　　　　　绍虞译2.26-6.29

梦与事实——罗素的人生观　　　　　　　　　　张申府译3.26-4.2

近代生活　　　　　　　　　　　　　　　　　　晨曦译述3.28-4.8

社会改造之原理　罗素著　　　　　　　　　　　余家菊译4.5-8.13

美的实感　印度 Rabindranath Tagore 作　　　许地山译5.23-24

今日德国之社会学　Megrick Booth 作　　　　　　　　6.30-7.2

消费组合底社会的意义　日本米田庄作著　　　　易家钺译9.5-25

罗素论唯物史观　　　　　　　　　　　　　　　　　　剑译10.23

尼采的超人思想　英国 Mugge 作　　　　　　　　　　符译11.4-8

纪不列颠协会年会　　　　　　　　　　　　　　11.17-12.15

男女同校的原理　英国 Alice Woodo 著　　　邬翰芳译1921.4.10-13

杂婚问题　法国路图尔诺作　　　　　　　　　　易家钺译4.20-5.8

一九一九年之法国哲学界　法国莱明特作　　　　　左明译5.10-24

广东印象记　　　　　　　　　　　　　　　　　　杜威作6.16-18

社会进化之原理　英国 Hobhouse 作　　　　　少平译6.29-10.6

中国之新文化　　　　　　　　　　　　　　　　　杜威作7.28-8.1

理想世界

演讲汇录

罗素讲演：布尔塞维克的思想	延谦记11.26—27
美术的进化	蔡子民讲11.28
罗素讲演：心的分析	几伊记11.26—1921.1.24
罗素讲演：宗教之信仰	铁岩记1921.1.9—10
经济状况与政治思想（勃拉克女士讲）	伏庐记1.22—6.2
罗素讲演：物的分析	延谦 笔记1.27—6.16
罗素讲演：社会结构学	伏庐 笔记2.21—3.18
达尔文学说及其趋势（谭仲达讲）	半沛江记2.17
杜威讲演：论中国的美术	王迥波、曹配言记3.7
希腊哲学之概观（傅佩青讲）	品青、辛南记3.19—4.1
杜威讲演：大学的旨趣	4.25—26
杜威讲演：教育为社会领袖	4.30—5.2
杜威讲演：自动与自治	5.3—6
杜威讲演：美国教育会之组织及其影响于社会	5.7
杜威讲演：教育与国家之关系	5.8—9
杜威讲演：教育青年底教育原理	福音记5.10—11
杜威讲演：教育与实业	5.13—14
杜威讲演：南游心影	淑兰记6.17—19
杜威讲演：国民教育与国家之关系	叶玄记6.20—21
杜威讲演：自动的研究	6.22
杜威讲演：民本政治之基本	6.23
杜威讲演：教师职业的现在机会	淑兰 笔记6.24—27
杜威讲演：天然环境、社会环境与人生之关系	6.28—29
杜威讲演：习惯与思想	6.30—7.1
蔡子民先生在留美爱丁堡学生会欢迎会演说词	宋振寰记7.2
英美女子要求参政权之经过	杜威夫人讲7.3
女子教育之诸问题	杜威夫人讲7.5—6
美国女学略况	杜威夫人讲7.7
杜威讲演：民治的意义	7.8
少年中国的男男女女（勃拉克女士讲）	品青记7.9—13
罗素讲演：中国的到自由之路	品青记7.14—20
杜威讲演：教育者的工作	7.22—23

专　著

特载·专件

纪念专号

五一纪念

五四纪念

晨报创刊纪念

一年来中外大事记

名人小史

名人评传

科学新谈·科学世界

地史和生物的进化　葛利普讲　　　　　李之常、季瑜译12.8—1921.3.24

地球上现象与太阳上现象的关系　　　　侯疑始12.13—1921.1.11

地震的道理何如　　　　　　　　　　　　鹤晃12.21

生命新说（爱迪生的新发明）　　　　　　葛天回12.24—25

何谓物质　　　　　　　　　　　　侯疑始1921.1.16—3.2

地震、它的性质成因及重大　　　　葛拉布希博士讲2.23—24

原子的内容　　　　　　　　　　　葛拉布希博士讲3.6—5.7

雌雄的形成　　　　　　　　　　　　　　健人4.14—18

地球内部之研究　　　　　　　　　　　罗松岩4.22—5.3

原子的构造　　　　　　　　　　　　　　疑始5.12—9.9

动物的恋爱　　　　　　　　　　　　　　健人5.15—19

地质学是什么　　　　　　　　　　　　　予仁6.3—6

地质学的分类　　　　　　　　　　　　　予仁6.8—12

动物的家庭生活　　　　　　　　　　　周建人6.13—16

地质学缘起　　　　　　　　　　　　　予仁6.18—24

动物的社会生活　　　　　　　　　　周建人6.27—7.2

地质之建筑　　　　　　　　　　　　　　予仁7.3—6

地球的形状　　　　　　　　　　　　　　予仁7.7—8

个体的死亡与种族的灭亡　　　　　　周建人7.19—22

电是什么？　　　　　　　　　　　　疑始7.21—10.5

气候对于地球历史之效果　　　　　　　予仁7.23—25

江河遗留下的记载　　　　　　　　　　予仁7.28—30

海洋遗留下的记载　　　　　　　　　　　予仁8.1—2

地球上的冰雪　　　　　　　　　　　　　予仁8.3—6

地球的内部　　　　　　　　　　　　　予仁8.7—10

生命的网　英国 J.A.Thomson 作　　　S.P. 译8.11—9.2

地球的产生　　　　　　　　　　　　　予仁8.12—13

地球的幼年　　　　　　　　　　　　　予仁8.14—16

地球若生物的寓所　　　　　　　　　　予仁8.17—19

别的世界上的生物　　　　　　　　　　予仁8.20—22

岩石的固结　　　　　　　　　　　　　予仁8.23—25

地震　　　　　　　　　　　　　　　　予仁8.26—9.5

旅俄通信	张民权10.7—9

杂感·浪漫谈

编辑余谈	1919.9.13—1920.2.8
蚕为什么要作茧?	筑山醉翁11.4
答昨问	筑山醉翁11.5
中国为什么不叫"共打国"?	筑山醉翁11.6
答昨问	筑山醉翁11.8
我等生存的价值在哪里?	筑山醉翁11.10
答昨问	筑山醉翁11.11
爆竹声中的酒话	筑山醉翁1920.2.26
非秘密	品今5.25
拜古派和改造家	品今5.28
浪漫谈	志希6.30
浪漫谈	家钺7.3
浪漫谈	家钺7.7
浪漫谈	伏庐7.11
浪漫谈	西谿8.2
浪漫谈	志希8.11
一只小鸟	冰心8.28
山居之一月	品今9.20
浪漫谈	金源9.26
读"谁也管不着"	伏庐10.4
中秋之晚	品今10.17
罗素与国粹	仲密10.19
改造社会与保存国粹	F.L.10.19
排日的恶化	仲密10.22
亲日派	仲密10.23
译诗的困难	仲密10.25
游万牲园	曦晨10.26
一片怪声	寿椿10.30

小　说

不幸的鸡	晨曦 4.25
潜隐的爱	圣陶 4.26—30
强迫婚姻　（史特林堡作）	张振钧译 5.2—10
好威风吓	大悲 5.8
鼻子　（芥川龙之介作）	鲁迅译 5.11—13
一个小孩的星梦　（迪根司作）	张毓桂译 5.14—15
一课	圣陶 5.17—19
瓜代人　（法国法郎苏考贝作）	文农译 5.25—29
贼　（俄国陀思妥夫斯基作）	文农译 6.1—13
罗门生　（芥川龙之介作）	鲁迅译 6.14—17
小娇娃的哭声	莘庵 6.18—19
晓行	圣陶 6.20—23
小土车	玉诺 6.24—26
淡尼斯　（莫泊桑作）	秀琴、袁弼译 6.27—7.2
悲哀的重载	圣陶 7.3—8
雉鸡的烧烤　（日本佐藤春夫作）	仲密译 7.9—10
故乡	鲁迅 7.11—14
邻家的狗	鲁齐 7.15
回乡　（普希金作）	孙照译 7.16
父亲在亚美利加　（芬兰亚勒吉阿作）	鲁迅译 7.17—18
温珈　（柴霍甫作）	少平译 7.19—21
半狮半鹰的怪兽和马纳坎农　（美国 Frank.R.Stockton 作）	
	明霄译 7.23—31
初恋　（希腊霭夫达利阿谛思作）	仲密译 8.2—3
马果特的蜡烛　（莫泊桑作）	明霄译 8.5—7
凡该利斯和他的新年饼　（霭夫达利阿谛思作）	仲密译 8.8—9
库多沙非斯　（霭夫达利阿谛思作）	仲密译 8.12—13
锅腰考公	玉诺 8.26
夕阳会	负生 8.27—28
因为山羊的一段故事	玉诺 8.29
骆驼家	玉诺 8.30—31
钟儿　（莫泊桑作）	自昭译 9.1—5

剧　本

新文艺·诗

晚秋的公园落日　　　　　　　　　　　　　　　C.H.11.10

民国八年旧历九月望寄怀某女士三章　　　　　　颠11.10

蚯蚓　　　　　　　　　　　　　　　　　　　　晚霞11.10

小鸟　　　　　　　　　　　　　　　　　　　　佩弦11.20

读"自杀论"有感　　　　　　　　　　　　　　天侔11.24

光明！　　　　　　　　　　　　　　　　　　　佩弦11.25

游街大会　　　　　　　　　　　　　　　　　　蕙塘12.5

送邱仰飞君回国　　　　　　　　　　　　　　　冯飞12.5

光　俄国科罗林克作　　　　　　　　　　　　　沈颖译12.29

可怜的我　　　　　　　　　　　　　　　品　今1920.1.20

二十世纪的声　（Ncil East 作）　　　　　　　王统照译2.5

满月的光　　　　　　　　　　　　　　　　　　T.T.2.5

留别潘君蕴巢　　　　　　　　　　　　　　　　施畸2.5

事业与思想　（Msrlye Boberts 作）　　　　　　王统照译2.7

自由　　　　　　　　　　　　　　　　　　　　鸦寒2.10

自杀　　　　　　　　　　　　　　　　　　　　笑我3.8

人生的窗子　　　　　　　　　　　　　　　　　品今3.24

爱　　　　　　　　　　　　　　　　　　　　　爱同乐3.27

小草　　　　　　　　　　　　　　　　　　　　佩弦4.1

世路　　　　　　　　　　　　　　　　　　　　P.G.4.21

梨白(Liebe)　　　　　　　　　　　　　　　　　P.J.4.23

悼黄耀华君　　　　　　　　　　　　　　　　　小寒4.25

当时　　　　　　　　　　　　　　　　　　　　P.J.4.27

谁？　　　　　　　　　　　　　　　　　　　　品今5.3

找月亮　　　　　　　　　　　　　　　　　　　杨宝三5.8

但是天色儿渐渐黄昏　　　　　　　　　　　　　品今5.13

读尝试集(寄胡适之先生)　　　　　　　　　　　品今5.19

到南苑　　　　　　　　　　　　　　　　　　　品今5.21

从连山关到祁家堡　　　　　　　　　　　　　　康白情5.21

一个兵士祭坟　　　　　　　　　　　　　　　　品今5.22

瓶花　　　　　　　　　　　　　　　　　　　　与白5.30

美丽的世界　　　　　　　　　　　　　　　　　品今6.4

歌　谣

游　记

文艺谈·艺术谈

剧评·剧谈

其　他

（录自中共中央马列著作编译局研究室编《五四时期期刊介绍》第一集下册，生活·读书·新知三联书店 1979 年 11 月出版）

编 后 语

　　"白话文学"作为一种文学思潮的主流和创作形态的正宗,是生成于1917年至1921年的五四时期。从文学资料汇编的角度察之,虽然尚未有一部以"白话文学"命名的史料集,笔者亦没有见到一本五四白话文学史;但是不能不称道,1935年赵家璧主编的10卷《中国新文学大系》,几乎涵纳并汇编了五四时期白话文学的主要史料,此后编辑的有关五四文学革命的资料集中所选取的"白话文学"大多源于"大系",即使再将五四时期的报刊杂志、图书出版翻检一遍也难以发现能改变白话文学面貌与特质的新资料,只能增加一些无关紧要的"白话文学"史料而已。

　　因此,与《中国新文学大系》所汇集的"白话文学"资料相比,本"史料辑"仅仅作了如下五点工作:一是集中选编了五四时期"白话文学"主潮的文论资料,从中可以窥见"白话文学"从理论倡导、讨论争辩到创作实验的原生态;二是把"白话文学"作为一种文学主潮与美学形态来梳理与汇编,可以摆脱新民主主义论的政治框架和现代性的启蒙式的羁绊,重新发现并认识五四文学的真面目;三是从每个历史阶段有代表性的现代中国文学史的不同版本中,选取对五四文学革命或白话文学的评论片段,能够获得重新从原始文献资料入手来解读和书写五四白话文学史的启示;四是白话文学的史料编辑主要限定于五四时期,唯有胡适的文论搜集已突破此限,这不仅因为胡适是五四时期白话文学的首倡者和实验者,而且终其一生坚持自己捍卫白话文学的立场与观点;五是白话文学既然是一种文学思潮主流,它不仅体现于五四时期的白话文学的理论形态,更贯穿于五四时期的白话文学的创作形态，由于本"史料辑"的规定字数所限，不能不舍弃对后者的选编，这虽是缺憾，但可以从期刊目录中查找白话文学文本的索引，以阅读文学作品弥补之。

本"史料辑"是依据《20世纪中国文学主流·历史档案书系》的设想以及我们对五四时期白话文学的理解而编辑成的；由于历史文献是影印件，扫描录入的过程中难免错漏，多亏赵佃强博士认真负责、一丝不苟的审校。至于它的价值如何，只有那些在现代中国文学研究过程中真正阅读并使用本"史料辑"的学者，才有发言权。

编者草于 2012 年 2 月 15 日

责任编辑:李　惠 pphlh@126.com
装帧设计:雅思雅特

图书在版编目(CIP)数据

国语的文学与文学的国语——五四时期白话文学文献史料辑/朱德发 赵佃强 编.
　—北京:人民出版社,2013.9
20世纪中国文学主流·历史档案书系/魏建 主编
ISBN 978 – 7 – 01 – 012232 – 8

Ⅰ.①国…　Ⅱ.①朱…②赵…　Ⅲ.①新文学(五四)–文献资料
　Ⅳ.①I206.6

中国版本图书馆CIP数据核字(2013)第126817号

国语的文学与文学的国语
GUOYU DE WENXUE YU WENXUE DE GUOYU
——五四时期白话文学文献史料辑

朱德发　赵佃强　编

人民出版社 出版发行
(100706　北京市东城区隆福寺街99号)

北京瑞古冠中印刷厂印刷　新华书店经销

2013年9月第1版　2013年9月北京第1次印刷
开本:710毫米×1000毫米 1/16　印张:28
字数:425千字　印数:0,001–1,500册

ISBN 978 – 7 – 01 – 012232 – 8　定价:56.00元

邮购地址 100706　北京市东城区隆福寺街99号
人民东方图书销售中心　电话 (010)65250042　65289539